U0113473

本研究成果获教育部重大研究课题"非洲高等教育国别研究工程"项目和国家留学基金委高级访问学者项目的资助

非洲高等教育研究丛书

徐辉　顾建新　主编

非洲研究文库·非洲高等教育国别研究系列

# 埃塞俄比亚

陈明昆　著

## 高等教育研究

HIGHER EDUCATION IN ETHIOPIA

中国社会科学出版社

图书在版编目（CIP）数据

埃塞俄比亚高等教育研究／陈明昆著．—北京：中国社会科学出版社，2009.9
（非洲高等教育研究丛书）
ISBN 978 - 7 - 5004 - 8066 - 2

Ⅰ．埃…　Ⅱ．陈…　Ⅲ．高等教育 - 研究 - 埃塞俄比亚
Ⅳ．G649.421

中国版本图书馆 CIP 数据核字（2009）第 148125 号

责任编辑　张　林
特约编辑　郑成花
责任校对　修广平
封面设计　李尘工作室
技术编辑　戴　宽

出版发行　中国社会科学出版社
社　　址　北京鼓楼西大街甲 158 号　　　邮　编　100720
电　　话　010—84029450（邮购）
网　　址　http://www.csspw.cn
经　　销　新华书店
印　　刷　新魏印刷厂　　　　　　　　　装　订　广增装订厂
版　　次　2009 年 9 月第 1 版　　　　　印　次　2009 年 9 月第 1 次印刷
开　　本　880×1230　1/32
印　　张　12.375　　　　　　　　　　　插　页　2
字　　数　321 千字
定　　价　35.00 元

# 《非洲研究文库》编纂委员会

# 深入了解非洲，增进中非友好

## ——《非洲研究文库》总序

　　非洲是人类文明发祥地之一，地域广阔，物产丰富，历史文化悠久，人口约 10 亿，共有 53 个独立国家和 1500 多个民族，是发展中国家最集中的大陆，是维护世界和平、促进全球发展的一支重要力量。近年来，非洲局势发展总体平稳，经济保持较快增长，一体化建设取得重要进展，国际社会对非洲关注和投入不断增加，非洲在国际格局中地位有所上升。

　　中国是非洲国家的好朋友、好伙伴，中非传统友谊源远流长。早在 2000 多年前的汉朝，中非双方就互有了解，并开始间接贸易往来。1405—1433 年，明朝航海家郑和率船队 7 次下西洋，其中 4 次到达东非沿海，至今肯尼亚等国还流传着郑和下西洋的故事。1949 年新中国成立开辟了中非关系新纪元。1956 年 5 月，中国同埃及建交，开启了新中国同非洲国家的外交关系。中国曾大力支持非洲人民反帝反殖、争取民族独立的正义斗争；在非洲国家赢得独立后，中国坚定支持非洲国家维护主权和尊严、真诚无私地帮助非洲国家发展经济、提高人民生活水平，赢得了非洲朋友的尊重和信任。中非友好经受住了时间和国际风云变幻的考验，中非人民的友谊与日俱增。

　　进入新世纪以来，在中非双方领导人共同关心和亲自推动下，中非关系在传统友好基础上呈现新的全面快速发展的良好势头。2000 年 10 月，中非合作论坛正式成立并召开首届部长级会议，这在中非关系史上具有重要意义，此后论坛逐步发展成为中非集体对话的重要平台和务实合作的有效机制。2004 年和 2006 年，胡锦涛主席两次访问非洲，同非洲领导人就新形势下进一步发展中非关系深入交换意见，达成广泛共识。2006 年初，中国政府发表《中国对非洲政策文件》，将"真诚友好，平等相待；互利互惠，共同繁荣；相互支持，密切配合；相互学习，共谋发展"确定为新时期中国对非政策的总体原则和目标，受到非洲国家的普遍赞赏和欢迎。

2006 年 11 月，中非合作论坛北京峰会暨第三届部长级会议成功举行，中非领导人共同确立政治上平等互信、经济上合作共赢、文化上交流互鉴的中非新型战略伙伴关系，胡锦涛主席代表中国政府宣布了加强中非务实合作、支持非洲国家发展的 8 项政策措施，中非关系由此进入新的发展阶段。2007 年初，胡锦涛主席专程访问非洲，全面启动了北京峰会后续行动的落实。2009 年 2 月，胡锦涛主度再次访问非洲，进一步巩固了中非传统友谊，拓展了双方务实合作，有力推动了北京峰会各项成果的全面落实。在短短的 8 年时间里，中非经贸合作取得跨越式发展，中非贸易额从 2000 年首次突破 100 亿美元上升至 2008 年的 1068 亿美元，提前两年实现 1000 亿美元的目标。中非在文化、科技、金融、民航、旅游等领域的合作也取得新的重大进展。

随着中非关系的蓬勃发展，中国社会各界深入了解非洲与中非关系的兴趣和需求逐年上升，这对国内从事非洲问题研究的专家学者提出了新的任务和需求。在此背景下，浙江师范大学非洲研究院主持编撰的大型非洲研究丛书《非洲研究文库》应运而生。《非洲研究文库》由国内外知名专家学者按照"学科建设和社会需求并重"、"学术追求与现实应用兼顾"的原则，遴选非洲研究领域的重点课题，分《非洲高等教育国别研究》、《中非关系研究》、《非洲国际关系研究》、《非洲发展研究》、《非洲研究博士论文》、《非洲专题史》、《非洲国别史》、《非洲研究译丛》等八个系列逐步编撰出版，集学术性和知识性为一体，力求客观地反映非洲历史和现实，是一项学科覆盖面广、具有鲜明特色的非洲基础研究成果。这套丛书致力于为研究非洲问题和中非关系提供详尽的史料和新颖的视角，有利于增进各界对非洲的深入了解和认知。丛书第一本《全球视野下的达尔富尔问题研究》于 2008 年 10 月问世，社会反响良好，该书对全面客观地了解达尔富尔问题和中国对非外交具有积极意义。

《非洲研究文库》的推出离不开浙江师范大学非洲研究院的辛勤工作。浙江师范大学开展对非洲研究工作已有十多年历史，取得不少成果，2007 年 9 月，该校正式成立非洲研究院。这是国内高校中首家综合性非洲研究院，设有非洲政治与国际关系、非洲经济、非洲教育、非洲历史文化 4 个研究所，以及非洲图书资料中心、非洲艺术传媒制作中心和非洲博物馆，是教育部教育援非基地，在喀麦隆建有孔子学院，为推动中国的非洲问题研究、促进中非关系、文化交流和合作发挥了积极作用。

我本人多年从事和主管对非外交，对非洲大陆和非洲人民怀有深厚感情。得知世界知识出版社、中国社会科学出版社与浙江师范大学非洲研究院合作推出《非洲研究文库》系列丛书，甚为欣慰。我为越来越多的国人将通过丛书进一步了解非洲和中非关系，进而为中非友好事业添砖加瓦感到振奋；我也为中国学者在非洲和中非关系研究领域取得具有中国特色的学术成果感到高兴。我相信，《非洲研究文库》系列丛书的出版，将推动国内对非洲和中非关系的研究更上一层楼。谨此作序，以表祝贺。

中华人民共和国外交部部长助理　翟　隽

2009 年 2 月

# 前　　言

　　非洲大陆地域辽阔，文明悠久，民族众多，发展潜力巨大。中国与非洲的友好交往源远流长，尤其在新中国成立后发生了质的飞跃。近年来，随着全球化的推进与中非关系的快速发展，国内各行各业都产生了走进非洲、认知非洲、了解非洲的广泛需要。加强对非洲政治经济、历史文化、科技教育、中非关系各方面的研究，培养相关专业人才，已经显得日益重要。

　　浙江省地处中国东南沿海，经济发达，文化繁荣。改革开放30年来，浙江与外部世界的交往日趋紧密，已成为中国对外开放程度最高的省份。早在20世纪80年代，就有一批批浙江人远赴非洲闯市场，寻商机。如今在广袤非洲大陆的城市与乡村，都可以找到浙江人辛劳创业的身影。与此同时，也有越来越多非洲人来到浙江经商贸易，寻求发展机会。

　　世纪之交，基于主动服务国家外交战略、地方社会经济发展以及学校特色学科建设的需要，浙江师范大学努力发挥自身优势，凝炼办学特色，积极开展对非工作，重点在汉语国际推广、人力资源开发与非洲学术研究三个方面取得了显著成绩，产生了广泛影响。1996年，受国家教委派遣，我校在喀麦隆雅温得第二大学国际关系学院建立了"喀麦隆汉语教学中心"，十多年来，已有1000多人在该中心学习汉语与中国文化，其中外交官和研究生达500多名，对象遍及非洲近二十个国家。中心在非洲诸多国家已声名远播，被喀麦隆政府及周边国家赞誉为"体现南南合作精神的典范"。2005年，为表彰中国教师在传播汉语言文化、发展中喀友谊方面所作的特殊贡献，喀麦隆政府授予我校

3 位教师"喀麦隆金质劳动勋章"。2007 年胡锦涛主席访问喀麦隆期间，中喀两国元首共同做出了合作建设孔子学院的决定。同年 11 月 9 日，中国国家汉语国际推广领导小组副组长陈进玉率团赴喀举行隆重的孔子学院揭牌仪式，由此掀开了中喀文化教育交流新的一页。

从 2002 年开始，我校在中非合作论坛的框架下，在教育部国际司和商务部援外司的具体指导下，积极承担教育部和商务部的人力资源开发项目，邀请非洲各国高级教育官员和大学校长到国内研修。迄今为止，我校已举办了 13 期非洲高级教育官员研修班，有 42 个非洲国家的 240 余名大、中学校长和高级教育官员参加了研修。2004 年，我校成为教育部 4 个教育援外基地之一。2006 年，我校承办国家教育部"首届中非大学校长论坛"，来自 14 个非洲国家的 30 名非洲大学校长、高级教育行政官员以及国内几十所高校的校长、学者和部分教育行政官员参加了论坛。此外，学校还于 2009 年 5 月承办了教育部第七次对发展中国家教育援助工作会议。

在积极开展汉语国际推广、人力资源开发的同时，学校审时度势，抢抓机遇，迅速启动非洲研究与学科建设工作。2003 年，我校成立了国内首家专门研究非洲教育及发展的学术机构——非洲教育研究中心，由时任校长的徐辉教授兼任主任。随后，中心承担了国家教育部、国家留学基金委支持的"非洲高等教育国别研究工程"项目，派遣 14 人分赴非洲 7 个国家进行实地调研。几年来，学校还承担了多项国家汉办对非汉语推广研究课题，并向教育部提交了多个有关中非教育合作的政策咨询报告。2007 年 9 月 1 日，经多方论证，精心筹划，与中国教育国际交流协会联合共建，成立了国内首家综合性的非洲研究院——浙江师范大学非洲研究院，由时任校长的梅新林教授兼任院长，刘鸿武教授任执行院长，顾建新教授任副院长。期间，学校同时主办了

"面向21世纪的中非合作：战略与途径"国际学术会议。非洲研究院的成立，标志着我校的对非工作进入了一个汉语国际推广、人力资源开发与非洲学术研究三位一体而重点向非洲学科建设迈进的崭新历史阶段。

浙江师范大学成立非洲研究院的学术宗旨是主动服务国家外交战略、服务地方经济建设、服务学校学科发展。其发展目标是以"非洲情怀、中国特色、全球视野"的治学精神，构建一个开放的学术平台，聚集国内外非洲学者及有志于非洲研究的后起之秀，开展长期而系统的非洲研究工作，通过若干年持续不断的努力，使其成为国内一流、国际有影响的非洲学人才培养基地、学术研究中心、决策咨询中心和信息服务中心，以学术服务国家，为中非关系发展作出贡献。

非洲研究院集学术研究、人才培养、国际交流、政策咨询等为一体，设有非洲政治与国际关系、非洲经济、非洲教育、非洲历史文化4个研究所，以及非洲图书资料中心、非洲艺术传媒制作中心与非洲博物馆。现有专职人员25人。他们的成果曾获国家领导人嘉奖，有的获全国优秀教师称号、教育部国家级教学成果奖、全国高校优秀教材奖、省政府特殊津贴，年轻科研人员多数为毕业于国内名牌大学的博士，受过良好学术训练并有志于非洲研究事业。研究院还聘请了一批国内外知名专家学者担任顾问、客座教授、兼职研究员。

非洲研究院成立一年多来，工作成效显著，获得浙江省政府"钱江学者"特聘教授岗位，组建起了一支以省特聘教授、著名非洲研究专家刘鸿武教授为学科带头人的非洲研究团队，先后承担国家外交部、中联部、教育部、国家社科基金、国务院侨办等部门一系列重要研究课题与调研报告项目，出版发表了包括《全球视野下的达尔富尔问题研究》等一批有学术影响力的成果。2008年，非洲研究院被国家留学基金委列为与非洲国家互换奖学金项目单位后，开始启动"非洲通人才培养计划"，一批青年科研人员与研究生被选派至非洲国家的大学进修学习。2009年，在浙江省与中国社会科学院领导支持下，非洲研究院列入浙江省与中国社科院省院共建重点学科行列，并与该院西亚非洲研究所、世界经济与政治研究所开展了很好的合作，与非洲及欧美国家非洲研究机构的学术交流也日益频繁。

我校的对非工作与非洲研究，得到了国家有关部委、学术组织的充分肯定和大力支持。教育部、中国社会科学院、浙江省委省政府、国家留学基金委、中国教育国际交流协会、中国国际关系学会、中国民间组织国际交流促进会、中国非洲史研究会领导相继莅临视察，指导工作；外交部非洲司、政策规划司，中联部非洲局，教育部社科司、国际司，商务部援外司，国家汉办以及外交学院，中央党校国际战略研究所，北京大学国际关系学院，中国人民大学国际关系学院，上海国际问题研究院等有关领导和专家先后来院指导发展规划、建设思路及科研工作；浙江省委宣传部、省教育厅、省外事办、省社科院、省社科联等部门领导与专家也对研究院给予了多方面的帮助和指导，有力地推动了我校的对非工作与非洲研究的顺利开展。

编纂《非洲研究文库》是浙江师范大学非洲研究院长期开展的一项基础性学术工作，由相关部门领导与著名学者组成编纂委员会，以"学科建设与社会需求并重"、"学术追求与现实应用兼顾"为基本原则，遴选非洲研究重大领域及重点课题，以国别和专题研究之形式，集合为八大系列的大型丛书，分批分期出版，以期形成既有学科覆盖面与系统性，同时又具鲜明特色的基础性、标志性研究成果。值此《文库》即将出版之际，谨向所有给予研究院热忱指导和鼎力支持的有关部门，应邀担任《文库》顾问与编委的领导与专家，为《文库》撰写《总序》的外交部部长助理翟隽先生，以及出版《文库》的中国社会科学出版社、世界知识出版社，一并表示衷心的谢忱！

中国的非洲研究经过几代学者的努力，现在已经有了初步的基础，目前国家高度重视非洲研究和人才培养，国内已经有多所大学建立了非洲研究的学术机构。我们希望在今后的工作中，与各相关单位开展更有效的合作，共同努力，为中国非洲学的发展贡献力量。

浙江师范大学　　党委书记　梅新林
　　　　　　　　校　　长　吴锋民
　　　　　　　　2009 年 5 月

# 序　言

现今，非洲的大学面临着各种各样的挑战与机遇，浙江师范大学推出了非洲高等教育的系列研究成果，这正当其时。长期以来，浙江师范大学不仅承担了许多面向非洲大学校长和教育行政官员的人力资源开发合作项目，被中国教育部确定为教育援外基地，而且与非洲许多国家的高等教育机构建立了伙伴关系。2007年9月，浙江师范大学组建了非洲研究院，这更使得该校的非洲研究声名远播。

整个非洲高等教育国别研究系列将涵盖 20 个左右的国家。首期 7 个国家（包括埃及、南非、喀麦隆、尼日利亚、肯尼亚、埃塞俄比亚和坦桑尼亚）的国别研究涉及非洲多样的大学发展经历。难能可贵的是，这些研究并没有将对象局限在撒哈拉以南的非洲，而是覆盖了从北非到南非、从东非到西非的主要代表性国家。这就使得我们有可能对整个非洲大陆有关高等教育的问题进行比较分析。此外，中国擅长于通过南南合作来学习他国之长，因此，中国想必也能从这一系列的研究中为自身许多欠发达地区的高等教育发展汲取经验。这些经验包括如何创造性地利用公共和私人资金资助大学入学，如何完善大学的内部治理结构，如何通过与本国有优异传统的高等院校的合作来改善弱势院校的办学（如在南非那样），等等。

该系列研究的结构大体相同，主要描述并分析了各国高等教育体系的形成、构成、职能、管理体制与运行机制、发展与变革以及所面临的主要机遇与挑战等。

此外，该系列的研究也肯定能加深我们对以下问题的理解：

高等教育在非洲国家发展中起着什么样的作用？非洲国家在高等教育本土化方面有什么经历？非洲高等教育在全球化的世界中面临的国际压力是什么？各国如何应对这些压力？大学与政府及市场的关系如何？管理主义对非洲高等教育治理结构有何影响？非洲大学中科学研究是如何发挥作用的？科研活动中高校与私营部门的关系如何？日益增多的私立高等教育机构在非洲高等教育发展中扮演着什么样的角色？

该系列研究成果在中国得以出版，表明了中国国内比较教育学界对发展中国家教育研究的兴趣日益浓厚。待其中的部分或全部成果用英语发表之后，国际高等教育学者也将能获得对非洲高等教育的一个全新视角。中国与非洲大学的合作传统与现有的法国模式、英国模式、德国模式、美国模式、加拿大模式以及荷兰模式相比有何不同？这些研究如何处理非洲高等教育多方面的不足？这些研究对非洲大学改革的看法是否没有西方许多学者那样带有明显的价值判断？

我们衷心感谢徐辉、顾建新两位教授及其团队所做的研究，感谢他们将非洲主要国家的高等教育系统、完整地呈现在我们面前，供我们讨论和研究。

肯尼思·金

英国爱丁堡大学国际与比较教育荣誉教授、
非洲研究荣誉教授

# 全球化背景中非洲高等教育的
# 本土化(代序)

　　高等教育全球化、国际化、本土化及其与现代化的关系，都是高等教育现代化议题中的重要理论问题。在西方政治、经济、科技、文化占据强势的背景下，高等教育的全球化和国际化不可否认地在很大程度上是高等教育思想、体制、课程、技术的西方化以及西方高等教育的输出。历史上作为西方殖民地的非洲，在高等教育上一贯深受西方影响，至今与西方有着千丝万缕的联系。本文拟探讨的是在这种情况下非洲高等教育本土化的语境和内涵，高校对此的认识和实践，成绩和局限，制约因素，未来发展的趋势和根本点。

## 一、非洲高等教育本土化的语境

　　"非洲高等教育本土化"（indigenisation）与"高等教育非洲化"（Africanisation）一般在同一意义上使用。它虽然有意识形态的意味，但更有发展主义意味。非洲知识分子更多的是从非洲综合发展角度要求高等教育本土化的。非洲人认识到，非洲在全球化境遇中已经被边缘化甚至有被进一步边缘化的危险，唯一的出路就是发挥内部的发展潜力。非洲高等教育强调本土化就是这一认识的一个具体体现，主要是为发挥非洲内部发展潜力服务的。

　　（一）全球化中非洲的边缘化

　　一些发达国家能从全球化中获得巨大的利益，而一些不发达国家在其中处处碰壁，步履维艰。非洲是在毫无准备的情况下被卷入全球化的。这一方面反映在南撒哈拉非洲人均无线电收音机、电视机、电话机、因特网用户数量过低，文盲率过高[①]；另一方面反映在非洲经济的生产基础薄弱，生产力低，经济基础结构不平衡、投资市场不景气。此外，非洲一些国家政治不稳定、债务负担沉重，战乱等社会状况也非常不利于融入全球化经济洪流。国际私人资本完全忽略了非洲；就连非洲出身的大多数人也宁愿把自己的资金投资到其他地区。除资本外流外，人才流失也很严重，削弱了非洲社会的创新能力。"非洲生活的很多方面都存在着高度的外化倾向，而与国内的联系有限。"同过去一样，非洲青年人"努力逃避严酷的社会化经济条件，乐意离乡背井，并准备在任何情况下忍受所在国的侮辱、敌意和排斥"。这样，有人不无极端地说，非洲给人的感觉是"失去了重新创造自我的能力，它没有与世界其他地区同步前进"——撒哈拉以南非洲所占世界贸易总额还不到2%；"几乎没有一个非洲国家被包括在全球价值创造系列之中"；"世界贸易自由化使非洲大多数国家进一步走向边缘化"[②]。

（二）发挥非洲"内部发展潜力"以遏制边缘化

虽然非洲不断接受国际援助，但是"国际善举有如杯水车薪，它不像上天赐雨，人人同沐甘露"。要摆脱困境，需要全体非洲人自己的努力，探索更多的根本地解决问题的路子。非洲人认识到"通过发挥内部的发展潜力非洲可以避免进一步边缘化"。这种内部发展潜力不仅包含内部的经济增长方面，而且是着眼于"国家或地区的内部前景"。相应地，"内生的发展"这

---

① 详见联合国开发计划署各年度《人力发展报告》(*Human Development Report*)，http：//hdr. undp. org.

② ［德］赖纳·特茨拉夫：《全球化压力下的世界文化》，江西人民出版社2001年版，第129—171页。

个概念经常被用作选择性的、自主的发展或自力更生的同义词。在全球化中谋求自力更生、自主发展，对高等教育而言意味着人才培养从思想意识、道德情操到工作能力的培养都密切结合当地发展的需要，教育内容密切联系本土实际。不仅从非洲物质层面也从精神层面的发展要求高等教育本土化。因为在全球化中谋求非洲的自力更生、自主发展需要有强大的内在精神力量支撑。"非洲虽然必须致力于融入全球经济的主流并成为这一新运动的组成部分，但重要的是，要把非洲的遗产作为非洲精神以及非洲特征的重要内容来看待并加以保护。"[①]

## 二、非洲高等教育本土化的内涵

"非洲高等教育本土化"（"高等教育非洲化"）与教育全球化、国际化密不可分。没有全球化和国际化也就无所谓本土化。

在非洲，与本土化、非洲化相关的概念还有内生化。虽然"本土的"（indigenous）和"内生的"（endogenous）两词在植物学领域的使用有明显区别[②]，但在非洲社科研究发展协会（CODESRIA）出版的《21世纪非洲大学》一书中，高等教育的"本土化"、"非洲化"和"内生化"被交替使用，指的是高等教育融入背景或"背景化"的过程（a process of contextualisation），也就是使高等教育在组织结构和课程上适应非洲背景。它们不仅意味着非洲高等教育不受制于对世界的支配性解释（dominant narratives）及其方法论，而且意味着通过相对自治的研究和教育机构、独立的方法论、观点和主题的选择而拥有原创的和批判性的智力产品

---

① ［德］赖纳·特茨拉夫：《全球化压力下的世界文化》，江西人民出版社2001年版，第132—163页。

② 在那里，"本土的"主要是指在某一特定地形学（topography）上物种是土产的、本地的；而"内生的"指的是一种植物"基于自身的资源而发展"的能力，或者"生长或起源于内部"的能力——*Concise Oxford Dictionary. 9th Ed.*

的能力。该书假设，"内生化指的是非洲大学及其生产过程的发展所遵循的路线与它们所从属的或它们所服务的人民的文化方向和物质条件（它们本身在持续变化）相一致。这样，它被理解为：高等教育机构的发展方向和组织结构形式可能在物质和学术上相对独立（但绝不孤立）于全球教育形式（forms）。"①

　　在该协会一名负责人的一篇文章中，高等教育的非洲化则意味着要冲破西方传统认识论的桎梏，要摒弃由过去西方殖民统治和现实的西方文化霸权造成的非洲教育的"外向性"（extraversion），因为它从外部导致非洲教育发展历程中充满"无能感"（sense of inadequacy），并使这种感觉内化，贬低了非洲人的"创造性、作用和价值体系"，导致非洲人对自己文化的疏远；这种疏远又强化了非洲人的"自我贬低和自我厌恶"，强化了他们深深的"自卑感"。因此，他强调非洲高等教育要"在非洲和（或）为非洲"；非洲大学和学者在国际舞台上，要"根据自己的条件和主张行事，把普通非洲人的利益和关切作为指导原则"。② 还有学者认为，"高等教育非洲化要反对的是长此以往会导致永久奴化非洲人的种族主义优越心理和哲学；是被外人强迫接受的、常常离间与本土联系的、并非符合非洲主要利益的外国的行为模式和大学。"③

---

　　① Peter Crossman. Perceptions of "africanisation" or "endogenisation" at African universities: Issues and recommendations. In Paul Tiyambe Zeleza and Adebayo Olukoshi. *African Universities: in the Twenty-first Century.* Volume II: Knowledge and Society. Dakar: Council for the Development of Social Science Research in Africa. 2004. pp. 325—326.

　　② Francis B. Nyamnjoh. A Relevant Education for African Development: Some Epistemological Considerations. *Africa Development.* Vol. XXIX, No. 1, 2004, pp. 161—184.

　　③ K. MacGregor, "Getting to Grips with Africanization," *New Nation*, May 17, 1996, vii. http://www.bc.edu/bc_org/avp/soe/cihe/newsletter/News12/text9.html. 2007—07—27.

可见，高等教育非洲化的内涵大致可分为两个相互联系的方面：一是高等教育非洲化目的层面。高等教育非洲化就是非洲高等教育要为非洲服务，密切联系非洲实际，从非洲的利益出发培养热爱非洲、扎根非洲、能创造性地建设非洲的人才；二是高等教育非洲化途径层面。为了达到上述目的，非洲高等教育要摆脱西方高等教育模式的束缚，不局限于西方认识论，克服外向性，驱散自卑阴霾，从而独立认识和自主建设符合非洲实际的自己的高等教育组织结构、课程体系。

### 三、高等教育非洲化：认识与实践

（一）非洲教师对高等教育非洲化的观点和态度

就观念层面而言，非洲大学教师对高等教育非洲化的观点分为三种情况[①]。第一种情况是大多数教师表明接受甚至需要非洲化；他们把它置于发展主义框架内，强调非洲化和发展之间的联系；不过在面临严酷的物质环境或全球化压力时采取听天由命的态度。发展主义倾向导致了"发展大学"的创建——最早的是苏丹朱巴（Juba）大学、最近的是加纳发展大学（Ghana's University for Development）——而且这些大学创建了重在发展研究（development studies）的系科。第二种情况是许多教师带着浓重的怀疑觉得"非洲化必须具备基本条件"。虽然他们同意非洲化原则，但他们认为非洲化在目前的实践中是不可能的。由于缺乏出自非洲的课程大纲、课本和研究成果，大多数教师和研究人员仍然更多地依靠出自非洲大陆之外的文献，这些文献反映的观

---

① Peter Crossman. Perceptions of "africanisation" or "endogenisation" at African universities: Issues and recommendations. In Paul Tiyambe Zeleza and Adebayo Olukoshi. *African Universities: in the Twenty-first Century*. Volume II: Knowledge and Society. Dakar: Council for the Development of Social Science Research in Africa. 2004. pp. 326—330.

点大体上与非洲大陆无关。例如当下仍在使用的社会学教材的重点在于欧洲或美国的城市或乡村环境。学校灌输的关于全面而系统的西方科学的预设。很明显，致力于课程非洲化或为课程非洲化的任何独立的学术，都要求有一种对任何全球的和占统治地位的解释或意识形态进行批判的基本能力。第三种情况是少数大学教师完全反对非洲化的观点。第一层次的反对源自这样一个假设，即只可能有一种形式的科学，就是通过殖民历史和西方教育系统的灌输而被接受的"统一的"传统。这种观点可视为内生知识基本条件的对立面。第二层次的反对折射了对合理理由的严肃思考，试图把学术从妨碍人们掌握事物联系性的"统一"科学的束缚中解脱出来，也从妨碍人们获得批判性、原创性思维的小民族的机械联想中解脱出来。

（二）高等教育非洲化在南非的实践

就行动层面而言，调查发现，只有少量非洲学者完全以非洲化本身的优势和理由而接受非洲化的观念并以某种具体的行动予以促进。"至少在南非之外几乎没有什么大学支持非洲化的迹象；而且非洲化支持者大多是孤立无援的。"查文杜卡（Chavunduka）教授的个人史就是一个例子：他在创造性促进传统医学方面声名卓著，但在争取副校长职位以便改革所在大学课程时却没能成功。还好非洲化的主题至少在某种形式上在南非得到重视。南非的本土知识观念（IKS）在 20 世纪 90 年代被纳入学术讨论，现在成为一个主要研究主题得到国家科研基金资助，每年的科研经费达到近百万美元。

关于为何出现这种反差，比利时学者彼得·克罗斯曼（Peter Crossman）认为："南非历史上在殖民控制和种族隔离制度下比其他任何国家经历了更强、更广泛和更长时间的与自己的文化之根特别是与自己的传统地域（traditional lands）的疏离……取代和剥夺的影响在南非最深远。加剧的被剥夺感更易于催生在意识形态上的身份追求；非洲化就是这种追求的一种表达。"在1994年南非民主选举之后的过渡时期，这一概念被一些最重要的黑人政治家引入公共领域，而且明确地与"非洲复兴"等意识形态系统相联系。艺术、文化、语言、科学和技术部长莱昂内尔·穆察里（Lionel Mtshali）在1998年的一次讲话中说道："本土知识系统和本土技术的新生是我们非洲复兴经验的一个重要方面。"这种观点被视为泛非主义学派和黑人意识学派的继承。与这些宣言相伴随的是呼吁大学承担"恢复"和调动非洲本土知识并真正把它引入课程的任务。在政府资助下一些大学的系（部）逐渐实施了这一方向的研究计划。

值得注意的是，最近受科研资助来源的影响，南非关于本土知识的研究实际上从对它的意识形态的理解转向它对环境、农业和当地经济等问题中去了。科学和工业研究学会（CSIR）资助的全国"本土技术摸查工程"（Indigenous Technologies Audit Project）明显地把研究重点放在各种工农业技术、有发展或商业潜力的工艺和民间传说等项目上。但该工程的首次研讨会明确呼吁把IKS纳入大学课程。全球贸易相关因素迫使国家就知识产权和贸易相关问题的立法，也有助于这一观念进入大众议题。随着世界贸易组织的建立，这一问题不仅成为人们关注的中心，而且南非已经向世界透露了其开发南非多样化生物系统巨大本草疗法潜力的制药学意图。①

**四、几点思考**

（一）非洲高等教育本土化的成绩与局限

非洲高等教育本土化从思想观念到客观条件都面临巨大困

① Peter Crossman. Perceptions of "africanisation" or "endogenisation" at African universities: Issues and recommendations. In Paul Tiyambe Zeleza and Adebayo Olukoshi. *African Universities: in the Twenty-first Century.* Volume II: Knowledge and Society. Dakar: Council for the Development of Social Science Research in Africa. 2004. pp. 331—333.

难，但也取得了一些进展，产生了一些作用，比如：在内涵上进行了澄清，消除了一些误解；既从民族意识、民族精神、民族自尊等意识形态层面着眼，也从经济振兴、科技发展需要出发；南非关于本土知识的讨论已"引起一定范围内的知识分子对按西方范式所培训的那些东西的不安。"不过，这种进展和作用不能掩盖非洲高等教育本土化水平很低的现实。如前所述，非洲学者对非洲高等教育本土化大多持消极甚至怀疑态度，非洲高等教育本土化还只有零星的研究和实践；"高等教育本土化在非洲大多数国家高等学校中被忽略"。[①]

（二）非洲高等教育本土化的制约因素

影响非洲高等教育本土化的因素比较多。这里重点讨论三个方面：

1. 西方殖民教育传统养成的非洲高校的"外化倾向"。这种倾向即非洲高等教育对西方全方位崇拜抑或不得已而为之的单向依赖，从组织的设立和管理、教学的内容和方法、教师和教学的评价标准、科研的评价标准到教科书和教师培训等莫不如此。更重要的是，这导致对摆脱这种依赖的可能性的怀疑。这不仅表现在教育上，也表现在整个社会科学，甚至体现在非洲整个政治、经济和社会生活之中。"非洲教育是西方认识论输出的牺牲品。这种输出使科学充当了意识形态和霸权的工具。在这种认识论输出下，在非洲和（或）为非洲人的教育一直像是在面向西方知识分子的理想朝圣。非洲教育……成为贬低或灭绝非洲人创造性、行为力（agency）和价值体系的帮凶。"结果，学生们了解

① Peter Crossman. Perceptions of "africanisation" or "endogenisation" at African universities: Issues and recommendations. In Paul Tiyambe Zeleza and Adebayo Olukoshi. *African Universities: in the Twenty-first Century.* Volume II: Knowledge and Society. Dakar: Council for the Development of Social Science Research in Africa. 2004. pp. 331—334.

欧洲的情况比了解本国的更多；"非洲生产的研究者和教育者在自己生长的周围社区不能起作用，但能得心应手地工作于任何工业化国家的任何机构"。有时候，"图书馆塞得满满的图书在观点和内容上也许与非洲大陆的急迫问题和特异性没有任何关联"。①

2. 非洲民族国家的发展历程。非洲高等教育本土化面临的挑战之一是民族国家身份认同问题。这与非洲许多"民族国家"的发展历程有关。非洲大多数国家都曾经是欧洲人的殖民地。许多殖民地政府的边界是通过欧洲随意达成的协议划分的，并没有考虑人们的经济、文化或种族差别。结果，这些殖民地独立时，很难形成一种民族意识和民族归属感。"在非洲一些地区还没有充分形成国家与民族国家"② 是独立后一些国家不断受到内部对抗甚至内战的威胁的重要原因之一。这大大限制了高等教育本土化的底蕴和基础。

3. 本土语言的待遇。与殖民教育传统、民族意识缺乏或民族国家政府权威偏弱相关，目前"只有少数国家采取政策鼓励用非洲语言进行教学"，而且这些国家已经倾向于把当地语言的教学和使用限制在小学和中学而不涵盖大学。马拉维的卡马祖学院（Kamuzu Academy）的许多做法体现了极端的媚外，不切实际。该校教师会毫不犹豫地对"被逮到讲母语"的学生进行体罚。这些惯例使非洲语言在非洲学生眼中"成为次等语言"。除了坦桑尼亚外，没有任何南撒哈拉非洲大学"用某一非洲语言作为主要教学语言提供完整的文凭课程计划（a full diploma programme）"。③ 民族语言与民族意识和民族情感密切相关，进

---

① Francis B. Nyamnjoh. A Relevant Education for African Development: Some Epistemological Considerations. *Africa Development*. Vol. XXIX, No. 1, 2004, pp. 161—184.

② ［英］安东尼·吉登斯：《社会学》，北京大学出版社 2003 年版，第 563 页。

③ Francis B. Nyamnjoh. A Relevant Education for African Development: Some Epistemological Considerations. *Africa Development*. Vol. XXIX, No. 1, 2004, pp. 161—184.

而与民族国家的政治、经济和文化建设相关。严重影响非洲大学师资和物质设施的非洲人才外流和资本外逃，虽说与非洲大陆的生存和投资环境恶劣有关，但无疑也与包括语言政策在内的民族虚无主义有关。

（三）非洲高等教育本土化何去何从

虽然任何一个国家或地区要达成现代化，都要"逐步形成国际上大多数国家尤其是现代化先行者采用的制度化教育模式、民主化的办学道路、反映科学知识的教学内容、先进的教学手段等"，但从理论上讲，高等教育本土化作为教育本土化的一部分是"教育现代化过程中必经的阶段；而且本土化也可看做是现代化发展的一个结果或者说一种表现形式"①。没有教育的本土化便没有真正的教育现代化。虽然高等教育本土化对非洲来说的确需要时间和一定的客观条件，但高等教育本土化本身的价值是不容置疑的。因此，非洲高等教育本土化对广大非洲大学和教师来说，不是是否同意、是否可能的问题，而是必须去促进、去落实、去加强的问题，正如非洲学者自己所言，"非洲高等教育的未来只有通过谨慎而创造性的文化回归和本土化过程才能有希望。"②

那么，非洲高等教育本土化未来发展的根本点是什么？非洲学者曾提出"让非洲大学在非洲土壤上扎根"，指出了非洲高等教育本土化的根本方向。为此，非洲高等教育界要仔细反思非洲人的利益和优先任务，明确致力于"非洲大陆及其人民多方面

---

① 郑金洲：《教育现代化与教育本土化》，载《华东师范大学学报》（教育科学版）1997 年第 3 期。

② Francis B. Nyamnjoh. A Relevant Education for African Development: Some Epistemological Considerations. *Africa Development*. Vol. XXIX, No. 1, 2004, pp. 161—184.

的真正解放的使命"①。目前，非洲高教本土化，首先，要逐渐摆脱西方中心倾向，立足非洲需要。因为西方的办学理念和制度、教材、语言、知识体系、评价标准等等，无不充斥着非洲高等教育；大学教师也具有强大的西方留学的背景。对于非洲高等教育机构而言，不适应非洲需要的西方的东西太多了。政府可采取措施鼓励本土急需的应用知识的教学和科研。非洲高等教育机构不妨大力加强与非西方的高等教育机构的合作。其次，要强化非洲民族意识培养和民族使命感教育。非洲高等教育本土化最艰巨的任务，也许是加强非洲传统文化、非洲历史和非洲当前形势和任务的教育。为此，课程设置和教学内容选择上要更多地涉及本土的知识，更多地致力于本土问题的解决，而不是让西方的文化、西方性的问题挤占本土文化、本土性问题的空间。此外，还须重视民族语言的教学，甚至在一些专业以民族语言为教学语言。

徐　辉　万秀兰

2008 年 8 月 8 日

---

① Francis B. Nyamnjoh. A Relevant Education for African Development: Some Epistemological Considerations. *Africa Development*. Vol. XXIX, No. 1, 2004, pp. 161—184.

# 目　录

# 第一章

# 绪论:埃塞俄比亚经济社会与教育形态概述

　　具有 3000 年文明史的埃塞俄比亚是非洲唯一没有被殖民化的国家,这一直是埃塞俄比亚人引以为自豪的事情。但是,在现代文明和现代化进程中,埃塞俄比亚却未能赶上世界前进的脚步,相反却落在了世界的后头。长期的种族纷争、外族入侵、自然灾害、疾病肆虐等原因,致使它教育落后、经济落后,是联合国宣布的世界最不发达的国家之一。

　　埃塞俄比亚的教育深受宗教思想和"精英"教育传统的影响,现代教育体制在埃塞俄比亚的出现只有百余年的历史,发展十分缓慢,中间又几近停止。第二次世界大战以后,国家开始重视教育,开办了各级学校,建立了较为成熟的教育体系。但由于长期的战乱、纷争和自然灾害,教育发展一直十分缓慢,绝大部分适龄人口仍然没有机会或没有能力接受正规的学校教育。进入 20 世纪 90 年代以后,国家政局趋于稳定,政府不断加大对教育的投入,教育改革步伐加快,各级各类教育得到了较快发展。近二十年来的教育环境成为埃塞俄比亚历史上最好的发展时期。

## 第一节　贫弱的经济与深重的教育发展历史

　　埃塞俄比亚的全称是"埃塞俄比亚联邦民主共和国"(the Federal Democratic Republic of Ethiopia)。"Ethiopia"一词来源于

希腊语，意为"晒黑了的脸孔"、"被太阳晒黑的人聚居的地方"。从古希腊时期，人们就知道埃及以南有一个地区，居住着称"Ethiopia"的黑色人种，古代人误以为黑色人种是阳光照射造成的，所以称之为"Ethiopia"。

　　埃塞俄比亚是一个多民族的国家，宗教势力对国家政治、经济、文化和教育的影响深远。经济以农业生产为主，工业基础薄弱，40%的人口至今仍生活在贫困线以下。经济的落后制约了教育的发展，埃塞俄比亚的人均受教育年限、入学率、女性入学比例等多项指标均处于世界倒数水平，教育的发展任重而道远。

## 一、悠久的历史与古老的文明

### （一）历史与文明

　　埃塞俄比亚是有着3000年文明史的非洲文化古国，具有悠久的历史和古代文化，有着丰富的文化遗产和历史古迹。据考古证实，早在三四百万年前，埃塞俄比亚境内即有人类存在（埃塞俄比亚东北部阿法尔地区迄今为止发现最完整的古人类化石"露西"，距今约350万年），是古人类的发祥地。因此，埃塞俄比亚有"人类发源地"之称。公元前975年，孟尼利克一世（Menelik I）称王，公元前8世纪建立努比亚（Nubia）王国，公元前后建立阿克苏姆（Aksum）王国。公元2世纪，阿克苏姆王国逐渐兴盛，其势力扩展到红海沿岸，3—6世纪时统治了邻近地区，6世纪中叶波斯人和阿拉伯人先后入侵，阿克苏姆王国逐渐衰落，大约10世纪末被扎格王朝取代。13世纪，阿比西尼亚（Abyssinia）王国兴起，并南迁国都至绍阿（今亚的斯亚贝巴地区），直至16世纪。16世纪后，葡萄牙、英国、意大利等殖民者相继入侵。1632年法西利德斯继位，迁都贡德尔（Gondar），形成了与西方文艺复兴时期相媲美的"贡德尔时期"（1632—1855年）。贡德尔后期，由于奥罗莫族（Oromo）的入侵和内部争权夺利,国内局势十分混乱,埃塞俄比亚进入了"王子纷争时代",并逐渐走向衰落。

1889年,绍阿国王孟尼利克二世(Menelik Ⅱ)称帝,统一了全国,建都亚的斯亚贝巴(Addis Ababa),奠定了现代埃塞俄比亚疆域。1890年,意大利入侵,强迫埃塞俄比亚接受其"保护"。1896年,孟尼利克二世率兵在阿杜瓦大败意军,意被迫承认埃塞俄比亚独立。1928年,海尔·塞拉西(Haile Selassie)皇帝登基,1930年11月2日加冕称帝。1936年意大利再次入侵,占领埃塞俄比亚全境,塞拉西皇帝被迫流亡英国。1941年埃塞俄比亚在英国等盟军帮助下再次打败意军,5月5日塞拉西归国复位,直至1974年发生埃塞俄比亚"革命"被推翻。

历史上,埃塞俄比亚虽先后被葡萄牙、英国、意大利、土耳其等国占领,但其独特的民族文化仍被保存了下来。大约公元前6世纪至公元前1世纪,南阿拉伯的赛伯伊文化已影响到埃塞俄比亚。公元4世纪时,阿克苏姆王国的国王厄查纳(King Erzana,320—325年)改革了文字,创造出埃塞俄比亚字母表。字母表由26个字母组成,其中24个是从赛巴(Sabean)文字的28个字母中派生出来的,另外2个是赛巴文字中所没有的P音字母。字母全部为辅音,给字母加上适当的元音标记即成为音节符号,书写方向不同于赛巴文字和其他萨米特文字,从左向右书写。13世纪后期,埃塞俄比亚文学进入黄金时代,大量翻译圣书,创作出许多文学和史学著作。

1974年在埃塞俄比亚东北部发现了距今约350万年前的古人类化石"露西",被认为是最早的人类化石。埃塞俄比亚文化的民族色彩和宗教色彩浓厚,保留了非洲民族文化的本色,继承了基督教文化的传统,融合了伊斯兰文化的特点。全国1500座教堂和众多的清真寺中,保留了许多有艺术价值的壁画和雕刻。民族音乐、舞蹈、绘画和手工业受到保护,有设备完好的剧院,

1 个话剧团，1 所艺术院校，1 所民族音乐学院，20 多个博物馆，约 100 个图书馆。亚的斯亚贝巴还设有意大利、法国、英国、德国和俄国等外国文化艺术中心，经常组织文化交流活动。

（二）民族与宗教

据埃塞俄比亚中央统计局 2005 年中期估算，埃塞俄比亚总人口为 7390.8 万人（据联合国世界人口调查的数据，2005 年埃塞俄比亚总人口高达 7743 万人），系非洲人口第二大国，人口密度每平方公里约 65.2 人。农村人口占总人口的 85%。年均人口增长率为 2.9%。据联合国估计，2000—2005 年，埃塞俄比亚人口出生率为 4.1%，死亡率为 1.6%，人均寿命 50 岁，人类发展指数 0.367，居全世界第 170 位。

埃塞俄比亚是一个多民族的国家，国民为黑色人种和欧罗巴人种融合而成。埃塞俄比亚全国约有 80 多个民族，各民族都有自己独特的语言和风俗习惯，共有 83 种语言和 200 种方言。其中较大的民族有奥罗莫族（40%）、阿姆哈拉族（20%）、提格雷族（8%）、索马里族（6%）、锡达莫族（9%）等。阿姆哈拉语为联邦工作语言，通用英语，主要民族语言有奥罗莫语、提格雷语等。

埃塞俄比亚国内约有 45% 的居民信奉东正教（基督教的一个古老的分支），40%—45% 为逊尼派穆斯林，另外还有福音派新教、罗马天主教、印度教、锡克教以及原始宗教信仰者。埃塞俄比亚的教育深受宗教势力的统治和影响。从公元 4 世纪基督教地位在埃塞俄比亚得到认可，直到 19 世纪初，近 1500 年来，埃塞俄比亚的所有教育几乎都与教堂有关，并受到基督教教堂的控制。时至今日，东正教和伊斯兰教对埃塞俄比亚的政治、经济、教育和文化生活仍然产生着较大的影响。

## 二、贫弱的经济与落后的教育

（一）贫弱的经济

埃塞俄比亚工业基础薄弱，经济以农牧业为主，农业占国民生产总值的 50%，占出口总额的 60%，从业人数的 80% 以上为农业人口。前政权（"门格斯图"军事政权）统治时期，由于内乱不断、政策失当和天灾频繁，经济几近崩溃。"埃革阵"① 执政后采取了以经济建设为中心、以农业和基础设施建设为先导的发展战略，向市场经济过渡，经济获得了较快恢复。1995 年开始实施"和平、民主与发展五年规划"，加快经济结构调整。颁布并修订了投资法，吸引国内外私人投资。采取积极的就业政策，扩大就业，减轻贫困，削减赤字，力争国民经济持续发展。1998 年埃厄（"埃塞俄比亚"与"厄立特里亚"）边界冲突爆发后，埃塞俄比亚将大量发展资金用于战争，加之西方冻结援助，外国投资锐减，又遇严重旱灾，粮食大量减产，经济发展再度遇到困难。2001 年，以埃厄和平进程取得进展为契机，埃塞俄比亚政府进一步将工作重心转移到经济建设领域，大幅削减国防开支，增加社会经济部门预算，加大农业和基础设施投入，努力推进经济调整和改革，同时积极争取国际社会援助。由于措施得当，风调雨顺，经济得到一定恢复和发展。2002/2003 年开始实施《可持续发展和减贫计划》，先后采取修改投资和移民政策，降低出口税和银行利率等措施，但因受旱灾影响，粮食产量大幅下降，被迫向国际社会呼吁紧急粮食援助。2003/2004 财年经济恢复增长，并连续四年保持了高速增长势头（据埃塞俄比亚国家银行统计，2005 年为 9.6%，2006 年为 11.9%，2007 年预计为 10.1%），大大超过黑非洲地区平均 5.8% 的增长率。GDP 总量中农业占 47.5%，工业占 9.9%，服务业占 42.6%，工业就业人口不到总人口的 10%。

①　"埃塞俄比亚人民革命民主阵线"的简称。

表 1 - 1　　　　　　埃塞俄比亚主要经济指标统计　　　单位：百万比尔①

| 年度<br>项目 | 2001/2002 | 2002/2003 | 2003/2004 | 2004/2005 |
|---|---|---|---|---|
| 国内生产总值 | 61654 | 68742 | 69088 | 74506 |
| GDP 增长率（%） | 1.1 | 3.8 | 11.1 | 10.5 |
| 财政预算 | — | 11149 | 13917 | 15467 |
| 汇率（比尔/美元） | 8.5678 | 8.5997 | 8.6356 | 8.68 |
| 通货膨胀率（%） | 6.7 | 18.6 | 3.3 | 11.6 |

资料来源：由中国驻埃塞俄比亚大使馆文化处提供。

根据世界银行"2006 年非洲发展数据手册"中大约 1200 个指标统计显示，埃塞俄比亚的综合发展指数在撒哈拉以南非洲地区仍然属于偏低水平。通货膨胀率达到 11.6%，国家负债率高达 106.2%，居民固定电话拥有量 610300 户，移动电话为410600 户，因特网用户为 113000 户。②

表 1 - 2　　　　埃塞俄比亚与撒哈拉以南非洲平均水平的<br>　　　　　　　　相关发展指数比较③

| 指标项 | 埃塞俄比亚 | 撒哈拉以南非洲 | 指标项 | 埃塞俄比亚 | 撒哈拉以南非洲 |
|---|---|---|---|---|---|
| 人均国民收入（GNI）（美元） | 110 | 600 | 婴儿死亡率（每1000 个新生婴儿） | 110 | 100 |
| 国内生产总值（美元，百万） | 9731 | 528146 | 15—49 岁人群中艾滋病病毒患者（%） | 4.4 | 6.1 |
| 国内生产总值年增长率 | 12.3 | 5.1 | 中等教育入学率（占适龄人群的百分比） | 28 | 29 |

① 即 Birr，埃塞俄比亚货币单位，一美元约兑换八到九比尔。

② 资料来源：www. fmprc. gov. cn.

③ 表中数据为 2004 或 2005 统计数字，斜体为 2000—2003 年统计数字。

续表

| 指标项 | 埃塞俄比亚 | 撒哈拉以南非洲 | 指标项 | 埃塞俄比亚 | 撒哈拉以南非洲 |
|---|---|---|---|---|---|
| 外债率（占 GDP 百分比） | 68 | 45 | 高等教育入学率（占适龄人群的百分比） | 2 | 5 |
| 居民储蓄总量（占 GDP 百分比） | 4.1 | 21.9 | 小学毕业率（适龄人口百分比） | 51 | 62 |
| 固定资本份额（占 GDP 百分比） | 21.3 | 18.9 | 小学生师比 | 72 | 46 |
| 私有资本份额（占 GDP 百分比） | 12.1 | 13.3 | 小学毛入学率（适龄人口百分比） | 77 | 92 |
| 公路密度（每1000平方公里内含有的公里数） | 9 | 125 | 中小学男女生比例（男生为100） | 73 | 84 |
| 每公顷粮食产量（公斤） | 1253 | 1095 | 每 1000 人电话占有量 | 8 | 84 |
| 商品和服务出口量（占 GDP 百分比） | 16 | 35 | 城市家庭电话占有率 | 8 | 12 |
| 商品和服务进口量（占 GDP 百分比） | 33 | 40 | 农村家庭电话占有率 | 0 | 1 |
| 人均寿命（岁） | 42 | 46 | 每 1000 人中互联网用户 | 2 | 19 |

资料来源：The World Bank. 2006 The Little Data Book on Africa. pp. 44—45.

（二）落后的教育

古代丰富文化遗产并没有成为现代教育发展的润滑剂，相反，根深蒂固的宗教文化却在一定程度上成为现代教育发展的桎梏。直到 20 世纪中期，埃塞俄比亚还保留着传统与现代两种教育体制并存的局面。传统教育根源于基督教和伊斯兰教，初等教育通常都是由朝拜地附近的牧师把持，高等教育都分布在朝拜中心地，主要由埃塞俄比亚北部和西北部地区的主教把持，成为他们宣讲基督教义的场所。从这些学校出来的学生也多半是谋得僧侣职位或在教堂里供职。

现代学校制度在埃塞俄比亚也只有百年的历史。1907 年，孟尼利克二世时期，通过向西方学习，建立了一所现代形态的学校，开创了现代教育体制的先河，并得到初步发展。海尔·塞拉西一世时期建立了一套有限的但运行良好的现代中小学教育体系，到了 20 世纪 50—60 年代又开办了文学艺术、工艺技术、公共卫生、建筑、法律、社会工作、商业、农业、神学等高等专科学院。1961 年，海尔·塞拉西一世大学（即现在的亚的斯亚贝巴大学）成立，从此成为培养高等教育管理人才的摇篮，也成为埃塞俄比亚最为重要的大学。

1974 年起，以门格斯图为首的军事政权对塞拉西时期的教育体系进行了大范围改革，但由于不能结合本国实际发展教育，而是片面模仿苏联模式，导致教育发展计划并没有得到有效贯彻实施，更没有达到预期目标，其所谓欲速则不达。

1991 年"埃革阵"推翻了门格斯图的军事独裁统治，先成立过渡政府，后于 1994 年"埃革阵"组阁开始执政。新政权充分认识到发展教育的重要性，在稳定政局的前提下，新政权相继制定了中小学和高等教育发展计划，国家教育局面逐步改观。但由于埃塞俄比亚教育本身积弊较深，加上经济落后的制约，埃塞俄比亚发展教育的道路仍然困难重重。

"埃革阵"执政后，将发展教育、提高国民文化素质和培养技术人才作为政府工作重点之一。全国实行 10 年义务教育，包括小学 8 年、初中 2 年。入学年龄为 7 岁，7—15 岁为小学阶段，15—19 岁为中学阶段。据联合国教科文组织估计，截至 2004 年 5 月，埃塞俄比亚全国共有小学 12471 所，中学 1400 所，职业技术学校 153 所，公立高校 21 所。在校小学生 1400 万，中学生 73 万,职业技术学校学生 17.2 万,大学生 12 万;小学适龄人口入学率上升到 56%,中学入学率为 28%,而大学入学率不足 2%。突出的困难是合格师资短缺,尤其是中学教师和大学教师严重不足。2004/2005 年度,政府教育拨款为 48 亿比尔(占政府支出的 19.6%)。由于教师短缺、经费短缺,教育质量很难保证,辍学率过高、女童入学偏低、教学脱离实际,校园动荡不安的现象十分严重。

### 三、传统教育的源远流长

埃塞俄比亚经济社会发展落后的同时也折射出教育的贫弱和滞后。古代传统教育成为宗教的附庸和控制人民的精神工具。西方社会已进入工业化革命时期时,埃塞俄比亚还是一个愚昧落后、分崩离析的封建式农业社会。20 世纪初,现代教育体制的引入,并没有加快埃塞俄比亚前进的脚步。相反,长期的内乱、外室的入侵、观念的桎梏,使埃塞俄比亚的现代教育几经磨难,乃至窒息,发展速度缓慢,远远落在了世界的后面。

(一)宗教把持的传统教育

从公元 4 世纪基督教精神统治地位在埃塞俄比亚的确立到 19 世纪初,近 1500 年来,埃塞俄比亚的所有教育都与基督教教堂有着密切的联系,并受到教堂的严格控制,只有西部伊斯兰人口聚居地区的古兰经学校除外。基督教会控制着教育,把它作为愚昧人民的精神工具,阻碍了社会的正常发展和教育的现代化改造。

长期以来,埃塞俄比亚境内的犹太教、基督教、伊斯兰教以及埃塞俄比亚本土宗教都能够和平相处,但是偶尔也发生过派系之间的暴力冲突。有较大势力的宗教基本都建有自己的学校,接纳其信徒的子女入学。基督教统治着埃塞俄比亚北部、西北部和中部地区,犹太教局限于塔纳湖地区,伊斯兰教在东部、南部和西部地区势力最强,而本土宗教势力主要集中在南部地区。现在，在亚的斯亚贝巴、贡德尔等中心城市地区，基督教、伊斯兰教等存在着多宗教和谐共处的局面。

当时埃塞俄比亚最好的学校都是由传统的埃及基督教派所创办。为了使基督教得以延续不衰，国王厄查纳开始创办教会学校，但是教会学校发展的"黄金时代"是在 1200—1500 年之间，从此以后教会学校变化不大。教会学校的主要目标首先是培养牧师、僧侣或神甫，其次是通过基督文化传播宗教信仰。教会学校不仅培养牧师、僧侣，还培养主教（cantors），主教的受教育水平高于牧师和僧侣，他们不但是教会的学者、教育的管理人，还是为国家当权者谋划的精英特权阶层。精英阶层的子女也同样受到最好的教育，并有机会进入国家权力阶层。教会学校也培养教师和政府公务员，如法官、地方官员、书记员、财会人员以及各类管理人员。总之，当时的教会学校是国家人才培养的唯一通道。

（二）孟尼利克时期教育的还俗化

到了 20 世纪初期，宗教把持的传统教育体制所培养的人越来越不能适应国家管理、对外交往、商业贸易和经济发展的需要，导致了教育现代化的开端。

1885—1892 年，意大利武装占领了厄立特里亚（此时属于埃塞俄比亚），孟尼利克二世①很受震动，从而开始了教育还俗化和教育现代化之举。从 1905 年开始，教会学校不再对开办现

---

① 孟尼利克二世（Menilek Ⅱ，在位时间 1889—1913 年）：原绍阿公国国王，1889 年约翰尼斯皇帝在对苏丹马赫迪战役中阵亡后即位。其主要历史功绩：一是统一埃塞俄比亚全境，建都亚的斯亚贝巴，奠定了现代埃塞俄比亚的疆域；二是在1896 年取得阿杜瓦战役胜利，迫使意大利承认埃塞俄比亚独立；三是进行了一系列现代化建设，奠定了现代埃塞俄比亚的基础，包括：1894 年开始修建亚的斯-吉布提铁路，1917 年正式通车运营；修建公路、桥梁，引进汽车、自行车和蒸汽机；兴办邮政、电报、电话、印刷业；发展教育、医疗卫生；发行货币，开办银行；鼓励中小型企业发展等。

代制学校进行挑衅，出现教会学校与政府办的现代制学校共存的局面。孟尼利克政府在推行教育现代化的同时还进行了国家办公的现代化革新，如仿照西方成立了 10 个政府行政管理部门，但孟尼利克皇帝却为了讨好教会而拱手把世俗教育的管理权交给了教会。所以说，20 世纪初埃塞俄比亚的教育现代化进程是不彻底的，难免烙上宗教的印记。当时，政府办的世俗学校所开设的课程包括：法语、英语、阿拉伯语、意大利语、阿姆哈拉语、Geêz 语、数学、物理和体育，学生的学费包括食宿都由皇帝支付。孟尼利克政府雄心勃勃，从 1905 年起，统治阶级便开始讨论教育的普及问题，并把世俗教育的发展与国家进步联系了起来，正如 Zewditu Menelik 皇后在 1921 年的宣言中声明：

> 每位家长都必须教授其子女阅读和书写的能力，学会区分善恶标准……凡拒绝此事的家长将被处以 50 元的罚款……无论城市还是农村，各教区的领导除了本人在教堂所担任的固定职位外，都有义务教授本教区儿童的读写……如果不能履行此项职责，将被剥夺其所被授予的职位。每位家长，在教会子女的读写能力之后，要为其选择当地的一所商业学校学习，以使其能够面对生计的艰难。如果你做不到这一点，将被认为是剥夺了别人羊羔的人，并处以 50 元罚款，所罚之钱将用于穷人的教育。这项宣言适用于 7—21 岁的青少年。父母对超过 21 岁的孩子将不再负担任何责任。①

事实上，孟尼利克政府所采取的向无知和文盲宣战，旨在把国家变成一个有文化的工业社会。但对于当时的埃塞俄比亚社会来说，这项宣言显然是雷声大、雨点小，而且有点乌托邦的性

---

①　http://education.stateuniversity.com/pages/454/Ethiopia-HISTORY-BACKGROUND.html#.

质，其影响力十分有限，其成效也就可想而知了。

1908 年，孟尼利克二世仿照当时欧洲的教育体系，在亚的斯亚贝巴创办了第一所公立学校，一年后在海拉尔（Harer）又建立了一所公立小学。这些学校里教授基础数学、自然科学，同时还教授阿姆哈拉语（Amharic）和宗教课程，用法语授课。

1925 年，国家调整并延长了学制，十年后公立学校数达到 20 所，但入学人数只有 8000 人。在意大利占领期（1936—1941年）学校被迫关闭。

### 四、塞拉西皇帝时期的教育现代化

（一）现代教育的起步

埃塞俄比亚现代教育体制的真正起步是在二战以后。当时海尔·塞拉西[①]皇帝从英国流亡结束返回国内，重掌政权，重开学校。当时虽然面临着师资、教材和教学设施的严重不足，但在国际社会的支持下，各级教育得到恢复与发展。到了 1952 年，有国家创办的小学 400 所，中学 11 所，高等专科学校 3 所，各类学校在校生有 6 万人。到了 20 世纪 60 年代，310 个慈善机构和教堂等私人开办的学校里共招收学生 5.2 万人，成为公立教育的有效补充，基本形成公立、私立学校共同发展的局面。

---

① 海尔·塞拉西（Haile Selassie I）：1916—1930 年为摄政王，1930—1974 年称帝，实际统治埃塞俄比亚长达近 60 年。其父亲麦康宁是孟尼利克时期的将军、外交家，在父亲的影响下，塞拉西早年就担任了多个重要职务，如 14 岁时（1906 年）任区长，16 岁任锡达莫州长，18 岁任哈拉尔州长等。塞拉西加冕称帝后，继承孟尼利克的事业，继续致力于埃塞俄比亚现代化建设，尤其是加快发展教育。但加冕仅四年后，意大利再次入侵，塞拉西被迫流亡英国，直到 1941 年 5 月盟军大败意军后才归国复位。20 世纪 40—60 年代，埃塞俄比亚教育事业迅速发展，在全国推广中小学教育，在首都和其他城市发展高等教育，为埃塞俄比亚的教育事业奠定了一定的基础。20 世纪 60 年代以后，人民反抗塞拉西的斗争尖锐化。1974 年 2 月门格斯图发动军事武装政变，塞拉西被废黜并监禁，最后死于监狱。

　　埃塞俄比亚第一所高等专科学校建立于20世纪50年代。这一时期塞拉西皇帝先后开办有文学艺术、工艺技术、公共卫生、建筑、法律、社会工作、商业、农业、神学等高等专科学校,现代高等教育在埃塞俄比亚得到了缓慢发展,但真正意义上大学在埃塞俄比亚还没有出现。1961年,在以亚的斯亚贝巴大学学院为主体、合并其他几所专科学院的基础上成立了塞拉西一世大学。从此,塞拉西一世大学成为埃塞俄比亚培养高等管理人才的摇篮。但在整个60—70年代,能够接受大学教育的人数并不多,据统计,1970年在国内和外国接受高等教育的学生数也只有2800人。

　　1961年5月,埃塞俄比亚主持召开了由联合国发起的非洲国家教育发展大会。会上强调指出了埃塞俄比亚教育的不足与落后。埃塞俄比亚的教育体系,特别是中小学教育发展状况,落在了非洲许多国家的后面。尽管塞拉西皇帝十分努力,但埃塞俄比亚的教育仍然存在着学校数量不够、教师短缺、辍学率高、入学率低(到1969年,7—12岁儿童的入学率也不到10%,女童、非基督教民以及农村地区的孩子入学率更低)的局面。中等教育师资在20世纪60—70年代初期主要依靠联合国维和部队派出的400多名教师的支持,本国教师只占很小比例,而且教学水平低下。

　　面对这些困难局面,埃塞俄比亚教育部制定了一项新的教育发展政策。该政策与政府的第二个和第三个五年发展计划(1962—1973年)目标相结合,强调在发展普通教育的同时,优先发展职业技术教育,广泛建立技术培训学校,培养国家发展所需的实用技术人才。国家规定学校课程里要同时开设学术性课程和非学术性课程。

　　调整后的学制规定,在整个小学阶段都要用阿姆哈拉语教学,这样就给原先非阿姆哈拉语的学生带来了语言学习和课程理解上的障碍。要求两年制初中既开设普通学术课程又开设职业性课程，分别面向那些希望毕业后继续深造的学生和那些准备进入职业技术学校的学生。在职业性课程教学过程中，需提供专门进行实际操作的工具，以培养半熟练技术工人。在四年制高中学校，绝大多数学生都是为了在国内上大学或到国外留学做准备。当然，毕业生也可以进入农业或工业专科学校学习，还可以到政府服务部门或参军或到私营企业工作。这一时期，埃塞俄比亚只有 2 所高校，即海尔·塞拉西一世大学（1961 年由几所高校合并而成）和由一位罗马天主教僧侣建立的阿斯莫亚（Asmera）私立大学。

（二）现代教育的缓慢发展

在 1961—1971 年间，埃塞俄比亚的公立学校数量增加了四倍多，塞拉西政府宣称它的远大目标是普及小学教育。到 1971年，公立中小学校达到 1300 所，教师 1.3 万人，在校生有 60 万人。另有许多家庭把自己的子女送到了教会学校和私立学校去读书。但是，公立学校规模的扩张也带来了教师、资金、设施等教育资源的严重不足，尤其是教师的短缺已严重影响到教育质量和国家教育的可持续发展问题。国际援助计划通常只注重校舍等硬件的建设而忽视了合格教师的培养和培训，又加上教师的待遇不尽如人意，在职教师中许多人存在着要跳槽或转行的想法。其他如联合国维和部队以及国际上派来的援教人员（多是大学四年级学生，时间为一年）也只是权宜之计，一旦时局变动，外国教师就会随时撤走，这恰如釜底抽薪，整个教育必将受到损伤。另外，在教育布局上，当时的大多数学校都是在大中城市，农村和小城镇里的学校拥挤不堪、教职员缺乏、教学质量普遍低下。

有专家认为，埃塞俄比亚 20 世纪 70 年代教育发展出现的许多困难，其直接原因是教育经费的不足和所执行的财政制度的不当所致。于是，塞拉西政府进行了一项财税制度改革，主要内容是向农业土地所有者征收农业特别税。当时的政府规定，地方教育委员会负责管理对所征税款的分配和使用，主要用于筹办小学教育（中央财政只负责中等和高等教育）。这项不合时宜的税收制度导致了较富裕地区小学教育的较快发展，而较贫困地区的小学教育仍然发展缓慢、后劲不足，甚至举步维艰。这项改革没有涉及城市，市民不用纳税却可以享受到较为优越的教育资源，可以把他们的子女送到较好的学校里去读书，这实际上是以不公平享有农村地主和贫苦农民所纳税款为代价的。后来，塞拉西政府又对这项税收政策进行了调整，加上向城市里的土地所有者也征收教育税以及向城市居民征收 2% 的个人所得税的做法。但是，由于国力困难，财政部却往往把所征得的税款作为公共税挪作他用，很少用于教育支出，导致国家教育的发展仍然十分缓慢。

尽管政府用于教育上的投入从 1968 年的占政府总支出的 10% 增长到 20 世纪 70 年代早期的 20%，但是与非洲其他国家比起来仍然偏低。从 1968—1974 年间，政府用于教育的支出仅从当年的占国民生产总值（GNP）的 1.4% 上升到 3%，而同一时期，非洲其他国家的教育平均支出却从占国民生产总值（GNP）2.5% 增长到 6%。埃塞俄比亚的教育只能在重重困难中艰难前行。到 1974 年海尔·塞拉西皇帝被推翻时，全国小学校（1—6 年级制）只有 2754 所，入学人数 859831 人，中学校 420 所，在校生 31296。中小学平均入学率只有 10% 左右。

在公众对教育不满情绪渐长和大中学校中激进学生人数不断增多的压力下，塞拉西政府发起了一场关于现行教育体制的讨论与研究。参与讨论与调研的专家成员于 1972 年 7 月提交了一份研究报告，该报告的部分内容作为建议书的形式刊登在当时的《教育评论》（*The Education Sector Review*）上。研究报告建议:

要尽快尽好地普及小学教育；改革农村教育，使之更贴近农村实际；把促进教育机会公平等关乎整个教育体制问题与国家发展进程联系起来。《教育评论》还批评现行教育体制过分关注学生未来的学术水平和过度强调刚性的考试成绩，忽视了学生的实际能力培养。报告批评指出，正是由于政府忽视了对那些并未学得一技之长而辍学的青年的关注才导致这些青年的失业。该报告通过大量比较后认为，"现存的教育体制不但制约了个人的自我发展，而且对于大多数学生来说是一种终结性教育。"① 该报告直到1974年2月才出版，目的是给予那些对建议书持不同意见的学生、家长、教师充分发表意见的时间。但大多数家长对废除精英式教育感到不满，甚至愤怒，许多教师担心由于教育改革所带来的薪水减少。由此所引起的罢工和骚乱此起彼伏，一场教育危机最终演变成了推翻帝王统治的导火索。

### 五、军事政权时期凸显意识形态的教育

1974年，以门格斯图·海尔·马里亚姆为首的一批少壮军官趁国家骚乱、皇帝手忙脚乱之机发动军事政变，推翻了海尔·塞拉西皇帝，废黜了帝制，成立临时军事行政委员会。1977年2月，门格斯图中校自任国家元首，宣布埃塞俄比亚为社会主义国家。军事政府在社会领域发动了一系列的变革，废除了封建社会的经济体制，建立了所谓的社会主义生产关系，确立了教育为生产服务、教育为科学服务、教育为社会形态服务的三大教育目标。在政治外交上，军事政权与前苏联结盟，成为当时的社会主义阵营里的一员。在教育体制上，照搬苏联模式，并得到了前苏联教育顾问的指导和帮助。最能体现教育与生产实践相结合的职业技术教育得到了一定的发展，一批埃塞俄比亚的学生被送往前

---

① http：//search. eb. com/eb/article-47713.

苏联或其他东方阵营国家接受高等教育，或被派往古巴接受中等教育。

（一）教育国有化与教育服务农村运动

1975 年，临时军事行政委员会实施了教育国有化运动。除了教堂所附属的学校外，国家把所有私立大、中、小学都改成公立学校。新政权还根据《教育评论》上的建议和"社会主义思想"进行了教育体制的改革。然而，从 1975—1978 年，由于社会骚乱的不断发生，导致新政权不得不把大量精力投入到对付众多的反对派身上，包括一些学生。因此，教育体制改革并无大的作为。

1975 年初，新政权关闭了海尔·塞拉西一世大学和所有的高中学校，并把 6 万名学生和老师派往农村参加合作发展运动。这项运动的目的是为了推进土地改革、提高农业产量、改善农村卫生状况、加强地方管理、向农民传授新的政治和社会秩序。新政权在 1975 年出台的一项教育政策中强调，国家要十分重视并提高农村地区青少年的学习机会，这是增强国家生产力的一项重要举措。军事政权努力通过在小城镇和农村建立学校、发展教育来缩小城乡之间在学校分布上的差距。

在国家政策导向下，经过几年的努力，埃塞俄比亚在学校布局、学校数量、学生规模和生源构成上发生了较大变化。在教育部的技术援助下，各个社区（公社）先后完成了小学校的建设任务，小学校的数量从 1974/1975 学年的 3196 所增加到 1985/1986 学年的 7900 所，平均每年增加 428 所。小学在校生从 1974/1975 学年的大约 95.7 万人增加到 1985/1986 学年的近 250 万人。虽然，地区之间的入学人数和男女生比例上有所差别，但总体上都有了很大提高。在男生入学人数平均增加两倍的同时，女生入学人数增加了三倍。当然，城市地区的入学率和女生在学生总数中比例都较农村地区高。

全国初中学校的数量增加了近两倍，其中在戈贾姆（Gojam）、科巴（Kefa）和维勒格（Welega）地区更是增加了四倍。大多数初中学校都是附设在小学里，也就是我们通常说的戴帽中学。

高中学校也几乎增加了两倍，其中在阿茜（Arsi）、贝拉（Bale）、戈贾姆（Gojam）、贡德尔（Gonder）和维卢（Welo）地区增加了四倍。在1974年之前，埃塞俄比亚的中小学校主要集中在城市和不多的几个行政区。例如，在1974/1975学年，大约有55%的高中分布在厄立特里亚（Eritrea，1952年该地区成为埃塞俄比亚的一部分，20世纪90年代独立出去）、稀瓦（Shewa）和亚的斯亚贝巴地区，到了1985/1986学年，这个数字下降到40%。尽管在中学阶段，女生入学比例明显偏低，但女生在各地区、各级学校中占学生总数的比例已从1974/1975学年的32%增加到1985/1986学年的39%。

表1-3　　　　　1980—1988年中小学入学人数统计

| 年份 | 小　学 | | 初　中 | | 高　中 | |
|---|---|---|---|---|---|---|
| | 男女生总数 | 女生 | 男女生总数 | 女生 | 男女生总数 | 女生 |
| 1980 | 2884033 | 1096954 | 464016 | 184238 | 378734 | 142442 |
| 1981 | 2855130 | 1112444 | 447463 | 183762 | 426413 | 167574 |
| 1982 | 2662214 | 1050926 | 418496 | 179845 | 451766 | 182624 |
| 1983 | 2466464 | 980634 | 404861 | 181030 | 453985 | 189232 |
| 1984 | 2063635 | 863242 | 359111 | 167096 | 416082 | 184967 |
| 1985 | 1855894 | 757055 | 348803 | 166562 | 363686 | 165236 |
| 1988 | 3380068 | 1218313 | 378791 | 139349 | 402753 | 174148 |

资料来源：http://www. aheadonline. org/backgrnd. htm.

教师的数量也有了很大增长，特别是高中学校教师。然而，教师数的增加并没有与学生数的增加保持同步，教师增加的幅度明显小于学生的增加幅度，生师比进一步拉大。据统计，小学生师比从 1975 年 44∶1 上升到 1983 年的 54∶1，而中学阶段的生师比也从 1975 年的 35∶1 上升到 1983 年 44∶1，教师短缺的压力并没有得到缓解。

这一时期政府还十分重视发展职业技术教育，教育部在全国相继开办了 9 所职业技术学校，当时的职业技术学校大多数都是公立的。1985/1986 学年，职业技术教育在校生有 4200 多人，企业十分需要这些毕业生，所以就业需求旺盛。20 世纪 60 年代，在前苏联的帮助下，埃塞俄比亚在巴赫达尔（Bahir Dar）地区建立了国内第一所多科技术学院，培养农业机械、工业化学、电力、纺织和金属加工技术方面的专业人才。另外，在普通高中里同时开设一定数量的工艺技术课程，这样，那些高中毕业不能继续接受教育的学生也能够进入劳动力市场，有望谋取技术性的工作岗位。

政府还通过职业培训来提高农民的生产技术。由农业部开办的农民培训中心，对周围农民进行 3—6 个月不等的有关农业贸易知识和生产新知识、新技术方面的培训。全国有 12 个这样的培训中心，1974—1988 年共培训农民超过 20 万人次。

军事政权统治时期所开展的一项成功之举就是国家识字运动。该项运动开始于 1975 年，当时政府动员了 6 万多名学生和老师到全国各地开展为期两年的识字教学服务。1979 年随着国家识字运动协调委员会（NLCCC）的成立，识字运动进入高潮，在全国产生了广泛影响。政府开展的识字运动以每个大中城市为中心，然后向外扩展，延伸到偏远地区，前后共分 12 轮。官方安排的识字培训一共有 5 种语言，分别是阿姆哈拉语、奥罗莫语、提革里亚语、维拉莫语和索马里语，后来扩大到 15 种，覆盖大约 93% 的人口。到 20 世纪 80 年代末第 12 轮结束时，全国大约有 1700 万人报名参加了识字班学习，其中有 1200 万人通过测试，女性占了 50% 左右。

在塞拉西皇帝时期，国民识字率不到 10%，而 1984 年的官方统计数据显示，国民识字率已提高到 63%。当然，这里也许有浮夸的成分，因为到了 1991 年，政府和国际上的一些报告说成人识字率刚超过 60%。可能正如一些观察家指出的那样，军事政府过高地估计了识字率，当然，也可能是由于对识字的定义不一致所致，但其他渠道估计当时的识字率只有 37% 左右。

根据政府公布的消息，在识字运动中，工作人员前后达到 150 万人次之众。他们当中有学生、教师、公务员、军队职员、家庭主妇、宗教团体成员，所有的参加者都是一种自愿服务，许多地区的成人识字班就利用中小学校的设施进行。政府为 2200 万初学者提供了阅读小册子，为 90 万测试通过者发放了课本。教育部还为各个阅读中心配发了关于农业、健康和基本技术方面的专门阅读课本。为了巩固识字运动所取得的成果，政府还为一些参加者提供了后续课程，使其接近或达到小学四年级水平，以备他们日后进入全日制学校学习。除此之外，国家新闻报纸还为识字运动的新读者开辟了专栏。识字运动受到了国际上的称赞，1980 年，联合国教科文组织授予埃塞俄比亚"国际阅读协会识字奖章"（the International Reading Association Literacy Prize）。

军事政权解决国家教育问题的努力得到了国际上的大力援助。最初为了国家发展目标，通过提高农村地区教育机会而进行的教育体系调整的基本花费估计在 3470 万美元，根据这一数目，国际发展协会（IDA）提供了 2300 万美元的援助资金。1978 年底，埃塞俄比亚政府又得到了欧洲经济联盟的 260 万美元的捐款，用于政府教育发展计划实施。另外，当时的民主德国还派出了教师、培训专家和课程开发专家，前苏联派出了数百名学者，来帮助埃塞俄比亚发展教育。1978 年，有 1200 名 9—15 岁的来自穷人家庭的孩子被送到古巴的两所中等专业学校学习，随后又陆续派出了几批。1990年，瑞典国际发展局为埃塞俄比亚的小学教育捐助了1050万美元，这笔捐款用于建造300所小学校。到目前为止，瑞典国际发展局已经捐建了7000所小学校。

（二）政局跌宕导致教育曲折发展

尽管军事政府在中小学教育提高及扫盲运动上取得了显著成就，但在普及中小学教育的前景上却不容乐观。1985/1986年国家最新教育统计显示，全国中小学在校生总数达到310万，而十年前只有78.5万人。但是，1985/1986年，600万小学适龄儿童中只有250万儿童入学，适龄入学率仅有42%。初中阶段（7—8年级）在校生增加到29.2万人，而高中阶段（9—12年级）在校生仅有19万余人，只占550万适龄人口中的3.5%。加之中小学之间招生比例悬殊（在1985/1986年，小学与初中学校的比例是8∶1，初中与高中学校的比例是4∶1），对于大多数小学毕业生来说，继续学习的希望渺茫，因此也就放弃了升入中学的念头而过早地进入劳动力市场，却又往往因为受教育年限过少、缺乏一技之长而难以找到像样的工作。

校舍的短缺导致了学生的拥挤，而20世纪80年代末农村人口涌入城市更加剧了这种局面。在城市地区，大多数学校不得不采取早晚班轮流制。教师的短缺更使教室拥挤问题如雪上加霜。除了教师短缺、校舍不足、教室拥挤这些问题外，北部地区的战乱还导致了大量教育教学设施的毁坏和被掠夺。到1990/1991年，毁坏最严重的是在厄立特里亚、提格雷（Tigray）和贡德尔地区。当然，学校财物被哄抢的报告在其他地区也时有发生。

1988年3月，埃塞俄比亚爆发大规模内战，许多学校成了政治和军事斗争的牺牲品，被迫关门。1991年5月以提格雷人民解放阵线为核心组建的"埃塞俄比亚人民革命民主阵线"（简称"埃革阵")反政府武装占领首都亚的斯亚贝巴,门格斯图政权宣告垮台。同年 8 月,过渡政府成立,教育也从内战的炮火声中平静下来。1994 年 12 月,制宪会议正式通过了《埃塞俄比亚联邦民主共和国宪法》。根据该宪法,1995 年 8 月埃塞俄比亚联邦民主共和国政府以及地方政府成立,过渡政府宣告结束。新政府把发展教育提高到国家发展战略的高度,先后出台了一系列教育政策,教育被提到了十分重要的地位,各级各类教育相继进入大发展时期。

教育发展既需要稳定的政治环境,也需要良好的经济支持,还需要教育家、教师、教育管理者等专门人才的辛勤工作。由于埃塞俄比亚长期以来缺乏一个稳定的政治环境,教育发展一直步履艰难,加上天灾、人祸的不断发生,以农业为主的埃塞俄比亚政府要想在短期内振兴国民经济、大踏步发展教育,的确是困难重重。正像执政党"埃塞俄比亚人民革命民主阵线"在国家发展报告中所阐述的那样,"为了实现卓有成效的发展和对资源环境的有效利用,教育要赋予市民一种人类观、一种广泛的国家责任和民主价值,以发展必要的生产力、创造力和审美能力。"[①]

## 第二节　国家教育体制的初步形成

历史上,埃塞俄比亚的教育体制几经变更,但每次变化几乎都是在缺少系统而必要的评估和翔实的调查研究基础上进行的,这样就不可避免地导致了许多发展中的问题和不良后果,如教育层次之间的衔接问题、知识和能力的培养问题以及意识形态和观

---

① http://www.ibe.unesco.org/International/ICE47/English/Natreps/reports/ethiopia_scan.pdf, p. 3.

念的培养问题等。同时，也充分说明了政权形式的变化与教育体制改革在一定程度上的内在关联性与可持续性问题。

## 一、现代学制的几经更迭

埃塞俄比亚教育体制的变化从时间上可以分成五个阶段：第一阶段是学习欧洲教育体制时期，即 1900—1936 年世俗教育的开端，其间孟尼利克君主进行了教育现代化的努力尝试；第二阶段是 1936—1941 年的意大利殖民教育统治时期，埃塞俄比亚的教育体制被停止；第三阶段是 1941—1974 年塞拉西皇帝执政时期，期间恢复并发展了埃塞俄比亚的教育体制；第四阶段是塞拉西之后的军事政权统治时期，也称"非洲马克思主义和后马克思主义"（Afro-Marxist and post-Marxist）时期，史称现代教育的改革期，这一时期一直延续到 2001 年；第五阶段为现政权执政以来的教育大发展时期。

埃塞俄比亚从欧洲引进现代教育体制始于 1908 年的孟尼利克皇帝统治时期，到 1935 年，由于意大利侵入，学校被迫关闭达 5 年。在海尔·塞拉西皇帝和军事政权统治时期，都曾进行过教育体制的改革，但像政权更迭变化一样，埃塞俄比亚始终没有形成一个稳定的合乎国情的教育体制，受外部势力的影响比较明显，学制变化比较频繁。如从孟尼利克时期中小学阶段的 8—4 学制（即小学为 8 年，中学为 4 年，分为两个阶段）到塞拉西时期的 4—2—2—4 学制（即分为 1—4，5—6，7—8，9—12 四个阶段）等，由于在教师培养、课程修改等方面没能及时适应这种变化，学制改革多没有得到很好地贯彻执行和经验总结。

从 20 世纪 50 年代末到 90 年代初，埃塞俄比亚虽经过从塞拉西皇帝时期到军事政权统治的更替，但教育体制结构基本保持未变。在 20 世纪 80 年代中期，教育体制仍然由小学、中学和高等教育三级构成，与海尔·塞拉西皇帝统治时期并无大的区别。儿童 7 岁开始入学，1—6 年级为小学教育阶段，7—8 年级为初中教育，9—12 年级为高中教育。完成全部 12 个年级学习的学生通过埃塞俄比亚学校毕业证书考试才有资格进入高等教育。当然，由于大学和学院的数量很少，能够进入高校深造的学生十分有限。

军事政权曾试图建立起 8 年一贯制的小学教育体制（塞拉西时期小学为 6 年，且分为 4—2 两个学段），在实施这项计划之前，政府官员们先后在 70 所实验学校对新课程进行实验。新课程强调扩大非学术性培训的机会，减少学术性内容，教学内容要突出当地的实际需要。但由于政局不稳、经济困难等原因，计划并未得到有效执行。

20 世纪 90 年代 "埃革阵" 执政后[①]，将发展教育、提高国民文化素质和培养技术性人才作为政府工作重点之一。埃塞俄比亚政府在 1993/1994 年出台了一项国家教育和培训政策，旨在逐步克服教育领域存在已久的质量、公平和效率问题。该政策强调，要在目前的基础上，扎实推进中小学教育的改革和发展。作为教育体制改革的一部分，国家在中小学教育体制上推行 8—4 学制（即小学 8 年，初中和高中各 2 年），废除了军事政府时期的 6—2—4 学制。全国实行 10 年义务教育制，小学 8 年和初中 2 年实行免费教育。1999—2000 财政年，政府拨款 27 亿比尔，新建了 494 所小学，19 所中学。2000 年，全国共有小学 8600 所，中学 1300 所，高校 13 所，职业技术学校 126 所，亚的斯亚贝巴大学是全国最为著名的综合性大学。在校小学生 800 万，中学生 73 万，大学生 7.5 万。至 2001 年，全国教育普及率

---

① 总理梅莱斯·泽纳维（Meles Zenawi），1995 年 8 月当选，2000 年 10 月、2005 年 10 月连任。

已达 52%。

## 二、现行教育体制的建立

埃塞俄比亚现政府十分重视教育，充分认识到教育是影响社会经济发展的重要因素，建立一个完善的教育体制是各级教育得以健康发展的必要保证。现政府着力进行教育体制改革，建立健全各级教育体制，由于埃塞俄比亚政府措施得力、政策得当，各级教育得以快速发展。埃塞俄比亚现行的教育体系基本结构及发展态势介绍如下：

学前教育：吸收 4—6 岁儿童入学，7 岁时完成学前教育的儿童便可进入小学学习。埃塞俄比亚学前教育入学率很低，学前教育入学率较高的地区主要是在一些城市地区，广大的农村根本无缘或无意识把自己的子女送入幼儿学校接受教育，到 2006 年，学前教育毛入学率只有 2.3%。

小学教育：1—8 年级，招收 7—14 岁儿童入学。分两个学段，第一学段 1—4 年级，第二学段 5—8 年级。2006 年小学适龄人口毛入学率已达 79.8%（其中女 71.5%，男 88.0%），全日制和夜校入学总人数为 1144 万多人。一年级辍学率 22.4%，小学总辍学率 14.4%，生师比为 66:1，小学校数 16513 所。

中学教育：9—12 年级，接收 15—18 岁青少年入学。分初中和高中两个阶段。初中为 9—10 年级，毛入学率 27.2%（女 19.8%，男 34.6%），总入学人数 306820 人。高中为 11—12 年级，又叫前高等教育或预备高等教育阶段。总入学人数 92483 人（其中女占 27.1%）。

职业技术教育与培训（TVET）：为 10 + 1、10 + 2、10 + 3 三种学制，接收初中毕业生，就是在初中毕业的基础上，通过入学考试合格后，再接受 1—3 年不等的专业技术教育。毕业后根据学习年限获得相应的职业证书或文凭。总在校人数有 10.6 万多人，学校 199 所。埃塞俄比亚的职业技术教育多数属于中等职业技术教育层次，高等职业技术教育在最近几年也开始得到一定的发展。

高等教育：分为 12＋2、12＋3、12＋4、12＋5 四种学制，接收通过国家考试的高中毕业生。高等教育中又分为独立学院（两年制的文凭教育和三年制的第一学位即学士教育）和大学（3—4 年的第一学位教育，医学专业多为五年制）。2006 年，全日制大学的第一学位和文凭课程的在校生人数有 18.7 万多人，其中女生占 24.7％，毕业生 2.8 万余人，其中女生占 24.2％。第二学位（硕士）教育为 2 年，博士学位一般为 3 年（如生物学、化学、英语语言方向），而某些医学专业（外科学、小儿科等）在 M. A. 或 M. D. 培养的基础上还需要 3—5 年时间。2006 年，研究生阶段教育在校生 3604 人，女生占 9.2％，毕业生 1127 人，女生占 9.1％。①

大学实行学期制，每学期为 16 周，每两个学期构成一个学年，一般学年开始于每年的九月，结束于次年的七月。学校实行学分制，学生每学期通常要修完 15—18 个学分。大学毕业至少要修满 101 个学分，获得学士学位通常要 3 年。

可以看出，埃塞俄比亚现行教育体系中，小学教育年限长达 8 年，分为两个阶段，各为 4 年。这也是针对该国少数民族多，接受现代文明较迟，再加上宗教和种族信仰深厚的原因。其目的是希望通过延长初级教育年限，一方面对接受教育者进行现代文明的启蒙；另一方面通过完成小学教育而使受教育者掌握基本的读写功能、成为半熟练工人或农民。另外还由于各种族语言复杂，没有统一的本民族语言教学，选择英语教学必然需要较多的语言学习时间，所以延长小学教育年限是一种必需。因为小学年

---

① 本教育体系结构中学生的数字均为 2006 年的最新统计。

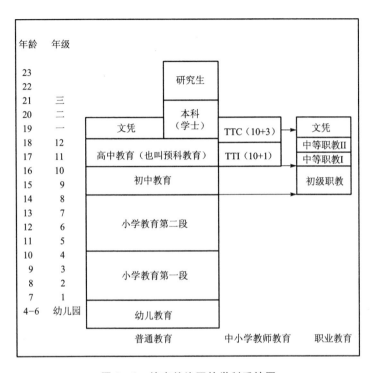

**图 1-1 埃塞俄比亚的学制系统图**

资料来源: The World Bank. *Education in Ethiopia* [M]. Washington: the Office of the Publisher, 2005, 24.

限的过长,埃塞俄比亚的义务教育年限就增加到 10 年,这与许多较发达国家的义务教育年限相当,显然对于一个经济比较落后的国家来说,要实现真正意义上的免费义务教育,特别是在适龄人口入学率上,要达到很理想的水平也是相当困难的。故此,埃塞俄比亚的基础教育普及率很低、辍学率过高也就不足为奇了。由于基础教育的薄弱,中等教育的难以普及,高等教育的发展就显得比较艰难和根基不稳。

## 第三节　教育的跨世纪发展与挑战

1991 年，埃塞俄比亚人民革命民主阵线（"埃革阵"）推翻门格斯图的军事独裁统治，成立过渡政府。1994 年 12 月制宪会议通过新宪法，1995 年 5 月全国大选，8 月埃塞俄比亚联邦民主共和国成立。"埃革阵"执政以后，国家局势走向稳定，经济、文化、教育等领域逐步得到恢复。但由于传统观念和计划经济模式的限制，国家的发展面临着政治、经济、教育等领域的全面转型，可以说是百废待兴。由于国力贫乏，政府对教育的系统性投入还需要一个过程，教育的发展可以说是前途光明、道路曲折。

### 一、跨世纪教育发展比较

在门格斯图军事统治时期，国家把大量的财政经费用于军备而不是教育，如 1987 年到 1991 年，政府用于教育支出的经费只占到财政总支出的 8.94%。执政后的 "埃革阵"不断加大对教育的投入，加快学校建设，如 1994 年的教育经费投入为 1.84 亿美元，虽绝对数量不大，但已占整个财政预算的 13%。另据世界银行统计，2001 年埃塞俄比亚教育支出占到国内生产总值的 4.8%。随着政府投入的增加，加上国际社会的援助，埃塞俄比亚政府先后在各地又新建立了 1500 所小学，使学生入学人数大量增加。

表 1 - 4　　　　1967/1968—2003/2004 学年入学人数统计

| 学年 | 学前 | 小学（1—8 年级） | 中学（9—12 年级） | 职业技术教育和培训 | 教师培训学院 | 高等教育 |
|---|---|---|---|---|---|---|
| 1967/1968 | — | 496334 | 26690 | — | — | 3368 |
| 1970/1971 | — | 728548 | 53220 | — | — | 4543 |
| 1975/1976 | — | 1226124 | 90091 | — | — | 6474 |

续表

| 学年 | 学前 | 小学（1—8 年级） | 中学（9—12 年级） | 职业技术教育和培训 | 教师培训学院 | 高等教育 |
|---|---|---|---|---|---|---|
| 1980/1981 | — | 2341437 | 216876 | — | — | 17707 |
| 1985/1986 | — | 2811910 | 292385 | 4200 | — | 18457 |
| 1990/1991 | — | 2871325 | 453985 | — | — | 17895 |
| 1995/1996 | — | 3787919 | 402753 | 2738 | 5900 | 17378 |
| 2000/2001 | 109358 | 7274121 | 649221 | 8639 | 6224 | 46812 |
| 2001/2002 | 118986 | 7982760 | 684630 | 38176 | 6080 | 48143 |
| 2002/2003 | 123057 | 8572315 | 626714 | 54026 | 7002 | 77946 |
| 2003/2004 | — | 9343428 | 725059 | 102649 | 8047 | 80698 |

注:—为数据缺失;表中所有数据仅指全日制入学人数;数据统计截至 2004 年 9 月。

资料来源:The World Bank. *Education in Ethiopia* [M]. Washington:the Office of the Publisher,2005,26.

进入 21 世纪以来,埃塞俄比亚的高等教育发展迅速,年均增长率超过 20%,远高于中小学教育增长速度,但女生比例过低的状况并没有根本改观。研究生教育也增长很快,但由于原来培养人数基数过小,研究生的总体规模仍然较小,在校生人数只在 2000—3000 人。

表 1-5　　　　1999/2000 年与 2003/2004 年埃塞俄比亚普通教育发展比较

| 教育层次 | | 1999/2000 年在校生 | 2003/2004 年在校生 | 年均增长（%） |
|---|---|---|---|---|
| 中小学教育 | 1. 小学教育 | | | |
| | 1.1　1—4 年级 | 4875683 | 6489947 | 7.4 |
| | 1.2　5—8 年级 | 1588820 | 3052691 | 17.7 |
| | 1.3　1—8 年级 | 6462503 | 9542638 | 10.2 |
| | 2. 初中（9—10 年级） | 367381 | 685976 | 16.9 |
| | 3. 大学预科（即高中,11—12 年级） | 204338 | 94660 | — |

| 教　育　层　次 | | 1999/2000 年<br>在校生 | 2003/2004 年<br>在校生 | 年均增长<br>（%） |
|---|---|---|---|---|
| 高<br>等<br>教<br>育 | 1. 文凭和本科（学士） | | | |
| | 　1.1　在校生人数 | 66713 | 169551 | 26.3 |
| | 　　　女生比例（%） | 21.9 | 25.4 | |
| | 　1.2　毕业生人数 | 11406 | 40628 | 37.4 |
| | 　　　女生比例（%） | 21.5 | 29.6 | |
| | 2. 研究生教育 | | | |
| | 　2.1　在校生人数 | 969 | 2560 | — |
| | 　　　女生比例（%） | 7.1 | 6.7 | |
| | 　2.2　毕业生人数 | 221 | 736 | 35.1 |
| | 　　　女生比例（%） | 6.8 | 7.1 | |
| | 3. 教师教育（全日制） | 2497 | 4803 | 17.8 |
| | 　　女教师比例（%） | 6.1 | 9.5 | |

资料来源：埃塞俄比亚教育部，教育统计，2003/2004 年。

　　下面通过对比 1995 年和 2003 年教育发展，可以更加清晰地看出进入 21 世纪以来埃塞俄比亚教育发展的良好态势：

　　小学：在校生从 1995 年的 380 万增加到 2003 年的 900 多万。1—8 年级适龄人口入学率从 30.1% 增长到 72%，其中：1—4 年级从 68% 到 84.2%，5—8 年级从 22.1% 到 42.4%。从 1998/1999 学年到 2002/2003 学年，小学教育 1—8 年级入学人数增加很快，年平均增长率为 11.3%。

　　中学：在校生从 1995 年的 40 万增加到 2003 年的 80 多万，其中：9—12 年级适龄人口入学率从 8.1% 增长到 14%，9—10 年级从 12.4% 到 19.3%。

　　高等教育：在校生从 1995 年的 3.5 万人增加到 2003 年的 17.2 万人，年招生额（12＋4；12＋5 两类）从 3000 人左右增加到 3.2 万人，每 10 万人口中接受高等教育人数从 65 人上升到220 人，适龄人口入学率从 0.7% 增加到 1.5%。

当然，从上面的数字中，我们也看到了埃塞俄比亚教育的落后，但这种落后是在国家经济贫穷、教育基础屠弱的前提下的无奈，我们更应该用历史发展的眼光、比较的视角来看待埃塞俄比亚的教育。只从 1995 年"埃革阵"执政以来，埃塞俄比亚的教育可以说已经发生了巨大变化，国家经济和教育相互促进、共同发展的局面已经初露端倪。

在国际社会的支持下，埃塞俄比亚政府确立了教育优先发展的战略地位，政府先后制定并实施了三个教育发展五年规划（ESDP）。在第一个五年规划中，明确教育发展的主要目标是全面提高教育质量，进一步扩大入学率，特别是提高农村地区和女童的小学入学率。在比较成功实现第一个教育发展五年规划的基础上，埃塞俄比亚政府又制定了 2003—2005 年第二个教育发展规划。该规划提出，在实现教育公平目标基础上，促进国家教育的可持续发展。2000 年在达喀尔（Dakar）举行的世界教育论坛上，埃塞俄比亚政府做出了到 2015 年普及小学教育的庄严承诺。

## 二、未来教育发展面临的挑战

虽说埃塞俄比亚的教育自"埃革阵"执政以来发展势头良好，但由于教育基础薄弱，国家教育发展水平要赶上非洲乃至世界水平尚待时日，发展道路上还面临着许多问题和挑战。

首先，入学率偏低、辍学率过高。埃塞俄比亚政府要在2015 年普及小学教育，可以说是任务艰巨。从总体上看，各层次的适龄人口入学率仍然很低。1998/1999 学年，埃塞俄比亚的小学阶段入学人数为 570 万，中学（初中和高中）为 53 万，而小学（7—14 岁）和中学（15—18 岁）的适龄人口分别为 1261万和 558 万，小学和中学阶段的毛入学率分别是 45.8% 和

9.7%，高等教育入学率还不到适龄人口的 1%。2000 年，15 岁及其以上年龄段人口未接受过正规学校教育的占 63.8%，而接受过学校教育的人口中未读完小学教育的有 21.6%，读完小学阶段的只有 2.6%；未读完中学教育的占 2.5%，中学毕业的只有 1.4%，辍学率很高。2002 年，联合国教科文组织估计，只有 41.5% 成人（男 49.2%　女 33.8%）具备读写能力。[1] 2003 年 15 岁及其以上人群中有读写能力的占 42.7%，其中男 50.3%，女 35.1%[2]。

中小学教育毛入学率在近几年中得到了较大提高，到 2006 年，小学适龄人口毛入学率已达 79.8%。但由于辍学率一直很高，净入学率仍然很低，2004 年小学净入学率仅为 57.4%。而 2006 年初中阶段的毛入学率只有 27.3%，大幅度提高初中段的入学率、降低辍学率将是普及 10 年义务阶段教育的攻坚战。为了降低辍学率，减少失学现象，近年来埃塞俄比亚政府通过实施复式学校项目有效地遏止了辍学现象。通过实施由一个教师在同一个教室中对不同年级的孩子进行教育的复式学校项目[3]，儿童不能入学现象，特别是农村和半农村地区的儿童因路途遥远或教师不足或校舍等教学设施缺乏等不能上学情况正在减少。复式学校模式是解决人口稀少地区孩子受教育问题的一种方法，该项目不仅有助于解决地区之间的教育差别，还有助于实现该国到 2015 年全面普及小学教育的目标。

高等教育入学率在 2000 年为 0.8%，是世界上最低的国家之一。这就意味着每 10 万居民中仅有 62 名大学生，与之相比，南部撒哈拉非洲国家的高等教育入学率为 4%，也就是说平均每

---

① http://lcweb2.loc.gov/frd/cs/ettoc.html.

② http://search.eb.com/wdpdf/Ethiopia.pdf.

③ http://www.jnedu.com.cn/Article2004/show.php? id = 8750.

10 万人中有 339 名高校学生。到了 2005 年，高等教育入学率提高到近 2%，而撒哈拉以南非洲国家为 5%。虽然近几年高等教育规模和速度发展很快，但由于生源质量的下降，因完不成学业而被迫退学者人数在不断上升。

其次，教师队伍素质不高，数量短缺。教师严重不足可以说是二战以来埃塞俄比亚教育发展中的老生常谈问题，尤其是基础教育师资短缺问题一直未能得到有效解决。进入 21 世纪以来，由于高校的快速扩招高等教育师资也从富裕转向严重不足。造成教师不足的原因主要有三个：一是学校发展过快，教师供不应求；二是教师社会待遇不高，有能力当教师的人不愿干教师，当了教师的人找机会转行。这就需要国家从教师的政治、经济待遇上提高之；三是国家教师培养培训渠道不够畅通，培养能力不足。

教育的大发展带来了生师比的拉大。在 1998 年，埃塞俄比亚全国共有教师 9.27 万人，其中小学教师 7 万人，中学教师 2.1 万人，大学教师 1700 人。2000 年，中小学的生师比已分别达到 55.8 和 43.5，教师短缺普遍存在。

表 1 - 6　　　　　　1999/2000 年中小学教育发展统计

|  | 学校数 | 教师数 | 学生数 | 生师比 |
| --- | --- | --- | --- | --- |
| 小学（7—12 岁） | 11490 | 115777 | 6462503 | 55.8 |
| 中学（13—18 岁） | 410 | 13154 | 571719 | 43.5 |

资料来源：The World Bank. *Education in Ethiopia* [M]. Washington: the Office of the Publisher, 2005, 26.

随着近年来各类教育规模的不断扩大，生师比进一步拉大。2004 年小学教育阶段生师比为 72.3，较 2000 年的 55.8 有升无降，合格教师比例占 97.1%，其中女教师占到 44.6%。高等教育 1995 年专任教师与全日制学生之比仅为 1:8，2003 年为 1:15，

2006 年达到 1:23。近几年来，埃塞俄比亚的中小学入学人数和高等教育在校生人数又有了大幅度提高，师资短缺仍然是制约埃塞俄比亚教育发展的棘手问题。虽然埃塞俄比亚政府也采取了一系列措施来加快教师的培养进程，但仍然存在着一些突出问题，如教师的经济和社会待遇问题、教师的激励和约束机制问题、在职教师的继续教育问题、教师的专业化建设问题等都需要及时地加以解决。

第三，农村地区及女性入学率偏低。2003/2004 学年，埃塞俄比亚男童的毛入学率为 77.4%，而女童为 59.1%。同年，城市女童占城市入学儿童总数的 46.1%，而农村女童的相应比例为 41.0%。据世界银行报告，2000 年埃塞俄比亚中小学男女在校生比例为 100:73，而非洲国家平均水平是 100:84[1]。全国人口中，20 岁以下人口约为 3500 万，女性约占 50%，女童不能入学、过早辍学的现象仍然十分严重。因此，提高农村地区的入学率，尤其是女童入学率仍然是埃塞俄比亚政府实现 2015 年全民教育目标所面临的主要挑战。[2] 埃塞俄比亚政府在国家教育发展计划中也多次强调了提高农村地区和女童入学率等关乎教育公平问题。近年来，在入学路径、学校覆盖率等关涉教育公平指标上也有了很大提高，性别和城乡差别逐步缩小。

高校教育也同样存在着不平等的问题。根据 1999 年埃塞俄比亚家庭收入及消费支出统计显示，71% 的大学生来自全国 20% 的最高收入家庭，家庭收入与受教育程度之间的关系十分明显。同时，教育差距还表现在不同地区之间，发达地区与不发达地区的教育水平差异非常明显。这就是说，进入高等教育的学生大多来自高收入家庭和富裕地区或城镇。

---

① The World Bank. 2006 *The Little Data Book on Africa*. p. 45.

② http://www.jnedu.com.cn/Article2004/show.php? id = 8750.

　　由于受历史、文化及宗教信仰的影响,埃塞俄比亚妇女接受高等教育的比例一直很低。在公立大学中,全日制女生只占17%（目前提高到20%多）,半工半读的女生占24%。公立院校中,女教师仅占7%,这也是女性入学率过低造成的连锁反应,更说明了妇女地位的低下和经济上的不能独立。

　　第四,中等、高等教育发展滞后。从总体来看,在过去二三十年中,国家对教育的关注点主要还是集中于初等教育,尤其是女童的教育,这就导致了对中等教育和高等教育的忽视。据1998年世界银行统计报告显示,适龄儿童中,小学教育入学率为64%,中学教育的入学率为12%,而高等教育的入学率仅为0.8%,即使到了2006年的今天,中学阶段的毛入学率也只有27.3%,高等教育入学率还不到3%。与全国各地广泛分布的小学校舍形成反差的是,中学校舍只建在较大的城市地区。因此,从小学到中学的入学人数急剧下降。在1994年实施了教育和培训政策,政府重建教育体系,旨在提高教育质量,并取得了显著成效。

　　在整个教育体系当中,中等教育处于初等教育和高等教育之间,具有特别重要的位置,是教育体系改革的中间地带。众所周知,中等教育培养的毕业生要么是为了就业,要么是为了升入高等教育。这样,中等教育一方面在面对工作和升学的双重任务的同时,另一方面还要适应持续增加的小学毕业人数的压力,扩大办学规模。尽管中等教育位于教育结构的中间位置,但是近些年来国际上的双边或多边援助多被投资到小学教育、高等教育和非正规教育上,中等教育却往往被忽视了。像非洲大多数国家一样,埃塞俄比亚的中等教育也面临着三个共同问题:一是基础薄弱,二是设施缺乏,三是教学人员不足。1999年3月在海拉尔（Harare）召开的非洲统一组织（OAU）教育部长会议和联合国教科文组织同年6月在巴黎召开的中等教育联盟（the Consortium

on Secondary Education）大会上都达成了一致共识：为了迎接 21
世纪的挑战，必须对中等教育进行重组改造，发挥中等教育在整
个教育体系中的重要作用。

在中等教育联盟大会上，会议制定了中等教育中期改革目标
和联合国教科文组织工作计划。会议指出，中等教育改革应该朝
向教育结构的多样化和扩大中等教育服务支付体系、更新教学计
划和用信息技术改革教学方法、消除教育不平等方向发展。在非
洲教育部长会议（COMEDAF）和达喀尔（Dakar）世界教育论
坛上，都把平等、质量、加强技术合作、扩大学习方法和路径、
加强教育评估等视为重组教育领域的优先发展战略。非洲统一组
织与联合国教科文组织关于发展中等教育的观点对埃塞俄比亚的
中等教育发展战略不无启迪意义。

第五，天灾与人祸。埃塞俄比亚是一个农业国，自然灾害对
国家经济的影响特别明显，进而又会影响到教育。如何增强农业
的抗灾能力、提高农业产量，以及从一个农业国变为工业国将是
埃塞俄比亚政府的一篇大文章。至于人祸问题：一是战争，二是
疾病。埃塞俄比亚人均寿命仅为 40 多岁，艾滋病携带者和艾滋
病患者在埃塞俄比亚极为普遍，据估计在大部分大学所在地的城
市地区有超过 260 万的艾滋病患者，艾滋病对这个国家未来教育
的发展是一个特别的挑战。埃塞俄比亚公民的健康需求正在与教
育竞争着有限的公共资源，这也是直接影响教育发展重要原因
之一。

"埃革阵"执政后逐步摆脱了前门格斯图军政府推行的计划
经济窠臼，逐步建立市场经济秩序。新政府从 1992 年开始实行
新的经济政策，把农业发展放在第一位，首先解决粮食自给的问
题，为发展工业创造市场。在优先发展农业的基础上，埃塞俄比
亚政府在探寻经济增长的策略。农业发展目标是通过提高全民劳
动生产力得以实现，而全民劳动生产力的提高是以良好的教育和

健康服务为基础的,在此基础上才能形成公私营经济的多样化发展。要使这项策略获得成功,国家高等教育系统要培养既有技术又有研究技能的大学生以支持经济多样化,这是目前改革的驱动力之一。"埃革阵"重视基础建设,重视教育与卫生的发展,集中力量解决能源、通信、道路等问题。如果今后继续保持一个安定和平的内部和外部环境,我们深信埃塞俄比亚的教育将会有一个更加光明的前途,会有一个更好的发展。

# 第二章

## 埃塞俄比亚高等教育
## 历史考察

从世界范围来看，"大学是中世纪的产物，犹如中世纪的大教堂和议会。古希腊人和古罗马人没有大学——已经连续使用了七八个世纪的'大学'一词所指代的教育机构——虽然听起来或许有点儿匪夷所思。……只是到了12、13世纪，世界上才出现了具有我们现在最为熟悉的那些特征的有组织性教育，即以系科、学院、学习课程、考试、毕业典礼和学位为代表的教育机构。"①

关于埃塞俄比亚高等教育的断代问题，一般认为始于20世纪50年代，其标志是以西方模式所建立的一些学院和大学。但是，一些研究学者认为，埃塞俄比亚的高等教育历史起点并不在20世纪，而应是在19世纪前半期，以西方传教士的到来和西方教育模式的出现为标志。

像非洲许多国家一样，埃塞俄比亚的高等教育也经历了由传统宗教把持到过度依赖国外的阶段性转变。宗教代表着传统和落后，但教育向现代化转变过程中的过度依赖国外却又形成了消极被动、效率低下、发展缓慢的不利局面。1970年，在埃塞俄比亚3400万人口中，在校大学生仅有4500人，高等教育毛入学率仅为0.2%，属于世界最低国家行列。1974年爆发的埃塞俄比亚

---

① ［美］查尔斯·霍墨·哈斯金斯：《大学的兴起》，上海世纪出版集团2007年版，第1—2页。

"革命"推翻了帝王统治,军事集权替代了帝王专制,高等教育的方针、政策、目标发生转向,但高等教育的发展始终没有走出动荡的阴影。随着 1994 年现政权的执政,高等教育改革才全面展开,高等教育进入大发展时期。

本章拟从古代宗教统治时期、塞拉西皇帝统治时期、军事政权统治时期和"埃革阵"执政时期四个阶段来描述埃塞俄比亚高等教育发展的基本历程,在理清其发展线索的基础上,为后面章节的专题研究奠定基础。

## 第一节 宗教统治时期的教育

埃塞俄比亚是非洲最古老的国家之一,也是宗教势力影响十分强大的地区。曾经被宗教阶层所把持的精英教育具有 1700 多年的历史,宗教精神的桎梏、观念的落后、战乱和纷争,使埃塞俄比亚一直缺少良好的教育发展环境。

### 一、宗教教育的精英化取向

19 世纪中期,特翰佐斯(Tewodros)皇帝创办了埃塞俄比亚历史上第一所公立学校,它是一所技术学校,位于今天的阿姆哈拉州。技术学校的主要目的和功能是培养军工技术生产人员,抵御殖民者的侵略,这有点类似于中国洋务运动时期清政府所举办的军事学堂。当时的技术学校在今天看来属于中等教育的范畴,但在当时的社会已是最高层次的国家教育,把它归于高等教育也不为过。

随着国家创办的技术学校的出现,埃塞俄比亚的教育在类型上出现了传统的教会教育和现代模式的西方教育并存的局面。两种类型的教育在办学模式、知识传授方式以及教育层次划分等方面不尽相同。现代模式的教育强调各层次教育之间的相互衔接性，这体现在小学、中学、中专和大学各个层次和类型的明确划分上，而传统的教会教育在教育层次的划分上并不十分明显，具有很大的随意性。更为重要的是，国家以办学主体的身份进入到创办教育的行列，统治者从此可以运用国家意志来干预教育的运行，而不是任由宗教势力摆布。当然，国家与宗教之间在教育权方面的博弈还是经过了相当长的时期。在开始阶段，国家的影响力显然处于弱势，即使是政府创办的教育也摆脱不了宗教思想的广泛影响。

当时规定，要进入大学层次教育的前提条件是必须完成克尼（Kene）阶段教育（相当于专科教育）。在克尼学校里，开设吉兹语（Geez，古埃塞俄比亚语，又叫埃塞俄比亚拉丁语）语法课，要求学生能够把吉兹语的课文译成阿姆哈拉语和韵文诗。在克尼学习阶段，学生们开始分专业，开设的主要有图书馆、教会音乐和教会舞蹈3个专业。通常具有哲学潜质的学生会进入图书馆专业学习，图书馆专业又分为4个专业方向：旧约全书、新约全书、教义与哲学、天文学。学生可以根据自己兴趣和能力同时选择2—3个不同的方向学习，能够同时学完4个方向的人被冠以"四只眼"（the four-eyed）学者的美誉。与中世纪的欧洲大学过分注重精英选拔和美德教育一样，埃塞俄比亚的教会学校（schools）也是从帝国各地选拔优异学员，培养学者型人才。

显然，埃塞俄比亚有着良好的传统高等教育基础，具备一个较为完整的教育体系，但这种教育体系主要是在埃塞俄比亚东正教（早期基督教）和伊斯兰教学校体系基础之上变化而来的。当时，各学习阶段的不同课程内容已有了明确的规定，对必修课程的考试也有了明确要求，毕业典礼、文凭授予等具有现代正规教育特征的各个环节已基本存在，即已"具有我们现在最为熟悉的那些特征的有组织性教育"，特别是在埃塞俄比亚的北部省区更为明显。

　　埃塞俄比亚传统的高等教育发展与初等教育、中等教育的长期积累是分不开的。研究表明，早在公元4世纪阿克苏姆统治时期，随着基督教的传入和传播，教育就得到了快速发展。在这一时期，由于来自小亚细亚的九个福音圣徒（埃塞俄比亚历史上著名的"九圣徒"）的到来和卓有成效的传教活动，使宗教教育具备了广泛的群众基础和文献基础，圣经和其他宗教类书籍都曾被翻译成当地语言文字，传教士们还在各地修建了教堂和修道院，这些广泛建立的教堂和修道院就成了宗教思想的传播和教育知识传授的重要场所。也正是因为传教士们的布道，才改变了人们的教育观点，也转变了政府对待教育的态度，政府从教育主体的"缺位"状态走到了前台，政府介入教育的时候越来越多，并开始出现政府创办的学校。

　　在埃塞俄比亚传统教育体系中，教师被称作"力克"（Lique），含义是"教授"或"博学的人"。尽管埃塞俄比亚的牧师、执事们在物质享受上十分清贫，但据一些文献记载，当时他们的受教育程度已超过西方，"许多谦逊的教堂教师拥有比欧洲学校最博学教授更多的知识"，[①]　而且在学习上具有奉献精神，能够把学习当做义务去做。这可能有些夸大其词，因为有关当时宗教教育的教学方法、教学内容及个人素质培养等方面的内容很少记载。但有一点是明确的，就是课程学习的时间很长。据文献记载，当时的学习层次分为4级，修业时间从4—10年不等，其中最低层级的克尼（Kene）教育需要4年，最高阶段的新约全书的学习需要10年才能完成，这中间还不算学习公民课、宗教法规、天文学和历史要花费的时间。因此，当时有能力完成学业

---

　　① Pankharst, R. (1974). Education, Language and History: An Historical Background to Past-war Ethiopia, *The Ethiopian Journal of Education.* 7 (1): 77.

的人很少。①

## 二、宗教教育影响的根深蒂固

另有学者认为，埃塞俄比亚传统高等教育始于圣·亚德（Saint Yared）时期，传说他是公元 6 世纪埃塞俄比亚教堂赞美诗和礼拜仪式的始作俑者，被埃塞俄比亚人称为传统高等教育课程之父。但有研究者认为，书籍——作为埃塞俄比亚宗教教育发展的最高阶段的表现形式之一，早在以色列王即所罗门统治时期就有了，当时所罗门之子的埃塞俄比亚孟尼利克一世皇帝拜访了他的父亲，并带回了 19 本《旧约全书》。因此，有学者就认定传统的高等教育比一般认为的历史更久远，但许多埃塞俄比亚人还是不赞同这种说法。尽管学者们有不同的看法，但我们不妨来了解一下埃塞俄比亚宗教教育的大致过程，也许能给我们一些更为清晰的把握。

在公元 12—13 世纪，埃塞俄比亚境内兴起了许多学习中心，并且曾经辉煌一时，如贡德尔学习中心、阿克苏姆学习中心、得布瑞（Debre Abai）学习中心、拉里贝拉（Lalibella）学习中心等。这些学习中心以教堂或修道院为据点，曾经聚集了众多的僧侣、学者和慕名而来的投学者，他们除了进行讲学或听讲外，还开展一些辩论。但到了 15、16 世纪，受文艺复兴的影响，当时欧洲大陆上许多教会所把持的学院或大学都已先后开始改革，而埃塞俄比亚的宗教教育由于战争却经历了一段时期的中止或叫做"沉寂"。这场战争始于 1527 年，是由当时埃塞俄比亚的反宗教势力发动的，这股左翼势力在全国范围内发动了一场针对基督教领地内的教堂和学校的毁坏性攻击，大量书籍、手稿遭到焚毁。

---

① Haile-Gabriel Dague. (1968). Ethiopian Educational Philosophy, *Dialogue: A Publication of Ethiopian Journal of Education.* 7 (1): 49—68.

这场针对基督教的战争历经三十年，直到 1557 年另一派力量上台而结束。曾经辉煌一时的中世纪埃塞俄比亚基督教陷入低谷和暗淡时期，基督教教育也失去了独领风骚的地位。

此后，遭到重创的基督教经过几十年的恢复和重建，到了法西赖得兹（Faciledes，1632—1637 年）皇帝统治时期又得到了发展。法西赖得兹建都贡德尔，在建造宫殿的同时还建立了一些城堡和教堂。历史上，埃塞俄比亚的都城经常变动，如在 1150—1270 年间，先是从阿克苏姆迁到拉里贝拉，后又从贡德尔迁到了绍阿（Shoa），也就是现在的都城亚的斯亚贝巴所在地。在 20 世纪之前，贡德尔城又一度成为政治和学术中心，直到传统的宗教教育体制遭遇 20 世纪以来现代化进程的冲击开始衰落为止。

埃塞俄比亚拥有一个良好的基于伊斯兰教和基督教学校的传统宗教教育形式。据估计有超过 50% 的埃塞俄比亚人信仰东正教，即总人口 7000 多万中有 4000 万信仰东正教。教会教育的宗旨是培养传教士和教师，还有公务员，如法官、政府官员、书记员等。伊斯兰教会教育出现在公元 7 世纪，它的教育类型分为 2个等级，低等级的教育主要是教授阿拉伯文字以及《古兰经》的阅读，高等级教育主要是教授并研究伊斯兰教义和阿拉伯语法。这种高等级的伊斯兰教育相当于克尼（Kene）学院层次，属于教堂教育体系的高等教育阶段。在埃塞俄比亚，伊斯兰教育的主要目的是宣扬和传播宗教、保护文化遗产、翻译古兰经、翻译伊斯兰经典诗歌等。从事这些活动的人有很高的社会地位，他们常常是清真寺、学校和法院的领导阶层。可以说，伊斯兰教育的传入对埃塞俄比亚传统文化的发展具有重要作用。同时，令人们吃惊的是，伊斯兰教和基督教这两种宗教除了短期的冲突之外，大部分时期都能够和平共存，共同发展。

尽管埃塞俄比亚的传统教育的目标是培养温良、恭顺的国家公民，但受过教育的人同时也是最有礼貌、懂礼数和有勇气的公民。也许正是埃塞俄比亚传统教育所传授的这种勇猛的民族精神使得埃塞俄比亚成为非洲大陆上少有的几个未被殖民化的国家之一。虽几遭侵略，但侵略者的殖民企图都终未得逞。

到过埃塞俄比亚的人会吃惊地发现，埃塞俄比亚人民十分好客，尤其是在对待外国人的态度上，往往十分热情和真诚。因为在埃塞俄比亚人的价值观里，外国人到了一个新的地方，由于语言、文化不通，就自然处于一个不利的环境，所以需要帮助，而且这种帮助是无私的，无须任何回报。这种对待弱者的态度可能源于埃塞俄比亚宗教里的基本原则。虽然，这些值得称颂的社会价值观今天在一些贫困比较集中的街区和城镇表露得并不十分明显，但在那些保持着崇高德行的基督教徒和伊斯兰教徒身上仍然十分忠贞。他们可能饥肠辘辘、面临着死亡的威胁，却丝毫不为金银财宝、功名利禄所诱惑，虽然他们拥有阿克苏姆博物馆及里面无数的珠宝、价值连城的所有埃塞俄比亚皇帝用黄金铸成的王冠、昂贵的古代手工艺品等，虽然他们历经诸如战乱、饥馑、内乱等非常时期，但这一切却都完好无损。这也足以证明埃塞俄比亚传统文化尤其是宗教教育中可贵的一面。

## 第二节　高等教育的现代化进程及其缓慢发展

埃塞俄比亚教育现代化进程的一个显著标志是现代西方模式的高等教育机构的出现。第二次世界大战以后，埃塞俄比亚摆脱了意大利的殖民统治，国家发展问题才被真正提到议事日程上来。当时海尔·塞拉西皇帝从英国流亡结束返回国内，也带回了当时西方资本主义国家的治国之道和教育现代化理念，开始了高等教育的现代化历程。从 1950 年埃塞俄比亚第一所大学——亚的斯亚贝巴大学学院的成立，之后20年间又先后有6所专科技术学院建立起来，并初步奠定了埃塞俄比亚现代高等教育的基础。1974年，埃塞俄比亚发生社会革命，建立了军事政权，加强了对高等教育的监管，高等教育的体制和政策随之发生转向。

### 一、教育现代化进程的开端

埃塞俄比亚教育现代化进程的开端是在孟尼里克二世统治时期，即19世纪后半期。到了20世纪早期，埃塞俄比亚已经建立起了一些无论在教学内容还是管理方式上都不同于教会学校的现代形式的学校，这些学校很少受教会学校影响，如亚的斯亚贝巴的孟尼里克学校等。与此同时，人们逐渐认识到教会学校所实行的所谓"西方式的精英教育"的保守与落后以及它对于人们思想的禁锢和对国家发展的羁绊，越来越受到人们的抵触和反感。传统教育的毕业生，即传统教育的精英们，以及20世纪初的那些来自外国的所谓教育改革者们，更是被20世纪40年代开始繁荣的现代学校所抛弃。只有很小一部分的传统精英们被保留在学校里教授少有的一些课程（阿姆哈拉语、吉兹语、伦理道德），并且常常被年轻人所鄙视。在年轻人眼里，无论是他们的言谈、举止、衣着，还是他们迂腐的形态都失去了往日的尊严。

随着与西方接触的加深和世界现代化进程的影响，新的观念冲击着人们的思想，影响越来越广泛，最终于意大利占领期（1935—1941年）结束之后形成了现代的官僚阶层体制，"教育为国家需要服务"的观念凸显出来，使得教育要摆脱"上帝"的束缚而走向"世俗"成为必需。于是，在英国的支持下，以塞拉西皇帝为首的"流亡派"回国后便进行了大刀阔斧的政治改革和教育改革。但是，那些曾留守国内抵抗过意大利占领军的保守势力并不甘心被排挤到国家权力层之外，以塞拉西为首的新政府遭到了反对党黑狮（Black Lions，曾经组织和领导过反抗意大利占领军运动）派成员等组织的强烈反抗，但最终还是以反对派失败而告终。那些受过西方教育的政治流亡者（émigré）和具有西方管理经验的政客们，即受过较多西方文化熏陶的塞拉西皇族派最终赢得了统治权，这些人被国人称做"班达"（banda），意思是"叛国者"。这种政治上的冲突实质上是本土文化与外来文化上的冲突，也是传统与现代的冲突。正是在此背景下，埃塞俄比亚高等教育的现代化开端出现了。

1950 年 12 月，埃塞俄比亚的第一所现代高等教育机构——亚的斯亚贝巴大学学院（the University College of Addis Ababa，UCAA）正式成立。继 UCAA 之后，国家在 20 世纪 50—60 年代又相继建立了亚的斯亚贝巴工程学院、贡德尔公共卫生学院、巴赫达尔工艺技术学院等十多所高等专科技术学院。但是，这些学校的文化教育都不同程度地受到宗教势力的影响，加之国力贫乏，发展十分缓慢。

1954 年 7 月 25 日，根据帝国宪章，UCAA 取得了自治地位，这也是学习西方大学管理模式的结果。但与非洲其他国家的高校争取自治的途径或手段不一样，UCAA 自治权力的取得主要是受学院所雇用的那些说法语的加拿大籍传教士教师与管理者的教育哲学思想和教育实践影响所致。在很大程度上，UCAA 在教学内容、课程设置、组织领导上所仿照的都是北美文科学院的模式，而不是非洲大多国家所效仿的欧洲模式。包括后来新成立的一些学院，在管理体制上，更多地模仿了美国高等教育管理模式，并不是东非前英国殖民地的管理模式。

这里值得一提的是，曾经作为传统势力代表的塞拉西皇帝及其家族成员，由于流亡期间受到西方文化、生活方式的强烈冲击，不得不接受西方的文化殖民，包括教育上的殖民。但是，这种文化上的强制嫁接是否适用于每一个国家，确实值得深思。因为，在20世纪以前，埃塞俄比亚曾经是非洲大陆上一个繁荣和富裕的国度，但如今却由于饥馑和贫困而著称，国家发展面临着许多困境和矛盾。

### 二、"革命"前高等教育的缓慢发展

"革命"前的埃塞俄比亚高等教育是指1974年以前的高等教育。因为1974年的埃塞俄比亚革命标志着一个新的高等教育体制的形成和对待宗教传统主义（分两个时期：公元330年以前的"前基督"时期和之后的"后基督"时期）一种新的态度。

（一）大学初创：亚的斯亚贝巴大学学院的建立

第二次世界大战以后，埃塞俄比亚最终摆脱了意大利的殖民统治，塞拉西皇帝重新执政，克服困难，重开学校，国家逐步走向稳定和发展之路，高等教育也才有了萌芽的土壤，这也直接导致了1950年亚的斯亚贝巴大学学院的建立。1961年，亚的斯亚贝巴大学学院改为塞拉西一世大学，也就是现在的亚的斯亚贝巴大学的前身。

当然，亚的斯亚贝巴大学学院以及后来的一些学院的相继建立并不是空穴来风。早在1950年以前，塞拉西政府每年都会有计划地选派一些优秀学生到欧洲、北美以及中东的高校接受留学教育，目的就是为建立本国的高等教育储备人才和师资。为了探索办高等教育的实际经验，在1950年3月20日，塞拉西皇帝就下令开办了一所初级学院，当时叫"三一学院"（Trinity College），8个月后，这位皇帝就把它改称为"亚的斯亚贝巴大学学院"。

1950年12月11日学院开办的时候仅有30名学生、7位教师和2名行政管理人员。教师中多为能够用双语教学的不同国籍

的传教士或来自英国和波兰的政治避难者，校长由塞拉西皇帝亲自任命。第一任校长名叫卢森·迈特（Lucien Matte），是一位加拿大的传教士。当时学院发展的总体目标是：为埃塞俄比亚青年提供一种有效的到国外学习的专业知识背景，在专业建设和组织发展的基础上建立亚的斯亚贝巴大学。① 作为埃塞俄比亚高等教育的先驱者，UCAA 开始开办时是一种两年制的初级学院，后来又发展到四年制的学院，学院下设艺术和自然科学两个系，开设的专业有自然科学、历史学和哲学。

　　根据美国犹他州立大学的一个调查小组 1959—1960 年所写的调查报告显示：UCAA 坐落在当时的埃塞俄比亚教育部（现在是亚的斯亚贝巴大学的科学学院校区）附近，校舍崭新醒目。学院共有全日制在校生 426 人（381 名男生，45 名女生），其中埃塞俄比亚学生 376 人，另外 50 名学生分别来自坦桑尼亚（当时称 Tanganyika，即"坦噶尼喀"）、肯尼亚、希腊、印度、英国、美国和前南斯拉夫等 14 个国家和地区。学院承担学生们的一切学习和食宿费用，在当时的世界上，UCAA 的学生待遇可谓舒适，几乎到了奢华的地步。除了全日制学生外，还有 600 多名夜校走读大学生。夜大学生多来自政府部门，他们不但要交纳学费，而且校方不提供食宿条件。学校当时有教师 40 人，除了 4 位新任命的埃塞俄比亚人外，其他都是外籍人员。外籍人员中多为信仰天主教的罗马人和信仰基督教的加拿大人，加拿大人多为学校管理层人士，这其中就包括时任校长卢森·迈特先生。②

---

　　① UCAA.（1962）. *Bulletin1961—1962 University College of Addis Ababa.* Addis Ababa：Artistic Printing Press.

　　② Bebtkey, H. W.（1960）. *Higher Education in Ethiopia：Survey Reports and Recommendations*（unpublished）：7—13.

表 2 - 1　　　　1959/1960 学年 UCAA 教师的知识层次构成

| 学　　位 | 人　　数 | 百分比（％） |
|---|---|---|
| 博士 | 12 | 30 |
| 硕士 | 16 | 40 |
| 学士及其以下 | 12 | 30 |
| 总　　计 | 40 | 100 |

资料来源：埃塞俄比亚教育研究院：《埃塞俄比亚高等教育杂志》2005 年第 2 期，第 11 页。

　　当时的 UCAA 图书馆拥有图书 2.6 万册，虽说不能与美国大学的图书馆相媲美，但在当时的非洲已属上等。学校博物馆虽小，但在非洲的知名度已相当靠前。帝国宪章所赋予学校的自治权力，使学校在办学实力、学校声誉和校园稳定等方面都有了长足发展。

　　在学校决策管理上，由 1 名主席和 6 名成员组成的校务委员会负责讨论并通过 UCAA 总体发展规划，委员会成员由塞拉西皇帝亲自任命。塞拉西皇帝当时是 UCAA 的名誉校长（Chancellor），另有 1 名执行校长（President）负责学校的具体管理事务，但名誉校长和执行校长本人都不是校务委员会成员，都只作为秘书的角色身份，为委员会提供必要的服务。委员会的组成人员一般都是政府重要部门的部长、副部长等，如司法部、教育部、外交部等，这些成员大都受过良好的西方高等教育的熏陶，甚至具备很高的学术造诣。塞拉西皇帝的孙女爱达·德斯塔（Aida Desta）公主也曾担任过委员会成员。

　　由于 UCAA 开办的初期只有两年制学生，后虽发展到四年制，但两年或四年学习的完成也就意味着学业的终结，因此，大部分毕业生在争取到奖学金后不得不到国外继续深造。第一届毕业生典礼于 1954 年 8 月 26 日举行，时任 UCAA 名誉校长的塞拉西皇帝亲自出席毕业典礼。23 名毕业生中有 18 人将到国外继续学习，所学专业有法律、商业、医学、教育学、工程学等。

当时国家对高等教育的年投入估计在 200 万元（埃塞俄比亚元，2 埃塞俄比亚元兑换 1 美元）左右，在教师教育计划方面，美国政府每年还要支助大约 8 万美元。

另外值得一提的是 UCAA 的学生社团和俱乐部工作。当时在 UCAA 的校园里学生社团和俱乐部工作可谓红红火火，每一位学生都可以根据个人兴趣与爱好参加不同的社团或俱乐部活动，并成为其中的一员。这些学生组织有：民族社团、辩论社团、私人和作家俱乐部、戏剧社团、合唱俱乐部、摄影俱乐部、艺术社团、无线电俱乐部等。这些学生组织所开展的活动受到了校方的高度评价，校方还专门选派老师来帮助和指导学生社团开展活动。许多社团都有自己的出版物，有些出版物的影响还很广泛，例如民族社团出版的一种小册子，里面的内容曾多次被埃塞俄比亚著名的研究人员所引用。还有一个无线电俱乐部，它吸引了许多无线电业余爱好者。俱乐部定期向会员传授理论知识和动手能力，培养他们的无线电兴趣。在此俱乐部的基础上，UCAA 购置了一台 500 瓦的无线电发报机，并通过皇家通信委员会的授权，成立了自己的业余无线电台。

埃塞俄比亚高等教育建立和发展的初期，在竭力追赶国际教育水准的理想驱使下，取得了一定的成功，但由于管理体制落后、教育观念落后，造成效率低下、质量低下、浪费严重，教育不公问题、社会冲突问题十分尖锐，始终未能赶上或接近世界水平，相反差距却越来越大。到 20 世纪 50 年代末，UCAA 仅有不足 1000 名学生和不到 50 位教师，而且其中的大多数教师还是外籍人士。

（二）高等教育的缓慢发展

亚的斯亚贝巴大学学院（UCAA）的出现推动了埃塞俄比亚初期高等教育的缓慢发展，一些专科学院相继在各地建立。主要有以下几所：

1. 机械工程学院。1952 年在亚的斯亚贝巴成立，学制两年，1954 年底学制延长到四年，1959 年又延长到五年，毕业生可授予理学学士学位。专业有土木工程、机械工程和电子工程。据当时的调查显示，到 1959/1960 学年，仅有 20 名学生完成了全部学位课程，获得理学学士学位。

2. 农业学院。1952 年，塞拉西帝国政府与美国政府合作建立了农业学院，即今天的阿莱玛亚大学，位于埃塞俄比亚东部的奥罗米亚（Oromiya）州境内。农业学院的核心领导层像 UCAA 一样，有 1 位名誉校长和 1 位执行校长，名誉校长（Chancellor）是塞拉西皇帝本人，第一任执行校长是美国人，行政管理人员多是埃塞俄比亚人。2 位副校长中 1 位是农业部副部长，另 1 位是美国援埃使团（United States Operations Mission）长官。学院理事会由执行校长和 4 名埃塞俄比亚人组成。学院有 4 个系，分别是工艺与科学系、农业机械系、畜牧科学系、植物科学系。学院占地 1000 多亩，成立之初仅有 160 名学生，皆为男生。有教师 29 人，其中 20 人为美国人，9 名埃塞俄比亚教师皆有理学学士学位。早期的学院有一个小图书馆，藏书 4500 册，报刊 2000 份，杂志 600 份。根据协议，学院由埃塞俄比亚政府和美国政府共同投资创办，双方出资的比例大体为 1∶2，另外还不算美国援埃使团援助的资金。

3. 建筑技术学院。根据埃塞俄比亚政府与瑞士政府达成的协议，该学院于 1954 年 10 月成立。学院主要由 1 所实体学院和 2 家研究机构组成，即建筑学院、建筑研究院和建筑材料检测研究所。建筑学院主要培养合格的建筑领班、设计与制图、工程监察、测绘和检测方面的专业人员，同时为学生进一步接受建筑与结构工程专业的大学教育做准备。2 家研究机构的主要功能是开展专业领域的研究工作，如当地低成本建筑材料的开发与实验等。1959/1960 学年，学院有 80 名学生，教师 17 人，其中 7 名为全职，10 名为兼职。

4. 贡德尔公共卫生学院。1954 年在埃塞俄比亚北部的贡德尔市成立。学院由世界卫生组织和美国援埃使团共同创办。学院在教学和课程内容安排上十分贴近当时建立的农村卫生中心、卫生站（所）的实际需要，在培养培训农村公共卫生人员、卫生官员、卫生保健人员和社区护理人员方面发挥了重要作用。学院建立之初拥有 150 张病床以及诊断室、临床实验室等。现在的贡德尔医学院已经能够提供硕士学位的医学课程。

5. 圣三一神学院。1960 年，圣三一神学院（the Theological College of the Holy Trinity）的分院在亚的斯亚贝巴落成。圣三一神学院主要为教堂管理层和埃塞俄比亚基督教堂培养高层次的教职人员。可以看出，随着教育的现代化发展，宗教教育也不得不调整其传统教育模式和人才培养方式，以适应现代社会的发展。

6. 军事学院。在 20 世纪 50 年代后期，埃塞俄比亚高等教育体系中还出现了几所培养军事人才的军事学院。如海拉尔（Harar）军事学院、德布瑞（Debre Zeit）空军学院、玛沙瓦（Massawa）海军学院（在红海海岸，现属厄立特里亚境内）。这些学院在设施装备和人员配备上要比非军事学院完善得多。陆军军事教官多是印度人、海军教官多是英国人、空军教官多为美国人。这些非地方性学院主要教授中等及其以上水平的专业技术知识，在学术性课程上要低于地方性高校，其主要目标是培养军队骨干力量，增强国防实力。正是得益于这些早期军事院校的人才培养，埃塞俄比亚的国防力量至今在非洲也属上乘。

与 UCAA 不一样，埃塞俄比亚所有的高等教育机构在管理权和所有权上多分属不同的部级部门，如贡德尔公共卫生学院属于卫生部、军事学院属于国防部、农业学院属于农业部管辖等。这些学院虽然分属于不同的权力部门，但其目的都是为了培养各自急需的技术和专业人才。

除了 UCAA 之外，埃塞俄比亚所有的高等教育都具有明显的职业和技术导向，这些学院的教学计划和专业设置都具有多科倾向性，它们在教职工聘任和学校管理上都具有崇洋媚外和效仿西方大学的嫌疑。在 20 世纪 60 年代以后，这些学院经历了一个重组的过程，这种重组过程将进一步影响到埃塞俄比亚高等教育以后的发展。

由于过多地依赖外部力量，埃塞俄比亚虽然在 20 世纪 50 年代和 60 年代相继建立起了 10 多所高等学院，但规模、质量和管理水平方面发展都十分缓慢。到了 1970 年，在全国 3400 万人口中，高等教育全日制在校学生仅有 4500 人，占总人口的 0.2%。而且管理水平低下，教学设施落后，教学质量不高，广大平民百姓子女几乎没有接受高等教育的机会。1972 年以后，由于国家政局动荡，校园暴力不断，反对派势力渐居上风，塞拉西政府无力投资发展教育，高等教育入学人数有减无增。从表 2 - 2 中海尔·塞拉西大学的多项数据统计整体上反映出"革命"前埃塞俄比亚高等教育发展的实际情况。

表 2 - 2　　　1961/1962—1972/1973 学年海尔·塞拉西一世大学的在校生统计[①]

| 学　　年 | 全日制学生 | 夜大学生 | 夏季班学生 | 总计 |
|---|---|---|---|---|
| 1961/1962 | 948 | 1026 | 192 | 2166 |
| 1962/1963 | 1040 | 1457 | 233 | 2730 |
| 1963/1964 | 1514 | 1458 | 351 | 3323 |
| 1964/1965 | 1779 | 1523 | 527 | 3829 |
| 1965/1966 | 2256 | 1835 | 512 | 4603 |

① 1961 年在合并 UCAA 等 6 所学院的基础上成立"海尔·塞拉西一世大学"或称"塞拉西大学"，1975 年改称"亚的斯亚贝巴大学"。

| 学　　年 | 全日制学生 | 夜大学生 | 夏季班学生 | 总计 |
|---|---|---|---|---|
| 1966/1967 | 2828 | 1750 | 887 | 5465 |
| 1967/1968 | 3368 | 1800 | 833 | 6001 |
| 1968/1969 | 3870 | 2562 | 948 | 7380 |
| 1969/1970 | 4636 | 2261 | 1073 | 7970 |
| 1970/1971 | 4543 | 2221 | 1100 | 7864 |
| 1971/1972 | 4978 | 2784 | 1220 | 8982 |
| 1972/1973 | 3941 | 3293 | 1908 | 9142 |

资料来源：Aklilu Habte. *Higher Education in Ethiopia in the 70's and Beyond*. AAU。

　　像非洲许多国家一样，长期以来，埃塞俄比亚的高等教育无论是经费投入、人才培养方案还是教师聘任上都过多地依赖国外力量，也许正是这种过度地依赖国外，才形成了消极被动、效率低下、发展缓慢的尴尬局面。从表2-3、表2-4、表2-5中统计的数字可以更清晰地看出20世纪60、70年代埃塞俄比亚高等教育的实际状况。

表2-3　　　海尔·塞拉西一世大学教师（包括教学、研究及管理人员）统计（不包括离岗学习及研究人员）

| 学年 | 埃塞俄比亚籍教师 | 外籍教师 | 总数 | 埃塞俄比亚籍教师的百分比（%） |
|---|---|---|---|---|
| 1961/1962 | 62 | 120 | 182 | 34 |
| ⋮ | ⋮ | ⋮ | ⋮ | ⋮ |
| 1968/1969 | 198 | 251 | 449 | 44 |
| 1969/1970 | 257 | 243 | 500 | 51 |
| 1970/1971 | 269 | 223 | 492 | 54 |
| 1971/1972 | 285 | 218 | 503 | 56 |
| 1972/1973 | 308 | 237 | 545 | 56.5 |

资料来源：Aklilu Habte. *Higher Education in Ethiopia in the 70's and Beyond* [D] (Unpublished). p. 38.

表 2 - 4　　1962/1963—1972/1973 学年海尔·塞拉西一世大学
毕业生（包括夜大和夏季班）统计

| 学年 | 层　　次 | | | |
| --- | --- | --- | --- | --- |
| | 证书 | 文凭 | 学位 | 总计 |
| 1962/1963 | 10 | 26 | 185 | 221 |
| 1963/1964 | 26 | 72 | 209 | 307 |
| 1964/1965 | 143 | 92 | 64 | 299 |
| 1965/1966 | 266 | 199 | 214 | 679 |
| 1966/1967 | 36 | 436 | 244 | 716 |
| 1967/1968 | 28 | 551 | 284 | 863 |
| 1968/1969 | 137 | 604 | 277 | 1018 |
| 1969/1970 | 238 | 546 | 491 | 1275 |
| 1970/1971 | 124 | 703 | 564 | 1391 |
| 1971/1972 | 12 | 645 | 575 | 1232 |
| 1972/1973 | 13 | 905 | 588 | 1506 |
| 总计 | 1033 | 4779 | 3695 | 9507 |

资料来源：Aklilu Habte. *Higher Education in Ethiopia in the 70's and Beyond* [D]（Unpublished）. p. 41.

表 2 - 5　　1963/1964—1972/1973 学年学生培养成本统计
（数据只反映政府实际财政预算拨款，
不包括外国援助款项）

| 学　年 | 平均每生培养成本花费（埃塞俄比亚元） |
| --- | --- |
| 1963/1964 | 4920 |
| 1964/1965 | 4807 |
| 1965/1966 | 4542 |
| 1966/1967 | 3623 |
| 1967/1968 | 3221 |
| 1968/1969 | 3139 |
| 1969/1970 | 2705 |

续表

| 学　年 | 平均每生培养成本花费（埃塞俄比亚元） |
| --- | --- |
| 1970/1971 | 2893 |
| 1971/1972 | 2859 |
| 1972/1973 | 3092 |

资料来源：Aklilu Habte. *Higher Education in Ethiopia in the 70's and Beyond* [D]（Unpublished）. p. 42.

在埃塞俄比亚的高等教育发展过程中，由西方专门机构直接捐助和对口大学间接资助的经费几乎占到整个高等教育预算的50%，例如阿莱玛亚农学院就是这样。几乎每所高校成立的初期，其学校层的管理者和主要科目的教师都是外籍人士。虽然时过境迁，但埃塞俄比亚大多数有影响的高校总是与曾经资助过它的国家或机构有着这样或那样的联系，而且这种影响是深远的。所以，就埃塞俄比亚的高等教育体系而言，尽管它诞生于非殖民地环境下，与非洲殖民地大学也有着显著的区别，但是所受到的西方观念和西方高等教育体制的影响却是十分明显的，这一点也是不容置疑的。如果从政治层面上讲，这也许就是西方所推崇的"文化"殖民。

### 三、"革命"后高等教育的政策转向

在埃塞俄比亚历史上，"革命"前与"革命"后相比较，无论从意识形态、政治经济体制还是从教育体制上讲都可谓"泾渭分明"。对于"革命"后高等教育实践的功过是非历来是评说不一，笔者在此仅做一简要的史实描述，不妄加评说。

1974年9月，一批少壮派军官发动政变，推翻海尔·塞拉西政权，废黜帝制，成立"临时军事行政委员会"，即军政府。1977年2月，门格斯图·海尔·马里亚姆中校上台担任"临时军事行政委员会"主席和国家元首，这就是著名的"Derg"政

权。1979 年成立以军人为主体的"埃塞俄比亚劳动人民组织委员会",俗称"军事政权",推行一党制,压制不同的政治声音。1987 年 9 月,门格斯图宣布结束军事统治,成立"埃塞俄比亚人民民主共和国",并自任总统和政府首脑。1991 年 5 月门格斯图政府被反政府武装推翻。

门格斯图执政后加强了对高等学校事务的管理和监督,包括学校安全监督、不同政见和思想压制、取缔学生组织、任命大学高层管理人员、限制学术研究自由、学校课程中必须开设马克思主义课程等。这种局面持续了 20 年,其间高校知识分子的社会地位、生活待遇严重下降,学术研究僵化,国家教育体制完全与西方世界隔绝。

军事政权于 1975 年关闭了海尔・塞拉西一世大学,随后更名为"亚的斯亚贝巴大学"(AAU)。新政权还对其他高等教育机构进行了调整,对部分高级中学和中等职业技术学校进行升格,如:吉马(Jima)农学院、亚的斯亚贝巴商学院等都是在这一时期升格后成立的专科学院。同时还在亚的斯亚贝巴地区建立起一批新的高等教育机构,这包括教师教育学院、商业专科学院、城市技术学院等。另外,还有安布(Ambo)和吉马的农业专科学院、德布勒(Debre Zeyit)的兽医学院、吉马卫生科学学院等,培养专门学科领域的中等层次的人才,具有文凭①等级授予资格。亚的斯亚贝巴大学还在全国各地设立了多个校区,它实际上成为 1 所联合大学,在全国独领风骚。1985 年,曾经是亚的斯亚贝巴大学一部分的阿莱玛亚农学院独立出来,升格成立阿莱玛亚大学。到 20 世纪 90 年代初期,埃塞俄比亚共有高等院校

---

① 埃塞俄比亚的高等教育学历(学位)文凭等级一般分为证书(一般为高中后一年或两年制)、文凭(两年或三年)、第一学位(相当于我国的学士学位)、第二学位(硕士)和第三学位(博士)。

12 所，大部分都在首都亚的斯亚贝巴。

　　1977 年，门格斯图为首的军事政权发布第 109 号令，宣布成立高等教育委员会，确定高等教育发展的主要目标是：培养高层次人才，适应国家发展规划；培养合格的中等层次人才，适应经济发展需要；提高教育质量，增强和扩大高等教育规模，建立新的研究和培训中心；通过发展科学技术和文化艺术来提高人民生活水平。

　　随着教育目标的制定，埃塞俄比亚政府的高等教育较前政府有了一定发展。高校在校生从 1970 年 4500 人增长到 1980 年的 17500 多人，其中女生约占 11%。但是在整个 20 世纪 80 年代，埃塞俄比亚由于国家局势动荡，地方冲突不断发生，经济发展缓慢，政府无力过多投资教育，这一时期高等教育发展基本上处于停滞状态，甚至有些年份出现萎缩（见表 2－6）。按当时的人口规模计算，埃塞俄比亚的高等教育入学率仍然很低，高等学校入学竞争十分激烈。由于国内高等教育的容纳空间十分有限，为了一定程度上减轻供需矛盾，每年都有一些学生争取到国外奖学金或资助项目到国外留学（主要是前苏联和东欧国家），1969—1973 年平均每年为 400 余人，1978—1982 年平均每年达到 1200 人。

表 2－6　　　　1980—1988 年高等教育在校生人数统计
（按学历级别计算）

| 年份 | 文　凭 | | 第一学位 | | 第二学位 | | 总数 |
|---|---|---|---|---|---|---|---|
| | 男女生总数 | 女生 | 男女生总数 | 女生 | 男女生总数 | 女生 | |
| 1980 | 6254 | 891 | 10839 | 913 | 431 | 26 | 17524 |
| 1981 | 6657 | 956 | 10547 | 873 | 503 | 31 | 17707 |
| 1982 | 6713 | 1004 | 10327 | 845 | 573 | 37 | 17613 |
| 1983 | 6837 | 1082 | 10401 | 820 | 657 | 51 | 17895 |
| 1984 | 5262 | 781 | 9232 | 898 | 699 | 52 | 15193 |

续表

| 年份 | 文　　凭 | | 第　学位 | | 第二学位 | | 总数 |
|---|---|---|---|---|---|---|---|
| | 男女生总数 | 女生 | 男女生总数 | 女生 | 男女生总数 | 女生 | |
| 1985 | 6185 | 1213 | 8971 | 889 | 634 | 38 | 15790 |
| 1986 | 5903 | 987 | 8779 | 1106 | 756 | 55 | 15438 |
| 1987 | 5881 | 793 | 9367 | 1197 | 727 | 69 | 15975 |
| 1988 | 6567 | 664 | 10023 | 1130 | 788 | 64 | 17378 |

资料来源：http：//www. aheadonline. org/educ. htm.

高校的发展也带动了教师数量的增加。1970 年，亚的斯亚贝巴大学教职工只有 437 人，1983 年增加到 1296 人。

埃塞俄比亚的研究生教育始于 1978 年。1982/1983 学年研究生教育招生 246 人，其中女生 15 人。研究领域包括工程、自然科学、农业、社会科学和医学。起步之初的研究生教育依附于本科教育资源，没有相对独立的教育资源，一定程度上给本科教育质量带来了负面影响。

为了适应新的教育目标，军事政权重新调整了各高等教育机构设置，改革入学标准，如以免试入学的方式由政府选派一定比例的学生到特定专业学习。这种以行政入学的方式，虽然在一定程度上提高了小城市和农村地区的学生接受高等教育的机会，对传统的精英式教育是一种反叛，但它却不可避免地给专业教学带来了困难。因为这些被选送的学生可能在专业基础、专业兴趣上不如通过考试选拔出来的学生真实，教与学的积极性受到干扰，教育质量的滑坡在所难免，同时也忽视了学生进行自我职业生涯选择的权利。也正是这种过度的干预和管制，导致了埃塞俄比亚高等教育体系存在着种种问题，如政府由于对高校管理实行高度集权，导致学校缺少办学自主权，一切听从教育主管部门的安排；培养方案、教科书等都是由国家统一审定，导致教师在知识传授上拘于保守，更不能发挥自己的才干；由于在学术团队中缺少具有博士学位的高级人才，所以教育质量不断下滑，学术研究水平薄弱，已经越来越严重地与国际高等教育的发展相脱节。1994 年，随着埃塞俄比亚民选政府的成立，高等教育改革被提到日程上来。

## 第三节　20 世纪 90 年代中期以来的高等教育

埃塞俄比亚一直在努力使它的高等教育更加适应国家和社会发展的需要。但是，从 1974 年海尔·塞拉西君主政权被推翻到 1991 年军事统治结束，其间高等教育经历了被压制和被忽视时期，导致教育管理的落后和质量的低下。恰如埃塞俄比亚分管高等教育的副部长 Dr. Teshome Yizengaw 博士所认为的那样，"高等教育机构所具有的落后观念和过时的定位使埃塞俄比亚丧失了摆脱贫困和发展的机遇"。1991 年，门格斯图军事政权被推翻，"埃革阵"执政，国家局势走向稳定，教育、经济和文化等领域得到恢复和发展。新政府十分重视发展高等教育，为国家经济社会发展培养急需人才。

### 一、"埃革阵"执政与高等教育变革

1974 年塞拉西王朝被推翻，军事政权加强了对高等学校事务的干预和管制。正是这种过度的干预和管制，最终导致了埃塞俄比亚高等教育与国际上的严重脱节。1991 年门格斯图军事政权被推翻后，过渡政府就开始关注教育发展问题。1994 年制宪会议通过新宪法，新政府把发展教育提高到国家发展战略的高度，以宪法为蓝本先后出台了一系列教育政策，加快了高等教育改革和发展步伐。现政府通过对高等教育管理权限下放、高等教

育机构调整、税收制度改革、学费分担制度推行等一系列改革措施，使埃塞俄比亚高等教育在 20 世纪 90 年代中期得以恢复并发展，在 21 世纪初得到快速发展。改革进行十多年来，成绩斐然，有目共睹。

（一）公立高等教育的发展

直到 2000 年，埃塞俄比亚还只有 2 所公立大学和 7 所专科学院。2 所公立大学是亚的斯亚贝巴大学和阿莱马亚大学（AUA，1985 年才升格为大学），是全国规模最大和最为悠久的 2 所高等院校。从 1997—2001 年的 4 年间，经过合并和提升办学层次，埃塞俄比亚在原有地方专科学院的基础上又新成立了 4 所大学。

在埃塞俄比亚教育发展史上具有里程碑意义的是 1994 年《教育和培训政策》的颁布。以此为蓝本，埃塞俄比亚政府先后制定了三个教育发展规划，即 ESDP Ⅰ（1997/1998—2001/2002 年）、ESDP Ⅱ（2002/2003—2004/2005 年）和 ESDP Ⅲ（2005/2006—2010/2011 年），产生了积极影响，埃塞俄比亚的各级教育得到了空前发展。1994 年，埃塞俄比亚高等教育全日制在校生只有 3.1 万人，1995/1996 学年度为 3.5 万多人，女生比例仅占 20.8%。根据埃塞俄比亚教育部 1998 年和 2003 年教育统计，公立和私立高校的总入学人数已经由 1997/1998 学年度的 45554 人猛增到 2002/2003 学年度的 147954 人，是 5 年前的 3 倍多，年增长率为 28%，是同期世界上增长最快的国家。到了 2003/2004 学年度，高校总入学人数达到 17.2 万多人，女生比例上升到了 25.2%（见表 2 - 7）。到 2005/2006 学年度，在校生总量（包括公立和私立）攀升到 18 万多人，全国适龄人口入学率也从 5 年前的 0.5% 提高到 2.6% 以上。在 2002/2003 学年度，亚的斯亚贝巴大学就有本科生 17433 人，研究生 1720 人。

表 2 - 7 　　　　　埃塞俄比亚高等教育在校生情况统计

| 学年 | 总数 | 女生 | 女生比例（％） |
|---|---|---|---|
| 1995/1996 | 35027 | 7282 | 20.8 |
| 1996/1997 | 42112 | 8514 | 20.2 |
| 1997/1998 | 45554 | 8702 | 19.1 |
| 1998/1999 | 52305 | 9769 | 18.7 |
| 1999/1900 | 67673 | 16272 | 24.1 |
| 2000/2001 | 87431 | 18207 | 20.8 |
| 2001/2002 | 101829 | 26894 | 26.4 |
| 2002/2003 | 147954 | 37256 | 25.2 |
| 2003/2004 | 172111 | 43307 | 25.2 |

资料来源：埃塞俄比亚教育研究院；《埃塞俄比亚高等教育杂志》2006 年第 2 期，第 4 页。

　　到 2005 年，埃塞俄比亚公立大学增加到 8 所（这 8 所大学分别是：亚的斯亚贝巴大学、德巴布大学、莫克莱大学、巴赫达尔大学、吉马大学、阿莱玛亚大学、阿巴米奇大学和贡德尔大学），另有 9 所高等技术学院和 5 所教师教育学院。政府还成立了 3 家高等教育专门管理机构（高等教育策略研究所、质量监管署、国家教育资源中心）。但由于埃塞俄比亚的高等院校相当一部分是在首都亚的斯亚贝巴及其周边地区，主要分布在亚的斯亚贝巴、巴赫达尔、默克莱、阿莱马亚、阿瓦萨和吉马等中部、北部和西北部地区，有的边远州甚至没有 1 所高等院校。为了改变这种状况，提高各地人力资源素质，促进地方经济发展，埃塞俄比亚政府计划在边远地区新建一些高校，达到每个州至少有 1 所高等学校，彻底改变有些州没有高等教育的历史。自 2005 年起，埃塞俄比亚政府计划先后投入 14 亿美元，在全国新建 13 所大学或学院，每所学校计划年招生学生 400 人以上。这些高校的建立将对增强地方经济与社会发展起到重要作用,不但可以为地方政府提供研究和咨询服务,还可以创造许多新的就业岗位。目前这 13 所大学或学院在不同地区即将或已经建立起来。到了2006 年,各类高等教育在校生总数超过 18 万人,其中 60% 左右的学生是在公立高校学习。到了 2007 年,埃塞俄比亚已有 13 所公立大学,规模最大的高校仍然是亚的斯亚贝巴大学。公立高校每年的招生人数也从 10 年前的 3000 人增长到 2006 年的 3.7 万人,各类在校生总数达到 14 万余人。

表 2 - 8　　　　　2005/2006 学年公立高校学生人数统计

| 学　　校 | 全日制学生数 | 非全日制学生数 | 总　计 |
|---|---|---|---|
| 亚的斯亚贝巴大学 | 26278 | 18430 | 44708 |
| 阿巴米齐大学 | 5649 | 349 | 5998 |
| 巴赫达尔大学 | 11576 | 1360 | 12936 |
| 阿瓦萨大学 | 11230 | 6802 | 18032 |
| 国防大学学院 | 685 | — | 685 |
| 国家行政学院 | 1105 | 572 | 1677 |
| 阿达玛大学 | 5216 | — | 5216 |
| 大众传媒学院 | 254 | — | 254 |
| 吉马大学 | 11864 | 5057 | 16921 |
| 莫克莱大学 | 9552 | 3884 | 13436 |
| 贡达尔大学 | 7623 | 1835 | 9458 |
| 阿莱玛亚大学 | 8699 | 1698 | 10397 |
| 总　　计 | 100049 | 40426 | 140475 |

资料来源:埃塞俄比亚教育部:《教育统计年鉴》,2007 年,第 114 页。

　　除了公立高校外,私立高校发展也很快,承担着越来越多的教育和培训任务。目前有超过 1/4 的学生是在私立高校里学习，私立高校正在为国家发展和人力资源开发贡献着自己的力量。

（二）私立高等教育的发展

在 20 世纪 70 年代中期的政局更迭之前，非政府办的学校在整个教育领域曾起到重要作用，那时将近 30% 的中小学校都是私立的。经过二十年的断裂之后，现任政府也十分重视私立教育的发展，明确私立教育是教育领域的一个重要组成部分。到了 2002 年，已经有近 2000 所私立学校建立起来，在校生规模达到 56 万。这些私立学校中，41% 属于非政府组织和宗教组织开办的，有 35% 的学校曾经是"公立"学校——20 世纪 70 年代被"公有化"过的学校现在又转制为私立学校，其余的是为特殊利益群体如国际社团成员提供教育服务的营利性学校。这些私立学校的在校生占全国同层次在校生比例分别为：小学占 5.3%，中学为 2.4%，高等教育占到 21%。

在埃塞俄比亚教育发展历史上，高等教育一直是由政府垄断的，直到 1991 年，埃塞俄比亚还没有 1 所私立高校。"埃革阵"执政以来，鼓励发展私立高等教育，从此结束了埃塞俄比亚无私立高等教育的历史。2002 年全国共有私立高等教育机构 37 家，年招生 1900 多人。经教育部批准招生的私立高校已经有 71 个专科专业和 34 个本科专业。私立高校在招生层次上主要是专科，本科层次仅占 11%。到 2003 年，私立高等院校的在校生已占整个高校学生的 24%，学校数量占到 43%，成为埃塞俄比亚高等教育体系中的一个重要组成部分，也是埃塞俄比亚高等教育系统中发展最快的一部分。到 2005 年，具备招生资格的私立高校共增加到 64 所，其中 56 所提供学历教育和培训，41 所提供学位教育和培训。

当然，私立高等教育在埃塞俄比亚还是一个新现象，几乎所有私立高校都是在过去七八年中才建立起来的，培养能力还十分有限，多数学校年招生量都在 500 人上下。但私立高校的运行机制比较灵活，能够针对社会和市场需要开展一些教学和培训，弥补了公立高校的不足，同时也一定程度上满足了人民群众接受高等教育的需求，缓解了国家高等教育资源有限的状况。其中联合学院（Unity College）、阿尔法远程教育学院（Alfa College of Distance Education）、海拉尔人民学院（People to People College）、阿瓦萨基督学院（Awasa Adventist College）等是影响比较大的私立学院。这四所私立学院也是最早获得国家办学资格的私立高校，目前已经形成了一定的办学能力和规模，其中联合学院规模最大，在校生有 7000 多人，其余 3 所学院在校生都在 3000 人以上。这些私立学院主要开设会计学、管理学、法学、经济学、自动化和农学等方面的专业课程，学校里的教师分专职和兼职两种，有些私立高校由于发展过快，兼职教师的比例较大。随着私立高校的发展和地位的明朗化，私立高校参加由政府支助的培训会议和讨论会等的机会也越来越多，在公共场合的声音也越来越受到政府的重视。

私立高校一般以提供较低端的高等教育课程为主，有一半的学校开设了第一学位课程，还有 1 所学校已经开设了研究生学位课程班。私立高校招收的第一学位和文凭阶段教育的学生数量约占全国招生总数的 1/4。这些私立高等院校在专业和课程开设上"以客户为导向"，弥补了公立高校的不足，在教学和人才培养上注重市场需求，吸引了大量女性学生（大约占 50%，而在公立高校女生的比例不到 1/3），为那些不能进入公立高校的学生提供了接受高等教育的机会，促进了教育公平。私立高校没有政府的投资，主要靠学费收入（每年收取学费从 2500—3500 比尔不等，折合美元大约是 300—400 美元）办学，减轻了政府投资教育的财政负担，促进了教育共同发展局面的早日形成，为国家高等教育大发展作出了极大贡献。

表 2 – 9　　　　　2003/2004 学年公立高校和私立高校在校生人数统计

| 学历（位）层次 | 在校生人数 | | | | 私立高校学生数所占比例（%） |
| --- | --- | --- | --- | --- | --- |
| | 公立高校 | | 私立高校 | | |
| | 总数 | 女生 | 总数 | 女生 | |
| 文凭 | 43823 | 9871 | 27324 | 12846 | 62.4 |
| 本科（学士） | 86603 | 16864 | 11801 | 3554 | 13.6 |
| 硕士 | 2532 | 172 | — | — | 0 |
| 博士 | 28 | — | — | — | 0 |
| 总计 | 132986 | 26907 | 39124 | 16400 | 29.4 |

资料来源：埃塞俄比亚教育部：《2003/2004 年教育统计年鉴》。

　　私立高等教育的发展，不但为那些不能被公立高校接纳而数目又不断增长的学生提供了接受高等教育的机会，而且这些私立高等院校的专业和课程设置比较灵活，针对性比较强，能够适应社会经济发展的需要，这在比较保守的公立高校是无法做到的。另外，私立高校在办学过程中经费自筹，管理自主，办学灵活，使得高校招生的扩展并没有过多的增加政府开支的费用，可谓一举多得。私立高等院校所提供的以社会为导向的教学重在适应劳动力市场的需求，因此吸引了大量的女性学员，所收取的学费对于中等收入家庭也是可以承受的。

　　如上所述，在国家高等教育大发展时期，私立高校已成为国家高等教育发展的一支重要力量。私立高校的办学者不仅是对高等教育的发展而且还对社会经济的增长作出了实质性的贡献，如私立高等院校承担了对学生在某些特定领域的教育和培训，他们所培训的商业学科的学生占到了 3/4，计算机科学专业的学生占到了 3/4，而法律专业的学生占到了 1/2。为了适应国家发展和劳动力市场需要，政府及时开展了如工程、卫生、农业、IT 技术及商业等专业领域的教师培训工作，国家有义务调整各高校专业发展方向。

尽管私立高校在国家高等教育大发展进程中作出了积极贡献，但是政府对于私立高等教育的支持仍然举棋不定，致使私立高等教育在发展中面临着许多困难。在目前土地还是国家所有的政策背景下，政府不愿分配公共资源来支持私立高等教育的发展，这就意味着私立高等教育的发展规模完全依赖于政府是否愿意将土地租赁给私人办学者；与此同时私立高等院校还要面对获取银行贷款的诸多困难，因为他们几乎没有什么资产可以用来作为贷款抵押的；同时这些院校还依赖于政府对必须进口的教科书、计算机软件、教学设备的税率的降低。尽管从理论上讲这些操作是可行的，但在实践中这些障碍都不同程度地制约了私立高等教育的发展。

面对这些困难，私立高等教育机构在2003年组建了自己的协会"埃塞俄比亚私立学院论坛"，参加成员希望以论坛为平台扩大影响力，希望政府能够对私立学校共同关心的问题作出积极反应，还希望通过论坛实现私立高等院校、私立与公立高校之间的经验和信息共享，同时能够促进论坛组织与教育部及其他政府部门之间的及时对话。

私立高校目前增长最快，教育管理者特别有必要探讨私立高校能够做什么和不能做什么。这样，政策制定者才能够规划高等教育的有序发展，才能够建立高等教育的保障机制。虽然埃塞俄比亚高等教育领域发生了令人鼓舞的变化，但国家所给予私立高等教育的自由度与私立高等教育发展的实际要求还有一定的差距。教育和培训政策应该提供更多的法律框架，以鼓励私立和非政府办的高等教育机构积极参与到国家高等教育革新的大潮中去。

（三）教育形式和教育手段的多样化发展

在埃塞俄比亚高校在校生中，除了全日制学生外，各主要高校还利用全日制教育资源招收函授（一般在夏季授课，故又叫做夏季课程班）、夜大学员等。所有非全日制学生都是收费的，这样可以弥补一部分办学经费的不足，所以高校都有招收非全日制学生的积极性。但由于资源的有限，如教师、教室问题，实验、辅导资料不足等，夏季课程班和夜大的招生在有些学校并不理想。

随着互联网和信息技术的发展，在国际社会的支持下，亚的斯亚贝巴大学等率先启动了远程教育项目，教育部也建立了教育资源信息中心为教师的在职学习提供更多的高质量的便利资源。但是埃塞俄比亚远程教育还处于发展的初期阶段，能够彼此相互交流和借鉴的经验很少，管理上也存在着一些技术障碍，而且由于个人拥有电脑的数量和能够上网的机会很低，真正意义上的无障碍远程学习的实现还有一段的路程要走。但从某种程度上来说，发达国家的远程教育已经积累了一些成功的行之有效的经验，这些成功的经验可为埃塞俄比亚未来远程教育的发展提供宝贵的建设性经验。

据世界组织调查显示，在 1994 年非洲大陆上只有两个国家开通了互联网——南非和埃及。到了今天，非洲所有的国家都开通了互联网，但问题是，非洲是否能够永远在互联网中畅通无阻，非洲的组织和机构将如何使用互联网将是一个十分现实的问题。

除了远程教育形式之外，互联网和信息技术还可以作为课堂教学的一种有效辅助手段，但笔者在埃塞俄比亚最为著名的亚的斯亚贝巴大学的教室里也没有看到一个真正意义上的多媒体教室，只有为数极少的教室安装着凸面的电视机。远程教育的生存力很大程度上依赖于有效的管理以及大量的有相关专业知识人员的支持，远程教育的计划实施与管理，以及对新型的信息交流信息技术的运用，需要专业方面的技能，而这些不是教育系统之内的问题。在埃塞俄比亚，这些方面的人员以及技术力量依然比较短缺。另外，在远程教育师资培训以及课程设置方面前期投入的不足，也成为制约埃塞俄比亚高校有效使用远程教育的主要障碍。

为了提高远程教育的普及率和有效性，埃塞俄比亚政府十分重视并积极准备和完善远程教育手段和环境。如政府组织了专门的信息技术研讨班，为高校推行远程教育提供决策支持，使人们认识到远程教育对现行高等教育的积极辅助作用；组织了多次2—3周的信息技术培训课程，对有兴趣的大学教师进行培训，内容包括远程教育的管理，课程与教学规划，教学资料的选定和分配，学生保障服务等方面；最后从参加培训的人员中筛选出10多名优秀学员进一步参加远程教育硕士学位的学习，目的就在于让他们体会到远程教育的优势并获得个人经验；优秀硕士毕业生可被国家聘用为地方远程教育课程的教师，从而来提高远程教育在高等教育方面的辅助能力。

从世界范围看，发展中国家普遍存在着政府和大学对远程教育课程开发上的投入不足，因此就降低了远程教育的有效性，提高了远程教育失败的风险。这种投入不足的情况，通常表现在对学生的后勤服务保障、教师培训以及在设备的修理维护及提供等方面满足不了实际教学和学习需要，从而导致远程教育在发展过程中出现违规操作、管理混乱、质量低下、资源短缺等不良现象。

发展中国家发展远程教育的根本障碍是前期投入问题。由于前期需要大量的投入来进行教师培训、课程设计、技术测试与管理等，一旦解决了这些障碍，远程教育的大部分费用便可从学生的学费中支出，这样可以使得远程教育在发展过程中逐渐成为自足的教育模式。对远程教育的测试，就是看它是否能够有效地帮助学习者获得他们所需要的知识和技能。为了达到建立一个有效学习计划的目标，需要一个长期稳定的学习计划管理。在实践中，远程教育课程通常要比传统高校课程教育需要更强的管理技能，当面对分散的学生以及不同地区的后勤管理、落后的交流方式、表述的时间差、学习资料的分配、详细的学生档案等问题，成功的远程教育模式在组织后勤保障和问题解决方面需要较高的技巧与技能。这些问题在埃塞俄比亚显然都不同程度地存在。

## 二、高等教育的跨越式发展

埃塞俄比亚自 1994 年"埃革阵"执政以来，国内政治形势基本稳定，经济与社会发展总体看好。为摆脱国家贫困的帽子，埃塞俄比亚政府出台了一系列政策措施，政治上加强与国际社会的联系，经济上扩大对外开放、加大吸引外资的力度，教育方面加大财政投入、全面提高办学水平、积极扩大办学规模。但埃塞俄比亚的高等教育一直发展缓慢，入学率低下。1970 年，埃塞俄比亚 3400 万人口中，高等教育入学总人数只有 7400 人，高等教育的入学率仅为 0.2%，为世界最低国家。为了加快高等教育发展，以适应经济社会对高素质人才的需求，埃塞俄比亚政府在相继出台三个"教育发展五年规划"的同时，于 2003 年发布了具有法律性质的"高等教育宣言"，进一步促进高等教育的快速发展。1994 年，埃塞俄比亚各类高校在校生规模为 3.1 万人，1999/2000 学年为 6.7 万多人，2002/2003 学年则迅速增加到 14.8 万人，年平均增长率超过 20%，是同期世界上增长最快的国家。到了 2005/2006 学年，在校生总量攀升到 18 万多人，毛入学率由 10 年前的 0.5%一跃超过 2%，实现了高等教育的跨越式发展和历史性突破。

埃塞俄比亚政府通过扩建和新建一批高等学校、鼓励私人办学等形式来吸收更多的学生、扩大办学规模。就公办高校而言，2000 年埃塞俄比亚还只有 2 所公立大学和 7 所专科学院，2005

年公立大学则增加到 8 所，规模最大的仍是亚的斯亚贝巴大学。2005 年起，埃塞俄比亚政府先后投入 14 亿美元，在全国新建了 13 所大学。目前，这 13 所大学主要分布在高等教育相对薄弱地区，均已开始招生。埃塞俄比亚政府统计，到 2010 年，这 13 所新建的大学所接纳的学生总数将超过 12.1 万人，每所大学都将成为万人大学。私立高等教育也呈现快速发展的态势。2006 年，私立高校在校生占高等教育在校生总数的近 1/3。

埃塞俄比亚高等教育的跨越式发展不仅仅体现在规模的扩大上，还体现在如民办高等教育的从无到有、教育公平的广泛关注、高等教育立法的历史性突破等方面。埃塞俄比亚政府清醒地认识到，未来经济社会的发展，离不开人才的支撑，而高等教育在人才培养过程中必须发挥关键作用。为此，埃塞俄比亚政府从改善教育经费投入、促进教育公平、提高管理效能、加快师资队伍建设、加强质量监控等方面入手，出台了一系列改革措施，取得了显著成效。有关具体内容将在以后章节中论述。

埃塞俄比亚的高等教育经过了一个曲折和艰难的孕育和发展过程，像许多发展中国家的高等教育一样，在经历了初创、培育和缓慢发展的几个阶段后，进入本世纪以来出现了快速发展的良好势头。同时，我们也应该清醒地看到，发展的道路上还困难重重，其间的不确定因素也很多，如政治势力影响、国家投入不足、基础教育薄弱等，都会影响到高等教育的可持续健康发展。

# 第三章

# 埃塞俄比亚高等教育管理体制与
政策研究

在埃塞俄比亚早期高等教育发展道路上，更多的是权利意志在起作用。塞拉西皇帝亲任亚的斯亚贝巴大学的校长，皇权代替了法权，这在西方国家是少见的。1974—1991 年门格斯图军事政权统治时期，教育被灌输了浓厚的意识形态色彩。教育披上了政治外衣也就失去了教育的本色。教育的健康发展需要健全的法律与政策体系支撑。1994 年"埃革阵"执政，把教育提高到很高的战略地位，先后出台了"教育和培训政策"（1994 年）、"高等教育宣言"（2003 年）、"职业技术教育和培训宣言"（2004 年）等一系列政策和法律文件，促进了高等教育的快速发展。

在管理体制上，埃塞俄比亚初期的高等教育更多的是模仿了美国高等教育管理模式。1974 年"革命"后，推行的是前苏联的管理模式。随着时代的发展，高等教育规模的快速扩大，原有的管理体制暴露出许多弊端，越来越不适应社会经济发展的要求。1994 年现政府成立后，开始了大规模的高等教育改革运动。政府重组了国家高等教育资源、扩大了高校自主权、鼓励私立高等教育发展、推行"毕业税"制度、改革经费分配方案、加强教育质量监督和控制、增强教育的科学决策能力等，旨在实现高等教育为经济增长、贫困消除等国家发展战略服务。改革取得了显著成效。

## 第一节 高等教育行政管理
## 体制的历史考察

埃塞俄比亚高等教育行政管理体制有一个不断完善和发展的历史进程。从初期塞拉西一世大学的美国式管理模式、皇帝本人亲任大学校长，到门格斯图军事政权统治时期教育部下辖的国家高等教育委员会、教育部亲自任命学校领导，再到"埃革阵"现政权下由教育部的一名副部长领导的高等教育司和高校自身建立的校务理事会、教职工参议会、学术委员会等组织，以及教育部直属机构"高等教育策略中心"和"教育质量监管署"，可以看出，埃塞俄比亚高等教育行政管理体制逐步走向成熟，管理机构逐渐完善，职能分工更加明确。

### 一、塞拉西一世大学的管理体制

1961 年，在合并 6 所学院（亚的斯亚贝巴大学学院、阿莱玛亚皇家农业和机械工程学院、贡德尔公共卫生学院、皇家工程学院、埃塞俄比亚和瑞典联合建筑技术学院、圣三一技术学院）的基础上成立了"海尔·塞拉西一世大学"（Haile Selassie I University HSIU，简称"塞拉西大学"），塞拉西皇帝亲自担任大学校长，另任命一名执行校长负责大学的管理事务。因此，研究塞拉西大学的管理体制也就基本厘清了塞拉西统治时期埃塞俄比亚高等教育的管理体制，因为当时政府并没有设立专门的高等教育管理机构，主要是学校层面的自治。就学校层面而言，除了塞拉西大学外再没有其他大学或学院可与之相比肩。换言之，研究塞拉西皇帝执政时期的高等教育，就必须了解塞拉西大学的管理体制。塞拉西大学实质上是一种联合学院的办学形式，因为它没有统一的校区，而且有的学院相距很远，如贡德尔公共卫生学院、阿莱玛亚皇家农学院等，学科也缺少互补性，很难实现院际之间的资源有效整合和共享。

（一）塞拉西大学宪章与学术自治

埃塞俄比亚人关于现代国家大学理念的产生要追溯到 1930 年，当时塞拉西皇帝曾指派一位名叫沃克（Earnest Work）的教育观察家去国外考察国家大学建设事宜，准备着手建立自己的大学，后由于意大利的入侵、第二次世界大战的爆发而使这项计划延迟了整整 30 年。当然，这种延迟不仅仅是由于战争，还由于国家教育基础的薄弱、国内教育资源的限制和国际合作的缺乏等综合性因素。

第二次世界大战结束，塞拉西政府便着手高等教育的筹备工作，后在联合国和西方国家的人力、物力帮助下，于 20 世纪 50 年代建立了亚的斯贝巴大学学院（UCAA）和另外几所高等专科技术学院，以培养两年制的应用型人才为主，一部分学生是为到国外进一步求学做准备，所学内容也多根据国外专业设计，甚至大部分教材都是国外引进的，主要是英国。

埃塞俄比亚没有自己的大学，这是塞拉西皇帝耿耿于怀的事。通过十来年的发展，在以犹他州大学哈罗德博士（Dr. Harold W. Bentley）为首的 7 人高级顾问考察团的建议下，塞拉西政府便开始了建立大学的行动计划。1961 年底，经过对现有学院和高等教育机构的整合，塞拉西一世大学成立。大学成立典礼搞得很隆重，作为校长的塞拉西皇帝亲自出席。哈罗德博士被任命为塞拉西一世大学的第一任教学副校长和执行校长，塞拉西皇帝虽是大学的校长，但在学校具体事务上却给予了学校一定的自主权。学校的主要管理者都是美国人，当时的学校在各职能机构的领导下，在教学和研究上取得了一定的成效。

在调研小组的建议下，塞拉西皇帝于大学成立的同时签署了海尔·塞拉西一世大学宪章。7 人高级顾问考察团强烈建议埃塞俄比亚政府要仿照美国本土大学建立一种"服务型"的埃塞俄比亚大学。新成立的塞拉西大学确立了两大发展目标：一是充分整合和利用现有埃塞俄比亚高等教育资源，避免高等教育资源的浪费和投入上的重复；二是要为国家开发和培训人力资源服务。塞拉西一世大学在继承原有学院优良传统的同时，摒弃了它们的不足，并对这些学院的课程、教学方面等进行了重组，对院际之间的合作提出了可行性对策和建议，对新大学的进一步发展提出了一些设想。举要如下：

一是要把亚的斯亚贝巴大学学院（UCAA）的函授和夜大课程、工程学院的专项课程和农学院的农业服务函授课程作为扩大后的大学活动的先导和示范项目。

二是要充分保持新大学的显著特征。如在满足国家人力资源需求方面，公共卫生学院和埃塞俄比亚—瑞典建筑技术学院的所做的卓有成效的努力。

三是要关注农村发展和注重学生的实践能力的培养。这也同时是埃塞俄比亚大学实现社会服务功能的重要途径。公共卫生学院在这方面做出了很好的范例。

四是大学的科学研究取向要为社会现实发展服务。埃塞俄比亚—瑞典建筑技术学院的低成本建筑材料研究和德布瑞农学院实验所做出的成效已充分证明了这一点。

五是对有经验大学学院教师的资格认可上要从实际出发，而不能仅仅依据教师本人毕业时的学历或学位层次或教育部门组织的资格培训来认证。

事实上，塞拉西一世大学如果当初没有较好地整合不同学院在课程计划和组织管理上的经验，就不可能有今后二十年间的一定发展。否则，也就意味着在抛弃旧的东西的同时，也意味着零的开始。

根据海尔·塞拉西一世大学宪章，7名校务理事会成员中至少要有 1 位部长级人选，这个人选可从教育部、农业部或卫生部中选出，大学执行校长也是委员会成员之一，另 5 名成员由皇帝任命。在第一届理事会成立会议上，财政部部长得瑞萨（H. E. Ato Yilma Deressa）被塞拉西皇帝任命为第一任主席。海尔·塞拉西一世大学除了有校务理事会负责学校政策制定与发展的总体事务外，还有全体教职工参议会（Faculty Council）和各系的学术委员会参与学校的管理。教师议会和学术委员会的主要职责是决定学科发展、制定教学标准、评判师生的学术成绩等。

除了学术自治外，海尔·塞拉西一世大学宪章还授予学校在行政管理、财政支出上的自主权。如学校在购买教学设备、租借或抵押物品、建造或改造教学场所等方面都有自主权，但前提是必须符合学校发展需要。正是政府给予了大学充分的自主权，海尔·塞拉西一世大学在今后的一段时间内得到全面快速发展。

（二）大学的管理体制与职能分工

海尔·塞拉西一世大学的事务管理，无论是学校的日常安排还是学校短期、长期发展计划，包括与政府、非政府机构之间的关系等，都是通过集体来决定的。海尔·塞拉西一世大学的每一项决策的做出都是集体的决定，而且都有学校教职工的参与，要么直接参与，要么通过他们所选的代表参与。为了消除误解、增进沟通，校长每年都要与教职工、各学院、校内各部门等进行一年一次的巡访和讨论。在巡访讨论过程中，校长可以真实地了解个人之间、部门之间的问题和矛盾，从而为消除隔阂、进行交流提供必要的有效手段，同时也避免了一些潜在的冲突发生。

海尔·塞拉西一世大学拥有一个十分有力的负责任的校务理事会。到 1972 年，理事会共组织召开了 19 次会议，讨论了 45 项关于学校发展的议程。同年，教职工参议会开了 13 次，而它的执行委员会召开了 15 次会议。在校长卡萨（Kassa Woldemarriam，任期是 1962—1969 年）任职期间，海尔·塞拉西一世大学获得了世人瞩目的全面发展。这一时期海尔·塞拉西一世大学的成功发展，很大程度上得益于海尔·塞拉西一世大学宪章的制定和校长们的领导才能。海尔·塞拉西一世大学一开始所确定的发展方向就是自由和责任，这也影响到后来学校宪章的制定和教职工参议会法案的一致通过，还影响到学校的具体活动上，如教学计划制订、公共服务开展、专业发展、教师组织和学生协会的活动等。

教职工参议会（现在叫学校议会，即 the Senate）是学校最高的决策主体。成员构成上有校长、副校长、图书馆长、各系主任、研究所负责人和各系通过海选的 3 名全日制教师代表。教职工参议会通过它所常设的多个职能委员会来开展日常工作，如解决课程、经费、研究、出版、职位职称变动、教师发展、图书馆和教学资料、学术标准与规范等诸多问题和事务。

参议会的执行委员会成员由校长、副校长、参议会秘书长和另外选出的 7 名成员共同组成，负责协调和促进参议会所有议案的落实和合理执行。各系和研究所都享有学校宪章和制度所规定的有关学术和经费事项的决定权。

虽然埃塞俄比亚早期的高等教育获得了一定的发展，高等教育管理者们也一直在努力追赶国际水平，但由于国家实力不足，观念落后，办学过程中过多地依赖外部力量，高等教育的发展并不尽如人意。到了 1970 年，埃塞俄比亚 3400 万人口中，高等教育入学总人数只有 7400 人，高等教育的入学率仅为 0.2%，为世界最低国家。因此，要求高等教育改革的呼声日渐高涨，虽然在 1964 年推出了大学服务社会计划，要求所有大学生到农村或基层社区服务锻炼一年，但由于政治上的原因，这种早期的改革努力也最终由于政局不稳而变得虎头蛇尾、草草收场，并最终促成了塞拉西政权的垮台。

## 二、军事政权时期的高等教育管理体制

1974 年，埃塞俄比亚发生"社会改革"——一场军事政变推翻了海尔·塞拉西王朝。经过几年的动荡后，于 1977 年建立了"戴格"（Derg）军事政权。从 1977—1991 年的军事政权统治时期，埃塞俄比亚的高等教育管理职能机构主要是两层管理体制：一是由教育部成立的国家高等教育委员会（CHE），代表国家负责指导并协调各高等教育机构；二是由各地方各界代表组成的高校理事会，理事会负责核查、调整各高校发展计划和预算，并最终提交政府批准。高校理事会还负责对各学校教育计划可行性及其完成情况进行评估，同时向教育委员会提供有关本地各高校教职工及学生们的建议。该理事会由 1 名教育部代表（担任主席）和地方教育、卫生、农业和规划办公室负责人以及其他一些教育部任命的相关人员（包括高等教育机构负责人）组成。学校领导由教育部亲自任命，各高等学校几乎没有自主的权利，高校发展缺乏个性和特色，陷入千篇一律的形式主义，教育质量常常被忽视，政治声音超过了学术研究需要。

由于"戴格"政权采取了一系列的极端措施，如土地改革、企业国有化、农村合作运动、敌视私人资本等一系列过激行为，曾一度得到了激进的大学生们支持和拥护，但同时也导致另一些学生的愤懑，大学校园里反政府声音越来越大，学生派系之间的冲突不断，正常教学秩序受到严重干扰，大学停课现象司空见惯。面对大学校园里的反对声音，戴格政府采取了强硬手段，派驻大批军队进入校园，逮捕了一些反对派学生领袖，用"红色恐怖"镇压了"白色恐怖"。

此后，军事统治政权进一步加强了对高校的控制，广泛干预大学事务，包括安全监督、不同思想的压制、取缔学生组织、政府委任大学领导、控制理论和思想研究等，一时间知识无用、思想僵化在校园里泛滥，这种状况持续了整整二十余年，对埃塞俄

比亚高等教育的发展起到了桎梏作用，也使埃塞俄比亚的高等教育发展与世界的距离越来越远。军事政府的这些做法从根本上背离了大学学术自由的宗旨。

20 世纪 60、70 年代已经出现的高等教育体制改革要求，在军事政权统治时期受到政府压制。到了 20 世纪末，埃塞俄比亚的高等教育体制在管理上故步自封，在知识导向上保守落后，学院教师中缺乏富有经验和成就的博士人才，教育质量不断下滑，研究成果薄弱，与国际上高等教育机构的学术交往稀少。随着 1994 年民选政府的建立，高等教育管理体制改革的呼声又被提上了议事日程。

### 三、"埃革阵"执政以来的高等教育管理体制

1994 年 12 月，埃塞俄比亚制宪会议通过新宪法，改国体为联邦制，实行三权分立和议会内阁制，总统为国家元首，总理和内阁拥有最高执行权力。教育行政实行中央和地方两级管理体制，中央设教育部，由部长和常务秘书领导。教育部长既是国家最高教育行政首长，也是高等教育委员会、全国扫盲运动中央协调委员会、教科文全国委员会主席。教育部下设 3 个主要业务司，11 个主要附属机构和若干个跨部门的协调委员会。各州设教育办事处，对教育部负责；各区设区教育办事处，对州教育办事处负责，从而组成一个完整的地方教育行政管理系统。

埃塞俄比亚目前的高等教育管理机构是由教育部的 1 名副部长领导，下设高等教育司负责管理全国高等教育。教育部十分清楚，随着高等教育的改革和发展，高等教育领域所包括的范围将进一步扩大，管理工作的复杂性将进一步增加，已经超过了教育部本身能够指导和监管的力度。因此，教育部高等教育改革战略要求新成立两个半自治的公共机构来承担两方面的高等教育管理任务：一是政策指导机构，叫"高等教育策略中心"（Higher

Education Strategy Centre），主要是通过开展对高等教育的一般性问题研究、高等教育政策的发展研究等来使国家的高等教育发展适应社会发展的需要；二是质量监督机构，叫"教育质量监管署"（Education Relevance and Quality Assurance Agency），目标是通过教育检查评估等手段来监督指导国家高等教育质量发展，两者都直属教育部。

在学校层面上，从 1994 年开始，各高校都先后组织成立了校务理事会、教职工代表大会（又叫"学校议会"，限大学设立）、学术委员会、系（院）委员会。以教育部为最高权力，这些组织形成了高校管理的层级体系（见图 3-1）。同时，为了适应教育全球化发展形势，埃塞俄比亚教育部在实施国家高等教育管理体制改革计划、大力发展高等教育过程中，还根据实际需要，邀请过世界银行专家、发达国家的教育专家等进行过专门技术指导和咨询。

埃塞俄比亚高校的行政管理组织主要包括一个校务理事会、一个教职工代表大会、多个学术委员会和多个系委员会。校务理事会负责审查通过学校发展规划和各个学院和部门的经费预算并提交给政府，评估实施教育计划和项目，向教育部提交建议等。校务理事会的领导成员多来自教育部和地方政府领导人，其他成员根据学校宪章选定，由知名人士、地方政府官员、学校、学生等多方代表组成。每一所大学一般由 1 位校长和 2 位副校长（教学和行政各 1 人）组成领导班子。校长、副校长都是在校务理事会推荐的基础上由教育部任命，任期 5 年。

各院校的学术委员会（AC）负责商讨并提出有关教育项目、计划、课程、认证、晋级和学生学业评定的建议。学术委员会的成员由本机构的第一负责人（担任主席）、第二负责人、系主任、教务主任以及 3 名选举产生的学术人员代表构成。部分学院的学术委员会还包括了教导主任、科研及出版事务负责人。

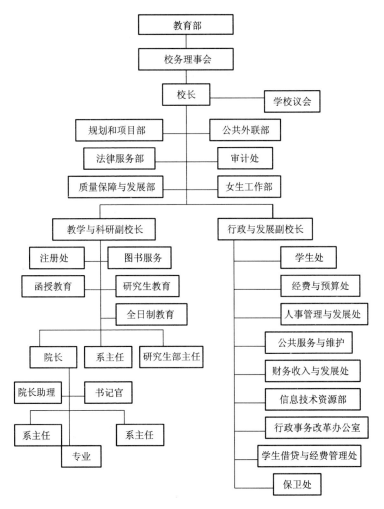

**图 3 - 1　贡德尔大学管理体制结构图**

　　系（院）委员会由所有全职教学人员组成，并接受系主任的领导。系委员会向学术委员会提出研究项目、课程、科目、人员晋升、研究项目、教学材料以及考试方面的建议。学术委员会进行讨论，并对具体问题根据自身权限，制定决策或者向上级提出建议。

　　大学还设有评议会，职权介于校董事会和学术委员会之间。校长担任主席，评议会由 2 位副校长（主管教学和主管事务）、各学院院长、科研机构负责人、教务主任、科研及出版事务负责人以及选举产生的来自各教师团体的学术人员代表组成。大学评议会负责起草学校发展战略规划、审议教学规范、批准新课程、奖励教授以下职称的教师、审定付费服务的类型和收费数量等。

　　上述管理机构通过下设的各个委员会来协助其履行职责。其中，最常见最活跃的有：学生工作委员会、教职员培训和晋升管理委员会和科研及出版事务委员会。某些事务则通过各种常务委员会或者特别委员会来处理。

　　大学校长、副校长以及各学院院长是由政府直接指派或者通过教育部任命的。被委派的行政人员往往属于高等教育机构的高层管理人员。系主任的产生各高校有所不同，或通过系委会选举，或由学院院长任命。然而一直到 1993 年，学院院长和系主任还是通过学院学术委员会和系教工大会选举产生的，由获得绝大多数选票的候选人当选。

　　亚的斯亚贝巴大学的现任校长是 Andreas Esheté 教授。副校长有两位：一位分管教学，一位分管行政。学校设有外联处、规划与预算处、监督与审查处和 ICT 管理处等职能机构。教学副校长下设有三位副校长助理（Associate Vice Presidents, AVP）：一位分管本科生教学，一位分管科研与研究生，另一位分管继续与远程教育、学生处、注册处、各院系主任、研究所主任。

## 第二节　现行高等教育的法律与政策框架

埃塞俄比亚联邦民主共和国政府（FDRE）在国家能力建设与经济发展战略计划中把教育提高到很高的战略地位。政府认识到，教育是通向未来经济繁荣的大门，是消除失业和贫困的有力武器。在近几年政府出台的多个教育政策文献中，政府一直在强调：教育是科技发展的唯一驱动力，是促进社会进步与公平、实现社会经济与文化可持续发展的基本前提。没有教育的发展，所谓保障民主价值、实现个人成功等一切都只能是梦想。教育是实现有理想、有纪律、有道德、有秩序的市民社会的润滑剂。

从 1994 年"教育和培训政策"（ETP）颁布以来，政府已在制定教育发展规划、提高高等教育质量和高等教育入学率方面做了大量工作，本科生、研究生阶段教育快速发展，招生专业进一步拓宽，高等教育总入学人数逐年增加。1994 年，公立高校全日制在校生为 26898 人，各类在校生（全日制、夜大、夏季课程班）总人数达到 101829 人。[①] 随着高等教育发展策略的调整和教育发展规划的实施，私立高等教育从无到有，得到了快速发展。目前，私立高校的在校生总人数已占国家各类高校在校生总量的 20% 多。各类高校全日制在校生从 1997/1998 学年的 4.5 万攀升到 2005/2006 学年的 18 万多。继"高等教育能力建设工程"规划蓝图之后，在 2003 年和 2004 年又先后颁布了"高等教育宣言"和"职业技术教育和培训宣言"。这些有关高等教育和培训的改革政策及能力建设工程有望在国家和地区的发展中发挥关键性指导作用。

---

①　*Education Statistics Annual Abstract*, 2001/2002: 8.

## 一、1994 年的"教育和培训政策"

在埃塞俄比亚过渡政府（后来发展成现政府，即"埃塞俄比亚联邦民主共和国政府"）执政以前，国家的教育体制问题重重，教育基础十分薄弱，教育规模多年来没有大的变化，观念落后、效率低下、质量低下现象十分明显。在这样一种落后的教育体制下，根本无法满足人民群众的求学问题，高等教育入学竞争十分激烈。为了提高教育质量，扩大教育规模，促进国家经济和社会发展，1994 年，埃塞俄比亚政府出台了一项具有全局意义的、内容广泛的"教育和培训政策"，该政策的主要内容包括：提高教育质量和教学内容的相关性；提高教学水平和完善教学设施；关注学生，促进学习质量提高；提高教育机构的管理和领导水平；引入教育财政多样化机制；建立健全教育评估与监督、学校自治与责任分担体制等。自此，"教育和培训政策"成为埃塞俄比亚教育发展和改革的纲领性文件。事实也证明，近年来埃塞俄比亚教育领域所出台的一系列改革措施和发展策略都与教育和培训政策精神相吻合。

该政策声明：政府将全部承担小学到初中阶段（即 1—10 年级）的教育费用，而高中（11、12 年级）和第三级教育阶段的受益人必须承担其部分教育成本。2003 年，高等教育的"成本分担"制度开始在公立高校实施。

自从教育和培训政策颁布以来，高等教育获得了极大发展。高等教育政策和策略的制定及实施也紧紧围绕国家发展目标和增强国家竞争力服务。在课程和教师培训上，国家加大了投入，促进了课程体系和教师培训体系的根本性变革。课程和教师培训上的如此变化，一定程度上说明了这个国家的教育本身是能够解决教育问题的。高等教育课程改革上的进步也与这个国家的经济发展政策分不开的，如国家颁布的"农业产业化"（ADLI）发展战略明显地影响了高等教育专业设置和课程内容的变化。一些新的学科专业，如信息科学、农业加工、卫生应用科学、农业经济、环境科学、纺织工程等相继在一些新老学院和大学开办起来。

虽然高等教育领域发生了令人鼓舞的变化，但国家所给予私立高等教育的自由度与私立高等教育发展的实际要求还有一定的差距。教育和培训政策应该提供更多的法律框架，以鼓励私立和非政府办的高等教育机构积极参与到国家高等教育革新的大潮中去。这样看来，已实施10多年的教育和培训政策本身也在进行调整、充实和完善。

### 二、2002 年的"可持续发展与减贫计划"

为发挥高等教育在消除国家贫困人口中的重要作用，2002年，埃塞俄比亚政府出台了"可持续发展与减贫计划"（Sustainable Development and Poverty Reduction Program）。该计划对高等教育提出了一系列的建议和方针指导，主要如下：

1. 提高高等教育的地区供应能力，尤其是没有或缺少高等教育机构的地区；

2. 引入高等教育的成本分担机制，拓宽高等教育发展的经费渠道，增加高等教育经费投入总量；

3. 增强高等教育的管理能力，提高管理效率，包括培养200名高等教育管理人员，改革经费管理体制；

4. 根据经济发展需要设立新的学科专业，全面增强教师的教学技能；

5. 扩大研究生人才培养规模；

6. 建立高等教育监督管理体系，包括建立一个高等教育策略中心和一个教育质量监管署。

另外，"可持续发展与减贫计划"还对优先发展的高等教育专业提出了总体性指导意见，计划中特别提到了农业工程、农作物加工、畜牧加工、农业研究与发展等涉农专业以及健康科学、教育、经济、商业管理、土木工程和电力工程等学科的发展问题。

埃塞俄比亚政府认识到教育扶贫的重要性，把发展高等教育作为减少贫困的重要措施，这也是许多发展中国家走向富强的成功道路之一。当然，由于国情不同，所处的时代背景不一样，加之发展问题本身的复杂性和系统性，埃塞俄比亚的教育发展战略能否取得预期目标还是一个未知数。

### 三、2003 年的"高等教育宣言"

埃塞俄比亚联邦民主政府人民代表委员会在 2003 年制定并通过了"高等教育宣言"（Higher Education Proclamation, No. 351/2003）（以下简称"宣言"），开创了为高等教育立法的先河。宣言是埃塞俄比亚高等教育发展史上第一部具有法律效力的议案，具有里程碑意义。所以，有学者称"宣言"为埃塞俄比亚的"高等教育法"也不为过。在充分认识到埃塞俄比亚社会发展人才匮乏的情况下，宣言规划了国家未来高等教育发展目标。根据这项法案，在国家所有事务中，高等教育担负着为国家培养数量充足、质量合格的不同专业技术人才的使命。宣言还规定，高等教育要消除任何歧视和差别对待，所有公民不分种族、宗教信仰、性别、年龄、政治派别及其他原因，都可以接受高等教育；在解决教育的和机制的问题基础上，增强社会潜在资源的利用率，开展科学研究。根据宣言内容，高等教育应该树立为社会服务的宗旨，而且这种服务要与国家发展需要相一致，高等教育要努力发扬和传播尊重、宽容、与人共处等优秀民族文化精神。

宣言提出了一系列的法律性规定，如规定了不同层次的高等教育机构——学院、大学学院和大学的建立。宣言还授予这些高等教育机构一定的办学自主权，如在学校管理、经费使用、教学开展等方面学校享有自主权。宣言明确规定了各类高等教育机构的建立标准、专业开设和课程要求、师资力量和管理职责等。根据这项法律议案，私人投资者、社会团体、商业企业和非政府组织都可以举办高等教育。但同时还规定，凡是由宗教组织举办的高等教育机构，只要它的办学目标和课程设置上是宗教导向的，可以不受此法律条款的约束。

宣言规定了对不同办学层次、不同地位的私立高校的办学资格和办学质量鉴定问题。根据规定，只要完成相关主体单位所设定的办学指标，学校就可以向教育部提出办学质量鉴定申请。但宣言并没有明确提出如何对公立高校的办学质量进行鉴定问题，只说明私立高校的质量鉴定程序可适用于公立高校。

另外，宣言决定成立一家高等教育质量鉴定机构和一个高等教育发展战略研究中心，前者叫"高等教育质量监管署"（Higher Education Relevance and Quality Agency），后者叫"高等教育策略中心"（Higher Education Strategy Centre），两者都直属教育部。前者的目标是通过教育评估鉴定等手段来监督指导国家高等教育质量发展，后者主要是通过开展对高等教育的一般性问题研究、高等教育政策的发展研究等来使国家高等教育发展适应社会发展的需要。

宣言强调指出，所有高等教育机构都必须安排专项经费开展科学研究和发展研究，任何个人和单位都必须为研究工作提供必要的信息支持。

为配合"高等教育宣言"目标的实现，着力推进高等教育发展，国家还制定了一系列高等教育发展具体行动计划。主要包括：

1. 开办社会经济发展急需的相关领域的第一学位课程和文凭级别的新专业；

2. 升格两所学院为大学；

3. 通过提供不同学科的博士和硕士专业课程，扩大亚的斯亚贝巴大学和阿莱玛亚大学的研究生培养能力；

4. 开始在得巴布大学、莫克莱大学、吉马大学和阿巴米奇无线电学院、贡德尔医学院培养理科硕士；

5. 培训 500 名教育学和教学法专业的在职教师；

6. 招聘外籍教师以减轻高校教师短缺情况；

7. 筹建学生和教师的技能、态度和知识信息库；

8. 推行面向社区的实践教育计划，促进大学与社区在教学研究方面的结合；

9. 建立国家高等教育策略研究机构和高等教育质量保障机构来指导高等教育改革进程、建立和保持公立与私立高等教育机构的质量水平；

10. 采取国内与国外相结合形式，培养 200 名高等教育管理人员；

11. 开发并实施财金管理系统，提高高等教育机构的管理效率，同时推广实施成本分担计划。

然而，宣言并没有为私立高校接受质量检查提供合适的法律保障条款。事实上，好像是私立高校在教育质量方面要做得更多而对公立高校几乎没有要求，这显然有失公平。似乎是在高等教育质量标准上，公立与私立之间是否有着区别对待？还是对公立高校的放心？另外，在教育质量鉴定过程中，政府是否在私立高校的内部事务上介入得太多？试想：仅凭一个质量监管署来承担所有私立高校的复杂而又繁重的质量鉴定工作是否有点力不从心？

### 四、2004 年的"职业技术教育和培训宣言"

2004 年，埃塞俄比亚颁布了"职业技术教育和培训宣言"（Technical and Vocational Education and Training Proclamation,

No. 391/2004.）（以下简称"宣言"）。在宣言颁布之前，这个国家的职业技术教育和培训（以下简称"职业教育"）在管理体制上一直处于无组织状态，没有专门的机构来进行质量监管和制定相关的职业教育标准，也没有明确界定地方政府和联邦政府在举办职业教育上的义务及管理上的职责。

2004年的宣言明确规定了如何举办三个不同层次的职业教育问题。三个不同层次的职业教育是指基础级、初级和中级，分别相当于我国的短期职业培训、初级职业教育和中等职业教育。宣言中规定，这些职业教育可以由政府组织举办，也可以由非政府组织和私人举办。宣言还清晰勾勒了三个层次职业教育的人才培养目标以及培训的领域、入学标准、教学方法、培训期限、课程标准等。宣言还具体规定了办学资质的审定与批准、办学的权限与资质的更新等相关问题。

然而，宣言似乎并没有承诺私人部门在公共领域培训需求方面的更多的介入权。既没有暗示，更没有表明，私人部门在职业培训领域的身份地位以及质量控制要求等。事实上，这些重要领域的培训需求分析以及质量控制一直都是由地方政府和联邦政府来操作的。政府甚至要求私人机构的培训账单都应该由政府机构来审查而不是由中介机构来审查。

2004年的"职业技术教育和培训宣言"还提出了几大发展战略，包括农村发展战略、能力建设战略、企业发展战略和教育与培训发展战略。显然，每一项发展战略的实施都需要大量不同专业的知识技能型人才支持。因此，大力发展高等教育，加快各类技术人才的培养，是实现几大发展战略目标的必然选择。

### 五、"教育发展五年规划"

1950年亚的斯亚贝巴大学学院的建立标志着埃塞俄比亚现代高等教育的开端，此后40多年时间里，埃塞俄比亚的高等教育发展一直十分缓慢，这严重地影响了埃塞俄比亚经济和社会的发展。为了加快发展埃塞俄比亚的高等教育，以适应经济社会对高素质人才的需求，埃塞俄比亚政府在 1994 年"教育和培训政策"的框架内出台了现政府的第一个"教育发展五年规划"（ESDP - Ⅰ，1997/1998—2001/2002 年），并把它作为埃塞俄比亚今后二十年教育发展规划的一部分。随后民选政府在第一个规划的基础上，又出台了第二个"教育发展五年规划"（ESDP - Ⅱ，2000/2001—2004/2005 学年）。之所以第一个规划与第二个规划有两年的时间重叠，是为了与本届政府的任期相一致，也为了以后规划的完整执行。埃塞俄比亚民选政府每届任期为五年，1994—1999 年为第一届任期，2000—2005 年为第二届任期，2006—2010 年为第三届任期。埃塞俄比亚人民革命民主阵线（"埃革阵"）在 1994 年执政以后，国家形势趋于稳定，在随后的两次换届选举中又都获得胜利，使得埃塞俄比亚有了一个相对稳定的发展环境，也使得埃塞俄比亚的高等教育获得大发展。

教育发展第一个五年规划（ESDP - Ⅰ）①是一个重建和扩大埃塞俄比亚教育体系的专门计划，目的是在促进更大社会公平的同时，全面提高教育水平。规划制定出埃塞俄比亚教育的长期发展目标是到 2015 年基本普及小学教育。规划共分六个部分：

第一部分，小学教育（1—8 年级）。内容包括：建立、改善和更新小学校舍；改革小学教育课程；提升教师队伍水平；增加教材供应能力。

第二部分，中学（9—12 年级）。内容包括：扩大中学教学设施；重新修订中学教程；提高教师整体水平；增加教学仪器设备。

---

① http：//www. go. worldbank. org/KLIZ1 KAG50.

第三部分，职业技术教育和培训（TVET）。内容包括：开展就业市场调查；鼓励私营部门参与 TVET 的专业和课程设计，提供培训项目。

第四部分，教师教育机构和教师培训学院。内容包括：扩大教师培训机构，增加教师培训设施；修订教师培训课程标准；积极运用远程教育手段开展教师教育；加强各级学校的校长培训；促进教师教育国家标准的建立。

第五部分，高等教育。扩大高等教育规模，以适应国家对教育工作者、工程师、卫生人员和行政管理者的需求；鼓励国内外私营部门投资高等教育；国家将对 11—12 年级和高等教育阶段的教育对象实施成本分担计划，收取一定比例的教育费用。

第六部分，教育制度发展。教育部和各州负有对教育计划的编制、实施、经费管理、监督和评估的能力。

ESDP - I 特别强调了未来埃塞俄比亚教育发展面临和值得关注的问题，如教育资源瓶颈问题、教育公平、地区人力资源差距等，确立培养合格公民是未来教育的总体目标。在考虑到国家长期和短期社会经济发展目标和对教育领域面临的主要问题认识之后，确立了把教学大纲的修订和课程内容的改革作为今后教育改革的主要任务。

埃塞俄比亚政府决心从教育事业开始，走教育强国之路，重视能力建设和发展高等教育，以满足经济和社会发展对人力资源的需求。埃塞俄比亚政府计划在 20—30 年内，把国家从不发达状态发展为中等收入国家。政府积极推动进行经济、政治体制等方面的改革。领导人一再强调，经济发展的核心问题是人力资源的培养，人力资源的开发是重中之重，因为国家的发展首先要靠人的力量来推动，发展教育事业是改变落后面貌的根本途径。在现有教育规模的基础上，埃塞俄比亚从 2005 年开始新建一批大学学院，扩大招生规模，培养国家经济建设发展所需的合格人才。教育先行成为埃塞俄比亚国家发展的战略。

在总结前两个"教育发展规划"实施经验基础上，2005 年埃塞俄比亚政府又制定了第三个"教育发展五年规划"（ESDP - Ⅲ，2005/2006—2010/2011 年）。像前两个规划一样，ESDP - Ⅲ 也是以"项目行动计划"（PAP）的内容和方式来推动全国教育的发展，主要目标是为了提高教育质量、教学相关性、教育效率和教育公平，扩大教育规模，提高入学机会等。在教育规划的推动下，埃塞俄比亚的高等教育实现了前所未有的大发展。

1994 年，埃塞俄比亚高校在校生只有 3.1 万人，女生比例仅占 20% 左右。2002/2003 学年在校生人数增加到 14.8 万人，年平均增长率超过 20%，是同期世界上增长最快的国家。到了 2003/2004 学年，高校入学人数达到 17.2 万多人，女生比例提高到 25.2%。到了 2005/2006 学年，在校生总量（包括公立和私立）攀升到 18 万多人，高等教育毛入学率从 10 年前的 0.5% 提高到 2% 左右。但是，与撒哈拉以南非洲国家平均 3% 的高校入学率相比，埃塞俄比亚的高校入学率依然处于较低的水平。

埃塞俄比亚政府已清醒地认识到，21 世纪埃塞俄比亚经济的增长依赖于国家在提高国民生产能力过程中所采取的各项措施，而教育措施的得当与否将起到关键性作用。显而易见，就教育发展规划中所描绘的发展远景与当前埃塞俄比亚高等教育所面临的困难相比，改革的任务艰巨而道远。比如教育质量、教育公平等无疑成为关注的焦点。第三个教育发展规划中所描述的改革项目是必要的，但是要取得成功，无疑前进的道路上还充满着各种挑战。

对目前埃塞俄比亚高等教育形势及不同教育政策、相关教育文献的描述与分析，应该伴随对国内外教育因素的分析同步进行，因为这些因素迟早势必影响国际范围内高等教育领域的变革。这里有两个重要原因必须考虑进去，因为它们是引起世界高等教育变革的基本而必要的驱动力。第一个是经济驱动。有趣的是，在许多国家，教育改革总是寄希望带来经济的发展——提高教育对就业和经济的贡献率。事实上，教育改革的力量和紧要性包括对经济的驱动力都是受到政治上的鼓吹的。这里就存在着是教育驱动经济还是经济驱动教育的问题，还是二者互为表里的问题。第二个是责任驱动。在教育领域内部，在资源的有效利用上，责任心明显增长。政府要检查资源利用的有效性是因为教育机构大部分都是公立或公助的。父母在有关孩子们在学校所受的教育质量上比以前变得更加敏感和关心，甚至连雇主在招募工人时也有了更高的质量要求。

## 第三节　高等教育质量及其监管机构

　　教育质量是一个永恒的话题。社会在进步，教育在发展，对教育质量的评价手段和标准也在发生变化。但不管教育质量如何界定，有一点是共通的，那就是教育必须为社会培养所需的各类合格人才。正是遵循这一原则，埃塞俄比亚政府在大力发展高等教育的同时，也十分重视教育质量问题。在教育发展五年规划的指导下，埃塞俄比亚政府及时成立了专门的质量机构——高等教育质量监管署。几年来质量监管署积极开展教育质量的监督和评估鉴定工作，在高等教育质量管理方面迈出了可喜的一步。

### 一、高等教育的教学、科研与质量关系问题

　　在过去的10多年里，埃塞俄比亚的高等教育经历了一个快速发展期，在这种扩张浪潮中，教育质量问题自然成为全社会共

同关注的焦点问题，也一直是埃塞俄比亚教育界争论不休的问题。埃塞俄比亚政府在有关高等教育政策制定中也十分关注质量问题，在埃塞俄比亚"高等教育宣言"第 14 款第 2 条中明确提出，保证和提高质量是各高等教育机构的主要职责，也是为了"培养合格的技术人才，满足国家的基本需要"。高等教育质量监管署的成立也是国家关注教育质量问题的很好证明。许多高校更是把教育质量目标写入学校发展规划中，如圣玛丽学院在它 2000 年的发展规划中明确提出，"圣玛丽学院的发展目标是提供一种全面发展的高质量的教育"。在艾德玛斯（Admas）学院的奠基文献中更是把教育质量作为立院之本，学院的目标就是要"达到卓越"。

毫无疑问，教育质量问题与教学和科研问题紧密相关，教学是质量的前提基础，高质量的教育往往体现出高水平的教学，而高水平的教学需要良好的科学研究做支撑。但在一个规模快速扩张、师资紧缺的高等教育体系下，科学研究往往是滞后的。即使人们已经意识到科学研究的重要性，但往往由于繁重的日常教学而无暇顾及，这样很容易导致在教学改革上很难推进。在 2005 年，亚的斯亚贝巴大学的研究人员曾就教学、科研与质量的关系问题做过一项问卷调查，从反映的情况来看，大部分高校教师的认识是一致的，但也存在着分歧。下面对调查结果摘要介绍如下：

1. 关于科学研究在变革中的埃塞俄比亚高等教育的地位问题。在被调查的高校教师中，绝大部分教师认为科学研究对于变革中的埃塞俄比亚高等教育十分重要（其中，认为"特别重要"的 162 人，占被调查人数的 50.9%；认为"很重要"的 136 人，占被调查人数的 42.8%），高校应该加强科学研究工作。

2. 关于在扩大了的高等教育体系中教育质量能否保持的问题。近一半的教师认为能够保持，认为不能的只有 5.7%。但不能做出"是"或"否"回答的人几乎也占了一半，教师的这模糊复杂心态一定程度上说明了教育质量问题的复杂性，它与教育规模之间既有关系又没有关系。

3.关于如何评价科学研究在提高自己所在学校教育质量的重要地位问题。大多数回答者认为，科学研究在提高高等教育质量过程中起着十分重要的作用。见表3-1。

表3-1　　科学研究在变革中的埃塞俄比亚高等教育的地位

| | 亚的斯亚贝巴大学 | | 圣玛丽学院 | | 团结学院 | | 非洲博雅（Beza）学院 | | 热革哈（Zegha）学院 | |
|---|---|---|---|---|---|---|---|---|---|---|
| | 人数 | % | 人数 | % | 人数 | % | 人数 | % | 人数 | % |
| 特别重要 | 84 | 47.3 | 28 | 62.3 | 36 | 60 | 10 | 40 | 6 | 75 |
| 很重要 | 70 | 38.9 | 12 | 26.7 | 16 | 26.7 | 10 | 40 | 2 | 25 |
| 重要 | 25 | 13.9 | 3 | 6.7 | 8 | 13.4 | 5 | 20 | — | — |
| 有些重要 | — | — | 2 | 4.5 | — | — | — | — | — | — |
| 不重要 | — | — | — | — | — | — | — | — | — | — |

资料来源：*Proceedings of National Conference Held in Nazereth*：*Current Issues of Educational Research in Ethiopia*，2002. pp. 243—244.

4.关于高校研究活动的开展情况问题。根据调查显示，有3/4的教师一致认为教学与研究之间有着很直接的关系，但同时也显示，大部分高校教师（76%）对参加研究活动并不积极。如对"你认为你们学院/大学的教师从事研究活动积极吗"的回答中，做出肯定回答的有23人，占被调查人数的12.8%，而做出否定回答的有152人，占被调查人数的84.4%，回答不知道的有5人，占被调查人数的2.8%。调查显示，有相当数量的教师实际上就没有参加过研究活动，这并不是因为他们没有研究潜力，而是因为缺少研究动机或不愿把过多时间花费在做研究上。由于缺少激励机制，很多老师都宁愿把课余时间用在打零工挣钱来弥补薪水的不足而不愿从事很少有回报的研究活动上。

根据"高等教育宣言"第 2 款第 7 条规定，要求教师有25％的时间用于科学研究，然而调查结果表明，只有 26.4％的高校教师做到了这一点，有 41.2％的教师用于搞研究的时间只有 10％。由于从事研究活动的人员有限，在埃塞俄比亚高校中很难形成一种浓厚的研究氛围，如在研讨会举办、研究团队组成、研究物出版等方面都较少发生，这些问题在私立高校更为严重。

2003 年的"高等教育宣言"，决定成立一个高等教育质量鉴定机构和一个高等教育发展战略研究中心，这就是"高等教育质量监管署"（The Higher Education Relevance and Quality Agency，HERQA）和"高等教育策略中心"（Higher Education Strategy Centre，HESC），两者直属教育部。前者主要任务是通过教育鉴定等手段来监督指导国家高等教育质量发展，后者主要是通过开展对高等教育的一般性问题研究、高等教育政策的发展研究等为国家高等教育发展提供决策咨询，以使高等教育更好地适应社会发展需要。两机构自成立以来在规范高等教育质量、国家高等教育发展政策研究等方面开展了大量工作。

## 二、"高等教育质量监管署"

为了应对高等教育快速发展中所要面临的教育质量降低的风险，2003 年埃塞俄比亚政府通过了国家历史上第一个高等教育法案——"高等教育宣言"。宣言明确规定了建立各类高校的法律条文，并赋予各高等院校拥有行政管理、经费使用和学术发展自主权，规定了各高等院校的办学标准、发展规划、课程性质、责任和义务等。根据国家"高等教育宣言"里面的相关条款和目标，建立起了一个自治性专门机构——"高等教育质量监管署"（HERQA）。该机构主要负责国家高等教育质量的指导和监督工作，其主要使命是确保国家各高等教育机构教育教学质量的不断提高。它受教育部委托，定期报告国家高等教育质量状况，促进高等教育的持续发展。

（一）高等教育质量监管署的主要职责

高等教育质量监管署（HERQA）的主要职责范围是对国家所有高等教育机构包括私立高校进行质量监控、教学评估、资格审查和认证工作等。质量监控的范围既包括教学环境和教学计划的分析与评估，还包括对各高等教育机构内部管理机制和职责与效率的评估，其目的就是要对埃塞俄比亚高等教育系统进行有效的指导和监控。高等教育质量监管署由署长、负责质量审查和信息管理的专家以及文秘和管理人员组成。该机构的主要职责体现在以下三个方面：

1. 确保国家高等教育的质量水平。确保各高校的教育和培训能够达标、符合国家规定的质量标准；确保各高校的教育和培训能够与国家的经济、社会以及其他相关政策保持一致；确保至少每五年一次对高等院校的办学水平、能力以及学科质量进行评估认证；为教育部确定高校层次定位提供咨询和参考指标；评估高校的教学内容的相关性和质量状况。

2. 对高校的学位课程进行认证和准认证。为评估委员会提供认证权力和职责；依据相关政府文件和法律政策代表教育部审查各种认证申请，并在三个月内向教育部提出具体意见；根据申请，对提出准认证高校的申请报告进行审查论证，根据审查结果向该高校提出达标整改要求及建议；向教育部提供各高校的经费报告、有关收费的政策建议、私立高校的认证生效等。

3. 向公众提供信息。定期向公众提供各院校的现状和发展信息；收集和宣传有关国外高等教育研究机构的研究标准和研究项目等。

高等教育质量监管署成立之后，开展了一系列工作，推动了高校教育质量评估工作的进步。首先，举办了一个短期培训班，就质量保证和评价方法对莫克莱、吉马、得巴布（哈瓦萨）、阿巴米奇、巴赫达尔大学的管理人员和教师进行专门培训。随后又对圣玛丽学院（私立）、得巴布大学和阿达马大学进行了试点评估。2005 年 6 月为数学、化学、企业管理、计算机科学、农业工程与机械化、公共卫生高级管理、护理与医药以及实验室技师等专业课程制定了质量标准，即课程标准指导。2005 年 8—12 月对私立高校新开设的 19 个专业课程进行了质量评估，并提出了质量认证的基本标准。

到 2005 年底，高等教育质量监管署首先完善了内部管理体制并明确了职责分工，并与教育部、各高校、社会各方权利人等建立了良好关系；其次，在充分征求各方意见之后，制定了教学质量、教学内容相关性、资格认证标准和程序；第三，完成了对亚的斯亚贝巴市及周边高校的资格认证和准认证申请；第四，委派专家对学校管理层进行教育评估知识培训，推动了校级领导层意识的改变和学科的发展。

（二）高等教育质量监管署的工作目标

在这些前期工作成就的基础上，2006 年 5 月，该机构又制定了一个三年发展规划，确定了工作目标和工作重点。共有九大工作目标、十九项工作重点和七十项工作任务。九大工作目标如下：

1. 建立有效的准认证服务机制：（1）在 2007 年 1 月完成高校审查流程编制的基础上，预计到 2007 年底完成对现有准则、手册和工作流程的修订和出版工作；（2）到 2008 年完成对高校教与学质量标准修订工作。其中 2007 年有 15 个课程标准，2008 年有 20 个课程标准，2009 年有 20 个课程标准要完成修订工作；

（3）在三年规划期内完成对各高校及其专业课程的教育质量和教学相关性评估。计划每年要完成 40 所高校课程的准认证和认证任务。

2. 建立有效的质量和内容相关性评估审查机制：（1）制定高等教育体系认证、质量和相关性评估的模式。借鉴国外成功经验，到 2007 年底制定并完善现有的认证和质量评估模式；（2）到 2008 年底制定并出版新的质量指导标准和手册；（3）2007 年底全面加强质量评估和对新聘评估员的能力建设工作。在规划期内，计划每年完成 10 名来自高校的新聘评估员培训工作，实现评估队伍的专业化；（4）从 2007 年开始每年要对 10 所高校的专业课程进行质量和内容相关性的评估和审查。

3. 确立高等教育质量监管署的自主职能地位：健全该机构的组织机构和磋商机制，以便更好地提供服务。目前这项目标中的各项任务已经基本完成。

4. 提高高等教育质量监管署的组织能力：（1）提高该机构的财政经费来源和利用能力；（2）研究并制定专业人员的能力认定规则框架，完善对专业人员的能力认定工作，如计划到 2007 年底完成对教育研究人员和服务人员的专业能力的认定等。

5. 加强对高等教育质量监管署内部的人力资源建设工作：（1）计划在规划期内，通过培训提高专家和管理人员的能力，如在 2006—2009 年间，机构管理人员包括领导都要接受为期两周的由国外或国内专家主讲的培训学习，同时还要接受为期两周的国外培训等；（2）提高充实机构内部人员。计划在国内招聘一些工作人员以填补岗位空缺，同时每年还要聘用至少 2 名国际质量专家，以向国内工作人员传授经验。

6. 加强国内外联系：在规划期内，计划每年选择 2 所高校并建立伙伴关系，开展学习、研究、经验交流等活动，同时要与国际上的有关高校或组织建立联系，进行交流，每年至少选派 2

名专家或领导参加 1 次以上的国际学术会议。

7. 继续加强与相关权利人之间的交流和合作：（1）组织或参加学术研讨会，发展与合作伙伴机构的关系，开发建立信息交流系统、管理信息系统以及资源中心，以便更好地为各界提供服务；（2）定期出版并传递相关信息，向社会各界提供相关的通信和信息报告。

8. 开展相关主题的调查研究：（1）计划到 2007 年底，制定出一个详细的调查研究计划；（2）针对公众提出的问题进行议案调查，如就业与劳务市场的关系问题、高校教学内容的相关性与教育质量问题等进行提案调查；（3）计划 2007 年底开始制定高校研究与社会服务的评价标准。

9. 提高对弱势群体的支持：减少艾滋病感染（HIV）和艾滋病（AIDS）的威胁。在对各高校的评估指标中纳入对艾滋病防治以及对弱势群体的帮助。

总之，高等教育质量监管署的工作目标是明确的，在学习国外经验的同时，结合本国的实际情况，积极开展教育评估，力争实现以评促建、以评促改、以评促发展。

### 三、高等教育大发展考问教育质量

埃塞俄比亚政府之所以十分重视高等教育质量与评价问题，直接原因是由于近些年来高等教育的大发展所带来的教育质量下滑现象明显，引起社会的广泛关注和有关人士的批评。因此，我们首先通过对埃塞俄比亚高等教育大发展所带来的问题分析入手，进而提出埃塞俄比亚高等教育的质量问题。

（一）高等教育的"大跃进"

1998 年，埃塞俄比亚全国境内还只有 2 所公立大学，即亚的斯亚贝巴大学和阿莱马亚大学（1985 年升格为大学）。根据第一和第二个"教育发展规划"中高等教育发展计划，从 1997—

2001 年的 4 年间，经过合并和提升办学层次，在原有地方专科学院的基础上新建了 6 所大学，分别是莫克莱、吉马、巴赫达尔、得巴布（即"阿瓦萨"，现改称"哈瓦萨"）、贡德尔和阿巴米奇大学，同期有 5 所私立高校获得国家批准招生。2006 年公立大学增加到 9 所。

在高校规模扩大过程中，私立高校发挥了重要作用。1991 年全国还没有 1 所私立高校，2001 年全国只有 5 所私立高校，2002 年全国共有私立高育机构 37 家，年招生 1900 多人。到 2003 年，私立高校的在校学生已占整个高校学生的 24%。到 2005 年，具备招生资格的私立高校共增加到 64 所，其中 56 所提供学历教育和培训，41 所提供学位教育和培训。私立高校成为埃塞俄比亚高等教育体系中的一个重要组成部分，也是埃塞俄比亚高等教育系统中发展最快的一部分。

表 3 - 2　　2005/2006 学年第一学期全国 27 所私立高校本科段在校生统计

| | 全日制学生 | 夜校生 | 远程教育学生 | 总计 |
|---|---|---|---|---|
| 男女生总数 | 7387 | 13058 | 19246 | 39691 |
| 女生 | 3124 | 6282 | 2736 | 12142 |

资料来源：埃塞俄比亚教育部：《2005/2006 年教育统计年鉴》，2007 年，第 115 页。

为了平衡地区间高等教育发展的差距，根据埃塞俄比亚第三个"教育发展五年规划"，国家将分别在不同地区新建或扩建 13 所大学，缓解有些地区上大学难的问题。根据发展规划蓝图，到 2010 年公立高校年招生总数将达到 11.1 万人，研究生数达到 2.6 万人，私立高校年招生总数将达到 4.5 万—5 万人。高等教育占教育财政预算的比例从现在的 20% 提高到 25%。

表 3-3　　　　2005/2006 学年 13 所公立高校本科段及其
以上在校生统计

| 学校 | 全日制学生 | | | | 非全日制学生 | | 总计 |
|---|---|---|---|---|---|---|---|
| | 本科 | 硕士 | 博士 | 总计 | 夜校本科 | 其他类型本科 | |
| 亚的斯亚贝巴大学 | 20405 | 5809 | 64 | 26278 | 15469 | 2961 | 44708 |
| 阿巴米齐大学 | 5606 | 43 | — | 5649 | 74 | 275 | 5998 |
| 巴赫达尔大学 | 11524 | 52 | — | 11576 | 651 | 709 | 12936 |
| 阿瓦萨大学 | 11109 | 121 | — | 11230 | 3068 | 3734 | 18032 |
| 国防大学学院 | 685 | — | — | 685 | — | — | 685 |
| 国家行政学院 | 1105 | — | — | 1105 | 572 | — | 1677 |
| 阿达玛大学 | 5216 | — | — | 5216 | — | — | 5216 |
| 国家公共传媒培训学院 | 254 | — | — | 254 | — | — | 254 |
| 吉马大学 | 11756 | 103 | — | 11864 | 2163 | 2894 | 16921 |
| 科特比教师教育学院 | 343 | — | — | 343 | 260 | 274 | 877 |
| 莫克莱大学 | 9511 | 41 | — | 9552 | 2452 | 1432 | 13436 |
| 贡德尔大学 | 7524 | 99 | — | 7623 | 1386 | 449 | 9458 |
| 阿莱玛亚大学 | 8651 | 48 | — | 8699 | 244 | 1454 | 10397 |
| 总计 | 93689 | 6321 | 64 | 100074 | 26339 | 14182 | 140595 |

资料来源：埃塞俄比亚教育部：《2005/2006 年教育统计年鉴》，2007 年，第
114 页。

（二）"大跃进"所带来的质量问题

随着高校扩展和招生人数的快速扩大，埃塞俄比亚高等教育
质量问题面临着严峻的考验。这主要体现在以下几个方面：

1. 教师严重不足，师资整体素质偏低。突出表现在师生比过高，高学历、高职称教师比例过低，教学人员与非教学人员比例失当等。

2. 生源扩大带来学生素质整体下降。由于中学发展规模不能与高校发展保持适当的比例，加上中学辍学率过高和中学教学质量和手段的落后，导致高等教育的生源质量下降，加之来自不同地区学员之间的知识和文化背景的差距，给高校教学带来了诸多不便，明显表现之一是由于学业困难而辍学的大学生人数逐年升高。

3. 财政下拨的生均经费减少。财政拨款的绝对数量在增加，但增长的幅度赶不上学生数量的增加，因此导致生均经费在减少，严重影响了学校的教学环境和条件的改善。

4. 效率低下，管理水平跟不上发展的需要。高等教育规模的急剧扩大给埃塞俄比亚高校的管理体制带来了严峻的挑战，管理人员素质低下、人浮于事的现象时有发生。管理思想落后、手段滞后、效率低下普遍存在。

5. 教育资源短缺。由于高校入学人数的快速增加，导致高校的硬件设施严重不足，教室拥挤、图书资料不足、实验实习设备缺乏，甚至连教科书也达不到人手一本。

6. 私立高等教育的规范性。随着私立高校的快速发展，私立高校的办学规范性问题、质量保障问题、经费管理问题等也提到了议事日程。

其他还有与高等教育发展相关的一系列社会问题，如艾滋病问题、性别歧视问题等也需要加以解决。

就教育与社会发展二者的关系而言，发展教育的目标是为了促进社会更好更快地发展，而教育先行应该是社会发展进步的产物。对于像埃塞俄比亚这样处于经济社会发展指标严重落后的国家来说，在优先发展教育事业的同时，以下几点是否值得深思：

一是作为面向未来人才培养的教育事业，在观念上一定要有前瞻性；二是政府要考虑教育发展的综合平衡与协调发展问题，根据经济发展态势可以适度超前发展教育，但度的把握十分重要；三是教育事业先行的重点要明确，现阶段政府应该优先发展的是基础教育、职业教育还是高等教育应该进行科学的规划，教育规模和结构应与产业结构和国民经济发展水平相适应，否则会因教育投资不合理而造成浪费；四是应该更大限度地吸引外资和民间资本投资办学，政府通过出台优惠政策、加强质量监控、运用市场调节机制等手段促进教育事业协调发展。总之，埃塞俄比亚既要借鉴发展中国家发展教育的成功经验，也应吸取一些发展中国家不顾国力、盲目发展教育，结果落得为别人作嫁衣的惨痛教训。

面对这些现实和潜在的问题与挑战，埃塞俄比亚政府在世界银行的帮助下，成立了高等教育质量评估机构——高等教育质量监管署，专门负责高等教育质量审查和认证，并制定了一系列教育质量评估、审查机制和认证标准，为确保埃塞俄比亚高等教育顺利扩招提供了行政和法律上的保障。

**四、高等教育的质量评估**

高等教育质量监管署的实质性工作就是开展高等教育的评估工作。埃塞俄比亚高等教育的教学评估工作也是在借鉴国外经验的基础上制定出来的，评估专家人员也多半受到了国外评估理论和实践的熏陶。下面通过考察埃塞俄比亚高等教育评估的程序和步骤就可以看出。这也说明了教育全球化趋势的影响是深远而广泛的，包括像埃塞俄比亚这样教育落后的国家。

（一）评估内容与要件

评估主要关注以下十个方面的内容：教育目标、任务和发展规划；管理体系；基础设施和学习资源；教职工；入学情况及学生服务；教学计划及课程；教与学及评价；在校生及毕业生情况；科学研究及成果；内部质量保障。

评估专家组成：一般包括 5 名专家成员，其中 2 名专家来自高等教育质量监管署（HERQA）内部，其他 3 人都是经过 HERQA 专门培训和认可的人选。专家人选一般都具备良好的知识和专业背景，具有高级职称的高等教育界人士。专家成员要求有良好的英语交流和书写能力，具备良好的职业威望或声誉，对象评估时有利害关系的专家一律回避。

评估的基本环节如下：

1. 高等教育机构的自评，并提供自评报告；

2. 提交自评报告，并告知 HERQA 希望接受评估的日期；

3. HERQA 与 HEI 达成评估日期；

4. 在与 HEI 沟通前提下，HERQA 组成评估专家小组；

5. HERQA 的检查人员开始为期一天的走访座谈活动；

6. 评估专家组进驻 HEI，进行为期四天的评估活动；

7. HERQA 发布评估结果报告；

8. HEI 针对报告进行质量整改，并制订整改行动计划。

自评报告一般应包括以上评估内容的十个方面内容，在介绍学校概况的基础上，分别对学校办学的相关情况进行实事求是的介绍，这种介绍既包括办学经验的介绍，也包括不足之处的介绍。自评报告要从实际出发，要具有全面性，不能掩盖缺陷和问题。自评报告是评估专家组进行正式评估的主要参考依据。在评估过程中，评估专家要进行逐条对照，以实现评估的公正和透明性，同时也为高校以后的发展提供咨询建议和意见。

HERQA 质量评估过程中需要提供的设施：在为期四天的质量评估过程中，学校需要为评估专家组提供一个可供 6 人使用的专用办公室。办公室里需要提供必要的办公设施，如供评估人员办公和会议用的圆桌、椅子、电插座等。办公室的钥匙必须由评估人员掌握。除了专用办公室之外，还需要一间能容纳 12 个人左右的会议室，以供评估小组与学校或其他人员会谈所用。会议室应该在专用办公室附近，以便于工作。

评估过程的联络员：评估期间，高校应该指派专门联络人员，负责与评估专家组的联络工作。联络员要具备必要的专业知识，对高校的质量评估工作应该有相当的了解。因为，评估组可能要经常召见联络员来了解情况，澄清事实，甚至要求他们能够提供一些与评估有关的信息，或者向联络员反馈一些评估工作中可能出现的问题，并希望这些问题能够尽快得到解决。

走访座谈时间一般为一天。走访座谈人选主要是 HERQA 内部的工作人员，但至少要有 1 名是专家组成员。小组成员将分头与校长、部分系主任和专业负责人、教师和学生代表等进行座谈，听取校领导和管理人员就质量保障和质量检查准备工作的汇报。如果校方同意，检查组还会邀请校外人士进行座谈。走访的主要目的是向 HEI 解释评估程序，回答校方提出的问题，同时明确提出一些评估过程的要求。

HERQA 评估过程中，专家组成员将分析、查阅由校方提供的评估材料，他们还会与校领导、教师与学生代表等校内外多方人士会谈，同时还要参观学校教学设施、深入课堂听课等，专家组所掌握的材料和信息是全方位的，具有较高的信度。

专家组根据学校所提供的书面自评报告进行逐项核查证实，并根据所收集掌握的信息材料与自评报告所提供的信息进行对比，依此来判断学校教育教学的适切性和质量如何，同时考证学校质量保障体系的效率如何。

（二）评估时间表与评估报告

专家评估过程都有详尽的工作时间安排表，可能具体到某一所学校的评估在细节安排上会有所不同，但专家组的大部分活动内容是一致的。这样可以保证评估工作的公正性和有序性。

专家评估时间安排表如下：

第一天

上午：与联络员进行讨论；查阅有关文献；约见校长；小组讨论并进行分工，明确职责；

下午：就学校质量保证和相关性问题进行讨论；就学校教学计划进行讨论；有关文献学习；小组会议。

第二天

上午：查阅文献；就学校教与学问题进行讨论；讨论教学评价与考试问题；查看教学设施；观摩课堂教学；

下午：就学校教职工情况进行讨论；约见教职工代表；就学生情况进行讨论；小组会议。

第三天

上午：会见学生；学生的入学、学生满意度、毕业生去向问题会议；主题性询问；

下午：查阅文献；会见学院院长和系主任。

第四天

上午：主题性讨论；就学校科学研究情况讨论；就学校与社会联系情况进行讨论；就质量保证与相关性问题召开会议。

下午：小组会议；会见校长。

评估工作结束后，HERQA 将很快起草一份评估报告，报告草案还会送达被评估的学校，根据反馈回来的情况，HERQA 会进一步修改完善这份报告。评估报告属于描述性的，并做出评估鉴定。内容主要包括被评估学校的教学质量评价、教学内容相关性评价、教与学的环境评价等，报告还对该校质量和相关性保障体系的建立情况和运行效率做出评价。评估报告在总结和表扬该校成功办学经验的同时还对不足之处提出整改意见和建议。

教学评估是一项严肃而又复杂的工程，它需要大量的准备工作和成熟的操作规范，评估过程中有着许多的不确定因素，这些都需要认真对待，准备不足或轻率行事都会带来很多风险和麻烦。虽然评估工作的先前准备阶段已告一段落，包括评估专家候选人的培训、评估规范的制定、评估工作的宣传发动等，也得到了包括荷兰政府在内一些西方国家的支持，但对于评估的具体操作上还存在着一些标准和合适性问题，毕竟高等教育教学评估在埃塞俄比亚还是一件新鲜事物。为此，埃塞俄比亚政府采取了试评估形式，在自愿和动员相结合的基础上，首期选定了一些高校作为试评估对象。通过试评估可以积累评估过程中的第一手资料，为以后评估工作的推广奠定基础。

埃塞俄比亚的高等教育发展时间只有100多年，而且多灾多难，发展很不平衡，地区差距、城乡差距、男女差距很大，全国性的高等教育评估的开展也只是近些年的事，许多条件还不成熟，评估还只是起步阶段，要进行些许成功经验的研究显然还不大现实。而应该注意到的是，近些年来，埃塞俄比亚政府在高等教育评估方面所做的工作是有目共睹的，首先是成立了两个政策性机构，一个是高等教育发展战略中心，另一个是高等教育质量监管署；其次是质量监管署领导并开展了高等院校教育质量的监督检查与自查、自评工作，取得了阶段性成效。

（三）教育评估指标的定量分析

教育质量评估有一个定性和定量的问题。定性的问题比较清晰，容易判断，但定量的问题就比较复杂，尤其是在量的把握上往往缺少一个度和参照物。另外，教育评估与教育问题是伴生物，之所以要开展教育评估，是因为教育有问题，通过教育评估可以促进问题的解决。但教育评估是有区域性的，在评估指标上是有针对性的，拿美国的高等教育评估指标来评估埃塞俄比亚的高等教育显然是不合适的。

资源不足是发展中国家高等教育产生诸多问题的根源。例如，与发达国家相比，发展中国家的生均支出要少得多。资金预算根本不配套。往往是新的主要设施建成之后，就再也没有后续资金用于此设备的运转和维护。为此，发展中国家的大学校园内建筑破损，图书馆资源匮乏，计算机实验室很少对外开放，科学仪器由于数量不足或缺少零部件而无法使用。笔者在埃塞俄比亚调研期间，走访了亚的斯亚贝巴大学、哈瓦萨大学等埃塞俄比亚最著名的高校，看到的是陈旧的校舍、简陋的图书阅览室、多媒体教室的几近空白、学生寝室的拥挤、食堂餐饮的单调等，与国内高校形成了鲜明的对比，更毋庸说发达国家的大学了。但我们不能轻易地说埃塞俄比亚的高等教育质量都是不合格的，更不能说我们的高等教育都是合格的。

高等教育质量评估的定量指标很多，它包括学生学业考试通过率、学生辍学率、毕业生对口就业率、师生比、生均经费、班级规模、学科分布、实验室数量、生均拥有图书资料数，其他学习资源如教科书、计算机、教师素质、教师专著等。下面仅就学科分布、师生比、师资情况等做一简要分析。

1. 学科与专业分布。在20世纪中期，联合国教科文组织曾向埃塞俄比亚政府提出过高等教育学科与专业发展的合理参考指标。联合国教科文组织认为，理工科与人文社科类招生之比应保持在6:4左右。目前，埃塞俄比亚高校学生文理之比远远落后于这个指标，理科学生只有30%左右，而人文社科类学生近70%，文理比例严重失调。虽然不同高校各有自己的学科特长，如亚的斯亚贝巴大学和莫克莱大学以社会科学见长，亚的斯亚贝巴大学的理工科招生也很有竞争力；健康科学是吉马和贡德尔大学的优势；农业学科主要集中在阿莱玛亚和哈瓦萨大学，而机械工程与技术学科主要集中在阿巴米什和巴赫达尔大学。另外，从整个学科发展来看，传统学科专业比较齐全，而新兴和交叉学科，如信息科学、生物工程和化学工程等力量比较薄弱，乃至空白。从总体专业实力看，文科优势比较明显，理科、工科生源严重不足。这一方面说明中学教育在理科方面的不足，其原因可能是由于缺少必备的实验实习设施和合格的教师，结果导致学生对理科工科的一种畏惧，所以当他们进入大学以后，更多地转向了文科专业学习；另一方面也折射出埃塞俄比亚科学技术的落后和工业经济的落后，只有国家科学技术发达了，经济发展了，才会需要更多的技术专家和科学研究人员。随着埃塞俄比亚经济发展，科技人才的不足已经显露出来，调整学科与专业结构、发展和培育新兴专业已成为时代的需要。

表 3 - 4 　　　　埃塞俄比亚高等教育学科专业年招生人数比例（％）

| 学科专业 | 1992/1993 | 2001/2002 |
|---|---|---|
| 商业、社会科学 | 25 | 43 |
| 农业 | 17 | 9 |
| 机械工程、技术 | 16 | 12 |
| 教育 | 14 | 15 |
| 自然科学 | 14 | 5 |
| 健康科学、医药 | 11 | 8 |
| 法律 | — | 3 |
| 其他 | 3 | 5 * |
| 总　　计 | 100 | 100 |

说明：＊数据中有一半是计算机科学。

如表 3 - 4 所示，在过去 20 年中，学科人数分布比例已发生变化，商业和社会科学方面的学生比例大幅度上升，而农业、自然科学领域的学生比例大幅度下降，所有这些基本反映了国家高等教育专业结构的变化，但这种变化需要政府的宏观调控。

2. 生师比。生师比是衡量高校教育质量的一项重要评估指标。传统上，埃塞俄比亚高校的教师是过剩的，随着高校招生规模的快速扩大，教师短缺问题日益明显，生师比过大已成为制约埃塞俄比亚高等教育发展的障碍之一。

直到 20 世纪末，埃塞俄比亚的高校专任教师与学生之比与世界其他地区或国家的师生比进行比较还不算高，甚至有些偏低。如根据 2001/2002 年的教育统计，亚的斯亚贝巴大学的生师比为 13：1，阿莱玛亚大学为 12：1，莫克莱大学为 14：1，巴赫达尔大学为 16：1，吉马大学为 9：1，得巴布大学为 11：1，均低于同时期开罗大学 20：1 的生师比。但到了 2005 年，由于高校教师的增长没能与学生的增长按比例进行，导致生师比拉大，有些高校达到 40：1 的比例，严重影响了教学质量。国际上公认的合理生师比应为 20：1，而要达到这个目标，目前埃塞俄比亚高校还需要聘用 3600 多名高校教师，这就意味着在未来 5 年内，新增高校教师总数要达到 6500 名。目前，公立高校在职教师 4660 多名，外籍教师 600 多名，私立院校共有教师 680 名，其中有外籍教师 24 人。很显然都没有达到国家计划要增加的教师人数和生师比目标。另外，不同学科之间的生师比存在着较大差距，有些学科比其他学科需要更多的教师。

表 3 - 5　　　　2004/2005 学年 12 所公立高校全日制教学人员统计

| 学　　校 | 本国教师 | 外籍教师 | 总计 |
| --- | --- | --- | --- |
| 亚的斯亚贝巴大学 | 1069 | 110 | 1179 |
| 阿巴米齐大学 | 157 | 35 | 192 |
| 巴赫达尔大学 | 408 | 36 | 444 |
| 阿瓦萨大学 | 420 | 79 | 499 |
| 国防大学学院 | 203 | 32 | 235 |
| 国家行政学院 | 152 | 6 | 158 |
| 阿达玛大学 | 193 | 39 | 232 |
| 国家公共传媒培训学院 | 25 | — | 25 |
| 吉马大学 | 376 | 68 | 444 |
| 莫克莱大学 | 353 | 42 | 395 |
| 贡德尔大学 | 142 | 26 | 168 |
| 阿莱玛亚大学 | 225 | 60 | 285 |
| 总　　　计 | 3723 女：340 | 533 女：71 | 4256 女：411 |

资料来源：埃塞俄比亚教育部：《2005/2006 年教育统计年鉴》，2007 年，第 118 页。

　　3. 教师队伍的整体素质。在埃塞俄比亚，高校教师的结构极不合理，在现有公立高校教师中，具有高级职称的还不到400人，教师素质的综合指标有待提高。根据教育发展规划目标，高校教师队伍中要求有博士学位的教师要占到30%，拥有硕士学位的教师要占到50%。显然这一指标对于大多高校来说还存在着不小的缺口，即使像亚的斯亚贝巴大学这样独占鳌头的学校，教师队伍中拥有博士学位的教师也从1996年的28%下降到2003年的9%，而阿瓦萨大学和吉马大学仅为4%，贡德尔大学为8%。埃塞俄比亚高校教师队伍的扩大与素质的提高主要依靠亚的斯亚贝巴大学研究生的培养。2005/2006年亚的斯亚贝巴大学的博士招生总数为112名，硕士有1330名，但依然不能满足高校对高层次教师的需求。高校教师整体素质进一步下降的趋势在所难免，如何扭转这一局面将是埃塞俄比亚政府必须面对的问题。

　　面对高校扩招给埃塞俄比亚高等教育质量所带来的问题和挑战，埃塞俄比亚政府做出了积极反应，成立了高等教育质量监管署，专门负责高校资格认证和高校教育质量评估工作。从成立到现在的几年时间里，该机构做了大量的工作。首先，成功地完成了机构的组建、专业人员和管理人员的配备及专业提高培训工作，确立了机构在教育质量评估、认证和审查中的法律地位和自主权；其次，成功实施对部分公立和私立高校进行了教育质量评估和资格认证工作；第三，完成了部分公立大学的某些专业课程质量标准认定；第四，制定了比较切实可行的发展规划及相应的目标任务。

　　但是，该机构还面临着诸多问题和挑战。首先，由于埃塞俄比亚经济上的落后，缺乏社会赞助，其经费来源对财政的依赖性很强，难免会影响到机构正常运作；其次，机构缺乏足够的经验和科学的手段，因此在评估过程中可能存在不公平现象；第三，机构缺少高素质富有经验的专家，因此其质量监控、评估、认证会受到质疑；第四，目前该机构所制定的各种相关质量审查和认证标准，基本是针对私立高等院校，因此，国立高等院校的教学质量将有可能存在潜在的危机；第五，缺少国家统一的高校教学质量水平测试，因此很难对高校教学质量现状做出比较准确的评估。

针对上述问题，埃塞俄比亚政府要在未来 3—5 年内，在国家和学校层面上建立一个行之有效的国家教育质量保障与认证体系，该体系包括高校基础设施建设、班级规模、专业及课程设置、各类学制的收费标准、教材选用、信息资源的建立和更新、教师配备、教师科研能力和教师资格认定等方面的内容。

教育评估是一个动态的工程，评估本身是一个不断发展的过程，具体的评估行为也是一个动态的过程。教育评估既要做到与时俱进，也要以时间地点为转移，做到具体问题具体分析，具体分析一个国家高等教育发展的现状和发展的可能，然后选择一个基准，这样才能制定一个科学的评估指标，然后才能进行科学的评估。评估是为了发展，是为了鼓励先进，警策落后。在国家和学校层面建立有效的质量评估和保障体系是埃塞俄比亚政府实现高等教育改革计划各项指标的重要保证。这是一个极其重要而又复杂的过程，需要有周密的计划，各种标准与方法的选定，每一步改革计划完成的时间表，还要考虑改革计划的合法性。

**五、"高等教育策略中心"**

作为国家能力建设工程的一部分，埃塞俄比亚政府正在实施"高等教育改革计划"（Higher Education Reform Programme）。为了阐明和宣传国家高等教育政策、制定和实施高等教育发展战略，根据"高等教育宣言"中的议案条款，埃塞俄比亚政府决定成立"高等教育策略中心"（Higher Education Strategy Center，

HESC)。

（一）高等教育策略中心的基本情况

该中心在 2004 年成立了以教育部长为主任的中心管理委员会，负责指导中心的发展和活动的监督。中心由 1 名常务副主任即执行主任领导和管理，负责中心的管理工作。当时由 1 名外籍专家担任副主任，直到 2005 年 10 月。

中心在资源方面多与"高等教育质量监管署"共享。中心目前在人力资源方面还比较弱小，只有为数不多的几位固定职员，专家和研究人员多是来自公立和私立高校的签约人员，服务人员与 HERQA 共有。办公室也是与质量监管署共用，办公地点就在教育部旁，办公环境很简陋，办公设施也很有限。中心正努力使办公条件得到不断改善，同时通过与国际上的合作伙伴和国内高校的合作，不断加强内部能力建设。

中心的办公经费由国家财政经济发展部下拨，另外还可以得到世界银行、联合国开发计划署等国际组织的经费援助，国际经费主要用于专项研究、人员培训、外出会议等支出。

中心自成立以来已经做了多项力所能及的本职工作。如：制定关于高等教育领导和管理体制文件；出台高校教学经费分配方案；完成关于国家新建 13 所大学的调研报告；开展关于公私高校之间伙伴关系的调查研究；进行了公立高校学生后勤服务改革的调查等。

（二）高等教育策略中心的基本职能

"高等教育策略中心"（HESC）是一个自治机构，它既要对教育部负责，又具有相对独立性。在不违背国家行政条例和高等教育宣言内容的前提下，可以做出具体决策行为。

根据埃塞俄比亚"高等教育宣言"中的有关条款，策略中心的工作目标是：制定高等教育发展目标和发展战略，使高等教育的发展适应国家人力资源的需要、适应全球形势发展的需要。

为了这一目标，策略中心应该做到：指导和规划埃塞俄比亚高等教育的改革、调整与发展；商讨国家高等教育发展计划和发展战略，并且要保证高等教育发展与国家发展战略相一致，使高等教育的发展能够适应国家发展需要；开展并促进高等教育政策和实践研究。中心的基本任务就是要提高和增强本中心工作的可持续发展能力。

埃塞俄比亚高等教育体制上还存在着如入学机会、质量和相关性、效率和成本、管理和责任等许多不足和问题。为了迎接这些问题和挑战就必须进行改革，只有通过改革才能促进高等教育的健康发展。在改革路线的设计和推进过程中策略中心起着十分重要的作用。

下阶段工作目标：

1. 进一步加强和增进中心自身能力建设：改革中心的行政和管理体制；加强人力资源和基础设施建设；建立中心网络，发展国内外伙伴关系。

2. 向相关部门提供政策和策略建议，改革和发展埃塞俄比亚的高等教育体制：促进教育部和各高校的行政管理能力，增强各高校的人力资源开发能力；出台措施，提高高等教育的平等入学机会；制定政策，提高教育质量和教学相关性；促进高等教育机构的科学研究能力；出台多边措施，关注社会特殊群体的高等教育问题。

事物总是处在不断的变化之中，变化意味着发展，发展意味着进步，埃塞俄比亚的高等教育从管理体制到质量监控再到发展策略指导等都处于良好的发展势头当中，我们相信未来的埃塞俄比亚高等教育一定会更加美好。

# 第四章

# 埃塞俄比亚高等教育课程发展与
# 人才培养

　　人才培养是国家发展教育的根本所在，是人力资源开发的重要途径和经济社会发展的基础工程。人才培养是一个系统过程，它主要体现在过程和结果两个方面，在过程方面主要考察其人才培养方案和实施方案的行为者，而结果主要考察其社会的认可度问题。所以，衡量人才培养质量问题的主要指标大类应该包括：学校的硬件设施、师资队伍、培养计划、课程开设、就业情况等。课程是一个国家和民族实施教育的基本载体，课程改革是教育改革的先声。因此，一个国家教育体系的课程建设及课程开发程度如何基本反映出一个国家的教育发展状况。

　　本章拟从埃塞俄比亚高等教育课程的历史发展出发，重点考察亚的斯亚贝巴大学、哈瓦萨大学、巴赫达尔大学和贡德尔大学不同专业的人才培养计划，以期窥见埃塞俄比亚高等教育课程的基本概貌，以为后来进一步研究和探讨。

## 第一节　埃塞俄比亚高等教育
## 课程发展考察

　　在埃塞俄比亚，由于现代教育起步较晚，作为教育载体之一的课程发展十分缓慢，更缺少自主性和创新性，大学课程乃至中小学课程多半都是从外国进口。直至今天，课程建设都是一个沉重的话题。

## 一、学校课程的历史演变

教育起步于低级而后向高级发展，作为教育特别是学校教育载体之一的课程的发展无疑也是从低级往高级发展的。所以，在研究埃塞俄比亚高等教育的课程及人才培养之前了解一下埃塞俄比亚中小学课程历史发展的背景知识很有必要，中小学与大学之间存在着千丝万缕的联系。

埃塞俄比亚的教育因与宗教尤其是东正教相关联而著称。这种传统的宗教教育最早可以追溯到公元 4 世纪的阿克苏米特（Aksumite）文明时期。到了公元 13—16 世纪，教堂文化仍处于上升期，居于统治地位。这种特殊的带有本土特色的宗教教育可以分为三个教育阶段——依次叫做 Qum Tsehefet，Zema Bet 和 Quoine Bet 学校，分别对应西方教育体系的小学、中学和大学三个阶段。

东正教在埃塞俄比亚社会文化历史上有着重要的位置，其统治地位保持了 1000 多年。现代西方类型的教育模式在埃塞俄比亚的出现据说只有 100 多年的历史，是在孟尼利克二世皇帝统治时期（1836—1913 年）。这一时期，埃塞俄比亚开始引进西方的教育模式，国家权力对教育的影响开始从散漫走向自觉，出现了专司教育的官僚机构。

埃塞俄比亚第一位教育部长的任期是 1913—1916 年，当时已有许多小学校开办。随着小学教育的发展，1944 年一所专门培训小学教师的培训学校建立起来。但传统教育对小学教育的影响是深远的，比如在教学思想上，推崇对权威的服从，在教学方法上，强调死记硬背。到了海尔·塞拉西一世皇帝统治时期（1930—1974 年），国家教育有了进一步的发展，而且这种发展是全方位的：从教育结构、教师培养到教育管理、教育合作等诸方面都有了显著进步。到了 1936—1941 年意大利统治时期结束以后，埃塞俄比亚的教育基本上是模仿英国的教育体制，不仅在课程大纲、教学资料方面，甚至连教师都是从英国进口，招收的学生也是在为英国伦敦大学的普通教育资格证书考试而做准备的。

中等教育是以办学类型和办学目标取向多样性为特征而出现的。既有专门培养女生的学术导向的普通中学，也有专门招收男生的学术导向的普通中学。技术学校只培养某些技术职业岗位操作人员。秘书、会计、办公室行政人员、企业管理人员多毕业于商业中学，该校开办于1945年，男女生都有。除了政府开办的中学外，还有天主教、新教传教士开办的学校。

直到20世纪初，学校课程才被引进到埃塞俄比亚的学校里。但是，统一而规范的学校课程的出现则是1947年以后的事。第一本学校课程是由当时的教育部（the Board of Education）在1948年出版的，是应即将到任的英国教师要求而准备的，也是为了应付伦敦大学的普通教育资格证书考试而准备的。自此以后，中学课程先后经历了几次修改，其中1958—1959年的修改是在根据社会、经济和埃塞俄比亚现实需要的基础上，进行综合分析后完成的。这使得本次的课程与以前的课程有了很大的不同。调整后的学制规定，两年制初中既开设普通学术课程又开设职业性课程，分别面向那些希望毕业后继续深造的学生和那些准备进入职业技术学校的学生。在职业性课程教学过程中，还提供专门进行实际操作的工具，以培养半熟练技术工人。在四年制高中学校，学生大都是为了在国内上大学或到国外留学做准备。当然，毕业生也可以进入农业或工业专科学习，要么到政府服务部门或参军或到私营企业工作。

20世纪50年代末进行的课程改革并没有得到埃塞俄比亚社会的认可，相反许多埃塞俄比亚人却对这些课程感到不满意，反响越来越大。于是，政府在1971年10月至1972年8月间开展了一场全国性的教育评论。这场评论取得了一些共识，但还没来得及实施，就爆发了1974年的社会革命，君主政权被推翻。

1974—1991年军事政权执政时期，至少对课程进行了两次修订。修订的宗旨是想实现普通教育课程向多科技术教育课程的迁移，在课程内容上加强了意识形态领域的教育。这种迁移课程不遵从任何课程方案，只是把学术课程、职业课程、技术课程和思想意识形态方面的课程糅合到一起，完全是一个大杂烩，而且要求在小学、中学和大学课程中都加入技术性课程，也就是我们平常所说的"普通教育职业化"运动。这一时期的教育总体上更重视数量而非质量。但军事政权所制定的社会经济、政治和教育政策，由于与社会现实基础不相符合而最终招致失败。

许多学者对1994年新政权出台的教育和培训政策表现出了欢迎的态度，因为新政策更加强调教育公平、教育平等、提高效率和提高入学率上。在这项政策中，国家希望通过逐步实现教育的民主化、专业化与提高教育效率、加强教育合作、扩大学校办学权利等途径和手段，在加大教育投入的同时，提高教育产品的产出。1996年，为了扩大教育机会，提高教育质量，新政府出台了第一个"教育发展规划"（ESDP - I）。

## 二、高等教育课程计划及实施

埃塞俄比亚各高校的课程一般10—15年才修改一次，在过去的25年里，随着政府权力的转移，大多数高校的课程也经历了至少两次的调整。但这种调整不是出于学科发展的需要或人才培养的需要，而是出于政治上的压力或权力意志的要求。1974年军事政权上台后，对亚的斯亚贝巴大学（Addis Ababa University，AAU）进行了改组，从此它不再是埃塞俄比亚唯一承担高等教育的场所。大学先前设在不同地区的分校，如阿莱玛亚农学院、阿瓦萨农学院等纷纷独立出来。改组后亚的斯亚贝巴大学（AAU）的规模缩小到了仅剩位于亚的斯亚贝巴和Debre

Zeit 两地的校区，而原属的那些分校区大都成为独立的大学或独立学院。2000 年 12 月亚的斯亚贝巴大学迎来了它的第五十个华诞。在过去的 50 年里，这所大学实现了入学人数的巨大增长、课程的多样化、教学水平的提高、教职员工队伍的壮大、预算的增长以及科研成果的增加。

从 1994 年联邦政府"教育和培训政策"实施以来，客观上促进了高等教育的大发展。根据教育和培训政策提出的目标，政府一方面增强现有公立高校的办学能力，新建和扩建一些公立高校，大学由原来的 2 所增加到 8 所；另一方面把高等教育向私人开放，近年来有许多私立高等教育机构在全国各地开办，私立高校已成为埃塞俄比亚高等教育的有生力量。从而促进了教育受益人之间的公平和平等。

在高等教育学制规划方面，学士学位课程由四年缩减到三年，原大一新生的部分课程内容下放到了高中阶段。为了适应未来劳动力市场的需求和全球化发展的要求，一些新的学科专业开设起来，以迎合国家经济发展战略人才需求。大学本科专业入学人数的快速增长同时也刺激了对高校教师的需求。政府决定在未来几年里，将现存的证书和文凭层次专业转移到职业技术学院，这样各大学就能够把精力集中在学位层次的教育上。政府还对大学课程设置与教材内容进行了梳理与调整，目前已基本完成。在原有专业课程基础上，新增了公民学、伦理学、交际艺术等，还新开设企业家培训课程等。为了保证课堂教学质量，建立了国家和地方两级教育资源中心，旨在鼓励教学创新，帮助缺少教学经验的教师。国家高等教育质量专门监督机构"高等教育质量监管署"也于 2003 年正式挂牌成立。

埃塞俄比亚的大多数高校，尤其是大学，都有一个新生适应计划。这项计划的主要目的是让新生适应高等教育学习和生活环境，并且弥补学术能力上的一些缺陷，诸如：英语语言技能、自然科学基本知识、定量研究方法等。该计划是按照大的学科领域来设计的，入校新生在计划中期或计划完成之后才可选择自己的专业，完成本专业的课程学习。由各专业教师共同设计的课程计划，包括学位课程和文凭课程，必须得到本校相关部门的讨论通过。所有专业的课程计划（也叫教学计划）必须包括以下主要环节：标题、课时数、学分数、课程描述、教学大纲以及参考书目等。

除了埃塞俄比亚本民族语言专业（阿姆哈拉语、奥罗莫语、提格里语）外，其他专业的教学通用语言为英语。埃塞俄比亚所有的高校都采用学期制，一年分两学期，每学期十六周（从报到注册到期末考试结束），一般学年开始于每年的九月，结束于次年的七月。要求学生每学期要完成 18—20 个学分的课程。学生每周受课 1 学时（通常是 50 分钟），连续受课十六周，按 1 个学分计，称 1 学分。学生缺课不得超过该课程总学时的 1/4，否则将不能参加该课程的期末考试。参加两年制文凭课程学习的学生要获得 60—74 个学分，其中每门课程的学分绩点（CGPA）不得少于 2.0 分（C 级），否则不得毕业。三年制学士学位课程专业的学生，要求获得 110—120 个学分，四年制学位课程专业的学生（如：生物学、经济学、心理学），要求获得 128—144 个学分，单科成绩即 CGPA 必须达到 2.0 及其以上。2.0 以下，视为不及格，学生必须重修，直至通过。

课程设置包括普通教育课程、主修课程、专业课程、选修课程等模块，主修课程的学分通常占到总学分要求的 1/3 以上。

硕士研究生教育要求学生获得 30—42 个学分，CGPA 要求达到 3.0（B 级）。大多数研究生专业还要求学生写作一篇硕士论文并公开答辩。

大学新生课程和部分其他课程是有教科书的，人手一册或者两三个人共享一本。而大量的课程采用的是参考资料、阅读材料和讲义。师生时常抱怨教科书以及课程前沿相关阅读材料缺乏，而实验室设备和化学试剂的状况也大致和教科书的情形相同。

老师教学多采用讲授、小组讨论、练习、调查、课程论文、学生演示以及实验等方法，其中最主要的是课堂讲授法。学生的学习效果常采用单元小测验、期中考试、课程论文、学生课堂演示以及期末考试的方法来评定。在班级规模较大的情况下，教师多采用客观题试卷来进行考试，例如：多项选择、正误判断、连线题和填空题。而在研究生班里或者针对规模较小的班级（少于40人），更多的是采用论述题目进行考试。

一般情况下，埃塞俄比亚的学生成绩等级评定标准如下：

90—100分为优秀，记为A级，得4分；80—89分为较好，记为B级，得3分；70—79分为一般，记为C级，得2分；60—69分为及格或通过，记为D级，得1分；不到60分的为不及格，记为F级，为0分。

教师一般要采用上述分级评定标准，但在实践中，似乎依靠教师个人的判断力以及各院系的习惯分级办法操作性更强一些。

研究生大多被要求写作硕士学位论文或者承担本专业的研究项目，而这些研究项目要求能达到至少C级水平。Earning a semester（混过一个学期）或者CGPA低于2.0的学生，将面临警告、留校察看乃至被开除的境地。

埃塞俄比亚高校开设的专科专业主要有：会计学、金融学、兽医学、图书馆学、护理学、建筑技术、农学、文秘学、实验室技术、卫生科学等50多个不同专业，修业年限为两到三年。本科专业主要有：生物学、化学、物理学、数学、统计学、地理学、历史学、心理学、英语、会计学、管理学、经济学、商业教育、工程学、法学、社会学、政治学、兽医学、教育管理学、医学、公共卫生学、农学等60多个学科，修业年限一般为3—4年，医学专业多为5年。研究生专业有：分科医学、分科农学、工程学和社会科学等，修业年限为2—3年。

### 三、高等教育的教学与课程改革

1994年，埃革阵执政后，新政府就开始考虑如何扩大高等教育招生、调整和改革课程、提高高等教育机构的管理效能。1996年在Debre Zeit召开国家会议，研究现行高等教育体制的缺陷问题。会议决定：采取措施修订课程，并决定从其他国家引进相关的课程和培养方案；选派教师到国外（尤其是印度）接受高级培训，邀请移居国外的教授回国担任高校教师，以弥补合格教师的不足。外籍和回国教师主要来自印度，2002/2003学年来自印度的大学讲师就超过了380人；引进学生对教师的评价机制。

自从教育和培训政策颁布以来，政府对高等教育的投入有了大幅度增加，高等教育的课程和教师培养体系都发生了根本性变革。课程和教师培养上的变化，一定程度上说明了这个国家的教育本身是能够解决这个国家的教育问题的。高等教育课程改革上的进步也是与这个国家的经济发展政策分不开的，如国家颁布的"农业产业化"（ADLI）发展战略，明显地影响了高等教育专业和课程的变化。一些新的学科专业，如信息科学、农业加工、卫生应用科学、农业经济、环境科学、纺织工程等相继在一些新老学院和大学开办起来。

教学方式也发生了根本性变化。问题中心（problem-centred）教学法被广泛采用，教学过程中注重以学生为中心，教育与实践更为贴近。1993年开始的教育地方化（regionalisation）运动规定，在小学教育阶段，地方学校可以选择使用本民族地方语教学，作为官方语言的阿姆哈拉语同时也保留在课程中，从中学开始要求用英语教学。课本由教育部统一审核，州教育局负责教材的编写，这样有利于体现教材与不同地方文化的适切性。强调所编教材要保证每一个儿童在完成八年小学教育后能够成为一名半熟练技能型公民。

在高校，增强高校课程与教学内容的相关性被提到了突出地位，国家"高等教育质量监管署"的基本职能就是要保证"高等教育教学内容的相关性与质量"。事实上，目前埃塞俄比亚高等教育的课程和教学内容与质量提高要求上往往是格格不入的，内容陈旧、资料匮乏、疲于应付的现象比比皆是。在埃塞俄比亚教育改革政策的引导下，一些新的课程教学开始进入大学课堂，如妇女教育、国民教育、资源保护教育、信息技术教育、职业教育、农业经济和产业教育、水资源教育和艾滋病教育等。

正如沙漠化和环境的退化将不断威胁到地球人类的生存和生活质量一样，对环境的关心也将成为全人类的共同话题和全人类的共同行为。对青年进行环境意识的灌输应该成为高等教育的特殊任务。健康问题、毒品问题也将是本世纪要面对的严峻问题。为了加强应对这些来自国内和世界范围外的不断出现的新威胁，埃塞俄比亚政府开始考虑在高等教育课程中融入诸如健康、毒品、家庭、社区、社会等方面知识。这是一个极其重要而又复杂的过程，需要有周密的计划，各种标准与方法的选定，每一步改革计划完成的时间表，还要考虑改革计划的法律和行政依据。只有这样才能够保证埃塞俄比亚高等教育在保质保量的前提下顺利地发展。

## 第二节　亚的斯亚贝巴大学的人才培养

亚的斯亚贝巴大学被认为是埃塞俄比亚最古老的高等教育机构，初创于1950年，当时叫亚的斯亚贝巴大学学院（the University College of Addis Ababa），1961年称海尔·塞拉西一世大学（Haile

Selassie Ⅰ University)，1975 年始称亚的斯亚贝巴大学（Addis Ababa University，AAU）。亚的斯亚贝巴大学 1979 年获得理学硕士授予权，1987 年获得哲学博士授予权，现在拥有专业证书、文凭、学士、硕士、兽医学博士和哲学博士授予权。有史以来，它在埃塞俄比亚高等教育领域独占鳌头，成为埃塞俄比亚高等教育发展的象征，甚至到了"言埃塞俄比亚高等教育必言亚的斯亚贝巴大学"的地步。

**一、教育学院的人才培养**

亚的斯亚贝巴大学（AAU）是埃塞俄比亚教师教育的先行者。1950 年亚的斯亚贝巴大学学院建立不久就开办了教师教育专业，开始了教师的培养工作，其艺术系的一部分后来发展成了教育系，2003 年在教育系的基础上又发展成现在的教育学院。今天，教育学院已成为埃塞俄比亚国内少有的几个担负教师教育的专业学院之一，为埃塞俄比亚教师培养和培训，以及教师的专业化发展起着引领作用。

（一）亚的斯亚贝巴大学的学院、学科设置

亚的斯亚贝巴大学经过几十年的发展，学校在学科建设、专业设置、师资队伍建设、科学研究开展、招生与就业等方面都居于国内高校领先地位，成为非洲知名高校。

**表 4 - 1　　　亚的斯亚贝巴大学所属学院、学科一览表**

| 序号 | 学院 | 学科/专业 |
|---|---|---|
| 1 | 社会科学学院 | 地理与环境研究、社会学与社会人类学、历史、哲学、政治学与国际关系 |
| 2 | 商业与经济学院 | 会计学、经济学、管理与公共行政管理、工商管理硕士（MBA） |
| 3 | 教育学院 | 商业教育、教育管理、教育心理、体育教育 |

续表

| 序号 | 学院 | 学科/专业 |
|---|---|---|
| 4 | 法学院 | 民法、刑法 |
| 5 | 医学院 | 麻醉学、解剖学、生物化学、公共卫生、内科医学、微生物与寄生虫、妇产科、眼科、整形院外科、小儿科、病理学、药理学、生理学、精神病学、X光线学、外科学、联合办学卫生学科（麻醉学校、牙齿健康服务和培训中心、医学实验技术学校、妇产学校、X光技术学校） |
| 6 | 自然科学学院 | 生物学、化学、地质学与地球物理学、数学、物理、统计学、地球物理天文台（非教学单位） |
| 7 | 技术学院 | 建筑与城市设计、建筑技术、化学工程、土木工程、电力工程、机械工程、材料检测与研究中心 |
| 8 | 兽医学院 | 解剖学与胚胎学，基础科学，临床研究，微生物学、传染病学与兽医公共卫生，病理学与寄生虫学，生理学、药理学与生物化学，动物园技术 |
| 9 | 语言研究所 | 埃塞俄比亚语言学、外国语言学、戏剧艺术 |
| 10 | 信息学院 | 计算机科学、信息科学 |
| 11 | 药剂学学院 | 制药学、生药学、药理学、制药化学 |
| 12 | 新闻与通信学院 | 新闻与通信 |

亚的斯亚贝巴大学还拥有埃塞俄比亚研究所、国家发展研究院、国家教育研究所、病理研究所等著名研究机构，开办有远程教育学校——"非洲虚拟大学"等。

（二）全日制教师教育的专业设置

亚的斯亚贝巴大学教师教育的发展有一个历史演变过程。它起源于1952年的文学系，1959年成立教育科，1963年成立教育系，并开始培养教师，有五个专业，分别是：初等教育、中等教育、心理学、图书科学、技术教育学。

除了全日制教师教育外，教育系还招收夜校和夏季课程班学生，贝德·马瑞尔姆（Bede-Mariam）王子实验学校和教育研究中心（后来的教育研究所）都属于教育学系管理。1978 年学校对教育系又进行了一次调整，设置专业类别有商业教育、课程与教学、教育管理、教育心理学和技术教育学，继续教育综合办设在教育系，教育研究所和实验中心仍属于教育系管理。2003 年，教育系改称教育学院。

学院提供三大领域的教师教育课程：自然科学、社会科学和语言教育、教育科学。旨在培养基础扎实、责任心强、有自信心和社会责任感的教师，培养教育管理者和研究者。

教育学院现设院长 1 人，副院长 2 人，院长助理 5 人。两位副院长当中，一位分管本科教育，另一位分管研究生教育；五位院长助理当中，其中的三位分别负责上述三个学科领域的教学管理，另外两位分别负责夏季课程班和函授、夜大等的教学管理工作。2006/2007 学年，学院拥有 224 位专任教师和 73 位行政管理人员（包括部分合同工），学院现有各类本专科学生 4210 名，全日制研究生 832 人。

表 4 - 2　　　教育学院学科领域与专业类别一览表

| 学 科 领 域 | | 专 业 类 别 |
| --- | --- | --- |
| 教育科学 | 1 | 商业教育 |
| | 2 | 教育规划与管理 |
| | 3 | 体育教育 |
| | 4 | 心理学 |
| | 5 | 课程与教学论 |

| 学　科　领　域 | 专　业　类　别 | |
|---|---|---|
| 社会科学和语言教育 | 1 | 英语语言教育 |
| | 2 | 埃塞俄比亚语言与文学教育 |
| | 3 | 地理与环境科学教育 |
| | 4 | 历史学 |
| 自然科学教育 | 1 | 生物教育 |
| | 2 | 化学教育 |
| | 3 | 数学教育 |
| | 4 | 物理教育 |

　　商业教育是专门为职业教育院校培养教师的一个系，有六个本科专业和一个硕士学位点。六个本科专业分别是：会计教育（3年）、银行与保险教育（3年）、ICT教育（4年）、市场营销管理教育（3年）、办公室管理与技术教育（3年）、物流管理教育（4年），硕士学位点是职业技术教育。商业教育类专业始建于1978年，当时受前苏联教育体系影响，职业技术教育得到一定的发展，职业技术教师的培养也开始走向专业化道路。发展到今天，商业教育已成为亚的斯亚贝巴大学教育学院拥有较多专业的大类专业之一，为埃塞俄比亚职业技术院校培养了一大批专业教师。

　　（三）全日制教师教育专业的课程设置

　　亚的斯亚贝巴大学本科（学士）学制一般为3—4年，专科（文凭证书）一般为2年。课程实行学分制，一般每门课每周开设3个学时，开满一个学期的为"3学分"（Credit-Hours），实验、实习、讨论、分析课的学分与学时的兑换要低一些，一般为2学时每周/学期兑换1学分。学分是学生获取学位应得到的平均学分要求，也是向学生收取学习费用的依据。特别是自2003/2004学年开始实行"成本分担"后，学费成本的计算就是根据各校开设的学分数，再乘以专业系数计算而来的。各专业课程总学时控制在 110—120 学分之间，每学年分上下两个学期，每学期开课 18—21 学分之间。在课程分类上，各专业不尽相同，一般分为主修课（相当于专业基础课）、辅修课（相当于专业主干课）、公共教育课程（相当于公共课）和教育学课程（教师教育模块）四部分，部分专业还开设小班课程（相当于选修课）、实验课等。

"银行与保险教育"专业课程学分构成比例如下：

主修课程：45 学分；公共教育课程：9 学分；辅修课程：39 学分；教育学课程 20 学分；总计 113 学分。总学分同时也是学员获得学位须取得的总学分绩点，修够学分的学员才可授予学士学位。具体课程开设情况如下：

"银行与金融教育"专业各模块课程开设情况：

1. 主修课程

| 课程编号 | 课程名称 | 学　分 |
|---|---|---|
| BaInEd301 | 货币银行学概论 | 3 |
| BaInEd311 | 风险金融学概论 | 3 |
| BaInEd302 | 银行实践操作程序 | 3 |
| BaInEd312 | 金融实践操作程序 | 3 |
| BaInEd321 | 金融机构管理 | 3 |
| BaInEd322 | 商业借贷 | 3 |
| BaInEd362 | 商业研究方法 | 3 |
| BaInEd401 | 国际银行 | 3 |
| BaInEd411 | 财产、灾害与债务保险 | 3 |
| BaInEd412 | 人寿、健康与残废保险 | 3 |
| BaInEd431 | 金融市场与金融机构 | 3 |
| BaInEd402 | 金融法规 | 3 |
| AcEd | 金融管理 | 3 |
| AcEd | 工程预算与评估 | 3 |
| BaInEd403 A&B | 工程项目研究 I & II | 3 |
| 总　　计 | | 45 |

## 2. 辅修课程

| 课程编号 | 课程名称 | 学　分 |
|---|---|---|
| AcEd211 | 会计学原理 I | 3 |
| AcEd212 | 会计学原理 II | 3 |
| EcEd201 | 微观经济学 I | 3 |
| EcEd202 | 微观经济学 II | 3 |
| BuEd203 | 商业数学 | 3 |
| BuEd201 | 管理学概论 | 3 |
| BuEd202 | 企业主与小企业管理 | 3 |
| BuEd204 | 商业统计 | 3 |
| ItEd201 | ICT 概论 | 3 |
| BuEd301 | 商业信息 | 3 |
| BuEd442 | 市场服务 | 3 |
| BuEd372 | 商业法规 | 3 |
| EcEd211 | 宏观经济学 | 3 |
| 总　　计 | | 39 |

## 3. 公共教育课程

| 课程编号 | 课程名称 | 学　分 |
|---|---|---|
| GeED201 | 公民教育 | 3 |
| FLEE201 | 交际英语 I | 3 |
| FLEE202 | 交际英语 II | 3 |
| 总　　计 | | 9 |

## 4. 教育学科课程

| 课程编号 | 课程名称 | 学　分 |
|---|---|---|
| TECS211 | 课程论 | 3 |
| TECS212 | 教学法 | 3 |
| Epsy102 | 行为研究 | 2 |
| Epsy232 | 教育心理学概论 | 3 |
| Epsy211 | 教育测量与评价 | 3 |
| BaInEd461 | 学科教学论 | 3 |
| BaInEd462 | 教育实践 | 3 |
| 总　　计 | | 20 |

注：其中"学科教学论"和"教育实践"为该模块主修课程。

学生成绩考评采取绩点累计制，达到一定的学分绩点才可以获得学位。学生根据考试分数换算学分绩点，大多课程都有一个最低绩点控制，低于这个点数要重修或重考。学生要获取学位，一般平均每门课程成绩要达到与该课程开设的学分数相同的绩点时，才能够通过。例如若某门功课的学分为 3，则学生结业成绩绩点也应该为 3，若低于这个数，则需在其他课程成绩绩点上进行弥补，否则就有可能拿不到学位。一般 3 学分的课程成绩绩点分别为 4—3—2—1—0 五个等级，最高可取得 4 学分。学生成绩等级换算如下：

| 试题答对率（%） | 成绩评语 | 等级评定 | 应得学分 |
| --- | --- | --- | --- |
| 90—100 | 优秀 | A | 4 |
| 80—89 | 较好 | B | 3 |
| 70—79 | 一般 | C | 2 |
| 60—69 | 通过 | D | 1 |
| 60 以下 | 不及格 | F | 0 |

一般要求学生所学专业的主修课程成绩必须在 2 分及其以上，方为合格，否则须补修。

（四）夜大课程班

教育学院的许多全日制专业还设有夜大课程班，招收夜大班学员。夜大由学院教务处管理，必须经教务处审批备案后方可招生。夜大的课程安排由各系负责，一般与全日制专业科目大同小异，教学也由各系负责。夜大在课程安排上与全日制的主要区别是，夜大的学分课程一般都是按学年计算而不是按学期计算。也就是说，全日制课程的相同学分在一学期完成的话，则夜大课程需要一学年才能学完。因此，夜大的学制一般是全日制的 1.5—2 倍的年限。夜大学员须时常与学院里的专门咨询指导人员保持联系，了解该专业课程开设的时间和内容模块，以早做准备。

（五）夏季课程班

夏季课程班是继续教育的一种形式，顾名思义它是在夏季进行教学的一种教育类型。它根据全日制教育休假的时间段，有效利用高校的教室、教师、图书、仪器等教学设施，进行规模教学。为公民接受高等教育提供了另一条通道，为在职教师的学历提高提供了便利，为扩大国家高等教育受教育人数做出了积极贡献。

在集中学习期间，学校为夏季课程班学员提供寄宿和就餐、图书借阅、体育锻炼等服务。学员必须学完下列学分课程并通过考试才能获得相应的文凭或学位。学士学位课程的学习年限为5—7 年，所修总学分与全日制基本相当。

| 序号 | 专　　业 | 主修学分 | 选修学分 | 辅修与专业学分 | 实习学分 | 总计 |
|---|---|---|---|---|---|---|
| 1 | 商业教育 | 40 | 36 | 30 | 12 | 118 |
| 2 | 教育规划与管理 | 50 | 18 | 27 | — | 95 |
| | 教育规划与管理（文凭） | 41 | 15 | 12 | — | 68 |
| 3 | 心理学 | 68 | — | 24 | 6 | 98 |
| 4 | 体育教育 | 30 | 18 | 31 | 25 | 104 |
| 5 | 英语语言教育 | 38 | 18 | 35 | 25 | 116 |
| 6 | 埃塞俄比亚语言教育 | 36 | 18 | 35 | 25 | 114 |
| 7 | 地理教育 | 36 | 18 | 35 | 25 | 114 |
| 8 | 历史教育 | 36 | 18 | 35 | 25 | 114 |
| 9 | 生物教育 | 36 | 18 | 35 | 26 | 115 |
| 10 | 化学教育 | 35 | 18 | 35 | 25 | 113 |
| 11 | 数学教育 | 34 | 17 | 35 | 25 | 111 |
| 12 | 物理教育 | 32 | 18 | 35 | 25 | 110 |

## 二、发展研究院（IDR）的研究生培养

发展研究院最早是亚的斯亚贝巴大学的一个研究中心，有30 多年的历史。它的远景目标是要建设成为非洲最著名的集研究与教学于一体的研究机构。发展研究院从事多学科发展研究，包括农村发展、食品安全、社会发展、自然资源开发、人口与发展等方面的研究。IDR 在把不同学科研究成果应用到社会生产实践方面充当桥梁作用的同时，还向社会不同部门，如市民社会组织、公共机构、宗教机构、企业等提供培训与咨询服务。

（一）研究所的职能部门分工

1. 农村生计与发展部：从事农业产品开发、土地使用、食品安全、生计、乡村制度等方面研究。

2. 社会发展部：又称人类发展部，主要开展贫困、就业、教育与培训、卫生与健康、人口与性别等主题研究。

3. 环境与自然资源管理部：本部门主要集中于环境、自然资源、自然的可持续发展与管理等问题研究，侧重于环境与发展相互关系研究和寻求自然资源管理问题的解决。

4. 宏观经济和政策研究部：研究领域包括宏观和部门政策分析、私人部门环境、资源流动和投资、社会部门政策分析等。

5. 人口统计研究中心：主要研究活动包括人口、资源发展、生育健康（包括家庭生育计划、艾滋病及其影响）等。

（二）研究生培养计划

发展研究院现有研究人员 15 人，其中副教授 9 人，讲师 6 人，有博士学位的 8 人，其余皆为硕士毕业。所长是穆卢格塔（Mulugeta Feseha）博士。

除了开展研究活动外，IDR 还担任硕士研究生的培养任务。培养专业有人口学（1986 年开始招生）、发展研究（环境与发展、乡村生活与发展两个方向，2004 年 9 月开始招生）。截至 2004 年 9 月，已招收 82 名硕士研究生，其中人口统计学 45 人、

环境与发展 20 人、农村生计与发展 17 人。培养年限为 2 年，其中第一学年为课程学习，第二学年为论文写作。发展研究专业硕士研究生培养课程计划（授予文学硕士学位）如下：

1. 农村生计与发展方向

| 学年 | 学期 | 课程代码 | 课程名称 | 学分 | 导师（略）|
|---|---|---|---|---|---|
| 第一学年 | 第一学期 | DEST 530 | 发展观点* | 3 | — |
| | | DEST 531 | 发展政策与策略分析 | 3 | — |
| | | DEST 542 | 研究方法** | 4 | — |
| | 第二学期 | DEST 640 | 农村发展政策+ | 4 | — |
| | | DEST 641 | 农业发展策略与农村贫困+ | 4 | — |
| | | DEST 730 | 性别与发展++ | 3 | — |
| | | DEST 731 | 人口与发展++ | 3 | — |
| | | DEST 732 | 环境与发展++ | 3 | — |
| | | DEST 733 | 工程规划与评估 | 3 | — |
| | | DEST 860 | 论文 | 6 | — |

备注：*核心课程，**辅修课程，+专业课程，++选修课程（任选两门）

2. 环境与发展方向

| 学年 | 学期 | 课程代码 | 课程名称 | 学分 | 导师（略）|
|---|---|---|---|---|---|
| 第一学年 | 第一学期 | DEST 530 | 发展观点* | 3 | — |
| | | DEST 531 | 发展政策与策略分析 | 3 | — |
| | | DEST 542 | 研究方法** | 4 | — |
| | 第二学期 | DEST 644 | 自然资源、环境与管理+ | 4 | — |
| | | DEST 645 | 环境政策与影响评价+ | 4 | — |
| | | DEST 730 | 性别与发展++ | 3 | — |
| | | DEST 731 | 人口与发展++ | 3 | — |
| | | DEST 732 | 环境与发展++ | 3 | — |
| | | DEST 733 | 工程规划与评估 | 3 | — |
| | | DEST 860 | 论文 | 6 | — |

备注：*核心课程，**辅修课程，+专业课程，++选修课程（任选两门）

人口学专业硕士研究生培养课程计划（授予文学硕士学位）如下：

| 学年 | 学期 | 课程代码 | 课程名称 | 学分 | 导师（略） |
|---|---|---|---|---|---|
| 第一学年 | 第一学期 | DEST 501 | 人口分析概论 | 3 | — |
| | | DEST 502 | 人口理论 | 3 | — |
| | | DEST 503 | 研究方法 | 3 | — |
| | | DEST 504 | 人口统计与计算 | 3 | — |
| | 第二学期 | POPS 552 | 人口与发展 | 3 | — |
| | | POPS 602 | 移民与城市化 | 3 | — |
| | | POPS 604 | 人口统计学 | 3 | — |
| | | POPS 622 | 人口资源与环境 | 3 | — |
| | | POPS 641 | 第三世界人口 | 3 | — |
| 第二学年 | 第一学期 | DEM 512 | 人口统计评估的间接技术 | 3 | — |
| | | DEM 632 | 家庭发展计划与评价 | 3 | — |
| | | DEM 680 | 论文 | 6 | — |

可以看出，埃塞俄比亚的研究生培养具有明显的欧洲风格，学制较短、课程开设方向明确，但课程面比较窄，这也是适应国家发展急需人才、快出人才的环境需要。

## 第三节　三所地方高校的人才培养

哈瓦萨大学、巴赫达尔大学和贡德尔医学院是埃塞俄比亚三所比较著名的地方高校，分别位于这个国家的南部和北部，其中哈瓦萨大学以农学见长，贡德尔医学院以医学著称，巴赫达尔大学以教师教育和技术教育为主。三所大学的在校生人数都在万人以上，而且规模都还在扩展之中。哈瓦萨大学主校区位于美丽的阿瓦萨湖畔，而巴赫达尔大学的主校区位于著名的青尼罗河和泰纳湖畔，都是埃塞俄比亚气候比较宜人的地方，也是人才培养的好地方。

## 一、哈瓦萨大学的人才培养

哈瓦萨大学原名得巴布大学（Debub University），也叫阿瓦萨大学（Awassa University），成立于 2000 年 4 月，位于埃塞俄比亚南部的得巴布地区。它是在合并原阿瓦萨农学院（Awassa College of Agriculture，ACA）、温都噶纳林学院（Wondo Genet College of Forestry，WGCF）、迪拉教师教育与健康科学学院（Dilla College of Teachers Education and Health Sciences，DCTEHS）的基础上成立的。2006 年改称"哈瓦萨大学"（Hawassa University）。大学的主体部分是阿瓦萨农学院和另外三个系（分别是自然科学系、技术系和社会科学系）。2006 年迪拉教师教育与健康科学学院升格为大学。

（一）专业构成与师资队伍

目前，哈瓦萨大学有新、老和温都噶纳三个校区，有 3 所学院，11 个系，共 46 个学科专业。

表 4 - 3　　　2006/2007 学年各院（系）及专业分布情况

| 学院（系） | 学士（B Ss）课程专业 | 继续与远程教育课程专业 | 硕士（M Ss）课程专业 |
|---|---|---|---|
| 农学院 | 农业资源经济与管理、动物与畜牧科学、食品科学与收获后处理技术、园艺学、旅店管理、植物科学、农村发展与家庭科学 | 农业资源经济与管理、动物与畜牧科学、旅店管理、植物科学、农村发展与家庭科学 | 动物学、植物学 |
| 自然科学系 | 应用生物学、应用化学、应用数学、应用物理、计算机科学、统计学、信息技术 *、药剂学 * | 应用化学、计算机科学 | — |

续表

| 学院（系） | | 学士（B Ss）课程专业 | 继续与远程教育课程专业 | 硕士（M Ss）课程专业 |
|---|---|---|---|---|
| 社会科学系 | | 外国语言文字学、人类学、心理学*、社会学*、管理与发展研究* | — | — |
| 商业管理系 | | 会计学、合作组织学、经济学、管理学 | 会计学、合作组织学、经济学、管理学 | — |
| 法律系 | | 法律 | — | — |
| 技术系 | | 农业工程、土木工程、电力工程、土壤和水资源工程与管理 | — | — |
| 兽医系 | | 兽医学 | — | — |
| 健康科学学院 | 医学系 | 医学、医学实验技术、白内障外科 | 应急外科* | 环境健康、医学实验技术、护理学 |
| | 公共健康系 | 环境健康科学、公共健康指导、妇产学、护理学 | — | |
| | 教育系* | 生物、化学、数学、物理、英语、地理与环境 | — | |
| 温都噶纳林业与自然资源学院 | 林学系 | 普通林业学、林业种植与生产 | 林业种植与生产 | 自然资源管理、野生动植物与旅游经济 |
| | 自然资源系 | 自然资源管理、野生动植物与旅游经济 | — | |

注：* 计划于 2007 年 9 月开始招生。

哈瓦萨大学的教师队伍学位构成情况见表 4-4。

**表 4 - 4**      **2006/2007 学年师资队伍学位（学历）层次结构**

| 学位 | 国内教师 | 外籍教师 | 总计 |
|---|---|---|---|
| PhD. | 50 | 16 | 66 |
| MA/MSc./DVM/MD | 249 | 29 | 278 |
| BSc./BA/BED | 246 | — | 246 |
| Diploma | 52 | — | 52 |
| 总　　计 | 579 | 45 | 624 |

　　由于学校近几年生源扩招的速度很快，教师人数也在不断增加，但教师的整体素质不容乐观，特别是博士学位人数比例离国家高等教育发展战略计划的 30% 目标还有很大差距，教师学科结构也不尽合理，一些新建学科如信息技术、计算机科学、工程管理类等师资比较缺乏，只得从国外聘用以解燃眉之急。

**表 4 - 5**   **2004/2005 学年师资队伍学位（学历）层次结构**

| 学位 | 国内教师 | 外籍教师 | 总计 |
|---|---|---|---|
| PhD. | 37 | 45 | 82 |
| MA/MSc. or Equivalent | 177 | 39 | 216 |
| BSc./BA/BED | 100 | 5 | 105 |
| 总　　计 | 314 | 89 | 403 |

　　外籍教师的学历层次明显好于本国教师，但外籍教师显然存在稳定性问题。一般外籍教师的服务期为 1—2 年，从表 4 - 4、表 4 - 5 的对比中就可以看出 2006/2007 学年该校的外籍教师数比 2004/2005 学年减少了一半，所以如何建立起外籍教师的稳定机制就显得十分必要。从总体上看，教师队伍质量不高、数量不足的现象十分明显，生师比过高的情况还没有缓解，教育教学质量令人担忧。

表 4 - 6　　　　2006/2007 学年哈瓦萨大学在校生人数统计

| | 女生 | 男生 | 总数 | 女生比例（%） |
|---|---|---|---|---|
| 全日制 | 1888 | 6896 | 8784 | 21.49 |
| 夜大 | 806 | 806 | 3500 | 23.03 |
| 夏季课程班 | 328 | 1089 | 1417 | 23.15 |
| 总计 | 3022 | 10679 | 13701 | 22.06 |

资料来源：Hawassa University，Propectus 2006/2007（为该大学招生宣传活页）。

（二）"地理与环境教育"专业课程计划

地理与环境教育专业是新设立的学科，2007 年开始招生。我们从它的课程设置上可以明显看出有种综合化趋势，实际上把历史学科的部分课程也糅合了进来。介绍如下：

1. 学分构成：

（1）主修课程：41

（2）辅修课程：18

（3）实践课程：13

（4）专业课程：37

总计：109

辅修学科：1. 历史；2. 经济

2. 课程计划表（主修方向为地理与环境教育，辅修方向为历史）：

| 学年 | 学期 | 课程编号（略） | 课 程 名 称 | 学分 |
|---|---|---|---|---|
| 一 | 一 | — | 气候概论 | 3 |
| | | — | 经济地理 | 3 |
| | | — | 1855 年前的埃塞俄比亚与好望角 | 3 |
| | | — | 19 世纪 80 年代前的非洲 | 2 |

续表

| 学年 | 学期 | 课程编号（略） | 课 程 名 称 | 学分 |
|---|---|---|---|---|
| 一 | 一 | — | 交际英语技能一 | 3 |
| | | — | 文化和社会地理 | 2 |
| | | — | 课程研究 | 3 |
| | | | 小　计 | 19 |
| | 二 | — | 地形学 | 3 |
| | | — | 自然资源地理 | 3 |
| | | — | 1855—1935 年间的埃塞俄比亚与好望角 | 3 |
| | | — | 交际英语技能二 | 3 |
| | | — | 行为研究 | 2 |
| | | — | 普通教学法 | 3 |
| | | — | 19 世纪 80 年代以来的非洲 | 2 |
| | | | 小　计 | 19 |
| 二 | 一 | — | 绘图法 | 3 |
| | | — | 教育心理学 | 3 |
| | | — | 1935—1991 年间的埃塞俄比亚与好望角 | 2 |
| | | — | 学科研究方法（主修方向） | 4 |
| | | — | 人口与殖民 | 3 |
| | | — | 教育测量与评估 | 3 |
| | | | 小　计 | 18 |
| | 二 | — | 地理定量分析法 | 3 |
| | | — | 地理教育实习一 | 3 |
| | | — | 学科研究方法（辅修方向） | 4 |
| | | — | 识图与翻译 | 3 |
| | | — | 地区与城市地理 | 3 |
| | | — | 特殊教育 | 2 |
| | | | 小　计 | 18 |

续表

| 学年 | 学期 | 课程编号（略） | 课　程　名　称 | 学分 |
|---|---|---|---|---|
| 三 | 一 | — | 第三世界发展地理 | 3 |
| | | — | 环境教育 | 4 |
| | | — | 1815 年前世界历史考察 | 3 |
| | | — | 地理教育实习二（主修方向） | 4 |
| | | — | 历史教育实习（辅修方向） | 3 |
| | 小　　计 | | | 17 |
| | 二 | — | 生物地理 | 2 |
| | | — | 非洲和中东地理 | 3 |
| | | — | 1815 年以来的世界历史 | 3 |
| | | — | 教育组织与管理 | 2 |
| | | — | 信息与通信技术 | 2 |
| | | — | 公民与种族教育 | 3 |
| | | — | 地理教育实习三（主修方向） | 3 |
| | 小　　计 | | | 18 |
| 总　　计 | | | | 109 |

（三）课程大纲简介：GeEd. 201——气候概论课程介绍（本专业共介绍了 16 门课程，这里仅选其一门之部分作说明）

1. 课程说明

本课程主要覆盖下列知识点：大气的定义、大气构成；天气和气候概念；气候元素及其测量技术；太阳辐射及其在全球的分布；地球—大气系统中的热量；温度；垂直与水平分布；大气压力：垂直与水平分布；风：地球、地区和地方；气团与峰面；湿度与下沉；湿度、云、下沉及全球分布模型；气候分类、气候变化。

2. 内容简介

第一章　前言：气候和天气的概念；气候学与气象学；气候与天气的构成要素；气候与天气的控制；

第二章　大气测量：大气的特征与来源；大气的构成；大气的结构；

……

第六章　气候类型：气候分类方法；世界气候带；埃塞俄比亚的气候类型；本土气候。

3. 授课方法：通过地图、图表等进行讲授，参观气象站。

4. 考评：现场考察报告，课外作业与演示，期中考试，期末考试。

5. 参考书目：（略）

**二、巴赫达尔大学的人才培养**

巴赫达尔大学成立于 1999 年，是在对原有两所学院即巴赫达尔教师学院和巴赫达尔多科技术学院进行合并和重新组合的基础上建成的。成立后的大学现有五所二级学院，分别是教育学院、工程学院、商业与经济学院、农业和环境学院、法律学院，涵盖 30 多个不同专业，有全日制、夜校、夏季课程班等各类在校学生 2.4 万多人。2005/2006 年，学校开通了远程教育专业。在专业建设上，学校紧紧围绕全国和地区发展对人才培养的需要，积极开设新的专业，如医学、水利技术、灾祸预警与可持续发展等专业将陆续开办起来。

巴赫达尔大学坐落在阿姆哈拉州州府所在地巴赫达尔市。巴赫达尔市位于埃塞俄比亚最大湖泊泰纳湖的南岸，青尼罗河横穿而过，具有得天独厚的旅游自然资源。大学的主校区就位于市中心以南的三公里处，坐落在环境宽松的青尼罗河岸边，法律、教育和商业经济三所学院就在这个校区内。校区占地 280 公顷，被誉为全国最优美的大学校园之一。第二个校区就位于泰纳湖畔，离市中心一箭之地，工程、农业与环境两所学院就在这个校区内。

巴赫达尔大学利用现有资源为国家和地区的教育需求培养人才。在硕士培养层次上，学校现在开办的有教育心理学、生物教育、物理教育、阿姆哈拉语研究、数学教育、课程论等六个专业课程。学校即将开设英语语言教学、地理信息、农业和水资源管理等本科（学士）新专业，同时还计划启动教育硕士培养计划，来缓解国家各层次教师的短缺问题。在新专业建设上，灾祸预警与可持续发展专业课程计划已经开发完成，2006年实现招生。下面对该专业设置与建设方面做一简单介绍。

该专业的开设是为了回应国家减灾抗灾的需要，增强国家抗灾能力，实现经济社会的可持续发展的目标。在专业建设和课程开发过程中，学校成立了一个联合专家委员会，来自巴赫达尔大学、ISP和DPPC的三方专家学者对培养方案及课程设置等进行了认真的论证。最后确定本专业的人才培养目标为：

1. 培养全面掌握专业知识和具备灾害预警能力的专家人才；

2. 培养具备紧急避险知识和技能，并且能够根据具体环境和条件应对突发事故和不可抗力的能力；

3. 增强学生协调和处理与减灾工作相关的问题能力，如性别、年龄、残疾、贫穷、艾滋病、环境问题等；

4. 教授学生掌握如何在减灾抗灾中进行计划、设计及管理工作的专门技术；

5. 培养学生在灾害风险管理和可持续发展中的积极态度、理论知识和应用技能。

本专业学制为3年，学生修完110个学分，授予理学学士学位。

由于这是一个新专业，在全国也是独此一家，因此，在专业教师上十分缺乏，也可以说是空白，无奈之下，学校在第一学年只得开设一些公共课和基础性课程，专业课程主要涉及灾害管理、食品安全和开发等知识领域。目前学校还只能聘请一些国内外的专业人士进行兼职教学，同时学校正着手派出一些教师到国外大学进行本专业学习和培训。除此之外，本专业在其他资源方面也很欠缺，如经费问题、教学设施、实验设备等。学校正在积极争取国内外组织的援助和支持。

### 三、贡德尔医学院的人才培养

（一）学院历史发展背景知识

从古代开始，一直到 20 世纪 50 年代，埃塞俄比亚人治病只靠传统医药，并没有现代医学。这期间，经常会发生各种传染病，在疾病面前，埃塞俄比亚人只能听天由命。

1954 年 10 月，在世界卫生组织、美国援外使团的帮助下，贡德尔公共卫生学院和培训中心建立起来了，这就是贡德尔大学的前身。

1954 年，布瑞·亨利（Henry O, Brien），西方一位著名的医学专家，在看到埃塞俄比亚人的健康实况后，写了一篇关于埃塞俄比亚医疗卫生状况的报告。报告指出，埃塞俄比亚当时只在少有的几个大城市里有医生和卫生机构，而广大农村地区根本没有医疗人员和卫生机构，95% 的乡下人更谈不上得到医疗救助。

与此同时，世界卫生组织和美国援外使团的专家们也正在与埃塞俄比亚公共卫生部商讨建立一个专门的医疗卫生员培训机构的问题，以解决埃塞俄比亚医疗服务和医疗人员的匮乏，使农村人口也享受到现代医疗服务的福祉。1954 年 10 月，在美国援外使团和世界卫生组织的帮助下，埃塞俄比亚历史上第一家"公共卫生学院和培训中心"（the Public Health College and Training Centre，PHC&TC）在贡德尔建立起来。

PHC&TC 的目标是培养一批具有中等专业水平的卫生员，包括诊疗、护理和保健。三类人员将共同为农村地区的疾病治疗、疾病预防和农民健康状况提供服务。PHC&TC 的创建者们认为，埃塞俄比亚农村地区的卫生与健康问题可以通过培养卫生医疗队的途径得到改善，其效果要比培养专科医生更实际，因为不但专业医生的培养年限长，而且医生们也不愿到农村地区工作。这种集预防、治疗、保健于一体的且具有合作精神的医疗小分队形式，为埃塞俄比亚农村地区提供了一个最基本的卫生与健康服务。这既是 PHC&TC 的一个独创，在当时的世界上也是绝无仅有的，更是为发展中国家医疗卫生员的培养提供了一条可资借鉴的模式。

PHC&TC 从全国各地的高中学校中招收学员，分三门科目，即诊疗、社区护理和卫生保健。不久，PHC&TC 又对招生对象做了调整，诊疗科招收高中生，学制四年，授予文凭学历；保健和护理科分别招收小学毕业生和初中在校生，学制分别为两年和三年，授予文凭学历。随着 PHC&TC 的发展，后来又增设了卫生助理员、实验技术员和助产士培养科目。

1961 年，PHC&TC 成了海尔·塞拉西大学的一部分。于是，诊疗科开设了更多的基础课程和社会科学课程，毕业后授予公共卫生学士，而保健和护理科的课程仍保持不变。诊疗科的招生标准上也保持了与海尔·塞拉西大学的一致性，而保健和护理学科的招生仍与以前一样。

诊疗、护理和保健三门学科在培养体系上分为三个部分：PHC&TC 内的理论学习、贡德尔医院的临床学习、贡德尔健康中心和农村健康中心的公共卫生实习。学院十分重视实践环节的培养，在培养的最后一个学年，三门学科的学员将共同组成一个医疗卫生小分队到农村健康中心去进行实践锻炼，获取实际经验。

**教学实习医院**：贡德尔医学院有专门的教学实习医院，拥有

350 张床位，设有外科、内科、产科、妇科、小儿科、眼科、皮肤科、新生儿科、整形外科、口腔科、神经外科等门诊，可为相关学科的学员提供很好的临床实习场所。X 光线科、病理学等临床实验室的大量实验设施可为实习学员提供零距离锻炼的机会。

考拉迪坝（Kolla Diba）健康中心：位于距贡德尔城市约 40 公里的丹比亚地区（Dembia District），在去高戈拉（Gorgora，是一座美丽的城市，坐落在青尼罗河的源头——泰纳湖的西北岸边）的路上。考拉迪坝健康中心是埃塞俄比亚历史上第一个建立起来的健康中心，也是最主要的健康中心之一，它是医学、卫生员、护理、妇产、环境健康和实验技术学科的学生进行农村医疗实习和锻炼的基本场所。先前的高戈拉健康中心现在已成为卫生所，但仍然可为一些科目的学生提供实习之用。考拉迪坝中心下属的卡瓦黑特（Chwahit）诊所可为院外临床和公共健康实践提供机会。

除了考拉迪坝健康中心外，为贡德尔医学院提供实习的中心还有：贡德尔健康中心，是妇产和护理科学员的实习基地，距贡德尔城北 100 公里处的德巴（Debark）健康中心，Tedda 健康中心、Addis Zemen 健康中心、Azezo 诊所、Amba-Giorgis 诊所等，这些健康中心或诊所一般都可为实习学员提供必要食宿条件和实习场所。这些实习中心或诊所一般都分布在距医学院校区 100 公里的范围内，这样便于学生往返和教师的指导，而且不会因路途遥远而耗费大量的交通费用。

毕业后学员被分派到全国各地的农村健康中心工作，提供并推广各种卫生与健康服务，如：建立起能够覆盖中心内大多数人口的卫生防疫体系，保证怀孕与哺乳期母子健康，抗击营养不良症，控制麻风病、肺炎、疟疾等传染性疾病，提高可预防疾病的抵抗力，开展流行病调查，疾病诊断与治疗，诊所内及外面病人的医治，以及安全合适的饮水供应，人类粪便及垃圾的适当处理，卫生食品和饮料的细菌控制等。健康中心的卫生小分队骑着骡马乃至步行深入到农村偏远地区，送医送药送健康，为埃塞俄比亚医疗卫生体系的建立奠定了良好基础。

1974年，随着Derg军事政权的建立，出于政治需要，埃塞俄比亚所有的医疗卫生体制都进行了重组。1978年，军事政府宣布建立PHC&TC医学系，停止培养卫生员和护理人员。1980/1981学年，"公共卫生学院和培训中心"改称"贡德尔医学院"（GCMS），并在各自的教育委员会的指导下，前德意志民主共和国的卡尔·马克思大学与亚的斯亚贝巴大学签订了一份双边合作协议，旨在发展贡德尔医学院。根据协议，卡尔·马克思大学负责医学院的学生培养和人力培训。随着德国专家的到来、教学设施的增加，贡德尔医学院开始进入了医学专科学生的培养时期。同时，经过挑选的一大批埃塞俄比亚人被派到卡尔·马克思大学，接受各医学专业领域的临床前理论学习和临床实践学习。经过德国培训的埃塞俄比亚医学人员回国后与德国专家一起工作，共同进行教学、研究和提供医学服务，从而奠定了贡德尔医学院的教学和科研基础。

然而，一些被派到德国学习的埃塞俄比亚人并没有回来，而是争取机会移民到了欧洲其他国家或者北美地区。两国之间的合作直到1992年，德国专家离开后，埃塞俄比亚人接管了贡德尔医学院的整个工作。自此以后，贡德尔医学院不断扩大它的活动领域，在国内外取得了很好的声誉。

虽然贡德尔医学院把主要工作放在社区服务为基础的教学上，但学院在生物医学、临床医学、社会科学和人文科学的课程开设和教学方面也能够很好适应学生和专业人员学习需要。1995年，学院又重新开始培养公共卫生员和社区护理人员。2001年，学院又开设了物理疗法、药剂学、麻醉学、妇产学4个专业的课程教学。目前学院开设的22个专业课程中的10个学士学位课程专业分别是：人类医学、公共卫生、社区护理、临床护理、环境健康技术、实验室技术、妇产、物理疗法、药剂学、麻醉学。每年招收全日制学生 2000 多人，专职教师 170 多名。贡德尔医学院以应用研究、教学和健康服务见长，为国家经济和社会的发展培养了一大批合格的医疗卫生人才。

2002 年，贡德尔医学院开始招收继续教育学员，涉及 5 个专业。同年，外科学和公共卫生专业开始培养研究生。进入本世纪的前三年里，学校进行了改扩建工程，许多建筑和设施已投入使用，提高了贡德尔医学院的培养和服务能力。医学院还根据国内外质量标准，对专业课程进行了评估，这有助于发现不足，解决问题，提高质量。贡德尔医学院还建立起了一个研究基金，用于鼓励教师的科学研究活动。

贡德尔医学院学员在校学习期间，都会以团队和单个的形式分派到教学实习医院或农村卫生培训中心，在老师的指导下为该地区的人们提供有价值的卫生服务。学员毕业以后，他们被卫生部分配到各地的医院或健康中心，从而成为国家卫生服务体系的一名成员，为埃塞俄比亚人民的疾病预防和治疗担负着崇高的职责。贡德尔医学院毕业的学员在临床医学、公共卫生以及研究工作中都享有很高的声誉。

2003 年春季，贡德尔医学院改为贡德尔大学学院（the Gondar University College，GUC），同时成立了商业与经济、自然科学、社会科学、人文科学四所二级学院，GUC 进一步提高了能力建设。

在 2003/2004 学年，GUC 共招收 24 个本科专业的全日制学生和 2 个专业方向的硕士研究生，主要分布在医学和健康科学、商业与经济、自然科学、社会科学、人文科学等五所学院。另外，还招生 10 个文凭层次专业的学生。

表 4 - 7 　　　1958—2003 年贡德尔医学院毕业生人数统计

| 序号 | 专业 | 课程学习类型 | | 总计 |
| --- | --- | --- | --- | --- |
| | | 全日制 | 函授 | |
| 1 | 卫生管理 | 724 | — | 724 |
| 2 | 护理 | 1743 | — | 1743 |
| 3 | 卫生保健 | 1236 | — | 1236 |
| 4 | 实验室技术 | 550 | 45 | 595 |
| 5 | 普通医学 | 980 | — | 980 |
| 6 | 药剂学 | 95 | 41 | 136 |
| 7 | 会计学 | 43 | — | 43 |
| 8 | 营销管理 | 47 | — | 47 |
| 9 | 商业管理 | 46 | — | 46 |
| 10 | 秘书学 | 21 | — | 21 |
| | 总　　计 | 5485 | 86 | 5571 |

资料来源：*Inauguration of University of Gondar*（内部资料），2004 年 6 月，第 20—21 页。

建校 50 多年来，贡德尔医学院为社会培养了数以千计的医疗卫生人员，为公共卫生健康作出了突出贡献。进入 21 世纪以来，伴随全国高等教育发展的大好形势，贡德尔医学院的规模也在迅速扩大，办学层次更加多样化，人才培养正在由精英型向精英—大众型转变，埃塞俄比亚医疗卫生人员严重不足的局面将逐步得到改观。

（二）贡德尔医学院的医学博士课程培养计划

医学博士（Medical Doctors）培养是贡德尔医学院的一个特殊培养项目，也是埃塞俄比亚国内医学学院或大学培养的最高人才层次，类似于我国的医科大学的本硕博连读项目，但培养年限比我国短，只有六年，同样从高中毕业生中招收。现把医学博士的课程计划介绍如下，以资借鉴。

第一学年（医学院预科课程学习，相当于亚的斯亚贝巴大学的"新生适应计划"）：主要开设基础学科和社会学科课程。

| 学期 | 课　程 | 学分 | 总学分 |
|---|---|---|---|
| 一 | 生物学概论一 | 3 | 15 |
| | 普通化学一 | 3 | |
| | 大学英语 | 3 | |
| | 数学基础 | 3 | |
| | 力学 | 3 | |
| | 体育 | — | |
| 二 | 生物学概论二 | 3 | 15 |
| | 普通化学二 | 3 | |
| | 大学英语 | 3 | |
| | 大学一年级数学 | 3 | |
| | 电学和磁学 | 3 | |
| | 体育 | — | |

第二学年（临床前培养阶段一）：主要开设生物医学基础和社区健康课程。

| | 课　程 | 学分 | 总学分 |
|---|---|---|---|
| 临床前培养阶段一 | 人类解剖学 | 10 | 50 |
| | 胚胎学 | 5 | |
| | 生物组织学 | 5 | |
| | 生物化学 | 10 | |
| | 生理学 | 10 | |
| | 大学二年级英语 | 3 | |
| | 器官组织化学概论 | 3 | |
| | 普通心理学 | 3 | |
| | 器官组织化学实践 | 1 | |

第三学年（临床前培养阶段二）：主要开设生物医学基础和社区健康课程。

| | 课　　程 | 学分 | 总学分 |
|---|---|---|---|
| 临床前培养阶段二 | 药理学 | 8 | 46 |
| | 普通病理学 | 6 | |
| | 机体病理学 | 6 | |
| | 微生物学 | 5 | |
| | 流行病学 | 3 | |
| | 寄生虫学 | 3 | |
| | 埃塞俄比亚地理 | 3 | |
| | 埃塞俄比亚历史 | 3 | |
| | 营养学 | 2 | |
| | 公共卫生管理 | 2 | |
| | 生物统计学 | 2 | |
| | 生态学 | 1 | |
| | 环境健康 | 1 | |
| | 健康教育 | 1 | |

第四学年（临床学习阶段一）：临床学习阶段为两年，学生在这个阶段要接触实际病人，要学会基本的对病人的诊断手段和对病情的恰当处理。

| | 课　　程 | 学分 | 总学分 |
|---|---|---|---|
| 临床学习阶段一 | 内科医学 | 11 | 48 |
| | 外科学 | 11 | |
| | 产科和妇科 | 10 | |
| | 儿科 | 10 | |
| | 身体诊断 | 4 | |
| | 临床实验方法 | 2 | |

第五学年（临床学习阶段二）

| | 课　　　程 | 学分 | 总学分 |
|---|---|---|---|
| 临床学习阶段二 | 农村社区健康实践 | 8 | |
| | 外科 | 8 | |
| | 内科 | 6 | |
| | 小儿科 | 6 | |
| | 妇产科 | 6 | |
| | 神经科 | 4 | 47 |
| | 眼科 | 3 | |
| | E. N. T. | 2 | |
| | 皮肤科 | 2 | |
| | X 光线 | 1 | |
| | 牙科 | 1 | |

　　第六学年：实习医生。在这一年，学员在导师的指导下到最主要的四个门诊科进行医生见习。这四个门诊是：内科、外科、妇产科和小儿科，每个科室的见习时间为三个月。

　　经过多年的不懈努力，2004 年 6 月，贡德尔大学（the University of Gondar）终于成立。贡德尔大学的成立将为国家社会与经济发展和减少贫困起到重要作用，同时也反映出近年来埃塞俄比亚高等教育的快速发展态势。虽然，大学在今后的发展过程中还会遇到这样或那样的问题和任务，但贡德尔大学所设计的发展前景是美好的，我们也真诚希望它能够一帆风顺！

　　从起源上说，大学里各式各样的学科和专业的出现其实都来自实际职业的需要，在这一点上，埃塞俄比亚的大学在专业课程设置上更应该体现出来，而不应一味地学习西方或者说"拿来"。当然，大学在满足职业需求的同时，"它又通过确定这些需求在知识整体中地位的办法，附加了某些全新的东西。"① 就是说，知识的整体性又赋予了大学划分知识门类的任务，其中院系的划分就是对知识门类划分的最好说明。但知识门类划分上对学生的初步引导是通过课程表，亦即培养计划体现出来的。在大学里，没有一条单一的原则能够决定学科的组织，也没有人在进行分类的时候，会预先在脑子里面装一幅整体的画面如同工业中的劳动分工一样。相反，各门具体的学科虽然是相互交叉、相互关联的，但仍然都还是独立的整体，它们彼此之间更不会混淆。大学的精义，就是人们在行动上既协调一致又自由自在，在生活上既多姿多彩又被整体性的理念所鼓舞，同时各门学科之间既相互合作又各自独立。

① ［德］雅斯贝尔斯：《大学之理念》，世纪出版集团2007年版，第122页。

# 第五章

# 埃塞俄比亚高等教育与科学研究

高校教师一般肩负双重任务，即教学工作者和科学研究者。开展科学研究是高等教育的一项重要活动，也是教育本身的一个组成部分。正如德国哲学家雅斯贝尔斯所认为的那样，"任何一个真正意义上的大学，都要包含三个相互之间密不可分的方面：学问传授、科学与学问研究，还有创造性的文化生活；他还认为，从长远看来，倘若将其中任何一种活动与另外两种割裂开来，那它必然会凋零萎缩。因此在雅斯贝尔斯看来，大学里面专职研究人员和专职教师人数的上升，势必要意味着大学精神生活的衰落；他还坚持认为，没有人能够不亲身参与到科学研究中去而能真正在大学里面教育好学生。"① 考察埃塞俄比亚科学研究的发展轨迹必然要从亚的斯亚贝巴大学（成立时称"海尔·塞拉西一世大学"，HSIU）着手。亚的斯亚贝巴大学（AAU）既是埃塞俄比亚高等教育的发源地，更是埃塞俄比亚科学研究的启蒙所在和发展根基。

本章重点考察 AAU 开展科学研究的历史及其发展过程，通过对 AAU 研究院所的情况介绍和国家对教育研究的研究中我们可以基本把握埃塞俄比亚高校的科学研究现状。

## 第一节　AAU 科学研究的历史考察

在埃塞俄比亚的各类研究机构中，亚的斯亚贝巴大学

---

① ［德］雅斯贝尔斯：《大学之理念》，世纪出版集团 2007 年版，第 3 页。

（AAU）开展的科学研究历史最为悠久，在整个国家的研究力量中占有举足轻重的地位，一直为埃塞俄比亚社会发展、人才培养、人力资源开发发挥着重要作用。因此，重点考察 AAU 的研究力量、研究组织和研究成果就可基本了解埃塞俄比亚整个国家的科学研究概貌，这并不失偏颇。

## 一、AAU 早期的科学研究

埃塞俄比亚高校科学研究工作的起步是在海尔·塞拉西一世大学（HSIU）成立以后的事。1950 年 HSIU 建立，在大学的宪章上明确写道："研究工作是大学职责的一个重要组成部分。"宪章上的规定使 AAU 不久就建立了几个不同层次、不同领域的研究机构，当时有教育研究中心（the Research Centre of Faculty of Education）；埃塞俄比亚研究院（the Institute of Ethiopian Studies）；发展研究院（the Institute of Development Research）；病理学研究院（the Institute of Pathobiology）。这些研究机构都得到了埃塞俄比亚政府和一些慈善机构的经费支持。然而，由于经费、管理、经验等诸多问题的限制，埃塞俄比亚早期的这些高级研究机构并没有发挥应有的作用，研究成效不显著，研究缺少计划性、连续性等。

（一）塞拉西一世大学时期的研究组织与管理

塞拉西一世大学（HSIU）的教职工参议会从成立之初就鼓励教师开展科学研究活动，尤其是号召开展关于农村发展问题、埃塞俄比亚现代化进程问题、现有教学资料教学手段的改革问题等方面的研究。后来 HSIU 的研究目标进一步拓宽，如包括教学理论与教学实际的相关性研究、课程评估与课程改革研究、教育如何为社会服务问题研究等。HSIU 还通过建立必要的研究机构和机制来鼓励学术研究，先后成立的研究机构如：教育研究中心（即后来的教育研究院）、埃塞俄比亚研究院、发展研究院、病理学研究院等，并于 1971 年成立了研究与出版处，专门负责学校的研究活动及出版事宜。

研究与出版处（The Research and Publication Office，RPO）负责协调和支持一切与科学研究有关的活动。RPO 接受不同层面的委员会和理事会的指导与建议，包括校研究与出版委员会（SRPC）、院研究与出版委员会（FRPC）、校咨询理事会等。SRPC 除了提供建议外还对全校的研究活动负有监管权。

研究项目的申报与核准的基本步骤如下：申报人（单位）首先要填写由 RPO 和研究经费赞助机构统一制定的申报表，并把申报表提交给双方的主管部门。如果获得通过，那么申报表连同系推荐书就被提交给 FRPC。FRPC 对申报表和系推荐书进行评议，如果认为可行，就提交给院学术委员会进行最后表决。表决获得通过的申报材料由系主任或学院院长上交到 RPO 处。根据需要和申请经费的数量，在把项目申报表交给 FRPC 进行签约之前，RPO 可能还会把申报材料交由某些专家进行再评议。

上述研究项目申报程序主要是希望能够对申报项目的学术含量及申报人的研究能力进行测评。这种测评还需要对项目的完成时间、经费需求及其分配情况（在项目研究期间的经费分配是否合理）等进行可行性论证。总体上，这些不同权力主体的职责并不总是被各方所完全理解。

研究项目所申请到的经费被冠以该项目名称存到特定的账号下，经费的使用要受到主管人员的审核。主管人员希望经费的使用要符合项目要求，要不违背财经政策，同时还要与学校的使用审批程序相一致。学校及校外的经费支助单位要求项目研究者定期提交合乎规范的研究进展报告。

对研究负有政策制定、检查指导、领导和管理责任的重要主体是校研究和出版委员会（SRPC）。研究生院院长（The Dean of

Graduate Studies）是委员会的主席，研究和出版处处长是秘书长。SRPC 的主要职能如下：

1. 负责学校研究政策的制定，建立适当的研究组织，进行有效的研究管理；

2. 评估和批准研究项目方案，评估和批准各院系和研究所提交的教学材料；

3. 审查和批准来自世界不同国家的大学或学院的访问学者（研究者）的申请。

总之，研究的组织和管理过程应该既能够反映出 SRPC 的运行机制又能够不断发展完善它的运行机制，以激励和规范研究质量与学校声誉之间的联系。大学应该统筹管理它的研究组织，明确它的研究发展规划，而不是对创造性思维的放任自流。

AAU 目前的政策是：各系可以有 1/4 左右的人员从事研究活动。全体教师每四年可以享受一次六个月的带薪研究假，每七年可以享受一年的带薪休假期。然而，这些政策的可行性及效用如何，并没有一个科学的评价监督程序。

（二）研究与出版处的工作职能

1971 年，学校教职工参议会通过了成立一个研究与出版处（The Research and Publication Office，RPO）的决议，该出版处归分管学术的副校长领导，其主要目标是开展院系与研究所之间的合作研究，制定研究经费执行标准，负责学校出版社所有出版物的印刷与管理，负责协调和支持一切与研究有关的活动等。

1. 由 RPO 支持的研究活动

RPO 所支持的研究活动主要包括以下几方面：

（1）研究项目督促与检查；

（2）教学资料准备；

（3）期刊、会议录和其他学术内容的出版；

（4）研讨会、座谈会等各种会议的组织；

（5）为学校获取双边和多边研究经费的支持渠道进行组织和管理。

总之，RPO 是代表学校执行着相关的安排和活动。

2. 研究成果的出版

RPO 负责 AAU 的出版社工作，该出版社成立于 1980 年，至今已出版了数十种教材和多种专著。现在出版社的印刷设备经过更新，印刷能力大为增强，每年可印刷书本超过两万册。

目前，AAU 拥有和出版以下学术期刊：

（1）《埃塞俄比亚研究》；

（2）《埃塞俄比亚发展研究》；

（3）《埃塞俄比亚教育期刊》；

（4）《SINET：埃塞俄比亚自然科学杂志》；

（5）《埃塞俄比亚法律期刊》；

（6）《埃塞俄比亚农业科学期刊》；

（7）《埃塞俄比亚卫生科学期刊》；

（8）《埃塞俄比亚医学研究杂志》；

（9）《埃塞俄比亚化学协会公报》；

（10）《埃塞俄比亚高等教育研究期刊》。

3. 研究经费的管理

RPO 每年从埃塞俄比亚政府得到的研究经费十分有限，这些经费既要当作种子钱用于研究活动，又要用于会议的组织、教学资料的准备、上述期刊的印刷及会议录的出版等。RPO 至今没有一个正式的预算底线，行政级别也由原来的分管学术的副校长管理降为由一个处长来管理。有趣的是，作为原 AAU 下属院校的阿莱玛亚农业大学的研究管理工作，仍由负责分管研究工作的副校长来管理。

研究活动主要包括三种类型：基础研究、应用研究和实验研究。研究经费的分配比例可以比较正确地反映出一个国家的优先发展战略目标。但应该明白的是，研究经费支出意味着钱被实实在在地用到了研究活动上而不是作为一项预算简单地分配下去了事。

在埃塞俄比亚，政府用于研究和研究管理方面的经费超过GDP总量的1.5%。

表 5 - 1　　　　1995 年 AAU 所属的研究所获得的年度研究经费

（单位：比尔）

| RPO | 700000.00 |
|---|---|
| IDR | 85739.00 |
| IES | 399625.00 |
| IER | 66569.00 |
| IBP | 93005.00 |

资料来源：Bekele, E. *Status of Research Development and Management in Higher-learning Institution in Ethiopia* [*D*]. Unpublished. p.18.

每个单位的预算从几万比尔到几十万比尔不等。这些经费主要用于研究所的各项正常开支。至于研究所开展的研究活动的花费通常来自于国际机构的资助和奖励，以及其他国外捐助，RPO只能提供一小部分的研究经费。由于学校缺乏能够提供一种研究奖励基金，就不可避免地影响到研究工作的持续发展，制约了研究计划的进行和对研究成果的评定验收。

研究所研究经费的主要渠道来自国外。多年来，研究所都在想方设法地从不同渠道获得研究资金。然而，这里有两个根本性问题必须考虑：一个是 AAU 依靠外国资金开展研究暗示着什么？二是发达国家和国际捐助机构能否持久地支持 AAU 的研究活动？

在诸多的制约研究活动的因素当中，经费短缺是常被提到的事。然而，应该注意的是，各项经费政策和策略的制定和落实可能对于研究的发展更为重要。

（三）研究生培养与研究

多种原因促成了 AAU 在 1978/1979 学年开始了研究生教育，但促进研究、鼓励研究当是开展研究生教育的主要目的。

直到研究生教育开始之前，各院系都没有进行过任何重大项目的研究工作。这主要是因为学校一直停留在本科教学层次上，本科教学通常是远离基本研究工作的。教师为了应付多门课的教学任务，通常是忙于课堂教学资料的准备，工作强度很大，根本无力进入到研究的前沿，也很少有机会开展基础性的研究。研究生教育的开展为学校教师提供了一种动力和一种机会，使他们能够从事一些与国家发展相关的乃至应用型的课题研究，各系所发表的与研究生计划有关的论文数量迅速增加。

研究生教育的开展是 AAU 办学势力增强的显著标志。但当时所招生的这些专业既没有专门的经费，也没有独立的基础设施，更没有完善的发展计划。完全是在存在着诸多制约条件、研究基础条件不具备的情况下开办的，如资金、设备不到位，图书、资料缺乏，实验、设备维护人员缺乏等，就连在设备和仪器的购买上也缺乏有经验的人员。

## 二、AAU 与社会部门之间的合作研究关系

大学的目标及其对社会与国家的责任是通过提供咨询服务和各种形式的合作来实现的，大学所提供的主要咨询项目有科技研究、各类培训、教学资料的生产等。虽然各系、各学院和研究所及其他部门所提供的技术和专业服务已进行了许多年，但这样的服务至今仍是松散的、缺少合作的。

由于大学所提供服务的多样性与复杂性的增加，学校前两年出台了一项政策来增强院系及研究所之间的合作行为。目前，高校研究所与政府研究所之间的这种合作活动越来越频繁。

1. 法学院从一开始就与司法部、财政部法律局（the office

procurator general）建立了紧密的工作关系。《埃塞俄比亚法律期刊》就是学校与司法部合作办的学术刊物，已经多年，期刊的编辑委员会成员中包括司法部的官员和法官。虽然这种合作值得肯定，但是在极权主义的政治体制下，这种官校合作的办刊形式必然会对学术自由产生影响，特别是对于自由的法律精神和特定法律事件的批评性评价等产生伤害。

2. 埃塞俄比亚研究院（IES）与文化部建立了良好的工作关系。它的成员也是埃塞俄比亚语言学会的会员，而且担当了文化部主持的系列工作任务，如"阿姆哈拉语—欧罗莫语词典"（Amharic-Oromo Dictionary）的编撰工作。

3. 医学院与卫生部建立了稳定的工作关系。医学院的许多教师都参加了卫生部举办的针对医院人员的培训教学工作。当然，学院与卫生部之间的矛盾也时有发生，但不是双方缺少沟通了解，而是双方合作中遇到困难时的责任承担问题，是各打五十大板还是归咎于一方。尽管如此，许多教师还是会积极参与卫生部主持的教学或科研活动，他们多是医学领域的各种技术委员会成员。

4. 病理学研究院与卫生部、国家水资源委员会以及农业部都建立了良好关系。研究院的一些成员还是从农业部退居二线的官员。一部关于同位素和致电离辐射的使用的法律草案就是研究所负责起草的，并得以立法。病理学研究院的几项研究成果得以汇编出版，并得到应用。

5. 药剂学学院与卫生部建立了密切联系。二者是通过传统药学研发工程和研发服务而建立起联系的。学院为卫生部提供制药学方面的服务，尤其是为卫生部下属的制药公司服务。药剂学学院还参与正式研发协议的起草等。学院在进行传统处方汇编的信息收集方面，与民间草药医生进行了广泛接触，做了大量工作。学院还与学校相关部门和单位建立了工作合作关系，这包括生物系、化学系、病理学研究院等，甚至还与学校外面的机构建立起工作关系，如埃塞俄比亚营养协会、非洲麻风病研究和训练中心等。

6. 作为技术学院组成部分的自然科学学院与工业部建立了研发合同关系。同时还与农业部、教育部、卫生部、矿业能源部等保持着非正式但十分紧密的工作关系。国家实力的发展很大程度上与这个学院一贯不断的努力有着很大的关系。

AAU 还有一个地球物理天文台，隶属自然科学学院。天文台一直与矿业能源部保持着合作关系，还与埃塞俄比亚地理勘探研究院、电信局、国家气象局、埃塞俄比亚测绘局以及埃塞俄比亚救灾与恢复委员会有着经常工作往来。天文台还与这些政府研发中心一起，共同解决研发工作中遇到的问题，同时要应对不同部门提出的要求和问题。不仅如此，天文台还在地球物理学的教学和研究方面具有权威地位，取得了多项研究成果，处于国内领先水平。

7. 社会科学学院、经济贸易学院与许多政府部门和公司建立了联系。包括卫生部、农业部、文化部等，与埃塞俄比亚航空公司、埃塞俄比亚电力公司、保险公司、警察学院、市民服务学院等都有着工作联系。

其他如技术学院、教育学院等都与政府部门或社会建立了工作关系，而且随着社会的发展与变革，这种关系只会越来越频繁、越紧密、越显示出它的生命力，这也是大学走向社会、社会需要大学的必然趋势，大学与社会的联系同时也是大学为社会服务的最好体现。

### 三、高校开展科学研究活动的制约因素

几乎在所有的埃塞俄比亚高等教育研究机构中，都存在着一些制约性问题，这些问题多具有共性，若不及早加以解

决将会严重影响研究工作的发展。归纳起来，有以下共同性问题：

1. 研究的基础设施差，基本条件欠缺，如经费短缺、设施落后、设备老化、数量不足等，使得埃塞俄比亚的科学家不得不放慢甚至是放松了新物资、新成果的开发研究。

2. 研究辅助人员岗位不足，如实验师、技师等。缺乏对仪器、设备的专门维护、维修人员，设备损坏造成使用率不高。

3. 常规工作程序如采购、项目设计、成果分析等管理上不力。

4. 研究人员的教学负担过重，如指导研究生过多等。

5. 研究经费的使用效率不高，经费支助的方式和环节欠妥。

6. 缺少激励机制，参与研究的积极性不高。

7. 高校与地方政府机构之间的工作联系有待加强。

8. 研究成果的应用缺少一个有效的发布和推广机制，用本国多种语言写成的研究成果还很少见。

9. 研究政策导向不明，优先发展措施不力。

10. 许多研究人员的工作纪律松弛、工作节奏慢。由于缺乏住房、缺乏交通设施等原因，造成一些研究人员工作积极性不高，缺乏工作责任心。

11. 由于缺乏对基础学科的足够重视，导致发展后劲不足，可能会影响到研究的可持续性。

多年来，埃塞俄比亚的许多研究项目都是依靠外国的支助。如瑞典与发展中国家合作研究局（SAREC — Swedish Agency for Research Cooperation with Developing Countries），简称"瑞典局"。自 1980 年以来，瑞典局在埃塞俄比亚资助了多项研究项目，产生了积极影响，特别是研究生研究工程促进了学校研究环境的改善。

由于学术会议、研讨会、工作会议等被认为是对埃塞俄比亚的研究发展和研究成果发布至关重要的环节，AAU 和 RPO 总是十分支持这类活动。期刊印刷和其他出版物的出版也会得到 RPO 的支助。但应该引起注意的是，许多研究成果还只能停留在国内乃至作者本人的范围内，很少能够传播到外国读者的视野。所有得到资助的研究活动须得到资助方具备高深资历的研究者的指导监督才可能取得更佳的成果。

一项综合数据显示，在各类全国性会议及研讨会上，下列问题需引起与会人员关注：

1. 在埃塞俄比亚，需要培养一种科学文化；
2. 各地区要加强培养训练有素的技术人才；
3. 需要建立起科学团体的网络联系；
4. 建立健全研究发展的政策体系；
5. 建立科学家奖励机制；
6. 健全研究机构的组织和管理条例；
7. 鼓励企业参与地方研发投资；
8. 在国家发展计划中科学家的参与问题；
9. 建立一种关于技术的选择、应用和发展的可行性运行体系；
10. 提供科学研究成果的有效传播途径。

在大多数发展中国家，研究发展的主要制约因素之一就是研究计划要受捐助方的驱使而不是受本国需求的驱使。在一些情况下，第三世界国家所需要的一些重要研究项目苦于没有资助资金而无法开展。在埃塞俄比亚，这些情况也普遍存在。

目前，埃塞俄比亚政府在科学研究上的投入逐年增加，科技发明、科技创新体系正在建立，科学研究的激励机制逐步健全，科技应用、科技成果对经济的贡献率越来越明显。

表 5 - 2　　　　　1994/1995 学年 RPO 在杂志印刷和
　　　　　　　　其他出版物上的支出　　　　单位：比尔

| 期　刊 | 支出经费 |
| --- | --- |
| 埃塞俄比亚卫生科学期刊 | 28870.25 |
| 埃塞俄比亚医学杂志 | 11323.00 |
| SINET 埃塞俄比亚自然科学杂志 | 24349.50 |
| 埃塞俄比亚化学协会公报 | 8000.00 |
| 埃塞俄比亚语言与文学研究杂志 | 1170.00 |
| 其他出版物 | |
| 　年度研究报告 | 3881.00 |
| 　字典 | 6630.00 |

资料来源：Bekele, E. *Status of Research Development and Management in Higher-learning Institution in Ethiopia* [D]. Unpublished. p. 60.

在 1994/1995 学年，AAU 还接受了 17 位来自不同国家的访问学者，这些访问学者所进行的研究主题都与埃塞俄比亚社会发展有关。

表 5 - 3　　　　　1994/1995 学年 AAU 接受的访问学者研究选题情况

| 研究学者国籍 | 研　究　题　目 |
| --- | --- |
| 英国 | 埃塞俄比亚本土技术和本土文化变化 |
| 英国 | 交换方式与宇宙哲学范式之间的关系 |
| 英国 | 亚的斯亚贝巴的街头小孩与其家庭之间的比较人类学研究 |
| 英国 | 田野主义与发展 |
| 加拿大 | Gurage 方言的音韵学研究 |
| 日本 | 部埃塞俄比亚的奥罗姆（Oromo）社会的人种学研究 |
| 德国 | 南部埃塞俄比亚社会基层组织和交易往来的社会人类学沿路考察 |
| 加纳 | 联合国在非洲的国际食品救济政治：1950—1990 年在埃塞俄比亚的案例分析 |

| 研究学者国籍 | 研 究 题 目 |
|---|---|
| 意大利 | 提革里的土地与民主 |
| 南非 | 南部埃塞俄比亚居住区人群对卫生与健康行为理解的人种学研究 |
| 瑞士 | 奥姆（Omo）峡谷的冲突 |
| 美国 | Sidamo 地区的文化及其培育 |
| 美国 | 谷物市场：自由市场下的组织管理及交易行为 |
| 美国 | 埃塞俄比亚革命地方史 |

　　AAU 的上述研究特征似乎给人印象深刻，但并不能完全满足学校的发展需要，在开展研究活动的同时，更多的应该关注以下研究策略性问题：如何提高教学和科研的成果；如何减轻不同地区不同部落之间经济发展的不平衡问题；如何形成一个能够保证各个部落乃至整个国家的生产力研究极大发展政策。

　　上述问题的解决是与关键问题的解决密不可分的。食品短缺、营养不良、卫生与教育的落后都严重影响着数百万埃塞俄比亚人的生命安全。只有当 AAU 的研究成果能够有效克服上述不足和缺憾时，AAU 人才能承担起巨大的社会责任。否则，社会有太多的问题，科学研究难免就不会有过多的问题，二者是相辅相连的，而且一般原则是，科学研究要走在社会的前头。在埃塞俄比亚，人口的快速增长不可避免，那么，某项科学研究的目标就得是为了增加农业产量、提高健康和教育水平等等才行，不管它是为了生存还是为了市场经济，抑或二者皆有。显然，如果 AAU 要卓有成效地为国家作贡献，那么就得在这些方面加快速度，而且要快得多才行。

　　目前，AAU 及许多高校的研究机构所开展的研究项目并不能满足国家经济和产业的发展要求。需要更新思维，开展创新性研究计划，如食品加工技术、国际贸易知识、矿藏和水资源管理、农村发展、教育规划等。AAU 为提高埃塞俄比亚人的生活水平作贡献是应尽的责任，别的政府组织和私人组织也同样在承担着各自的责任。这就意味着 AAU 应该开始"向外看"，重新审视自己，与许多其他相关机构和谐相处，适应时代需要。

## 第二节 AAU 的研究机构及其
## 科学研究活动

埃塞俄比亚历史上第一个研究机构是 1963 年成立的埃塞俄比亚研究院（IES），到了 1999 年，在高校内部已经建立了六家研究机构，分别是埃塞俄比亚研究院、阿莱玛亚大学的 Debre Zeit 农业研究中心、发展研究院、地球物理天文台、语言研究中心、教育研究院，其中五家都在亚的斯亚贝巴大学内。这些研究机构在成立后的几十年里，在政府和国际组织的支持下，开展了卓有成效的研究，在各自的研究领域取得了积极成果。以下将分别简要介绍亚的斯亚贝巴大学的几家研究机构的研究经历与活动。

### 一、AAU 的研究机构

值得一提的是，埃塞俄比亚国内建立时间最早、最有影响的研究机构几乎都在亚的斯亚贝巴大学里，这也正是亚的斯亚贝巴大学一枝独秀、非埃塞俄比亚其他高校可比的独特之处。

AAU 现有五家研究机构，分别是生物医学研究所（ALIPB）、发展研究院（IDR）、教育研究院（IER）、埃塞俄比亚研究院（IES）、埃塞俄比亚语言研究中心（ELRC），它们都是由国家授权建立的。各研究机构的成立时间如下：

| 研究所 | ALIPB | IDR | IER | IES | ELRC |
|--------|-------|-----|-----|-----|------|
| 成立时间 | 1996 年 | 1972 年 | 1968 年 | 1963 年 | 1972 年 |

　　各研究机构还凭借资源优势创办了一些期刊和杂志，作为开展学科领域研究活动的阵地和信息传播的媒介。著名科学期刊有：埃塞俄比亚发展研究期刊、埃塞俄比亚教育期刊、埃塞俄比亚医学期刊、埃塞俄比亚药学期刊、埃塞俄比亚法律期刊、埃塞俄比亚研究杂志等。亚的斯亚贝巴大学主办的期刊大约每 2—3 年都要接受一次合格评估，评估委员会成员是来自不同学科的 7 位专家学者。研究经费主要来自政府预算和捐赠，捐助资金主要来自一些欧洲国家和联合国组织。

表 5 – 4　　　　　　各研究机构的主要出版物及研究领域

| 研究机构 | 主要出版物 | 主要研究领域 | 出版周期 |
| --- | --- | --- | --- |
| ALIPB | 科学数据、研究报告等 | 生物医学 | 根据研究需要 |
| IDR | 埃塞俄比亚发展研究杂志 | 发展问题研究 | 半年刊 |
| | 发展论坛 | 主题或非主题性发展研究 | 一年三期 |
| | 会议录 | 就某个研究项目主题 | 一年至少一次 |
| | 工作文件及其他 | 基于文件分析的研究系列 | 根据研究需要 |
| IER | 埃塞俄比亚教育期刊 | 教育及相关领域的实验研究、案例研究、理论与方法论研究等 | 一年两期 |
| | IER FLAMBEAU | 专家观点、官员报告、教育数据等 | 季刊 |
| | 埃塞俄比亚高等教育杂志 | 高等教育的观点、实践、问题研究等 | 半年刊 |
| | 会议录及其他 | 主题性问题研究 | 一年至少一次 |

续表

| 研究机构 | 主要出版物 | 主要研究领域 | 出版周期 |
|---|---|---|---|
| IES | 埃塞俄比亚研究杂志 | 人文和文化研究 | 一年两期 |
| | 会议录 | 埃塞俄比亚历史、文化、人种学、人类学、社会学、语言学、文学、民俗及相关学科 | 一年至少一次 |
| | 书籍及其他出版物 | 人文学科、文化及其他 | |
| ELRC | "Zena Lissan"（语言期刊） | 埃塞俄比亚语言、语言学、文学及民俗 | 一年两期 |
| | 书籍、字典和研究报告 | 埃塞俄比亚语言、语言学、文字、科学、术语学及其他 | 根据研究需要 |

　　通过多年的努力，各研究机构大都具备了一定的研究实力和研究条件，集合了一批专门从事该学科研究的高级人才，在学校、国际社会和有关机构的支持下开展了一定项目的有针对性的研究，基本代表了本国本学科领域的最高水平。

表 5 - 5　　　　　　　2003 年各研究机构人员构成情况

| 成员构成 | | 研究机构 | | | | |
|---|---|---|---|---|---|---|
| | | ALIPB | IDR | IER | IES | ELRC |
| 学位 | 学士 | — | — | — | 6 | 6 |
| | 硕士 | 13 | 7 | 5 | 7 | 7 |
| | 博士 | 8 | 7 | 2 | 6 | 1 |
| | 总计 | 21 | 14 | 7 | 20 | 14 |

续表

| 成 员 构 成 | | 研 究 机 构 | | | | |
|---|---|---|---|---|---|---|
| | | ALIPB | IDR | IER | IES | ELRC |
| 职称 | 助理讲师/图书馆员 | — | — | — | 7 | 6 |
| | 讲师 | 9 | 6 | 4 | 3 | 7 |
| | 助理教授 | 4 | 5 | 2 | 6 | 1 |
| | 副教授 | 6 | 4 | 1 | 3 | — |
| | 教授 | 2 | — | — | 1 | — |
| | 总计 | 21 | 14 | 7 | 20 | 14 |

资料来源：http：//www. ethiopiaed. net/images/874545433. doc.

各研究机构还根据自身的学科特点和研究优势，开展了研究生培养工作，招收一定数量研究生，为国家建设培养急需的高级专业人才。下面重点介绍几家研究所的研究生培养情况。

表 5－6　　　　研究机构的研究生培养情况

| 研究结构 | 培养专业 | 开始年份 |
|---|---|---|
| ALIPB | 热带病及传染病 | 2005 |
| IDR | 人口统计学 | 1986 |
| | 农村生计与发展 | 2004 |
| | 环境与发展 | 2004 |
| IER | 教育研究与发展 | 2005 |
| IES | 埃塞俄比亚研究 | 2005 |
| ELRC | 母语教育 | 2007 |

## 二、埃塞俄比亚研究院

古老的埃塞俄比亚是一块神奇的土地，吸引了无数的学者。早在 20 世纪 60 年代，来自世界各地的学者就显示了极大的研究兴趣，开展了语言、历史、考古及人类学等方面卓有成效的研究。除了学者们的研究兴趣之外，20 世纪 50 年代大学教育在亚的斯亚贝巴的出现，以及外国学者的研究成果等共同促成了埃塞俄比亚研究院的建立。1963 年，研究院在海尔·塞拉西一世大学校园成立。

埃塞俄比亚研究院（the Institute of Ethiopian Studies，IES）是从事埃塞俄比亚历史和文化研究的专门机构。同时，研究院还为那些对埃塞俄比亚社会的过去与现在进行跟踪研究的国内外学者提供特有的研究素材和研究环境。研究院的办公楼是 AAU 的标志性建筑，这里曾经是塞拉西皇帝的皇宫，古朴典雅，透露着皇家风范。一楼是图书收藏和借阅室，二楼、三楼是展室，分别展览着反映埃塞俄比亚不同历史时期的收藏品，从古代、中世纪到现代，为研究埃塞俄比亚的历史和文化提供了很好的场所，既有直观的感受，又有丰富的文字资料供研究者查阅。埃塞俄比亚研究院的研究人员分别来自历史学、社会学（人类学）系，以及文学、埃塞俄比亚语言学系，还有来自非学术单位的人士。研究成果定期在《埃塞俄比亚研究》期刊上刊出。

（一）工作任务和职责

埃塞俄比亚研究院是亚的斯亚贝巴大学四个成立时间最长的研究院所之一。研究院拥有自己的图书馆、博物馆和公开期刊《埃塞俄比亚研究》等。研究院自成立以来，在开展合作、促进研究、提供服务等方面做出了积极努力，成为国内和国际层面开展埃塞俄比亚研究的中心。研究院的工作任务和职责主要体现在以下七个方面：

1. 出版综合性学术期刊《埃塞俄比亚研究》（The Journal of Ethiopian Studies），同时还出版如传记、文献索引、文件编印等与埃塞俄比亚相关的一些资料；

2. 管理研究所专有的图书馆；

3. 管理民族博物馆及里面的收藏品，支持和促进国内外组织的展览工作；

4. 建立研究团队，开展历史及相关学科的研究；

5. 举办学术会议、研讨和论坛；

6. 解决海外访问学者提出的相关问题；

7. 鼓励开展对埃塞俄比亚历史和文化研究，协调有关个人与组织的联系。

为了适应社会发展和环境的变化，更好地开展研究和服务工作，1995 年 8 月，亚的斯亚贝巴大学参议会（the Senate of the University）通过了"埃塞俄比亚研究院工作条例"（Statute of the Institute of Ethiopian Studies），授予研究院更多的管理自主权。为此，研究院在原有工作职责的基础上，进一步拓宽了工作范围：一是调整和改进研究与出版方向，加强人文学科和文化研究；二是通过收集、分类、编目、保存和馆中展览等形式来支持国家文化遗产的保护工作，保存埃塞俄比亚各民族的物质文化和精神文化的多样性。

（二）研究院的研究活动

作为亚的斯亚贝巴大学的一个行政机构，IES 的主要目标是促进、开展和协调有关埃塞俄比亚人文与历史的研究及出版工作。研究院还是亚的斯亚贝巴大学人文社会科学领域最主要的研究机构和文献中心。研究院拥有国际上知名的图书馆、人类学博物馆、埃塞俄比亚传统艺术品陈列馆。研究院环境幽雅，学者众多，成果颇丰。

1. 研究院的研究活动

研究院的中心工作是开展科学研究活动，出版和推广宣传研究成果，研究与出版部是它的核心部门。研究与出版部由研究院一位副主任分管，主要负责研究工作的管理、支持与协调，出版关于埃塞俄比亚人文和文化研究成果等。

除了自己的研究队伍外，研究院还与其他学术研究中心开展合作研究，还经常接待许多来自世界各地的访问学者，并与他们建立了紧密联系。它拥有自己的刊物《埃塞俄比亚研究杂志》及其他著作。研究院每九年举办一次"埃塞俄比亚研究国际会议"和"埃塞俄比亚艺术品历史研究国际会议"，同时还不定期地举办其他会议、研讨、论坛等。

研究院在引导、调整和鼓励广泛开展埃塞俄比亚历史、文化、人种志、人类学、社会学、语言学、文学、民间传说及相关学科的研究方面发挥了积极作用，并与大学的社会科学学院、语言研究院等学科单位建立了紧密的合作与协作关系。研究成果通常是通过国内国际会议、演讲、论坛等形式进行传播，但研究院开展的多属于基础研究，应用研究还比较有限。

研究院设有埃塞俄比亚研究国际会议永久秘书处，负责会议的组织与筹备。埃塞俄比亚研究国际会议大约每三年举行一届，研究院每三届会议有一次主办权，即每九年主办一届。到目前为止，埃塞俄比亚研究国际会议已经在十多个国家的不同城市举办了十六届，第一届会议于1959年在罗马举行。埃塞俄比亚研究院先后主办了第三届（1966年）、第八届（1984年）和第九届（1991年）会议。第十四届会议也在亚的斯亚贝巴市举行，由埃塞俄比亚研究院主办。此次会议于2000年11月举办，适逢亚的斯亚贝巴大学五十周年华诞，两会合一，十分隆重。第十五届会议2003年十一月在德国汉堡举行。

除了这种十分正规的国际会议外，IES还组织其他国际性会议、学科研讨会及其他专题会议。如第一和第二次埃塞俄比亚研究国内会议、埃塞俄比亚艺术研讨会、性别问题研讨会等，专题庆祝会如阿杜瓦大捷百年庆典、亚的斯亚贝巴建市百年庆典等。公开演讲、论坛等是又一种宣传研究成果或进展的形式。IES还组织有关主题的演讲或论坛，成员或来自国外，或来自国内，目的都是为了促进对埃塞俄比亚的研究、普及埃塞俄比亚文化遗产保护。

2. 研究出版工作

IES 还可通过不同出版物的形式宣传研究成果，包括期刊杂志、书籍、专著、会议录、报告等。IES 有两种期刊，即《埃塞俄比亚研究杂志》（*Journal of Ethiopian Studies*，*JES*）和《埃塞俄比亚研究院公告》（*The IES Bulletin*），前者是它的主要期刊，主要刊登关于人文学科和文化研究方面的学术论文。*JES* 于 1963 年创刊，一年出版两期，至今已 40 多年，是亚的斯亚贝巴大学办刊时间最长的刊物之一。*JES* 的质量很高，在国际上有较好的声誉和知名度，是亚的斯亚贝巴大学的标志性刊物。

除了期刊外，IES 还出版过许多书籍、会议录、专著等，部分列举如下：

埃塞俄比亚人传记词典，No. I，1975；

关于埃塞俄比亚与好望角当前研究记录，No. I，1963—；

第三届埃塞俄比亚研究国际会议录，Vol. I，1969，Vol. II & III 1970；

第八届埃塞俄比亚研究国际会议录，Vol. I & Vol. II，1988；

亚的斯亚贝巴建立一百年国际论坛会议录；

第十一届埃塞俄比亚研究国际会议录，Vol. I & Vol. II，1991；

第一届埃塞俄比亚研究国内会议录，1991；

埃塞俄比亚社会历史，1990；

埃塞俄比亚秘密文学目录，1995；

阿杜瓦大捷百年庆典会议录，1998；

埃塞俄比亚研究院博物馆指南，1988；

17 和 19 世纪的埃塞俄比亚油画，1971；

陶瓷收藏，1969；

博物馆收藏目录指南，1989。

　　许多研究项目都是在 IES 与国外研究机构合作的基础上进行的，一些项目是由 IES 独立完成的，这包括 SAREC/IES 缩影胶片项目、南奥姆研究项目、埃塞俄比亚社会环境下的本土知识比较研究、埃塞俄比亚小语种调查、20 世纪埃塞俄比亚的环境和社会变迁等。

### 三、教育研究院

　　埃塞俄比亚教育研究院（the Institute of Educational Research，IER）初建于 1968 年 10 月，当时是亚的斯亚贝巴大学教育系的一个研究、文献和出版中心。历经几十年的变迁，这个中心已由当初的 1 位主任、1 个办公室男孩和 1 位图书管理员的 3 人单位发展成今天羽翼丰满的研究院。

　　从 IER 建立以来，IER 已更替过 8 位院长（主任），尽管有时经历了艰难的进程，但也取得了显著的成绩和进步。

表 5-7　　　　　教育研究院的历任院长（1968—）

| 姓　名 | 任期 | 职称 | 研究领域 |
|---|---|---|---|
| Dr. Hailegebriel Dagnee | 1968—1971 | 副教授 | 初等教育 |
| Prof. Girma Amare | 1971—1975 | 教授 | 初等教育 |
| Dr. Yususf Oumer Abdi | 1975—1977，1983—1989 | 副教授 | 心理学 |
| Dr. Seyuom Teferra | 1978—1982 | 教授 | 教育管理 |
| Dr. Darge Wole | 1989—1993 | 副教授 | 心理学 |
| Dr. Tirussew Teferra | 1993—1996 | 教授 | 心理学 |
| Ato Amare Asgedom | 1996—2003 | 副教授 | 课程与教学论 |
| Daniel Desta | 2003— | 副教授 | 特殊教育 |

　　教育研究院主要从事人力资源开发的一般性研究，主要研究教育政策、教育管理以及教育学等。教育研究院的工作目标就是要通过开展研究、培养和服务来促进国家教育质量的提高。研究院的核心出版物是《埃塞俄比亚教育期刊》，其他出版物有IER－火把、IER－时事通讯、会议录等。

　　研究院现有专职研究人员 9 人，其中博士 3 人，硕士 6 人，副教授 3 人，助理教授 2 人，讲师 4 人。行政管理人员 13 人，包括办公室主任、秘书、图书管理员、司机、清洁工等。研究院分四个部分：研究项目与培训部、出版与公共关系部、测验与测量服务部、国家高等教育研究中心。

　　属于教育研究院重要组成部分的埃塞俄比亚高等教育研究中心成立于 2000 年 8 月，成员包括国家公立大学和私立学院。中心的目标是促进国家高等教育机构的教学改革与发展。中心的建立得到了 UNESCO 的支持。中心的主要活动如下：

　　收集、保存和发布相关的教育信息；促进国内外高等教育机构专家之间的交流；发起和主办包括所有高等教育机构在内的交流与研讨；组织和提供不同学科的教学和研究培训（专业或教育学方面的）；促成不同学院和大学学生之间的经验交流和论坛；帮助不同学院或大学建立研究中心分部；建立与国内外研究机构的联系；发展研究项目，帮助他人开展研究；改善办公设施，提高研究能力；定期出版期刊和小册子、会议录等，扩大宣传和影响；注重刊登和出版交叉学科的研究成果，如教育技术和教学法的创新和使用等；宣传高等教育领域的新方法、新观点、新思想。

　　中心活动经费来源多渠道，有亚的斯亚贝巴大学、教育学院、教育部、科学和技术委员会、UNESCO-BREDA、UNESCO/IICBA 及其他组织。

表 5 - 8　　　　　　　　教育研究院开展的部分研究项目

| 项　目　名　称 | 预计投入经费（比尔） | 完成时间 |
|---|---|---|
| 儿童发展研究 | 1187945.24 NoK | 1996.11—2000 |
| 数据库研究 | 73800 | 1997.12—2000.12 |
| 1975—1977 年的初等教育质量 | — | — |
| Dr. Seyum Teferra 研究 | 244920 | 1999.12—2003 |
| 埃塞俄比亚有特殊教育需求的女孩教育问题 | 135353.75 | 1999.12—2003 |
| 教师态度与学生成绩关系 | 5000 | 1999.1—1999.12 |
| 亚的斯亚贝巴小学校的人力资源管理 | 3000 | 1999.6—2000 |
| 女性教育对埃塞俄比亚人口生产的影响 | 6000 | 1999.6—2000 |
| 小学考题的质量 | 3000 | 1999.1—2000.6 |
| 埃塞俄比亚教育研究者的危机 | 3000 | 1999.1—2000.6 |
| 提革里小学辅导资料的效用 | 5000 | 1999.1—2000.6 |
| 信息理论与印刷原料的准备 | 2000 | 1999.1—2000.6 |
| 总　　计 | 1669018.99 | — |

资料来源：http：//www.aau：edu.et/research/ier/indeal.php.

《埃塞俄比亚教育期刊》（*The Ethiopian Journal of Education*，*EJE*）先于 IER 诞生，是这个国家教育领域唯一一家享有盛誉的专业性期刊，*EJE* 一年出版两期，出版文章包括实验研究、案例研究以及理论和方法研究等。除了这些最基本的论文外，*EJE* 还刊登书评、论文摘要、报告研究以及教育信息等。*EJE* 的编委有 7 人，分别来自不同研究领域的专业人员，他们有权决定稿件的采用与否。*EJE* 还聘有国际顾问编委，有 12 位成员，分别来自英国、德国、挪威和埃塞俄比亚四个国家。

**四、发展研究院**

发展研究院（the Institute of Development Research，IDR）成立于 1972 年，是亚的斯亚贝巴大学的一个研究中心，有 30 多年的历史。发展研究院是一个从事社会和经济科学发展研究的专门机构。发展研究院的研究人员主要来自社会科学学科，如经济学、地理学、社会学等。它的远景目标是要建设成为非洲最著名的集研究与教学于一体的研究机构。发展研究院从事多学科发展研究，包括农村发展、食品安全、社会发展、自然资源开发、人口与发展等方面的研究。IDR 在把不同学科研究成果应用到社会生产实践方面充当桥梁作用的同时，还向社会不同部门，如市民社会组织、公共机构、宗教机构、企业等提供培训与咨询服务。它的职能部门有：

1. 农村生计与发展部：从事农业产品开发、土地使用、食品安全、生计、乡村制度等方面研究；

2. 社会发展部：又称人类发展部，主要开展贫困、就业、教育与培训、卫生与健康、人口与性别等主题研究；

3. 环境与自然资源管理部：本部门主要集中于环境、自然资源、自然的可持续发展与管理等问题研究，侧重于环境与发展相互关系研究和寻求自然资源管理问题的解决；

4. 宏观经济和政策研究部：研究领域包括宏观和部门政策分析、私人部门环境、资源流动和投资、社会部门政策分析等；

5. 人口统计研究中心：主要研究活动包括人口、资源发展、生育健康（包括家庭生育计划、艾滋病及其影响）等。

除了开展研究活动外，1986 年开始，IDR 还担任硕士研究生的培养任务，培养专业有人口学、发展研究。发展研究院现有研究人员 15 人，其中有博士学位的 8 人，所长是穆卢格塔（Mulugeta Feseha）博士。

发展研究院还接收那些从事埃塞俄比亚社会专门研究的外国

访问学者。研究院的研究成果以专著、论文集的形式出版，或者在《埃塞俄比亚发展研究》期刊上公开发表。

**五、AAU 研究机构的功能与变革**

根据 AAU 研究机构的运行机制和管理规定，研究院所的成员既要开展研究活动，又要从事教学工作，但研究是第一位的，教学是第二位的。传统上，研究人员所承担教学与研究任务的比例大体为 1:3，即教学占工作量的 25%，研究占工作量的 75%。学院或系里的教师则正好相反，教学占 75%，研究占 25%，现在的比例也大体如此。至于在教学与研究事务之间有无正相关性或相互促进的意义还有待进一步探索。

当时 HSIU 建立这些研究院所的主要目的是明确的，如下所列：不断开发埃塞俄比亚的教学资料，特别是在社会科学、法律、历史和地理学科领域；积极开展农业、教育、公共卫生和生物现象的应用研究；发现新的教学方式和手段；通过对现有埃塞俄比亚的档案文献、艺术、音乐和历史工艺品的收集和整理来开展本民族文化研究；开发研制更先进的实验手段和仪器（如智力测验、目标测验等）；加强与联合国和非洲统一组织（OAU）开展的泛非研究项目的合作；巩固大学的研究基础。根据 HSIU 的要求，许多研究院所都在开展自己专门领域的研究工作。

尽管十几年来 AAU 曾对研究机构的组织与管理目标、研究工作与成果等进行了较大调整和改动，但是，院系与研究院所之间由于目标不清、界限不明所带来的在研究与发展选题及研究过程指导等方面仍然困难重重。除此之外，校学术管理中心对研究与发展目标的认定上与院系和研究院所在各自目标的认定上也存在着分歧。院系的研究与发展目标与研究院所的研究与发展目标也难以理清。因此，迫切需要在院系与研究机构之间建立起一种清晰的目标定位和卓有成效的积极研究。

近年来，先前所建立起来的研究院所与院系之间的联系变得松散起来。这是因为，当初由于 AAU 研究生教育和各教学院系的发展，使得各教学学院的研究力量不足和滞后，那么学校建立这些研究院所的初衷就是帮助和促进各院系开展教学科研活动。这样，研究院所与相关院系之间的联系就加强了，合作也多起来了。但由于研究生教育的大发展和研究人员的集中化，院系的研究实力强大起来，所开展的研究有时做得很出色，研究成果甚至超过了研究院所。二者形成了势均力敌的局面，于是各自为政、谁也不能领导谁的时候多起来了，二者之间的联系也就少起来了。这样，研究院所就不得不进行策略上的研究转向，一个明显的做法就是加强与相关部门的联系，如 IER 与教育部、IES 与文化部、IDR 与中央规划部、IPB 与卫生部等。然而，AAU 的持续健康发展最终还是需要建立起研究院所与相关院系的长效合作机制。

## 第三节　关于埃塞俄比亚教育
## 研究的研究

### 一、埃塞俄比亚教育研究概况

埃塞俄比亚的教育研究最早可以追溯到 40 多年前。但研究的进展很慢，而且缺少想象与创新，大多数研究还局限于硕士、博士论文的写作，数量也不多，从 20 世纪 60 年代早期到 70 年代末期，总共不过 10 来篇。大多数论题都是围绕教育发展计划展开的。

作为埃塞俄比亚教育类杂志中办刊时间最长，也是当时唯一一家教育类期刊来说，《埃塞俄比亚教育期刊》（*The Ethiopian Journal of Education*）在 1957—1975 年之间的出版也不够规范，杂七杂八的文章也常见刊中，尽管它办刊的宗旨是专门刊登埃塞俄比亚教育类研究论文的双月期刊。

　　亚的斯亚贝巴大学研究与出版部共记录了在 1986—1989 年的四年期间，分别由教育研究院、教育系和巴赫达尔教师学院等三个单位所进行的 53 项研究。然而，这些研究项目的成果大多要么是专论，要么是以教学资料的形式出现，很少有公开发表的。

　　2000 年，埃塞俄比亚教育研究院计划用 4 年时间对过去 25 年间（1974—1998 年）全国记录在案的教育研究项目及研究成果进行系统的整理和归类。由于信息收集的需要，研究院曾对各地教育局、各高等教育机构、教育部相关部门、相关国际组织、国家科学技术委员会、教育咨询公司等发出过调查咨文。当时从各方回收的资料看，当时记录在案的研究文献有 1249 条，按类型分类，见表 5 - 9。

表 5 - 9　　　　　1974—1998 年记录在案教育研究文献分类

| 文献类型 | 数量 |
| --- | --- |
| 博士论文 | 40 |
| 硕士论文 | 262 |
| 研究专论 | 365 |
| 期刊论文 | 106 |
| 会议论文 | 132 |
| 研讨会论文 | 10 |
| 工作实践研究论文 | 91 |
| 研究专著 | 19 |
| 相关政策文件 | 155 |
| 研究生课程班研究报告或论文 | 35 |
| 教学资料或手册 | 15 |
| 学校统计摘要 | 19 |
| 总　　计 | 1249 |

　　资料来源：*Proceedings of National Conference Held in Nazereth：Current Issues of Educational Research in Ethiopia*, 2000, p. 70.

　　从表 5 - 9 中可以清楚地看出，研究成果中大部分都是未经公开发表的作品，而且数量也有限。除了研究成果的数量外，研究成果的公开发表与否直接说明了研究质量和影响力问题，也很难产生实际的社会效益。

　　尽管研究成果的公开发表是衡量研究质量的必要条件，但不是充分条件。在埃塞俄比亚也没有建立对研究质量的评估鉴定标准和体系，在这方面的研究论及的也几乎为零。

　　在 1986—2000 年间，教育研究院已经组织了 9 次会议，其中的 4 次会议（1980 年、1987 年、1988 年、1995 年）的主题是直接与教育研究有关的。即使这样，这些会议也没能对埃塞俄比亚的教育研究现状做出客观公正的评价，几乎所有的研究成果都是属于"鼓吹"类文章，它们只强调了对更多教育问题的研究和更高的能力建设问题。

　　在埃塞俄比亚，《埃塞俄比亚教育期刊》基本上代表了所有的教育研究水平。因为，几乎所有从事教育研究人员都希望自己的研究成果能够在该期刊上公开发表，它既是一种荣誉也是对自己成果的肯定。除了《埃塞俄比亚教育期刊》外，这个国家里还有其他一些教育类期刊，如教育部出版的《教育杂志》(*Educational Journal*)、教育研究院出版的《火炬》(*Flambeau*)等，但影响都远不如前者。另外，各种学报也会刊登一些教育研究类论文。

　　据研究人员统计，1967 年创办的《埃塞俄比亚教育期刊》，在过去 33 年（1967—1999 年）时间里，预计出版 33 卷 66 期，即每年一卷，每卷两期，结果只出版了 18 卷 31 期，不到预计出版期数的一半。由此也可以看出杂志创办以来相当长时间内出版计划的不稳定性，这样就难免影响到出版质量和杂志的影响力，同时也说明了当时在教育研究领域力量的薄弱，折射出国家教育的落后和政治经济社会的不稳定局面。如在这 33 年所有刊登的文章中，仅有 123 篇属于学术论文，其余 63 篇文章都是属于评论、特写、新闻和通讯等。

《埃塞俄比亚教育期刊》先于教育研究院而成立，当时创办此期刊的目的很明确，就是要促进教育研究。所以，亚的斯亚贝巴大学在教育研究院成立之后就把该杂志的管理权和经营权委托给了研究院，由研究院全权负责教育研究事宜。直到现在，亚的斯亚贝巴大学的这个教育研究院仍是埃塞俄比亚唯一的一家承担着重要教育研究项目，同时担负着教育研究成果的发布与传播等重任的政府专门机构。至于其他机构，如教育部、教育学院、非政府组织、联合国组织等都还只是保持着职能研究的功能，而不是像教育研究院那样属于一个专门的研究机构。当然，现如今一些具有教育咨询性质的教育研究公司也纷纷建立，但这些具有公司性质的研究机构多以营利为目的，属于一种自主经营、自负盈亏的非政府组织。

截至 1998 年，教育研究院已经完成了大约 470 多个研究项目或成果，包括公开发表和未公开发表或出版的项目。这占到埃塞俄比亚全国所有教育研究成果的近 1/3。因此，可以毫不夸张地说，教育研究院是埃塞俄比亚最大、最重要的教育研究机构，尽管它的研究能力有待进一步提高、研究经费还很不足。

《埃塞俄比亚教育期刊》作为埃塞俄比亚办刊时间最久和教育领域研究最重要的刊物，从它创办之初也经历了几次起落。这期间有长达五年的停刊，例如从 1976 年的第八卷的出版到 1981 年第九卷的出版就整整跨越了五个年头。而到第十卷出版时，距离第九卷的出版又经过了五个年头，此时已是 1986 年。第十卷第二期的出版又经历了三年，到 1989 年。因此，有人认为，从 1977—1987 年，这 11 年间是《埃塞俄比亚教育期刊》出版历史上的黑暗时代。因为，在这整整 11 年间，只有两期杂志出版，即第九卷第一期和第十卷第一期。这也可以看出当时埃塞俄比亚社会政治上的变革和社会不稳定对教育研究工作以及教育发展的深刻影响。

到了 1989 年及其以后，可以说是《埃塞俄比亚教育期刊》的再生和发展时期。首先，杂志的出版开始走上规范化，基本实现如期出版。其次，每一卷第二期的出版实现正常化，即每年出版一卷，每卷包括两期。在 1989 年之前，往往是出了一期第二期就没了下文。第三，杂志的信誉度和影响力在国内是越来越高。

早期杂志出版上的非经常性除了政治因素外，原因是多方面的，例如缺乏稿源、缺乏宣传、管理不当等，稿源不足是直接原因。目前，杂志的主要威胁不再是稿源的缺乏，而是高质量稿件的缺乏和审稿程序的规范化及审稿专家库的建立问题，办刊经费也是基本保障。

作为一家享有较高声誉的学术性期刊，《埃塞俄比亚教育期刊》的编辑委员会成员都是由教育研究院咨询委员会任命的，另外，包括一些国际知名的教育领域教授在内的国际咨询委员会负责对本刊质量的全面监督和审核。

编辑委员会根据国内或国外审稿人反馈回来的意见决定某篇论文的刊出与否。审稿人是按照审稿要求条款给出审定意见。每一篇稿件一般要送两位审稿人审定。只有当两位审稿人一致认为该稿件可以刊登时方可采用。否则，若两位审稿人反馈回的意见不统一，则须送第三位审稿人审定。审稿的过程都是采取无记名盲审方式，作者和审稿人的姓名都不会出现。当然，在送给审稿人正式审定之前，编委会对收到的稿件进行一个初审的过程，从而决定稿件是否送出审定。

### 二、教育研究内容的统计分析

根据埃塞俄比亚教育研究院对《埃塞俄比亚教育期刊》成

立以来 33 年间（1967—1999 年）所刊登的文章进行筛选，符合
教育领域研究性论文条件的为 123 篇，然后对这 123 篇文章进行
再分类，分成九个子类（见表 5 - 10）。

表 5 - 10　　1967—1999 年《埃塞俄比亚教育期刊》所刊登
教育研究文章内容统计

| 研究内容 | 1967—1977 | 1978—1988 | 1989—1999 | 总计 |
|---|---|---|---|---|
| 课程论 | 4 | 1 | 2 | 7 |
| 教学法 | 11 | 2 | 12 | 25 |
| 媒体与教育技术 | 2 | 0 | 0 | 2 |
| 心理与测量 | 15 | 1 | 22 | 38 |
| 教育哲学和教育史 | 14 | 0 | 3 | 17 |
| 教育原理 | 4 | 1 | 0 | 5 |
| 教育发展 | 4 | 0 | 0 | 4 |
| 教育组织和行政 | 7 | 1 | 7 | 15 |
| 学科专业 | 1 | 0 | 3 | 4 |
| 其他 | — | — | 6 | 6 |
| 总　　计 | 62 | 6 | 55 | 123 |

从表 5 - 10 中可以明显看出，在《埃塞俄比亚教育期刊》
所刊登的教育研究类文章中，关于教育心理与测量的文章最多，
其次是教学法论文，这也反映了该国所开展的教育研究的基本特
征。教育哲学和教育史类论文虽然排在第三位，但多是刊登在杂
志创刊的前 10 年中，在后来的 22 年中仅有 3 篇此类文章发表。
而其他子领域如教育技术、教育发展、学科专业等却被忽略了，
这也反映了国家在教育上的落后与理论研究的片面性。

研究者还发现，在这不同的教育类学科专业（如社会科学、
语言学、自然科学等）当中，仅有 4 篇文章是关于学科专业研
究的，但是从事这些学科专业的教学研究人员却是不乏其人，往
往比其他学科领域的人员受过更好的训练、专业化程度更高。那

么，对这种情况出现的可能性解释就是，这些研究者可能把研究成果投向了其他刊物而不是《埃塞俄比亚教育期刊》这一家。

通过对 33 年的断代分析显示，1978—1988 年是教育研究的荒漠化时期。11 年间仅间断性地出版了两期杂志，两期中教育研究文章仅为 6 篇。对这一非正常现象的解释，主要是受到了 1974 年埃塞俄比亚革命的影响，当时由于改朝换代而导致的局势不稳影响到了教育和教育研究。这一时期使深受大众传媒影响而活跃的民众与不活跃的《埃塞俄比亚教育期刊》形成了鲜明的对比。同一时期，非洲其他国家尤其是撒哈拉沙漠以南地区的研究成果也显著下降，其背景原因与埃塞俄比亚基本相似。

### 三、教育研究涉及的教育层次及类型

为了进行这方面的研究，研究者把教育分成高等、中等、小学、学前、成人和非正式、综合教育等六个不同的教育层次及类型进行分层研究，分别定量分析研究者所发表的研究论文或成果所属的教育层次或类型，力求探询教育层次及类型与教育研究之间的变量关系。

表 5 – 11    教育层次及类型与教育研究的变量

| 层次及类型 | 1967—1977 | 1978—1988 | 1989—1999 | 总计 |
|---|---|---|---|---|
| 综合 | 28 | 5 | 10 | 43 |
| 高等 | 12 | 0 | 28 | 40 |
| 中学 | 9 | 1 | 12 | 22 |
| 小学 | 6 | 0 | 2 | 8 |
| 学前 | 1 | 0 | 2 | 1 |
| 成人/非正式 | 3 | 0 | 3 | 6 |
| 其他 | 3 | 0 | 0 | 3 |
| 总　计 | 62 | 6 | 55 | 123 |

从表 5 – 11 中可以看出，教育层次越高，被研究的概率越

高。小学教育和学前教育几乎到了被忽视的地步，在这 33 年的时间里，仅有 9 篇文章是关于这两个教育层次研究的。同样，对于成人教育或非正式教育的研究也很少。这可能是由于当时的地理环境和社会环境制约所致。但从表 5 - 11 中也可以看出，有 1/3 的研究不属于任何学校层次，我们把它归类于综合研究，即是对教育的一般特征的研究。

### 四、关于教育问题的研究

众所周知，教育问题大多可以归纳为三类，即教育质量问题、教育平等问题和教育效率问题。从下面对这 123 篇文章的归类中可以看出，其中只有 23 篇文章不属于上述问题。而上述问题中，对教育质量和教育效率问题的关注要远远超过对教育平等问题的研究。而且进一步观察到，前 10 年对教育质量问题的关注程度超过了后 20 年。

表 5 - 12　　　　　　　　研究者所关注的教育问题

| 问题 | 1967—1977 | 1978—1988 | 1989—1999 | 总计 |
|---|---|---|---|---|
| 教育质量 | 35 | 1 | 13 | 49 |
| 教育平等 | 6 | 0 | 7 | 13 |
| 教育效率 | 13 | 4 | 18 | 35 |
| 其他 | 8 | 1 | 17 | 25 |
| 总　　计 | 62 | 6 | 55 | 123 |

后 10 年对教育效率的关注更为显著，这说明人们更加关注国家教育的发展及其对教育资源的有效利用，这也与国家当时在招生人数及教育资源的不平等分配上有关系。然而，可以清晰地看出，在过去的 30 多年里，教育平等问题的关注并不突出，甚至到了不引人注目的地步，仅有 13 篇文章论及性别平等、机会

平等或地区分布不平等问题，到了 20 世纪 90 年代这个问题才逐渐引起人们的注意。现在，教育平等问题已成为教育政策制定者非常重视的问题，同时也引起了越来越多的研究人员关注。

在 2003 年亚的斯亚贝巴大学制定的发展规划中，明确提出要提高科学研究能力。多年来，亚的斯亚贝巴大学的研究机构通过出版专业杂志、举行学术会议等形式，在促进跨学科知识交流、提高教育质量、增强大学竞争力、发展社会科技文化等方面做出了积极贡献。但通过考察也发现，埃塞俄比亚的科学研究机构也面临着一系列困难和问题，如必要的研究设施、研究经费的缺乏，研究机构人浮于事，高水平研究人员缺乏，研究缺少合作与团队精神等。但随着埃塞俄比亚高等教育的快速发展，科学研究的地位和作用必将更加受到关注，研究队伍也必将进一步扩大，这就需要相关部门及早做出规划，采取积极措施，提高埃塞俄比亚高等教育研究的水平和影响力。

在一个贫弱的国度里往往教育与研究是合二为一的，即科学研究机构更多的是依托高等学校，尤其是重点大学，因为国家没有财力来建立相对独立的研究机构，这从我们对埃塞俄比亚科学研究的考察中可以看出。这种现象一方面暴露出发展中国家科学研究能力的严重不足；另一方面也说明发展中国家的高等教育对推动科学进步和取得科学研究成就具有先导作用。当然，取得成就需要经过长期的、深刻的和不懈的努力，而发展中国家"科学教育资源的不足以及缺乏提高有效的科学探究和训练的关键价值和传统，是发展中国家在科学研究方面出现偏差的主要原因。"①

---

① 世界银行：《发展中国家的高等教育：危机与出路》，教育科学出版社 2001 年版，第 70—71 页。

# 第六章

# 埃塞俄比亚高等教育与
# 社会服务

埃塞俄比亚是一个教育、经济、社会都十分落后的国度，50年前埃塞俄比亚会是个什么样子，更是难以猜测。但通过历史考察可以发现，自从50年前埃塞俄比亚的第一所大学①建立，社会便对大学寄予了厚望，被置于了一个突出的位置上。许多埃塞俄比亚人希望海尔·塞拉西一世大学能成为社会变迁的发起者，有识之士希望大学生们应该独立地思考、批判地学习，并且要学会对自己负责、对社会负责。值得称道的是，在埃塞俄比亚现代高等发展的起步阶段，大学就把目光投向了养育她的社会和人民，具有明显的社会导向性。在20世纪60—70年代的10余年间，掀起了一场轰轰烈烈的"大学服务计划"运动。

本章从考察埃塞俄比亚"大学服务计划"的背景知识入手，进一步分析埃塞俄比亚大学服务社会、支持农村的路径和方法，以及所产生的社会影响。

## 第一节　"大学服务计划"的
## 历史考察

20世纪60年代中期，埃塞俄比亚发起了一场规模宏大的

---

① 1950年埃塞俄比亚第一所大学成立，当时称"亚的斯亚贝巴大学学院"，1961年改称"海尔·塞拉西一世大学"。后人统称"海尔·塞拉西大学"或"亚的斯亚贝巴大学"。

"大学服务计划"（The Ethiopian University Service Program，EUS），要求在校大学生必须有一年时间到基层、农村、社区去进行专业实践锻炼，有点类似于中国的"知识青年上山下乡"运动，但埃塞俄比亚的大学服务计划在组织管理、目标任务、服务期限上十分明确，而且与学生的专业学习相联系，对社会进步是一种促进，对学校、学生本身是一种锻炼。该计划实施的社会效应远远超过发起者的预期，甚至引起过世界关注，并为后来的许多国家所效仿。

## 一、大学的责任与社会期望

大学发展总是与社会的政治、经济、文化等息息相关，大学的繁荣可以折射出一个国家的昌盛。同样道理，教育的落后往往与社会的落后成为同义词。仅从现代模式大学的建立时间上应该可以看出一斑：1950 年，埃塞俄比亚才有了自己的真正意义上的现代性大学，到现在也只不过 50 余年的历史，这比中世纪时期已享誉欧洲的博洛尼亚大学或巴黎大学都晚了好几百年。据考证，至中世纪后期，欧洲各地至少有 80 所大学已经建立起来。[①]

许多埃塞俄比亚人对自己的大学寄予了很高的期望：埃塞俄比亚终于有了自己的现代化大学，并且可以与非洲兄弟国家如埃及、苏丹等的大学相媲美。许多具备现代化思想的人士认为，埃塞俄比亚之所以在现代化进程中落在了世界后面，主要原因之一是没有现代化的教育。他们希望大学能够成为国家发展的引擎。而且认为大学在社会责任范围上应该超越传统大学的角色地位——如在继承和发扬传统文化、培养知识和能力、促进科学研究、提供社会服务和培训人力资源等方面，大学理应成为自由和

---

① ［美］查尔斯·霍默·哈斯金斯：《大学的兴起》，上海世纪出版集团 2007年版，第 18 页。

真理的先导。大学还希望能够扮演一定的政治角色。

　　而许多埃塞俄比亚学者，包括大学校长在内都坚信：发展中国家的大学应该肩负起比传统大学多得多的社会责任。大学要承担起社会责任，就必须赋予大学更多的自由。其中学术自由和机构自治是最基本的前提。没有学术自由，大学就不可能成为新思想的催化剂和庇护所。当然，学术自由不是一个绝对的概念，它也要有限制，也要求有责任，要求学者们认清自己的研究领域，追求真理。学术自由不仅能为提高教育质量作出贡献，也能为高等教育系统整体发展作出贡献。学术自由需要被人理解和尊重，这不仅体现在高等院校的内部，也体现在学者为之尽责的其他团体中。当时海尔·塞拉西一世大学（HSIU）所实行的学术自由包括以下三个部分内容：

　　一是大学教师有教授专业知识不受任何限制的自由，大学教授有对所教知识中的争议问题进行讨论的自由，他（她）有权把自己对争议问题所进行的解释、讨论的结果或问题研究发现向学生展示的自由；

　　二是大学教授在不违背教学职责的前提下，有进行研究和出版研究成果的自由；

　　三是大学教授可以在课外或校外以社会公民的身份发表言论，但必须以不损害本部门的利益为前提。

　　显然，HSIU 的这种学术自由是一种有限的自由，是在权利人首先被课以特定的义务后的自由，是受到 20 世纪 60 年代埃塞俄比亚特定的社会、经济和政治环境所制约的。在这种特定的背景下，大学担负起了变革社会、追求自由和知识批判等重要角色。当然，这也是与 20 世纪 60 年代世界形势大背景分不开的，当时的非洲的反殖民运动、亚洲和美洲争取自由的斗争都或多或少地影响到埃塞俄比亚社会的自由运动。埃塞俄比亚大学的自由运动对后来的社会、经济和政治变革产生了深刻影响，也为

1974 年的埃塞俄比亚革命做了直接的铺垫。

大学生们在这场政治运动中扮演了先锋队作用。土地是埃塞俄比亚人最重要的经济和生活来源，但是在埃塞俄比亚，土地却被一小部分人所占有，广大的农夫却无地可耕。学生们发起了一场为农夫争取土地运动，他们打出了这样的口号："我们要求议会不要一次次的讲封建权利已减少，而是要把所有的土地分给所有的农夫！"学生们还利用集会和游行来唤起后来者和市民的社会意识。学生运动总是能关注一些尖锐的政治问题，其目的就是要推翻帝王统治。

在 1969 年春季骚乱之后，政府关闭了所有大中学校，这也使政府与学生积极分子之间的对峙达到高峰。学生们把他们的刊物《新闻与观察》更名为《斗争》，矛头直指王室和现有的政治体制，《斗争》曾几次被关停。《斗争》所开设的一些栏目非常具有挑战性，如"国籍问题"——矛头直指有关埃塞俄比亚文化的神话传说，关于塞巴女王（the Queen of Sheba）的传奇故事受到挑战，塞拉西神圣家族的历史起源受到质疑。学生的行为引起了政府的强烈反应，在 1969 年 12 月的一个夜晚，亚的斯亚贝巴大学学生会主席在亚的斯亚贝巴街头被暗杀，学生运动被压制。

从历史层面上看，20 世纪 60 年代发展在埃塞俄比亚的学生运动主要有两方面的因素：一是国际大环境影响：当时非洲殖民国家摆脱殖民统治、争取民族独立的斗争和国际上共产主义解放运动在一些发展中国家如火如荼，埃塞俄比亚虽不是殖民国家，但它是一个帝王统治的封建国家，共产主义的崇高理想很容易被具有反叛精神的青年学生所接受和传扬；二是国内大学校园里开展的自治运动及自由文化的传播起到了思想宣传作用。埃塞俄比亚贫穷的国家现实，使这些热血青年有了改变贫困的社会责任感，并且认为科学社会主义是改变一切社会不公和治疗一切社会创伤的良方。但是对于如何建立一个社会主义国家他们并没认真考虑，重要的是推翻现有政权统治。因此，在 1974 年的埃塞俄比亚社会革命胜利以后，新政权就不得不为经济上的停滞、政治上的不稳定、军事上的冲突和人民生活上的贫困付出代价。

新政权废除美国式的教育体制，抛弃了独立、自由、竞争等西方的教育价值观。代之以具有集体思维和教条导向的教育方式，依此来塑造"社会主义的个性"，使学生的声音趋于沉寂。

### 二、HSIU 学生的社会参与活动

在 HSIU 学生的出版物中，有相当一部分内容反映了埃塞俄比亚的社会问题，如贫困和公平问题等。如当时学生报纸和杂志上刊登的文章《让穷人说话》（*Let the Poor Speak Out*）、《生活的比照》（*The Contrasts of Life*）等都引起过很大反响。这充分说明 HSIU 的学生开始同情穷人、开始关注他们所说的"校园外"（off-campus）问题。事实上，学生们所读到的关于外面世界的快速变化、非洲革命的发展等使他们逐渐认识到埃塞俄比亚的落后和不足，由此引起心中社会责任感的迸发。

20 世纪 50 年代中期，学生们巨大的对比与反差意识越来越强烈，正像《生活的比照》[①] 作者泰米如·费依萨（Tamiru Feyissa）在文章中所描述的那样，大学校园舒适优越的生活、学生们所享有的社会特权与他们自己在农村家庭的悲惨境遇形成了鲜明对比，学生们对待穷人和处境不利群体的同情心越来越强烈。在没有任何组织和资源的情况下，HSIU 的学生们以公众的名义组成了一支强有力的联合力量。他们把自己看成未来世界的主宰，并志在唤醒民众。他们开始用阿姆哈拉语写成长诗刊登在

---

① AAU.（2000b）.1943—1993（College Poems 1950—2000）. Addis Ababa：Bole Printing Press.

自己的出版物上，以示向政府权威挑战。每一年，大学生都要举行诗歌辩论赛，有三首获胜的长诗还被公开刊登在《开放大学日报》（*The Open University Day*）上。所有的诗歌都把矛头指向了独裁政府和对埃塞俄比亚贫苦农民的同情。农民是爱国者，农民是纳税人，农民却总是受到统治者的剥削。这些诗歌被印刷并向公众传售。

1958/1959 学年成立了一个社区服务委员会，其宗旨是关心那些贫穷和需要帮助的学生。在 20 世纪 50 年代和 60 年代，大学生们还为校园里的各类勤杂人员免费讲授夜校课程。他们还在一个复原中心（Rehabilitation）里为穷人的孩子开办了一所全日制学校，有的还参加了联合国教科文组织的流动学校，在一种特制的移动卡车上为牧童和农民家庭传授文字。

尽管学生们的这些激情后来遭到了"国家主义运动"、"非洲解放阵线"等思想和组织的压制，但透过这些现象，我们应该看到学生所自发发起的这些活动，在很大程度上应该归功于 UCAA 的办学思想。

### 三、"大学服务计划"

在 20 世纪的整个 60 年代和 70 年代，埃塞俄比亚大学的主要功能之一是为占总人口 95% 的农村和农业服务，大学在这方面做出过很多努力，具有明显的农村导向性。例如 HSIU 的两个校区就坐落在农村：一个是贡德尔公共卫生学院；另一个是阿莱玛亚农学院。农村导向大学计划的另一标志是"卫生诊所"事项——就是把卫生学院的学生选派到农村卫生站工作一定时期，学生在卫生站所从事的实际锻炼内容作为专业教学训练的一部分。"卫生诊所"项目成为埃塞俄比亚大学服务计划的成功范例，后来这一模式被推广到非洲和世界的其他国家和地区。

（一）大学服务思想的由来

埃塞俄比亚大学服务计划（EUS）开始于 1964 年 4 月 17 日，该计划要求在校大学生要到社会基层服务一学年，主要是到农村地区。一些埃塞俄比亚人认为，大学服务计划出台的根本原因是国家对许多大学学者所关心问题的一种现实反应。这些所关心问题包括：教育正变成少数人的特权；如何教育这些少数人，使他们具备专门的技术，并懂得如何造福社会和为多数人服务；学校教育越来越理论化、抽象化，很少涉及农村变革的实际问题和根本性问题。有些教育家还担心：过多的聘用外国教师和过多的使用外国课本和书籍以及其他各类教学资料，将会逐渐加重受教育的埃塞俄比亚人对自己国家的社会经济和政治环境的生疏，并最终导致与自己民族的历史和文化背景相脱离的危险。

有趣的是，这项为公共服务的思想形成却来自大学里的老师和学生们，这或许是出于他们对穷人的关注或曾经与穷人为伍的原因。早期参加的学生主要是从事一些实践性福利活动，如向社会募捐、为穷人补习等。另外，研究发现，早期的学院在教学过程中比较注重教育本质问题的培养，注重培养学生的社会责任感。如在早期出版的 HSIU 学生的一本诗歌集中，一些作品里面就表露了大学生们对农村穷人的亏欠感。《埃塞俄比亚农村与城市的分裂》① 的作者莫斯非（Mesfin Wolde Mariam）写道：埃塞俄比亚农村地区停滞的趋势是由于城市的特权地位所造成的，而且随着城市马路、工厂、学校、卫生服务等基础设施逐渐完善，城乡之间的差距越来越明显，农村与城市的分裂不可避免。莫斯非后来写了一封信给 HSIU 校长，建议所有在校大学生在毕业前，必须从事为期一年的义务服务活动，活动小分队可由不同专

① Mesfin Wolde Mariam. (1968). The Rural-Urban Split in Ethiopia, *Dialogue*: *A Publication of Ethiopian University Teachers' Association*. 2 (1): 7—16.

业人员组成，10—20 人为一个小组，分配到农村某个地区进行农村社区的扫盲活动和思想意识的改造活动。认为这项活动如果坚持 5—10 年将可以极大改变农村地区的现状。现在看来，莫斯非既是一个有争议的人物，同时也是一位出色的政治分析家。

（二）大学服务计划的实施

埃塞俄比亚大学服务计划的正式启动是在 1964 年 9 月，因为该计划从提出设想到真正付诸实施还经过了一段时间的讨论和研究过程。当计划获得了大学学术圈内（包括学生）的支持时，学校于是组织了几个研究小组对此计划的可行性进行调研。其中的两个委员会研究了计划的可行性并向教职工参议会的执行委员会提交了一份草案，执行委员会经过认真研究后把草案提交给教职工参议会，教职工参议会同意并批准了这项计划。第一支大学生服务小组于 1964 年 9 月派出。这项计划最终得到了校务理事会的支持并受到政府的欢迎。

根据计划方案，每一位全日制在校学生要到农村服务一年，服务的具体岗位和内容与自己所学的专业相关，学生服务期间由雇用单位发放适当的生活补贴。该计划拟指派 60% 的学生到农村学校工作，40% 的学生到农村城镇的各市民服务组织锻炼。事实上，有 73% 的学生被派到了学校教书，另 27% 的学生被派到了其他部门。这主要是因为当时教师的大量短缺和其他部门在组织上存在问题所致。

表 6 - 1　1964—1974 年埃塞俄比亚大学服务计划参加人数
（按学科专业和教学非教学岗位统计）

| 学科专业 | 教学岗位 | 非教学岗位 | 总　计 |
|---|---|---|---|
| 农学 | 317 | 149 | 466 |
| 文科（包括社会科学） | 394 | 61 | 455 |
| | 456 | 85 | 541 |
| 商业管理 | 1134 | 17 | 1151 |

续表

| 学科专业 | 教学岗位 | 非教学岗位 | 总　　计 |
|---|---|---|---|
| 教育 | 12 | 169 | 181 |
| 法律 | 1 | 82 | 83 |
| 药学 | 195 | 62 | 257 |
| 自然科学 | 14 | 72 | 86 |
| 社会工作 | 186 | 291 | 477 |
| 技术学 | 62 | — | 62 |
| 神学 | | | |
| 总　　计 | 2771 | 988 | 3759 |

资料来源：Aklilu Habte. *Higher Education in Ethiopia in the 70's and Beyond* [D]（unpublished），p. 44.

在 1964—1974 年的 10 年期间，一共有 3759 名学生被派到不同地区进行社会服务活动。除了从事教学工作外，也有在行政部门、法院或税收机关、社区发展办、建筑工地、地方银行及其他与学习专业相关的部门服务的。

表 6 - 2　　　　1964—1974 年埃塞俄比亚大学服务
　　　　　　　计划参加人数统计

| 学　　　年 | 参加人数 |
|---|---|
| 1964/1965 | 129 |
| 1965/1966 | 189 |
| 1966/1967 | 261 |
| 1967/1968 | 349 |
| 1968/1969 | 394 |
| 1969/1970 | 558 |
| 1970/1971 | 472 |
| 1971/1972 | 561 |
| 1972/1973 | 303 |
| 1973/1974 | 543 |

注：1972/1973 学年之所以参加人数下降是由于 1971—1972 年的学生骚乱所致。

资料来源：Aklilu Habte. *Higher Education in Ethiopia in the 70's and Beyond* [D]（unpublished），p. 43.

　　虽然大学服务计划的主要目的是服务，但它真正的最大好处却是教育的，如参加服务的学生深切体会并了解到大部分埃塞俄比亚人的生活方式，体验到在特定环境下实践经验的价值所在，从而会激发他们更加关注农村问题以及农村地区的发展与变化。这项计划还给予学生们把所学到的理论知识与实践经验联系起来的机会，同时还为他们提供了充分的机会来开展一项完整的研究计划——这往往成为他们所写优秀论文的一部分。据大学权威人士声称，外界对这些论文评价很高。教师本人也常常通过对学生的指导、帮助学生选择服务项目、编写服务课程计划、指导和分派学生进行项目研究、保持与本专业学生的联系与研讨等而参与到服务计划中来，并从中受到启发，从而可改进以后的教学和研究。

　　当然，大学服务计划的实施并不是完美无缺、面面俱到的，比如计划除了有一个学术性要求外，并没有把这种学术性要求换算成一定的学分记入学生的学业成绩档案，甚或可以抵消部分课程学习或作业的替换。这样就缺少了一种激励机制和从学期的角度对计划进行评价。有人建议，如果把每项服务计划换算成3—6个学分的话，将更有利于该计划的深入开展，更能够调动学生和老师的积极性。

　　（三）大学服务计划的延伸

　　这项计划不但被非洲以外的许多国家所赶超，如中国、前苏联和美国的一些高等教育机构，后来还被非洲的许多国家所效仿，如赞比亚、坦桑尼亚、扎伊尔等国。通过政府和大学双方对计划的考察和进一步论证，埃塞俄比亚政府后来出台了一项建议，要求把服务计划扩展到中学生。埃塞俄比亚的大学服务计划还吸引了世界各地众多的参观者，他们给计划的评价是：最令人印象深刻的冒险活动；一条试图发现能够把学术工作与人们的现实生活情境联系起来的真实的兴趣特征；研究发现受到鼓励，大学为同胞服务的职责得到重视和赏识；对天才的一种激励等。当然，也有不同的声音，如有的学者认为，计划为埃塞俄比亚学生中的激进主义者提供了活动的土壤。

到了 1973 年，HSIU 拟订了一个新的大学服务农村计划，设想到 20 世纪 70 年代后期和 80 年代、90 年代将进一步扩大服务计划。HSIU 提出大学服务农村改革计划主要是基于 1972 年政府出台的一项教育改革政策——刊登在著名的《教育评论》（*The Education Sector Review*）上。① 许多 HSIU 教师参与了这项政策的起草工作，但当这项政策公之于世时，公众的反响相当地低调。不久就爆发了 1974 年革命，君主政权倒台，改革议案也就随之搁浅。

教育评论中的一篇报导建议政府要以每年 5% 的增长速度继续扩大高等教育招生，直到 20 世纪末。按照 1968 年的 HSIU 发展计划，大学扩招计划主要是在农村的两个校区即阿莱玛亚和贡德尔校区进行。这样，这两所学院的学生将被轮流进行教师教育、技术、农业、社区发展、医学与卫生服务等专业方面的培训，以满足师资的需要。

当然，所有的努力都是为了一个梦想，这就是要在大学与社会之间建立直接的联系通道，尤其是与农村贫困人群的联系。这也正是当今世界普遍关注的大学的社会服务功能问题。应该说，HSIU 在社会服务方面一直走在许多大学的前面，这些年来它也一直在践行着自己的诺言。一件值得纪念的事是在 1973 年大旱事件中 HSIU 的各党派组织对受灾穷人所做出的积极反应和勇敢行动。当时的情况是这样的，1973 年在沃洛（Wollo）和提革里（Tigray）地区发生了严重旱灾，许多饥民开始逃荒到亚的斯亚

---

① Girma Amare, et al. （1974）. Aims and Objectives of Education in Ethiopia, *The Ethiopian Journal of Education*. 6 （2）: 1—26.

贝巴，但政府为了掩盖真相却拘禁了这些难民，埃塞俄比亚大学教师联合会的成员们出于社会正义和责任感，勇敢地揭露了事情的真相，政府不得不采取补救行动。1973 年 4 月，一个由 3 名HSIU 高级成员组成的调查委员会乘坐专机被派往沃洛受灾区进行灾情评估。委员会成员带回了许多照片，进一步证实了灾情的范围和灾情的严重性。当这些照片在 HSIU 校园展出时，引起了国内外社会的极大关注，尽管令埃塞俄比亚政府官员们感到很恼火。不久这些照片又上了英国在埃塞俄比亚开办的一家著名的电视台，这一晚正好是塞拉西君主政权被推翻的前一夜。

很快，塞拉西大学的老师、学生及其他人员成立了一个专门委员会，即"大学赈灾委员会"（UFRC）。委员会及时报道灾情发展，积极募捐善款救助灾民。有些来自偏远农村、身无分文的学生们，为了帮助灾民，宁愿饿着肚子，把早餐的钱省下来捐给灾民。

后来，"大学赈灾委员会"又更名为"大学赈灾与恢复组织"（UFRRO），拓宽了委员会的工作内容，从原来的单一救济转向救济与恢复并重，委员会在受灾点建立了多个合作减灾项目，帮助灾区恢复重建。埃塞俄比亚大学开创了国内第一个人道主义救援组织——UFRRO，后来成为埃塞俄比亚政府救援组织——"赈灾与恢复委员会"（RRC）和现在的"疾病预防与控制委员会"（DPPC）的前身。直到 1974 年埃塞俄比亚革命爆发，UFRRO 的工作还在继续，后被新政权停止。

塞拉西政权垮台后，新政权于 1975 年初关闭了海尔·塞拉西一世大学，更名为"亚的斯亚贝巴大学"，并把 6 万名学生和老师派往农村参加合作发展运动，目的是为了推进土地改革、提高农业产量、改善农村卫生状况、加强地方管理、提高农民识字率、向农民传授新的政治和社会秩序。其中的一项成功之举是国家识字运动。该运动开始于 1975 年，当时政府动员了 6 万多名大中学校的老师和学生到全国各地开展为期两年的识字教学服务。识字运动以每个大中城市为中心，然后向外、向农村扩展，延伸到偏远地区，前后共分十二轮。官方安排的识字培训一共有5种语言，分别是阿姆哈拉语、奥罗莫语、提革里亚语、维拉莫语和索马里语，后来扩大到15种语言，覆盖大约93%的人口，在全国产生了广泛影响。1979年随着国家识字运动协调委员会（NLCCC）的成立，识字运动进入高潮。到20世纪80年代末第十二轮结束时，全国大约有1700万人报名参加了识字班学习，其中有1200万人通过测试，女性占了半数左右。识字运动受到了国际上的称赞，1980年，联合国教科文组织授予埃塞俄比亚国际阅读协会识字奖章（the International Reading Association Literacy Prize）。识字运动实施者主体是大学师生，因此可视为是大学服务社会的拓展或延续。

（四）结语

通过对埃塞俄比亚革命前的高等教育的历史分析可以看出，高等教育的学术自由、学校自治与高校的社会责任感之间有着紧密的联系。尽管这种带有因果性案例的分析不一定轻易被理解和接受，但大学在办学过程中能够及时反映和关注穷人的需要，能够及时对它的具有深厚底蕴传统文化课程进行现代化改革，就一定有丰厚的收获。大学要走出"象牙塔"是多年来有识之士的共识。但千百年来，大学却始终有未走出"象牙塔"的嫌疑，其根源所在仍众说纷纭。君不见：如今的大学都在向社会推销自己，大学的科研成果也不再束之高阁，大学教授走穴现象屡见不鲜……但是否这就是"服务社会"的全部？为何与社会生产紧密相关的职业技术教育热不起来？为何公务员招考火爆十分，而技术性人才却火不起来？这一切也许可以从埃塞俄比亚高等教育服务社会的历史考察与分析中得到一些启示。虽然由于政治原因，埃塞俄比亚大学服务计划最终不得不草草收场，显得有些虎

头蛇尾，但大学的这种社会责任感和时代精神却广泛受到传扬和
推崇。

## 第二节　高等农业教育与农业发展

埃塞俄比亚属于农业主导型经济，农业收入占 GDP 的 45%，
农产品出口占国家出口额的 90%，农业劳动力占全国就业人口
的 85%。然而，埃塞俄比亚农业的生产力却很低下，每公顷平
均粮食产量不到 1 吨。由于管理落后、饲料缺乏、疾病防治不到
位，畜产品的产量近年来也一直在下降。落后的农业生产力使这
个国家很难实现粮食和食品自足。加快埃塞俄比亚农业快速发展
的主要障碍之一是由于缺少技能型和有经验的劳动者。因此，高
等农学院在技能型劳动力培养上应该发挥主导作用，因为技能型
人才是提高农业生产力、改革传统农耕方法、解决粮食短缺问题
的催化剂和孵化箱。

高等农业教育是埃塞俄比亚高等教育的重要组成部分，具有
较长的办学历史和较具特色的办学风格，集中体现了埃塞俄比亚
农业导向的教育目的。研究结果显示，高等农学院通过培养高层
次专业人才、增强本土研究能力、传播农业技术等为埃塞俄比亚
农业发展做出了积极贡献。研究也揭示，许多因素制约了人才培
养的进步和农业毕业生的能力发挥。由于内容缺乏针对性，课程
和教学不能适应劳动力市场的需求和农村的实际，所培养的毕业
生也就不能应对和处理农村广泛存在的实际问题。

### 一、埃塞俄比亚的高等农业教育体系

埃塞俄比亚农业高级人才培养始于 20 世纪 50 年代。目前全
国已有 7 所专门为农业及相关领域培养技术型人才的高等院校。
埃塞俄比亚的农业教育体系包括以下三种教育机构：一是高等农

业学院；二是农业职业技术教育和培训中心；三是农民培训中心。它们分别提供不同层次和不同对象的农业培训或培养课程。其核心是农业学院，农业专门人才的培养主要在农业学院，农业培训中心和农民培训中心是农学院延伸出来的社会服务项目。下面拟分别加以评介。

（一）高等农业学院

高等农业学院是指开设至少 1 个以上涉农专业的高等教育机构，招生对象为读完 12 年级的高中毕业生。这些高等农业学院培养 2 年制的文凭课程（主要培养中级技师）学生，或 3—5 年的第一学位课程，或硕士学位课程和博士学位课程。

在埃塞俄比亚，大学层次的农业教育始于 20 世纪 50 年代。1951 年 6 月，塞拉西帝国政府与美国政府在亚的斯亚贝巴签订了两国"技术合作四项基本协议"（Point Four General Agreement for Technical Coperation between the United State and the Ethiopian Empire），该协议后来成为埃塞俄比亚农业教育发展计划的法律基础和工作纲要。在 1952 年 5 月，美国埃塞俄比亚两国在亚的斯亚贝巴进一步签署了"农业教育计划合作协议"，该协议奠定了"吉马农业技术学院"（the Jimma Agricultural and Technical School，JATS）和"帝国农业机械工艺学院"（the Emperial Ethiopian College of Agricultural and Mechanical Arts，IECAMA）即通常所说的"阿莱玛亚农学院"（现在的"阿莱玛亚大学"）的建立。随之，美国的俄克拉荷马州立农业机械学院（现在的俄克拉荷马大学）派出了技师和管理人员来帮助筹建阿莱玛亚农学院，同时还建立起了农业研究和实验站。到了 20 世纪 70 年代中期，埃塞俄比亚国内提供大学层次的农业或涉农专业的学校有：阿莱玛亚农学院、动物健康学院（the Institute of Animal Health Assistants）、安布（Ambo）农学院和吉马农业技术学院等。

1. 帝国农业机械工艺学院，即阿莱玛亚农学院。阿莱玛亚农学院建立之初确定的三个基本职责是：培养高技能工人；促进农业研究；推广农业技术。1961 年海尔·塞拉西一世大学成立，阿莱玛亚农学院就成了塞拉西大学的一个组成部分，改名为"海尔·塞拉西一世大学农学院"，是大学领导下的二级学院。1985 年农学院升格为大学，称"阿莱玛亚农业大学"。根据变化了的情况，在大学议会的建议下，1999 年 12 月，大学委员会决定将"阿莱玛亚农业大学"更名为"阿莱玛亚大学"。

2. 吉马农业技术学院。于 1952 年 10 月开班，第一个大学层次的普通农学专业的招生是在 1953 年 9 月，学制 4 年，毕业后授予科学学士学位。因为当时阿莱玛亚农学院还在建设当中，吉马农业技术学院只负责学生一、二年级的教学，两年后转到阿莱玛亚农学院学习。阿莱玛亚农学院真正开始招收学生是在 1956 年 9 月。学院开办的最初目标是培养普通农学专业的学士学位毕业生，后来随着国家发展的需要，学院又开设了一些新的学科专业。

3. 动物健康学院。建立于 1963 年，当时是由联合国食品和农业组织（FAO）资助建立的，该学院开设 2 年制的动物健康专业课程，2004 年该专业停办，1989 年学院并入亚的斯亚贝巴大学，成为亚的斯亚贝巴大学兽医学院的一部分。

4. 安布农学院。前身是安布农业学校，始建于 1931 年，是埃塞俄比亚历史最久的中等专业学校，也是这个国家的第一所农业学校，当时教授农业初级课程。直到 1966 年，安布和吉马农学院都还只是中等教育学校，招收八年级毕业生，然后进行 4 年的以农业知识为主的一般教育。1967 年，这两所农业学校升格为初级农学院，归农业部管辖，培养 2 年制的农学专业学生。1978 年，两所学院又升格为农业专科学院，目前都属于吉马大学的一部分。2005 年，吉马大学将"吉马农学院"更名为"吉

马农业和兽医学院"。安布和吉马初级农学院主要培养农业技师
人才，相当于现在的职业技术学院。

5. 迪布瑞热特初级农学院（Debre Zeit Junior College of
Agriculture）。自20世纪70年代中期开始，埃塞俄比亚陆续建立
起了一些农业初级学院，著名的如迪布瑞热特初级农学院。农学
院的前身是著名的迪布瑞热特农业实验站，建立于1953年，是
阿莱玛亚农学院的第一个实验站。后来在亚的斯亚贝巴大学的指
导下，迪布瑞热特实验站发展成为一个独立的农业实验站。1977
年9月，实验站获得2年制的文凭学历培养权，随之实验站也改
名为"迪布瑞热特初级农业学院和农业研究中心"。1984年2
月，由于中心被迫关闭，初级学院的专业和学生被临时划拨给了
阿莱玛亚农学院。随着迪布瑞热特初级学院学生培养的中断，阿
莱玛亚农学院又重新获得了对实验站的控制权，并于后来被更名
为"阿莱玛亚农业大学迪布瑞热特农业研究中心"。然而，随着
国家农业研究体系的重建，在1997年，迪布瑞热特农业研究中
心被置于埃塞俄比亚国家农业研究组织的专门领导之下。

6. 阿瓦萨农学院（Awassa College of Agriculture）。阿瓦萨农
学院建立于1976年，前身是亚的斯亚贝巴大学的领导下的一部
分，1994年经过重组后获得独立学院地位，属于教育部领导。
学院现在具有学士和硕士培养资格，以农学专业为主。2000年，
随着得巴布大学的建立，阿瓦萨农学院成为得巴布大学的一部
分，2006年改称"哈瓦萨大学"（Hawassa University）。

7. 温都噶纳林学院（Wondo Genet College of Forestry）。温都
噶纳林学院建立于1978年，但直到20世纪90年代中期，学院
还只能培养2年制文凭层次的林学专业毕业生，1997/1998学年
底，阿莱玛亚大学的4年制学士学位林学专业被划到温都噶纳林
学院。学院现在能够培养林学专业的学士和硕士层次的毕业生。
学院最初由农业部管辖，后来归教育部管辖。2000年得巴布大

学成立，学院成为该大学的一所独立校区二级学院。

8. 兽医学院（Faculty of Veterinary Medicine）。兽医学院建立于 1979 年，坐落在迪布瑞热特地区，前身就是著名的"动物健康学院"，主要办学目标是培养高层次的动物健康专门人才，目前已能够授予兽医学博士学位。兽医学院现在是亚的斯亚贝巴大学的一所二级学院。

9. 莫克莱大学干旱农业与自然资源系（Faculty of Dry Land and Natural Resources of Mekele University）。1993 年，作为新成立的莫克莱大学学院一部分的干旱农业与自然资源系开始招生，2000 年随着莫克莱大学学院升格为莫克莱大学，干旱农业与自然资源系也改为干旱农业学院，2004/2005 学年学院开始培养硕士研究生。

（二）农业职业技术教育和培训（Agricultural Technical and Vocational Education and Training，ATVET）

在埃塞俄比亚，ATVET 中心比较流行，大部分中心都是在 2001 年建立的。1994 年出台的"教育和培训政策"强调，要为那些完成 10 年教育的中学生提供技术培训，技术培训应为国家中等层次的人力资源推广服务。随着 2001 年一些 ATVET 中心的建立，当年的普通初中毕业生参加了 ATVET 中心的学习和培训。

ATVET 中心属于埃塞俄比亚联邦农业和农村发展部管辖，目前全国有 25 家中心，主要负责培训动物健康、动物科学、自然资源管理、植物科学等领域的中等水平的农业技术人才。ATVET 学制为 3 年，前 2 年在学校学习，最后 1 年是为期 10 个月的学徒培训，学徒培训期间都有专门师傅指导。ATVET 中心的各专业培养方案，30% 为理论学习，其余 70% 为操作实训，其中就包括 10 个月的学徒实践。2003/2004 学年，ATVET 中心各专业在校生总数为 37579 人，其中一年级为 13178 人，二年级为 14967 人，三年级为 9434 人。ATVET 中心的毕业生多被安排到农业协会或农业推广中介公司工作。ATVET 中心已成为国家培养农业技能型人才的重要阵地。

（三）农民培训中心（Farmer Training Centres，FTCs）

农民培训中心是埃塞俄比亚农业教育体系的另一个组成部分。农民培训中心提供模块化培训课程，培训对象为小学辍学者或成年农民。FTCs 开展的培训形式比较灵活、内容针对性强，开展的农民培训一般为 3 个月，每周 2 天，计 300 小时。另外，考虑到农村地区特别是偏远农村地区动物健康防护知识方面的欠缺，联邦农业和农村发展部开展了以农村社区为基础的动物健康防护专门知识培训。为此，农村发展部推广了新的课程标准和培训大纲，专门用来培训那些社区动物健康工人。农民培训中心的教学人员多半由大学农学院的教师兼职，另有农业部门的技术人员，很少有专职教师，只有必要的管理和组织人员。现政府计划在全国建立 1.5 万个农民培训中心。

## 二、农业推广与研究体系的建立和发展

埃塞俄比亚农业推广与研究工作始于 20 世纪 50 年代"帝国农业机械工艺学院"（IECAMA）的建立，在随后的 10 余年里，IECAMA 为国家农业推广与研究体系的建立做出了积极努力。

（一）农业推广计划

1963 年，国家农业推广工作归属到农业部麾下，农业部成了国家农业推广体系的最高权力部门。为此，农业部专门成立了农业推广司。多年来，农业部实施了多项农业推广项目，诸如一揽子包装计划、最省包装计划、农民与农业推广计划，以及1995 年以来的"范例推广与培训推广项目"（PADETES）。

PADETES 于 1993 年在埃塞俄比亚启动，它源自"萨撒卡瓦全球两千推广战略"（SG2000），是由萨撒卡瓦非洲协会和卡特中心的全球两千（the Sasakawa Africa Association and the Global

2000 of Carter Centre) 共同发起的。经过对过去推广工作的严格评估和对 SG2000 的经验总结，埃塞俄比亚的 PADETES 得到了良好开展。PADETES 的主要目标包括通过农业研究信息和研究技术来增加小规模经营农民的产量、提高食品自足程度、提高工业和出口农作物的供给、增强国家自然资源基础的恢复和保护。该项目对国家农业发展与食品包装方式给予了特别关注。PADETES 首先是改进了谷类生产的包装，受益者主要是那些住在雨量大的地区的农民。

通过对不同农业推广项目的认真考察发现，大多数农业推广项目存在着共同缺陷，那就是在设计和执行过程中没有足够的项目参与者和直接的利害关系人。这些项目仅抓住了公路两旁几公里地区以内的农牧民，而偏远地区的农牧民却很少惠及。推广工作的成功很大部分上依赖于项目设计的质量和参加人员的数量，然而，目前参加人员的数量却很少，仅占这个国家农民数量很小一部分。

（二）农业研究体系

帝国农业机械工艺学院成立后的 10 多年里，积极开展农业研究。它受国家委托，与在迪布瑞热特的中心实验站合作开展了一些农业研究项目。1966 年，塞拉西帝国政府把农业研究管理权移交给了新成立的国家农业研究院（IAR）。受政府委托，农业研究院负责制定国家农业研究政策，针对国家不同的农业生态地区开展农作物、牲畜、自然资源及相关学科的农业研究，调整国家农业研究方向等。随着农业研究院的建立，农业高等教育、农业研究与农业推广三者开始分离，分属于不同的管理机构，这种结构上的变化在一开始就破坏了三者之间刚刚开始的联系。直到现在，在农业部、国家农业研究体系与农业高等教育机构之间并没有建立起明确的有机联系。

从国家农业研究院的建立，埃塞俄比亚拥有了一个全国性的农业研究体系，这个体系属于自治性质的，大大小小的农业研究站分布在全国主要的农业生态区和农产品分布区，吸收了农业学科群体。直到 1997 年，农业研究院被埃塞俄比亚农业研究组织（the Ethiopian Agricultural Research Organization，EARO）取代之前，农业研究院一直是受国家委托而开展农业研究的专门组织。多年来，农业部所属的其他组织也参与了一些农业研究活动。这些组织包括：植物保护研究中心（PPRC），成立于 1972 年，在埃塞俄比亚科学技术委员会指导下开展工作，1995 年并入农业研究院；埃塞俄比亚植物遗传资源中心，成立于 1974 年，后来发展成为生物多样性研究院（BDI）；林业研究中心（FRC），成立于 1975 年；木材利用研究中心（WURC），成立于 1979 年；国家土壤实验室（NSL），成立于 1989 年；动物健康研究院（IAHR），成立于 1992 年。

除了上面提到的这些组织外，农业部所属的一些司局级单位，如咖啡与茶叶推广局也参加了有关的农业实验研究活动。另外，一些高等学习机构，如阿莱玛亚大学、阿瓦萨农学院、莫克莱大学干旱农业与自然资源系、亚的斯亚贝巴大学的相关院系也一直在进行着一些农业相关研究工作。

20 世纪 90 年代，政府对农业研究进行了重大改革，农业研究院所属的一些研究中心划归所属各州管理，成为州农业研究中心，通常都属于州农业局管理。然而，阿姆哈拉、奥罗米亚、索马里、南部和提革里地区却先后成立了各自的州农业研究院，把农业研究看作它们的中心任务，并着手对各自地区的农业研究活动进行了调整。

（三）国家农业研究组织

如前所述，不同组织所开展的农业研究活动由于缺少适当的协调机制，导致了资源浪费和重复研究，国家承担了不必要的损失。现政府已经关注到这些存在的问题，对国家农业研究体系进行了调整改革，并把调整后的研究体系置于 1997 年新成立的国家农业研究组织（EARO）的管理和庇护之下。EARO 成立过程当中，合并了除州农业研究中心（所）以外所有现存的农业研究机构，包括 IAR、BDI、FRC、WURC、IRHR、NSL 和迪布瑞热特农业研究中心。在 1997 年 EARO 成立公告中指出，EARO 的目标是产生、发展和推广农业技术，使这些技术适应农业发展需要并造福广大农牧民；协调农业研究中心或高等学校及其他相关组织的农业研究活动，在协议的基础上开展农业研究；构建研究能力、加强体系建设，提高农业研究的效率和成效；推广农业研究成果。根据国家理顺农业研究管理体制、避免机构臃肿和资源浪费的精神，EARO 制定了一个十年发展规划，以此来指导国家农业研究。

目前埃塞俄比亚的农业研究体系在构成上可以分成三类：

一是埃塞俄比亚农业研究组织。包括 EARO 成立过程中并入的各种研究院或研究中心；

二是州和区农业研究中心或研究院；

三是高校的农业院所。

州和区农业研究中心（RARCs）和研究院（RARIs）成为埃塞俄比亚第二大农业研究组织。这些中心（所）能够根据地区的特殊需要开展研究，它们在地区层面上促进了多学科交叉研究，还参与了一些国家研究项目。EARO 的研究经费由国家提供，地方研究机构的经费由地方政府提供。当前，全国已有 39 个地区性农业研究中心，其中一些是用世界银行资助的"农业研究和培训工程"项目款的一部分建立的。

高校农业院所在开展农业研究方面也十分积极，他们通过教师的直接参与或毕业生的论文研究来进行农业研究。

埃塞俄比亚的农业研究体系已经存在了 50 余年，开展了大量的农业研究和技术推广，取得了很大成效。尤其在植物育种、繁殖、推广、提高农作物产量、农作物病虫防治、水资源开发利用、土壤保护等方面取得了积极进展。

### 三、高校农业院所的研究成效

近年来，高校农业院所在政府的号召下，开展了一些积极的、卓有成效的农业研究工作。国家明确指出，高校农业院所在教学、研究、对外服务方面要与国家在食品安全、经济增长和可持续发展环境建立等所面临的挑战相一致，高校要在人力资源开发、提高研究成果、推广技术服务等方面有所作为。2002年的"可持续发展与减贫计划"，对高等教育优先发展的专业提出了总体指导意见，计划中特别提到了农业工程、农作物加工、畜牧加工、农业研究与发展等涉农专业的发展问题。

（一）高校农业人才培养

高校农业院所通过开展农业专业教育、农业技术培训等来培养农业研究和农业推广服务方面的专门人才。几十年来，各高校培养了数以万计的农村、农业专门人才。但由于埃塞俄比亚高等教育的落后和培养力量的不足，有关资料也表明，这些高校所培养的农学毕业生还远未满足国家发展对合格农业专门人才的需求。

表6-3　　　　　截至2005年8月，各高校农业及涉农专业毕业生人数统计

| 学院（系） | 继续教育 | | 全日制教育 | |
|---|---|---|---|---|
| | 文凭 | 学位 | 文凭 | 学位 |
| 安布农学院 | 1580 | — | 3832 | — |
| 阿瓦萨农学院 | 2034 | 114 | 4977 | 1027 |
| 迪布瑞热特初级农学院 | 13 | — | 995 | — |
| 兽医学院 | — | — | 1890 | 617 |

| 学院（系） | 继续教育 | | 全日制教育 | |
|---|---|---|---|---|
| | 文凭 | 学位 | 文凭 | 学位 |
| 吉马农学院 | 1179 | — | 5172 | 161 |
| 温都噶纳林学院 | 167 | 99 | 1472 | 344 |
| 莫克莱大学干旱农业与自然资源系 | 231 | 235 | — | 703 |
| 阿莱玛亚大学农学院 | 322 | 45 | 773 | 7578 |
| 总　　计 | 5513 | 506 | 19111 | 10566 |

资料来源：埃塞俄比亚教育部：《教育统计年鉴》，2005 年，第 131—154 页。

从表 6 - 3 中可以看出，几十年来，所有这些高校共培养农学毕业生 35696 人，高校之间培养能力存在着很大的差距。在毕业生中，有 741 人获得科学硕士学位，76 人获得兽医学硕士学位，541 人获得兽医学博士学位，9741 人获得学士学位，24624人获得文凭学历。

这些高校培养出来的毕业生有的进了农业推广机构当了技术工人，有的成了专家、教师、研究人员、咨询人员、部门领导等。这些毕业生们在国家农业研究和发展过程中，起到了主力军作用。例如，在 1960—2005 年期间，农业部 17 位部长当中有 7位、17 位副部长中有 11 位毕业于阿莱玛亚大学；在 1966—2005年间，国家农业研究组织（前期的农业研究院）的 10 位董事长中有 8 位、7 位副董事长中有 6 位毕业于阿莱玛亚大学。

适应高校农业院所能力建设和提高人力资源开发能力的需要，适应农业发展对专业人才的需求，目前政府对高校的农业学科建设给予极大关注和支持。在过去 10 多年里，新增新建了 15个农学学士培养点和 3 个研究生学位培养点。

（二）高校农业研究成果和农业推广服务

毫无疑问，人力资源培养是高校农业院所的基本任务，但除此之外，高校还保持着在农村、农业、农产品加工方面与公、私及非政府组织的有机联系，向社会提供农业技术服务。除了在农业研究上直接参与之外，这些高校的农业院所还对地方农业研究中心的工作人员进行技术提升培训等。多年来，高校的农业院所在农业研究方面取得了显著成绩，其中农作物品种改良成果达120项、技术革新16项，但绝大多数都是阿莱玛亚大学的研究成果。这些研究成果通过各地的农业推广机构的实验，取得成效后被应用到农业、牧业生产上，取得了巨大的社会效益。

高校开展的农业研究也存在着一些不足，如研究项目往往是根据研究者个人的兴趣而不是根据贫苦农民的实际需要来开展，同样值得注意的是，农民的意见或建议往往被研究人员所忽视。显而易见，只有当研究成果与农民的急需项目一致，才能被广泛接受，也才更具有实际意义。

在以发展为导向的农业研究项目中，高校农业院所之所以受到限制，其主要因素有以下几点：缺少研究经费；缺乏对大学研究人员的激励机制；未建立与研究成果使用者和潜在客户的联系；缺乏对研究项目的规划、调整和评价功能；缺乏国家农业研究的明确委托和授权；缺乏对急需农业研究项目的优先立项。直到现在，几乎所有高校对教师的学术成就评价都是根据在国际上认可的科学杂志上公开发表研究成果的多少来评定。在1997年，亚的斯亚贝巴大学做出了一个大胆改革，承认地方导向的研究成果，对那些适应地方需要、促进地方发展的技术革新和技术实践项目经过评定给予认可。亚的斯亚贝巴大学的这一做法正越来越多地被其他高校所效仿。

在优先发展农业的基础上，埃塞俄比亚政府正在探寻经济增长的新策略。农业发展目标要通过提高全民劳动生产力才得以实现，而全民劳动生产的提高是以良好的教育和健康服务作为基础，以形成私人企业，以改革社会服务的方方面面。要使这项策略获得成功，国家高等教育系统要培养既有农业技术又有研究能力的大学生以支持农村经济多样化，这是目前改革的驱动力之一。

## 第三节　职业教育与人力资源开发

在埃塞俄比亚的历史上，职业技术教育和培训①一直不被重视。但从 2001 年以来，为了适应社会经济发展的需要，职业技术教育得到了较快的发展。为了提供一个良好的职业技术教育环境，国家对职业技术教育课程进行了改革，对职业教育学校的老师进行了技术提升培训，并雇佣了一些外籍教师来解决教师短缺问题。埃塞俄比亚政府想通过发展职业技术教育与培训来增强国家人力资源开发能力，把人力资源开发作为增强国家发展力的重要战略工具，以实现全面能力建设计划。

### 一、职业教育发展的历史背景简述

像世界上许多国家一样，埃塞俄比亚现代职业学校教育的发端早于普通教育，但发展一直十分缓慢。在 19 世纪 40 年代中期，埃塞俄比亚的教育体系中引入了职业教育。在此之前，传统形式的手工学徒制已存在于冶金、纺织、制革、珠宝和制陶等手工业作坊当中，但是这些行业总是被社会所轻视。只有宗教、司法、军事和农耕等才被视为社会所接受的职业。因此，受社会传统观念的影响，家长很不情愿把他们的孩子送到职业学校读书，他们担心自己的子女也会像以前的手工师傅一样被社会所轻视，沦为三等公民。

然而，随着职业教育的制度化发展，以及职业教育课程的针

---

① 本节中将交叉使用"职业教育"或"职业技术教育"，不做专门界定。

对性增强，职业教育的学生毕业后一般都能找到一份稳定的工作，人们的观念也开始发生变化，越来越多的高中学生进入职业教育专业学习。举办职业学校的单位或组织主要有：政府部门、半国营性质的集体组织、宗教机构、私营及个体企业、劳动和就业协会等，但是职业学校的数量与规模发展并不快，远不如普通教育。

过去，埃塞俄比亚职业教育的发展一直受到来自联合国、前苏联、意大利和许多国家的非政府组织的援助和支持，近年来多得到日本和德国等国家的支持。在国家职业教育发展目标确定之后，外国援助多采取项目目标法。

40 多年前，在美国援外使团的帮助下，埃塞俄比亚就建立了类似于美国综合高中的模式，在 20 世纪 60 年代，先后一共有 105 个实践课程模块引入到中学课程，主要分四个领域：工业艺术、家庭经济、商业和农业。开设实践性课程的目标是培养劳动者的价值观和提高劳动效率与工艺水准。这种实践性课程占到中学课程学习时间的 20%，约合 160 个小时，其他时间用来提供学术性课程以帮助学生参加国家考试。

20 世纪 70 年代，在前苏联的帮助下，埃塞俄比亚引入了多科性的中等技术教育计划，在 9—10 年级的学生中先开设综合技术课程，然后再进行 3 年的职业技术教育。这项计划是为了培养中等层次的熟练技术员，以及技术、管理或行政岗位上的专职人员。职业中学里的老师要求具备文凭或学位证书。

一些非政府组织和宗教群体在职业教育和技术培训中扮演了重要角色。但由于教育资源的缺乏、教育质量的落后和职业教育的终结性以及教育理念上的差异，导致 20 世纪六七十年代在埃塞俄比亚所进行的这些职业教育实验项目并没有取得预期的效果，并最终招致失败。

到了 20 世纪 70 年代中期，Derg 政权在全国各地建立了许多社区技能培训中心（CSTCs），并作为国家教育体系的一部分。培训中心的目标是为了提高当地居民的技术水平、提高社区的生产力。培训中心的课程涉及商业贸易和农业手工业生产两大领域，如编织、缝纫和刺绣、木工、陶瓷、燃料节省炉的制作和使用、蜡烛和肥皂的制作、印染、篮子和席子的编制、金工、农业生产、家庭经济、木工与建筑等。例如，1995 年，奥罗米亚州有 175 家 CSTCs，2001 年参加培训的学员达到 3000 人，比六年前增加了一倍，而且女性学员略多于男性。

20 世纪 90 年代中期以来，政府发布了一系列促进教育和培训发展的政策性文献，如以农业发展促进工业化战略（the Agriculture Development Led Industrialization Strategy，ADLI）、过渡期减少贫困战略白皮书（the Interim Poverty Reduction Strategy Paper）、2001—2010 年发展框架和行动计划（the Development Framework and Plan for Action）、教育和培训政策（the Education and Training Policy）以及教育领域发展计划（the Education Sector Development Programme）等，都强调了教育和培训在促进平等、降低贫困等方面的重要作用。

1994 年，埃塞俄比亚过渡政府发布了一项有关教育政策和策略性的文件——"教育和培训政策"，明确提出了今后国家教育发展的三大转向：教育要更加适应社会的需要和课程的变化；提高教育质量；扩大小学和职业教育。政策上的变化对教育的发展方向具有重大指导意义，在教育和培训政策文件的第三部分中，明确提出了非公立职业技术教育与培训（TVET）的具体发展目标和发展措施：

1. 把职业教育提高到与普通教育同等重要的地位，为各级各类教育的失学和离学人员提供多样性的职业和技术培训；

2. 为小学失学者或相当年龄人员提供农业生产、工艺技术、建筑和基本的文书能力等方面的学徒式培训；

3. 为小学毕业后不再接受普通教育的人员提供农业、工艺美术、建筑、商业和家政等方面的职业与技术教育；

4. 为初中毕业生提供技术培训，培养中等技术水平的劳动力；

5. 帮助大中专在校生参加技术学习和高等教育学习，获得必要的专业和生活经验；

6. 帮助教师和研究人员获得必要的专业实践经验，了解行业发展，促进教学提高；

7. 调整课程计划和内容，保证学生和接受培训者获得必要的企业管理和生产态度及生产技能；

8. 鼓励开展社会实践发展研究，采取必要措施促进各项目标的实现。

1994 年的教育和培训政策成为 20 世纪 90 年代末实施 TVET 改革的基本指针。

在 2001/2002 学年，13 所公立和 10 所非公立职业技术教育与培训（TVET）机构共招收学生 4561 名，其中公立学校招收 2631 人。学生中女生约占到 17%。除此之外，在四个州还建立了 25 个技术发展中心，共培训学员 8156 人，其中女学员占 30.4%。

本世纪以来，埃塞俄比亚政府在 TVET 专业调整和重建上进行了广泛的努力。现存学校的整顿、新机构的建立、新专业的开办带来了入学机会和入学人数的增加。由于扩建和重建，带动了 TVET 专业的多样化发展。2001/2002 学年，共有 126 所公立和 40 所私立教育机构在招收 TVET 专业学生。国家教育发展规划中提出，要大幅度提高 TVET 的招生规模。为了实现这个目标，以适应国家发展对技能型人才的需求，国家 TVET 将采取包括教师培养、课程改革、专业建设、新建和扩建一批职业院校等促进和加强职业技术教育发展的行动计划。

## 二、职业教育发展与人力资源开发

埃塞俄比亚政府一直在积极倡导并发展职业技术教育，并把它作为开发国家人力资源的战略决策之一。1994 年的"教育和培训政策"明确提出要"提高教育质量和教学内容的相关性"。2004 年颁布的"职业技术教育和培训宣言"对国家职业教育管理体制在职责上进行了划分，明确了地方政府和联邦政府在举办职业教育上的义务及管理上的职责。宣言提出了几大发展战略，包括农村发展战略、能力建设战略、企业发展战略和教育与培训发展战略。每一项发展战略都需要大量的不同专业的知识技能型人才。

人力资源与国家政治、经济和社会环境密切相关。人不仅是社会发展的中介，而且是发展过程的目标。发展是为了导向人们更好的生活，也正是人才使发展成为可能。因此，通过不断教育和学习，人类可以矫正自己的错误发展观，并最终使自己适应资源和环境的可持续发展。人的发展和社会环境是相互作用的，有证据表明，随着受教育程度的提高，死亡率和出生率却相应减少，而社会生产力在增加。

人类资源开发能力的提高的可能道路就是教育，发展 TVET 是进行人力资源开发的重要途径，是增加社会财富的直接动力。没有人力资源质量的提高，要增加社会财富是很困难的。一般认为，单一学术取向的教育并不能及时适应社会和经济的变化，TVET 却可以为个人就业和创业做好准备。

埃塞俄比亚 TVET 的主要领域有：技术、商业、家政服务、农业、制革技术等，所提供的学习类型也不同，有长期的中等、高等职业学校教育，有短期的职业与技术培训等。虽然，埃塞俄比亚社会的技术水平大多很低，TVET 在这个国家并不像人们想象的那样受到欢迎，对普通教育特别是普通高等教育的热衷远远超过了职业教育。现有的职业学校由于办学条件落后、合格指导教师短缺、课程内容不符合就业实际、企业参与度低等原因而导致职业学校培养出来的学生在就业市场并不看好。

研究发现，影响埃塞俄比亚 TVET 的主要原因有以下几种：现代就业市场规模和潜力都很小，缺少市场活力；培训内容缺少针对性，往往是计划导向而不是就业导向；培训机构与企业或雇主的关系很少，甚至没有；培训课程太刚性化，不能适应不断变化的经济环境；缺乏对毕业生的后续跟踪研究。教育部就教育与技术培训需求相关的劳力需求做了一个初步的分析，结果表明，教育和能力培训与其他劳务市场研究对部级规划十分重要。特别是当公众要承担他们教育的大部分费用时，机构扩展、设备投入、课程改革等都要根据对国内经济领域发展重点及劳动力市场技术综合需求的实际评估作为指导，否则就会陷入盲目发展的境地。

进入本世纪以来，埃塞俄比亚的 TVET 有了很大发展，职业学校和培训机构在 1992/1993 学年仅有 17 家，2003/2004 学年增加到 133 家。国家的经济政策和发展策略需要大量的各类专门技术性人才，正是出于这一目标，同时也反映出劳动力市场真实需求，几年来公立和私立 TVET 机构进一步增加，培训内容更加多样化，劳动力市场需求旺盛。根据 2001 年对来自埃塞俄比亚七个地区的 192 名雇主的调查显示，在商业管理、机械、计算机科学以及法律领域要雇用新的员工是极其困难的事情，市场人才缺乏。另一项单独的以招聘空缺位置实际需求数字为基础的学科需求调查表明，在教师、农林、医疗服务、商务管理和计算机科学领域有很高的需求量。就政府而言，2003 年 4 月能力培训部为未来的五年制定了一个国内能力培训计划，在公共服务方面培训的重点是与社会保障、分散服务资源、信息与远程通信的发展、司法系统的改革、税费改革以及城市管理等方面相关，所有这些意味着在高校教育培训方面要优先考虑金融管理、公共管理、法律、传媒、信息技术、远程通讯、健康科学、教育（教师培训）、城市规划、电器、农业和牲畜生产等方面的培训，并且要保障其质量及后期社会效益。

但埃塞俄比亚大多数职业学校和培训机构都属于中等层次（"10＋1"、"10＋2"）的职业教育或技术培训。高等职业技术教育随着大学里专科专业的下放也得到长足发展，许多专科学院都有职业技术教育性质，主要培养中高级技术型应用人才，埃塞俄比亚皮革与皮革加工技术学院（the Ethiopian Leather and Leather Products Technology Institute，LLPTI）就属于这样一所学校（10＋3）。LLPTI 位于亚的斯亚贝巴的卡里提（Kaliti）地区，是国内较早建立起来的地方性职业技术学院。下面专门介绍 LLPTI 的情况。

### 三、高职教育："皮革与皮革加工学院"

埃塞俄比亚的牲畜存栏量居非洲第一，皮革出口是埃塞俄比亚的第二大出口产品，仅次于咖啡。因此，研究皮革行业人力资源的培养和培训，及其发展趋势和存在的问题，既具有代表性，又具有重要的现实意义。

埃塞俄比亚皮革与皮革加工技术学院（the Ethiopian Leather and Leather Products Technology Institute，LLPTI）成立于 1998 年，培养证书和高级证书、文凭层次的技能型人才。2006 年，学院开始培养中等技师和管理人员，属高等职业技术教育范畴，涉及专业方向有：皮革处理技术、皮配件加工技术、皮衣加工技术、皮鞋加工技术。有关调查研究发现，LLPTI 的发展前景是好的，但还存在一些不容忽视的问题，比如培训教师的资格、培训设备和原材料的质量、可获得的培训经费以及毕业生需求分析上都存在着一些问题和不足。根据埃塞俄比亚工业和贸易部 1997 年公布的数据，埃塞俄比亚拥有非洲最大的牲畜存栏量，位居世界第十，人均牲畜存栏量却是世界第一。虽然皮革及皮革产品的出口额仅次于咖啡，位列第二，但由于加工产品的技术含量低，导致出口附加值也很低，与世界皮革加工先进国家产品相比，皮革制品潜藏的巨大价值远没有发挥出来。

由于埃塞俄比亚皮革的质地很好，是生产高品牌皮革产品的理想原料，在国内外市场需求都很大。尽管国家拥有充足的皮革资源，但是皮革产品的生产能力却很低。影响和制约皮革加工能力的因素主要有：有技术的熟练劳动力短缺，缺乏对市场行情的了解，工人的基础培训不够，熟皮供应有限，制革原料不足，加工技术和方法落后，质量控制和质量标准不严，产品开发研究和设备技术更新滞后等。

（一）学院发展概况

皮革与皮革加工产业是埃塞俄比亚国家工业发展战略规划中给予高度关注的产业。1998 年埃塞俄比亚政府建立了 LLPTI，根据学院成立公告，学院成立管理委员会，是学院最高管理组织，学院肩负着三项目标任务：培养人力、开展研究、提供咨询和技术服务。主要目标之一是增加制革行业工人的数量，使制革行业工人在提高制革的质量中发挥骨干作用。

开办之初，LLPTI 与英国、印度及南非等国家皮革行业的一些职业技术学院就课程开发等方面建立了合作关系，并从对方引进技术力量和设备，接受对方的指导。为了加快学院师资队伍建设，提高培训者的水平，学院从相关行业吸收了 11 名技术指导老师，并分别送到英国、印度和意大利进行专门的技术性培训。

2003/2004 学年，LLPTI 开始招收三年制文凭层次的全日制学员，分布在皮革处理、皮件加工、皮衣加工、皮鞋加工四个专业方向学习，共有 101 人，其中女生 29 人；招收 60 名高级证书班培训学员，分别学习皮革加工、制鞋和皮衣加工技术；还对62 名皮料剪裁人员进行了专门培训。

学院的实训设施全部从国外进口，十分先进，甚至可以与世界上最好的同类学校相比，但这却并不一定能够带动埃塞俄比亚皮革行业的巨大变化。正如计算机行业一样，没有软件，再好的硬件也不能发挥应有的作用。同样，LLPTI 的最终成功取决于高素质的培训指导老师和技师，他们才决定着学院的发展，并在很大程度上最终影响到埃塞俄比亚制革行业的发展和未来。

到了 2005/2006 学年，学院有 96 名教师，其中实习指导教师 20 人，外籍教师 2 人，行政管理人员 59 人，工人 15 人。

（二）学院发展目标

LLPTI 发展的总体目标是：通过培养和培训皮革行业各方面人才来缓解技能型人才短缺问题，增强制革行业的发展后劲。培训包括理论和实践两个方面，涉及皮革加工、生皮处理、化学处理、机械操作、质量控制等各个环节。根据工业和贸易部的解释，为了完成上述总目标，学院旨在实施下列行动计划：

1. 提供多层次的制革技术培训，增加制革技术人才供应；

2. 为了增加皮革产品的数量和提高质量，开展皮革行业的应用研究和发展研究；

3. 为制革厂、制鞋厂物质检测服务，增强企业发展后劲；

4. 提供信息服务，促进行业发展。

（三）主要办学活动

LLPTI 的办学经费由工业和贸易部提供，学院的主要活动如下：

1. 培养和培训：有四种不同类型的培训课程计划。

（1）全日制文凭课程，"10＋3"学制，分四个专业：皮革处理技术、皮配件加工技术、皮衣加工技术和皮鞋加工技术，每个专业年招生能力为 30 人。

（2）高级证书课程，招收平均学业成绩达到 C 等的高中毕业生，学制 1 年，各专业年招生人数在 15—20 人之间，共四个专业。

（3）基础技术培训课程，招收小学毕业生，培训期限为 1 学期。这种培训主要适合于企业工人，所以也可以采取岗位培训的形式进行。完成培训的工人可以提升为技术员，也可以自己经营鞋店等。

（4）裁缝培训课程，主要是通过培训提高雇员能力，培训时间从 15 天到 3 个月不等。这种培训往往采取定单式培训，根据顾客需要而设计培训内容。

2. 研究和开发：主要是解决制革行业出现的问题，提高行业功能。

3. 咨询和教学服务：包括实验室实验、咨询服务、技术服务。

（四）未来发展规划

1. 在未来 2—3 年内，四个专业都要开设第一学位课程，培养学生学位人才；

2. 提高办学水平，保持与国际同类学校标准的一致性；

3. 提高学院实验中心地位，获得国际认可，为本行业提供实验检测服务；

4. 进一步扩大培训领域，为非洲其他国家和投资者提供培训设施。

加强职业技术教育和培训被认为是提高国家人力资源的有效途径，也是埃塞俄比亚加快人力资源开发的策略选择。职业教育在国家人力资源开发过程中扮演着柱脚石的作用，欠发达国家的职业教育和人力资源开发研究文献显示，这些国家的发展与国家在人力资源的有效开发、利用和发展方面密切相关。欠发达国家的人力资源开发战略把职业教育看作是解决技术工人短缺、降低失业、提高蓝领工人地位的有力武器。显然，埃塞俄比亚的职业技术教育和培训在这方面还有很多工作要做，高等职业教育也还只是处于起步阶段，办学过程中还存在着诸多不足和问题，这些都是发展中问题，需要一个一个地去解决。我们相信，在不久的将来，随着埃塞俄比亚经济、社会、教育的发展，特别是高等教育的大发展，必将推动高等职业技术教育和培训的大发展，只有这样才能够为国家各行业提供高级技能型人才，才能从根本上改变埃塞俄比亚人力资源落后的被动局面。

# 第七章

# 埃塞俄比亚教师教育与高校
# 师资队伍建设

    教师是影响教育发展的重要因素，拥有合格的、主动积极的教师是保证教育质量的关键。只有合格的教师队伍才能培养出合格的学生群体。在埃塞俄比亚，由于各级教育的快速发展所带来的教师不足现象普遍存在。因此，如何加强师资队伍建设、提高教师队伍素质、加快师资培养将是埃塞俄比亚政府十分关心的问题。根据国家教育发展规划，埃塞俄比亚制定了为各层次和类型的教育培养足够的合格教师的培养目标，力争为教育质量提高和社会、文化及经济发展做出贡献。在埃塞俄比亚新出台的一系列教育政策中都强调了教师教育的重要性，摘要如下：新招募的教师要具有一定的能力和才干、勤奋努力、身体健康、热爱本职工作；教师教育和培训的内容要突出基础知识、职业道德、教育方法和实践能力的培养；任何学校、任何层次的教师在任职前都要经过教师资格的认定；教师的专业发展标准将是其职业道德和教学能力不断发展的过程；所有教师培训机构的培训内容必须适应不同层次教师的实际需要等。

    本章拟分别从埃塞俄比亚中小学和大学师资队伍现状分析入手，进一步厘清埃塞俄比亚教师队伍建设目前存在的问题及所采取的对策。

## 第一节　中小学教师培养与培训

    埃塞俄比亚的普通教育体系分为幼儿教育、初等教育、中等教育、高等教育四个层次，另有职业教育和成人教育，属于分轨式教育体制。教育系统是一个梯级结构体系，从初级、中级到高级，各级教育之间必须按比例协调发展，比例失当就会造成不协调，某一级比例失当就会波及相邻级别教育的持续发展，进而会影响到整个教育系统的可持续发展。在埃塞俄比亚，高等教育的落后也折射出初、中级教育的落后，而要改变这种落后局面，就必须增加教育投入，扩大各级的教育规模。扩大规模必然需要更多的教师。

### 一、基础教育、职业教育扩展呼唤教师教育

自 20 世纪末以来，埃塞俄比亚的中小学教育也得到了快速发展。小学（1—8 年级）入学人数从 1996/1997 学年的 500 万增加到 2001/2002 学年的 810 万，适龄儿童入学率从 42% 提高到 61%。基础教育的扩大也带来了教育质量问题，最显著的就是由于班级规模过大、人数过多导致教学资源的紧张、教学环节的无法保证，例如：小学班级规模从 1997/1998 学年的每班 52 人增加到 2001/2002 学年的 73 人，许多班级甚至超过了 100 人，久而久之必然导致教育质量滑坡。班级规模过大的同时还带来了辍学率过高，一年级辍学率为 27%，1—8 年级的复读率超过 9%，有些地方还在增加。入学人数大增还带来了生均课本数量的不足，在小学低年级的大部分科目中，两个学生还不能保证拥有一本教科书。中学的入学人数也从 1996/1997 学年的 46.8 万人增加到 2001/2002 学年的 76.4 万人，几乎增长了一倍，中学毛入学率提高到 12%。但中学规模的扩大同样带来了质量问题，显著之处是教师的短缺，数量严重不足，合格中学教师只占 39%。教师不足直接影响到中学教育质量，进而影响到高等教育的生源质量，中学无法保证为高等教育输送足够的合格新生。

为了与普通教育改革相一致，1994 年的教育与培训政策还

特别强调了职业技术教育与培训（TVET）课程的多样化问题，强调 TVET 要为开发中等层次的人力资源服务。进入本世纪以来，为了适应经济发展的需要，埃塞俄比亚的 TVET 得到较快发展，几所新的 TVET 学校建立起来，一些现有的 TVET 培养能力得到提升。埃塞俄比亚政府认为，为那些完成十年教育的学生提供一定时间的 TVET 教育是教育部门的重要任务，也是教育领域的重要组成部分。在 2002/2003 学年，埃塞俄比亚共有 134 所政府办的和 19 所非政府办的 TVET 学校，入学人数有 7.2 万多人。同年，由农业部举办的 TVET 中心有 25 家，学生达 2.6 万多人。职业教育的发展同样带来教师的短缺，特别是有一技之长的专业教师更是严重不足。师资问题已成为影响埃塞俄比亚各级教育正常、健康发展的桎梏，必须采取有力措施加以解决或缓解。

然而，有关教师培养的不满和牢骚也越来越多，这些不满和牢骚主要是针对那些负责培养中小学教师的高校。抱怨的根源主要是培养机构提供的课程内容与受训者所要从事的学校教学岗位要求之间存在的巨大差距上，这些培养机构通常提供了过多的大学或专科层次的学术性课程，而忽视了中小学教育的实际。有些政论家或学者批评某些教师教育专业的课程设置与埃塞俄比亚的教学实际相脱离，有的人认为大学里的培养方案几乎就是照搬照抄发达国家的模式。

自从 1994 年以来，埃塞俄比亚的教育体制经历了一场意义重大的范式转换，这场转化突出地表现在教师教育专业的课程变化上。教师教育新课改不仅体现把理论知识与实践生活结合起来，而且突出了"问题解决"的教学方法，即"项目教学法"，着重培养教师的实际教学能力。

## 二、小学教师任职资格及培养培训

埃塞俄比亚小学为义务教育，分为两个阶段，第一阶段为

1—4 年级，主要进行基础文化的学习，第二阶段为 5—8 年级，目的是进一步提高学生的文化素质，为升学做准备。2002 年全国共有 1—8 年级完全小学校 7111 所，有 1—4 年级第一阶段小学校 5242 所。到 2004 年，全国共有公立、私立小学校，加上正在新建的小学校，总数达到 12471 所。全国小学总入学人数为 874 万多人，生师比进一步拉大。

表 7-1　　　　　2004 年埃塞俄比亚小学教育状况比较　　　　单位：%

| | 毛入学率（适龄人口的百分比） | | | 净入学率（适龄人口的百分比） | | | 生师比 |
|---|---|---|---|---|---|---|---|
| | 总数 | 男 | 女 | 总数 | 男 | 女 | |
| 撒哈拉以南地区 | 93 | 98 | 87 | 64 | 68 | 60 | 49 |
| 埃塞俄比亚 | 77 | 85 | 69 | 46 | 49 | 44 | 65 |

资料来源：世界银行：《2006 非洲发展指数》。

据统计，埃塞俄比亚小学教育的第一阶段的教师中，达到国家规定水平且获得教师资格的占 97.06%，而在小学第二阶段，合格教师仅占 54.6%，第二阶段的合格教师缺口较大。为了提高在职教师的学历水平，2002 年国家开通了小学教师远程教育学习，共有 2.1 万多名小学教师为提升学历报名参加了远程教育学习。

小学教师的培养和培训分别由教师培训所（Teacher Training Insititutions，TTIs）和教师培训学院（Teacher Training Colleges，TTCs）负责。小学 1—4 年级合格教师需要取得专业证书（certificate）资格等级，小学 5—8 年级的教师需要取得文凭（diploma）等级。学员学完 12 年级课程（即高中毕业）后再经过一年的教育培训，可颁发证书资格等级，取得小学 1—4 年级教师资格；学完 12 年级课程后经过三年的教育学、教育技术和专业学科知识的学习，颁发文凭等级，取得小学 5—8 年级教师资格。教师培训所（TTIs）提供证书层次的教师培训，为低年级小学校培养教师；教师培训学院（TTCs）提供文凭层次的教师培训，为高年级小学校培养教师。

根据新的"教育和培训政策"和"教师教育体制改革计划"，国家组织开发了新的教师教育课程标准，并在 TTIs、TTCs 和大学的教育学院中开始使用。

表 7 - 2　　　　　　教师培养学院的文凭（10 + 3）
　　　　　　　　　　课程的专业课设置情况

| 序号 | 专业课程 | 学分/小时 | 序号 | 实践性课程 | 学分/小时 |
|---|---|---|---|---|---|
| 1 | 埃塞俄比亚教育 I | 2/1 | 17 | 实践 I - 1 | 2/1 |
| 2 | 专业论题 I | 1/1 | 18 | 实践 I - 2 | 2/1 |
| 3 | 埃塞俄比亚教育 II | 2/1 | 19 | 实践 II - 1 | 2/3 |
| 4 | 专业论题 II | 1/1 | 20 | 实践 1I - 2 | 5/8 |
| 5 | 信息与通讯技术 I | 1/1 | 21 | 实践 1II - 1 | 5/12 |
| 6 | 专业论题 III | 1/1 | 22 | 实践 1II - 2 | 1/2 |
| 7 | 信息与通讯技术 II | 1/1 | 23 | 行动研究 I | 1/2 |
| 8 | 专业论题 IV | 1/1 | 24 | 行动研究 II | 1/2 |
| 9 | 儿童发展与支持 I | 2/3 | 25 | 行动研究 III | 1/2 |
| 10 | 专业论题 V | 1/1 | 26 | 行动研究 IV | 1/1 |
| 11 | 特殊教育 I | 2/3 | 总计 | | 48/80 |
| 12 | 儿童发展与支持 II | 2/3 | | | |
| 13 | 专业论题 VI | 1/1 | | | |
| 14 | 特殊教育 II | 2/3 | | | |
| 15 | 教学法 I | 3/13 | | | |
| 16 | 教学法 II | 3/10 | | | |

　　根据 TTIs、TTCs 新课改标准，原先教师教育专业的学术性课程被大幅度删减，而专业性课程大量增加，如教育实践在原先的教师教育学院为零，而现在至少增加到 15 个学分以上。而且专业课的比例占很大比重，专业实践受到重视，更注重教师的专业技能培养。

表 7 - 3　　　　　　　　　　教师教育专业课程结构

| 类型 | 课程分类 | | | | 主修课与专业课之比 |
|------|------|------|------|------|------|
| | 主修课 | 辅修课 | 专业课 | 选修课 | |
| 学士（教育类） | 33 | 18 | 51 | 9 | 0.647 |
| 文凭（教育类） | 12 | — | 48 | 43 | 0.25 |

　　除了全日制课程外，许多 TTIs 和 TTCs 还提供函授、夜校和夏季课程班课程，招收中学毕业生。但这些非全日制课程学习年限都要比全日制时间长，最短的为 3.5 年，最长的达 5 年。另外，近年来一些私立教师培训机构也开始提供教师培训课程。

　　直到 20 世纪 90 年代中期，埃塞俄比亚还只有 2 所教师教育学院，即科特比（Kotebe）教师教育学院和巴赫达尔（Bahir Dar）教师教育学院。近年来，不但一些新的教师教育机构建立起来，而且原先只提供证书层次的教师培训所（TTIs）大都被提升到文凭培养层次。在教师教育体制改革（TESO）框架基础上，教育部于 2003 年制定了小学第二阶段教师教育计划，主要目标是培养学术合格、专业技术熟练、敬业爱岗的小学第二阶段（5—8 年级）教师，主要专业有语言学、公民道德教育、数学、自然科学、社会科学、体育教育等。

　　2003 年，提供证书层次的教师培训所全国有 9 家，提供文凭层次的教师培训学院全国有 11 家，其中有几家 TTCs 同时还提供证书层次的培训课程。具体地区分布和课程年限见表 7 - 4。

表 7 - 4　　　　　　　　2003 年底全国 TTIs 地区分布及其
　　　　　　　　　　　培训课程年限情况

| | 地　　区 | 培训机构名称 | 培训课程年限 | | |
|---|---|---|---|---|---|
| | | | 全日制 | 夜校 | 夏季课程班 |
| 1 | 提革里 | Adwa | 1 | — | — |
| 2 | 阿姆哈拉 | Debre Birhan | 1 | 1.5 | — |
| | | Debre Markos | 1 | 1.5 | — |
| | | Dessie | 1 | 1.5 | 2 |
| | | Gondar | 1 | 1.5 | — |
| 3 | 欧罗米亚 | Assela | 1 | 1 | 3 |
| | | Metu | 1 | 1 | — |
| 4 | 索马里 | Jijiga | — | — | — |
| 5 | 冈伯拉 | Gambella | — | — | — |
| 6 | 南方各民族州 | Bonga | | | |
| | | Arba Minch | 1 | — | 3 |
| | | Hossana | — | — | — |
| 7 | 海拉尔 | Harar | — | 1 | — |
| 8 | 亚的斯亚贝巴 | Kotebe | 1 | 2 | 3 |

注：表中 Kotebe 等 5 家培训机构属于既提供证书层次又提供文凭层次的 TTCs，故为 14 家。

教师培训机构和学院主要是为本地区培养小学教师，由于地区之间分布的不平衡也导致了在教师培养、培训上的差距。

表 7 – 5　　　　　　　**2003 年底全国 TTCs 地区分布及其**
　　　　　　　　　　　　**培训课程年限情况**

| | 地区 | 培训学院名称 | 培训课程年限 | | |
| --- | --- | --- | --- | --- | --- |
| | | | 全日制 | 夜校 | 夏季课程班 |
| 1 | 提革里 | Abi Adi | 3 | — | — |
| 2 | 阿姆哈拉 | Gondar | 3 | 4 | — |
| | | Dessie | 3 | 4 | 5 |
| | | Debre Birhan | 3 | 4 | 5 |
| 3 | 欧罗米亚 | Jima | 3 | 4 | 不定 |
| | | Nekemt | — | — | — |
| | | Robie | 3 | 3.5 | 5 |
| | | Adama | — | — | — |
| 4 | 冈伯拉 | Gambella | 3 | 3.5 | 5 |
| 5 | 南方各民族州 | Hossana | 3 | — | — |
| 6 | 亚的斯亚贝巴 | Kotebe | 3 | 4 | 5 |

　　埃塞俄比亚计划到 2015 年实现普及小学 8 年义务教育目标，要实现这一目标，还需要培养培训一大批合格的中小学教师，否则，目标的实现无论是在质量方面还是在数量方面都是十分困难的。

**三、中学教师的任职资格及培养培训**

　　埃塞俄比亚的中学教育也分为两个阶段，两年的初中教育（9—10 年级）和两年的高中教育（11—12 年级），普通初中教育的目的是培养学生进一步接受高一级教育或接受职业培训的兴趣，高中教育则视为学生接受大学预科教育或选择工作做准备。中学教育（9—12 年级）的在校生从 1996/1997 学年的 42 万多人增加到 2004/2005 学年的 94 万多人，增加了一倍多。在 2004/2005 学年，初中阶段男生和女生的毛入学率分别达到了 34.1% 和 19.2%，平均入学率达到 27%。

埃塞俄比亚对中学教师任职资格的要求是，必须在高等院校或大学里的教师教育专业学习并取得学士学位的毕业生，也就是 12 年级完成后通过考试进入大学或学院的教育系（学院）接受四年的教师专业教育，并取得学士学位。非师范专业的大学毕业生也可以通过 6 个月的教师教育培训而成为一名中学教师。埃塞俄比亚教师资格条例规定，给第十一和第十二年级授课的教师一般须是具有学士学位的经验丰富的教师或具有硕士学位的教师。

按照现有国家中学教师任职资格，埃塞俄比亚中学里合格教师的比例不到 40%。为了提高在职教师的知识层次，国家鼓励教师参加学历进修和专业学习，每年都有数千名中学教师参加夏季课程班的学习，以便尽早拿到学位证书。

表 7-6　　　　2003 年提供学士学位课程（教师教育专业）的大学及毕业人数

| 学　校　名　称 | 年毕业人数 |
| --- | --- |
| 亚的斯亚贝巴大学教育学院 | 770 |
| 阿莱玛亚大学教育系 | 1054 |
| 巴赫达尔大学教育系 | 1438 |
| 得巴布大学迪拉教师教育学院 | 797 |
| 吉马大学 | 1329 |
| 科特比教师教育学院 | 108 |
| 莫克莱大学教育系 | 1056 |
| 纳瑞丝教师教育技术学院 | 1519 |
| 总　　计 | 8071 |

资料来源：埃塞俄比亚教育部：《教育统计年鉴》，2004 年，第 144 页。

埃塞俄比亚在中学教师的培养上主要依托现有大学的教育系或专门的教师教育学院，虽然各大学及教师教育学院的教师培养能力较五年前已有了大幅度提高，但仍然不能满足中学教育对合格教师的需求。

表 7 - 7　　　　　　　　亚的斯亚贝巴大学 1995—1998 年
科学学院教师专业毕业生统计

| 专业 | 1995 | 1996 | 1997 | 1998 | 总计 |
|---|---|---|---|---|---|
| 生物 | 10 | 5 | 34 | 24 | 73 |
| 化学 | 18 | 12 | 14 | 12 | 56 |
| 数学 | 24 | 14 | 38 | 43 | 119 |
| 物理 | 16 | 8 | 9 | 15 | 48 |
| 总　　计 | 68 | 39 | 93 | 94 | 296 |

资料来源：*The Ethiopian Journal of Education*，Volume XX，No. 2：（9）.

为了适应形势发展需要，国家出台了优惠政策鼓励学生报考师范专业，如在定向招生、减免毕业税等方面予以资助。但总体上看，埃塞俄比亚的教师培养还不能满足各级教育发展的需要，特别是紧缺性、新兴专业的教师培养上，还是国家高等教育的一块软肋。

教师培养和培训是为了适应国家教育快速发展的需要，解决教师数量上的不足。但为了提高教育质量，教师的质量提高也势在必行，如教学方法、教师职业道德培训等，不仅仅是学历或学位的提高上。随着课程改革的推进，提升在职教师水平、大范围培养培训各层次新教师成为当务之急。

### 四、教师培养与在职教师培训

埃塞俄比亚教育的迅速扩张带来了一个新的问题，即教师数量不足和压力过大。根据埃塞俄比亚设定的合格生师比，小学为

40，中学为28。显然，目前的中小学生师比都远远超过这个比例，实际上2004年埃塞俄比亚的小学生师比为65，中学为54。在教育扩张迅速的地区，教师经常被分配到学生人数大大超标、教学资源（如课桌椅、教科书）严重不足的大班，或者把低年级段的教师派到高年级段任教。毫无疑问，这会使各年级段的优秀教师乃至合格教师人数减少，也势必影响到整体的教学质量。为了解决中小学教师总量不足和质量不高问题，埃塞俄比亚教育部一方面加快新教师培养；另一方面提高在职教育的合格培训。

表 7 - 8　　　　设定 200 名学生规模的中、小学校
不同学历层次教师数量需求

| 类别 | 小学 1—4 年级（平均学生数：200） | 小学 5—8 年级（平均学生数：200） | 小学 1—8 年级（平均学生数：200） | 中学 9—12 年级（平均学生数：200） |
|---|---|---|---|---|
| 证书 | 4（8） | — | 4（8） | — |
| 文凭 | 1 | 6（9） | 6（9） | 2 |
| 学士 | — | 1 | 1 | 8（12） |
| 硕士 | — | — | — | 4（6） |
| 教师总数 | 5（9） | 7（10） | 11（18） | 14（20） |

注：括号中的数字为当某所学校学生数增加一倍时的教师需求数。

（一）教师的培养

根据统计显示，1997年埃塞俄比亚中小学在职教师总数为11.7万多人，按照当时的发展速度，到2002年时的中小学教师总量应该达到16.1万多人，5年内应该培养新教师5.19万人，年均培养1万人以上。这还只是当时的保守估计，后来的中小学发展实践证明，中小学的实际入学人数已远超过这个预期，因此教师的短缺问题也就一直延续到现在。

表 7 - 9　　　　　　截至 2002 年教师存量预期
（7—18 岁适龄人口为 1950 万）

| 类别 | 1997 年的在职教师数 | 2001 年教师需求预期 | 年培养教师数 | 五年内应培养教师数 | 减员教师数（按年 5% 计算） | 2002 年应达到的教师总量 |
|---|---|---|---|---|---|---|
| 证书等级教师 | 87885 | 56400 (84600) | 8×200 10×300 | 23000 | 5544 | 105341 (186%) |
| 文凭等级教师 | 8526 | 73000 (107800) | 8×400 10×700 | 25500 51000 * | 1701 | 32325 (44%) |
| 学士等级教师 | 4873 | 15200 (17000) | 4×250 | 3400 | 413 | 7860 (40%) |
| 硕士等级教师 | 168 | 1800 (2700) | — | — | 8 | 160 (9%) |
| 其他级别 | 16440 | — | — | — | 822 | 15618 |
| 教师总量 | 117892 | 146400 (212100) | — | 51900 | 8488 | 161304 (110%) |

注：括号中的数字为仅当有半数的学校学生数增加一倍时的教师需求量。

＊培养周期为一年时的年培养教师数。

表 7 - 10　　　　　　截至 2002 年中小学教师需求情况
（7—18 岁适龄人口为 1950 万）

| 类别（学校数）（学生数） | 1—4 年级小学 (2500) (0.75 百万) | 1—8 年级小学 (11600) (6.96 百万) | 9—12 年级中学 (450) (0.6 百万) | 总计 (14550) (8.3 百万) |
|---|---|---|---|---|
| 取得证书等级的教师 | 10000 (15000) | 46400 (69600) | — | 56400 (84600) |
| 取得文凭等级的教师 | 2500 (2500) | 69600 (104400) | 900 (900) | 73000 (107800) |

续表

| 类别<br>（学校数）<br>（学生数） | 1—4 年级小学<br>（2500）<br>（0.75 百万） | 1—8 年级小学<br>（11600）<br>（6.96 百万） | 9—12 年级中学<br>（450）<br>（0.6 百万） | 总计<br>（14550）<br>（8.3 百万） |
|---|---|---|---|---|
| 取得学士等级的教师 | — | 11600<br>（11600） | 3600<br>（5400） | 15200<br>（17000） |
| 取得硕士等级的教师 | — | — | 1800<br>（2700） | 1800<br>（2700） |
| 教师总数 | 12500<br>（17500） | 127600<br>（185600） | 6300<br>（9000） | 146400<br>（212100） |

注：括号中的数字为仅当有半数的学校学生数增加一倍时的教师需求量。

为了加快中小学教师的培养，埃塞俄比亚教育部采取了新建教师培训学院、扩建原大学里的教育学院的做法，缓解教师不足问题。同时在国家教育政策中鼓励大学生毕业后到中小学里任教，如在 2003 年实施的教育费"成本分担"制中就明确规定，学习教师教育专业并且毕业后到中小学校任教且达到一定年限的大学毕业生可以不分担教育成本，也就是仍然享受免费的大学教育。

（二）教师的在职培训

教师的短缺必然导致不合格教师进入到教师队伍中来，如低年级教师高年级用、低学历教师高聘、年轻新教师比例过大等，势必影响到教学质量。因此，加强教师的在职培训、提高教师的教学能力和学历层次成为摆在埃塞俄比亚政府面前的又一大任务。

无论在发展中国家还是在发达国家，在职培训已成为提高教师专业水平的主要方式，被认为是开发教师能力和提高教师水平的重要手段。只有拥有高素质的师资力量，教育体系的建设和发展才不会停滞，教育质量的大幅度提高才有可能实现。大力开展教师在职培训，对于埃塞俄比亚教育质量的提高具有至关重要的作用。

面对教师短缺问题，埃塞俄比亚政府采取了多种形式的在职培训措施，比如远程教育，夜校课程和暑假培训等。2004/2005学年生师比在中学达到54，远远超过了预先设定的1∶40的水平。为了提高中学阶段教育的质量，政府开通了卫星教育转播，向中学学生提供科技和专业信息。政府先后在161所高中学校开通了互联网服务，建立起网络图书馆，向学校提供一定数量的计算机，组织教师和管理人员进行培训。通过网络建立的数字化视频点播系统，达到了信息和科技知识的虚拟交流，延伸教师的学习路径，提高了教师的学习自主性。

近年来，埃塞俄比亚教育部在教师培训方面做了以下工作：①

1. 为6000多名在小学1—4年级教学并且从未接受过任何正规教育培训的小学教师提供夏季在职培训的机会。

2. 利用远程教育和夏季课程班招收并培养了1.9万多名教师。

3. 新建了两家教师培训机构。

4. 开发并实施了教师培训机构的培训内容，并且从第一年开始用英语本土教师上课，以增强英语教学质量。

5. 划定学区，推广校本培训制度，促进教师技能提高，使校本培训成为教师职业生涯持续发展的重要途径。

6. 倡导以学生为中心的教学方法，提高课堂组织能力。

7. 提高教师职业待遇。从1996年开始，国家对教师工资进行了改革和提升，把教师的工资级别分为六个档次，每两年提升一级工资。优秀教师每2—3年就可以在职称上得到晋升，工资

① Ethiopia：Sustainable Development and *Poverty Reduction Program* July，2002.

可以每年涨一次。通过工资改革，教师的积极性得到提高，一个中学教师的工资要比其他行业同等级别人员的工资高出一等。另外，教师接受新知识、新技能的专业培训的机会也较以前有了提高。

8. 加强中小学校长培训。无论什么情况，校长应该是教育管理专业毕业或者所取得的教育水平要比同级教师的要求高一个层次，比如小学1—4年级教师要求具备证书水平，而校长至少要取得文凭水平，依此类推。音乐、美术、体育学科教师至少应该取得各自相关学科专业的文凭水平。

本世纪以来，为摆脱边缘化和贫困化的威胁，在国家新的教师教育体系改革计划指导下，新的教师教育课程方案在 TTIs 和 TTCs 以及大学的教育学院开发成功并于 2003 年投入使用。新课程方案采取模块课程的方式，更加注重教师的行为学习和教学技能的培养。在此之前也已对培训者进行过培训，以增强他们对新课程内容和方法的指导和把握。

有效的教师培训需要充分的时间和资源以及切实可行的方法。在埃塞俄比亚，教师在职培训有如下几种方式途径：[1]

第一种是通过教师培训学院或大学提高教师专业知识水平，颁发证书或文凭。这种培训通常是在晚上或假期进行，相当于我国的函授和夜大学习方式。但是研究表明，这种方式培训出来的教师并不能有效地提高教学能力和专业能力。教育专家认为，这种培训效果之所以不明显，是因为参加这类培训的教师主要是为了提高学历和工资待遇，提供培训的校方和老师并不能有针对性地对参加培训进行施教，更不能把知识传授与中小学教育的课堂教学有机地联系起来。

---

① 何应林、刘成玉：《浅谈埃塞俄比亚的教师在职培训》，载《职业教育研究》2006年第9期。

　　第二种是埃塞俄比亚的教师教育中的传统模式，即一次性的、大型的集中式培训。这种集中培训的效果很差，教学组织很难，知识传授一刀切，被证明对教师的课堂教学没有明显的积极效果。而且由于是大规模培训，涉及的教师分布往往很广，这样教师不但要花很多时间在路途上，而且需要交通费、津贴费和食宿费等支出，高费用使学校在经费上很难支持。

　　第三种称为校本培训或就地培训，是在职教师谋求专业化发展的近距离培训。校本培训以本校在职教师为主，条件许可的话还能够针对不同教师实际开展个性化培训，同时也减去了教师的路途奔波和过高的费用支出。

　　埃塞俄比亚开展的校本培训在当初也遭到一些反对，但实践证明这种模式是最成功的培训模式。经过一段时间的实验和讨论后，提革里地区教育当局在 1997 年开发出了校本培训课程，试行过程很受教师欢迎。到 2000 年，许多地区学校都开展了校本培训。以校本为基础的教师在职培训项目的开展，以其灵活性、实效性和极大的潜力得到了埃塞俄比亚教育领域的广泛推广，支持着教师课堂教学实践的持续提高和教师专业的全面发展。

　　为了提高中小学教师的职业资格，国家采取了各种支持性政策。"教师教育体系改革计划"的出台推动着国家教师教育体系的全面变革和教师教育的现代化发展。教师教育改革计划包括：职前教师教育课程改革、在职教师的继续职业发展和英语语言提高计划（ELIP）。在 ELIP 中，有 56 位英语骨干培训指导师、近 1000 名英语骨干培训师、7 万多名老师参加了培训，有 150 名英语指导师通过研究生高级课程班学习并获得资格证书。

　　TTCs 和 TTIs 是培养小学教师的主要机构，在 2003/2004 年，在 TTIs 接受 10 + 1 证书级课程学习的学生人数达到 10 万余人，其中女生占到一半以上。在 TTCs 接受 10 + 3 文凭级课程学习的人数高达 1.8 万人，其中女生 5800 多人。另外，在一些地区的私立教育机构里，也已经开始培养小学教师，其毕业生多由地方教育局聘用。

### 五、职业教育师资及中国埃塞俄比亚职业教育合作

1994 年的"教育和培训政策"明确提出了今后国家教育发展的三大转向：教育要更加适应社会的需要和课程的变化；提高教育质量；扩大小学和职业教育。政策上的变化对教育的发展方向具有重大指导意义，在教育和培训政策文件的第三部分中，明确提出了 TVET 的具体发展目标和发展措施，成为 20 世纪 90 年代末实施 TVET 改革的基本指针。

2000 年 8 月以来，埃塞俄比亚政府积极采取措施，大力强化能力建设，发展职业技术教育，在全国建设和改造了大量的职业技术学校。目前，埃塞俄比亚全国共有职业技术学校 126 所，在校生约为 3.6 万人，职业学校教师约 2200 人。职业学校的教师特别是专业课教师十分缺乏。

在教育发展规划中，政府计划到 2005 年使 TVET 的招生规模达到 13 万人。为了实现这一目标，国家计划采取下列战略行动计划：

1. 构建并实施 TVET 机构、设施和教师标准；

2. 建立一种法律框架，用来规范政府和非政府的 TVET 机构行为；

3. 建立有各方权利人参加的包括私立机构在内的联邦和地方层面的 TVET 理事会；

4. 精简各层次 TVET 的组织机构，提高管理能力，增强职业学校教师的教学能力；

5. 修订 10 + 1、10 + 2 和 10 + 3 学制的单元模块课程；

6. 开发以需求为导向、多层次、面向不同领域的新专业，

如法律、卫生、体育教育等；

7. 新建 40 家 TVET 机构，对现存 75 所大中专院校进行改造和改组；

8. 通过在职培训提高 1800 位 TVET 教师的专业技术能力；

9. 将现有的 8 所 TVET 学校升格为 10 + 3 制的高等职业专科学院，新建 7 所高职院校；

10. 与高等教育机构联合培养 1500 名职业教育教师；

11. 引进远程教育课程提高 TVET 教师的专业教育；

12. 建立并实施激励机制，促进私立 TVET 发展；

13. 为学生提供创业指导课程，不但使他们具备专业技能，而且具备自我创业的能力；

14. 推行并完善成本分担机制，减轻公立学校的经费压力。①

根据行动计划，一些新开设的 TVET 专业的教师培养已经在亚的斯亚贝巴大学等 5 所高校进行，共招收 2285 名学生，另有大量的在职教师参加了夏季课程班的学位课程学习，有 643 名 TVET 学校的新老师参加了岗位技能培训，有 118 名信息技术教师参加过计算机使用与维护知识培训。

在发展职业技术教育问题上，埃塞俄比亚十分重视我国的经验，希望借鉴我国职业教育发展经验促进其国内职业技术教育的发展。埃塞俄比亚方最希望从中国得到师资、教学经验、课程开发和教材等软件方面的支持。2000 年 12 月，埃塞俄比亚教育部长率团访华期间，与我国教育部就职业技术教育领域建立合作关系签署了意向书。2001 年 6 月，中国教育部国际司派团对埃塞俄比亚职业技术教育进行了考察。同年 10 月，中国驻埃塞俄比亚大使与埃塞俄比亚教育部分别代表两国政府签署了"中华人民共和国教育部与埃塞俄比亚联邦民主共和国教育部关于职业技

---

① Ethiopia：*Sustainable Development and Poverty Reduction Program*，July 2002.

术合作的协议"。根据协议有关条款，中国教育部将根据埃塞俄比亚方要求选派合格教师赴埃塞俄比亚职业技术学校任教。埃塞俄比亚方最迫切希望从中国得到汽车修理、机械加工、电子电工、土木建筑、木工、路桥建设、测量测绘、纺织工程与服装设计等方面的教师。

2001年6月至2004年10月，中国埃塞俄比亚开展职业教育项目合作以来，中国教师先后有189人次赴埃塞俄比亚任教，目前中国仍有75名教师在埃塞俄比亚各类职业学校执教。在埃塞俄比亚参加职教项目的中国教师分布在4个州的20多所职业技术学校，工作地点分散，最远的学校离首都亚的斯亚贝巴1000多公里，不少学校交通不便，通信困难。但我国大多数教师都能克服困难，广泛搜集资料，精心编写课程讲义，结合当地实际不断改进教学。由于我国的职教援助项目适合埃塞俄比亚经济发展的需要，以及中国教师严谨踏实的工作态度和过硬的专业水平，深得当地政府和人民的好评，赢得了埃塞俄比亚方的认可。

在派出援助埃塞俄比亚教师的同时，埃塞俄比亚教育部门还从各职业技术院校、技能培训中心，以及有关职业教育方面抽调专家到中国接受为期20天的职业教育培训。2002年，我国共招收了20名埃塞俄比亚职业教育教师来我国进行职业技术教育培训，取得了较好的效果。

为了帮助和推动职业教育发展，中国政府拨专款在亚的斯亚贝巴市援建一所示范性职教学院，并于2007年10月竣工并正式移交埃塞俄比亚方。该学院是目前埃塞俄比亚最大的职教机构，占地约11.5公顷，总建筑面积约2.3万平方米，可同时容纳3000名学生在校学习和生活，预计开设5个系、26个专业。值得一提的是，这座职教学院将完全采用中国职教模式进行管理和教学，该学院院长、副院长和院长助理都由中方派员担任，他们将带去一套全新的职教体系,为当地培养实用型人才。中国政府旨在将该职教学院打造成为未来整个非洲职业教育的示范校和培训发展中心。

## 第二节 高校师资队伍建设现状

随着埃塞俄比亚高等教育规模的迅速扩大,高校教师短缺问题日益突出。总量不足、分布不均匀、高职称高学位教师比例偏低、非教学人员比例过高、高学位教师培养能力不足是基本现状。为此,埃塞俄比亚政府采取了提高教师待遇、拓宽高校教师培养渠道、聘任外籍教师和移居国外学者前来任教等一系列政策来缓解教师短缺问题,同时注重加强高校之间、区域之间的学术交流与合作及加快高等教育管理体制改革等措施来促进高校师资队伍建设,保证高等教育的健康发展。

### 一、高校师资队伍发展现状

直到 20 世纪 50 年代末,亚的斯亚贝巴大学学院的在校生还不足 1000 人,教师不到 50 人,而且大部分教师都是外国人。到了 1999 年,高校全日制在校生总人数为 27345 人,其中 5154 人为本科,7199 人为专科,其他为证书层次,高中毕业升入高校的比例大约为 10%—15%,女生仅占在校生人数的 15.6%。1999 年高校毕业生总数为 6111 人,女生只占 14.1%。

表 7-11　　　　　1998—1999 年各公立高校学生
与教师情况一览表

| 学校和成立时间 | 在校生 | 女生 | 毕业生 | 专任教师 | 非教学人员 |
| --- | --- | --- | --- | --- | --- |
| 亚的斯亚贝巴大学（1950） | 10448 | 1475 | 1855 | 750 | 1688 |
| 亚的斯亚贝巴商学院（1979） | 1977 | 842 | 737 | 77 | 88 |

续表

| 学校和成立时间 | 在校生 | 女生 | 毕业生 | 专任教师 | 非教学人员 |
|---|---|---|---|---|---|
| 阿莱玛亚大学（1954） | 2185 | 168 | 542 | 162 | 590 |
| 安布农学院（1979） | 471 | 108 | 170 | 42 | 189 |
| 阿巴米奇水利技术学院（1986） | 829 | 38 | 74 | 69 | 208 |
| 阿瓦萨农学院（1976） | 768 | 117 | 219 | 95 | 259 |
| 巴赫达尔多科技学院（1963） | 630 | 39 | 500 | 60 | 121 |
| 巴赫达尔教师教育学院（1972） | 1070 | 102 | 62 | 64 | 171 |
| 迪拉教师教育和健康科学学院（1996） | 1215 | 187 | 101 | 87 | 183 |
| 埃塞俄比亚行政学院（1994） | 1602 | 161 | 371 | 116 | 126 |
| 贡德尔医学院（1955） | 821 | 155 | 183 | 89 | 345 |
| 吉马农学院（1979） | 504 | 107 | 207 | 51 | 191 |
| 吉马健康科学学院（1982） | 1826 | 273 | 283 | 228 | 319 |
| 科特比教师教育学院（1969） | 590 | 274 | 325 | 93 | 196 |
| 莫克莱商业学院（1991） | 621 | 110 | 107 | 38 | 93 |
| 莫克莱大学学院（1993） | 642 | 44 | 47 | 68 | 83 |
| 纳瑞兹技术学院（1993） | 807 | 44 | 201 | 110 | 197 |
| 亚的斯亚贝巴医学实验技术学校（1997） | 101 | 23 | 38 | 3 | — |
| 温都噶耐特林学院（1977） | 238 | 10 | 89 | 26 | 114 |
| 总计（19 所学校） | 27345 | 4277 | 6111 | 2228 | 5161 |
| 女性百分比（%） | — | 15.6 | 14.1 | 6.1 | 48.4 |

资料来源：EMIS-MOE（1999）：*Education Statistics*, Annual Abstract, CHE（1985）.

1998/1999 学年，全国有高校教师 2228 人，教授和副教授仅分别占到 2.3% 和 6.8%，具有博士和硕士学位的教师占到

66%，其他为学士或相当层次。教师队伍中，女性占 6.2%，外籍教师占 6.0%。各类非教学人员为 5161 人，女性占到 48.4%。

表 7 - 12　　　　1999 年高校教师职称情况统计

| 职　　称 | 人　　数 | 百分比 |
|---|---|---|
| 教授 | 51 | 2.3 |
| 副教授 | 151 | 6.8 |
| 助理教授 | 391 | 17.6 |
| 讲师 | 895 | 40.2 |
| 助理讲师 | 147 | 6.6 |
| 研究生助教 | 224 | 10.1 |
| 其他 | 369 | 16.6 |
| 总计 | 2228 | 100 |
| 女性教师 | 137 | 6.2 |
| 外籍教师 | 134 | 6.0 |

资料来源：MOE（1999）．*Education Statistics*，CHE（1985）．

　　1998 年，埃塞俄比亚还只有亚的斯亚贝巴和阿莱玛亚大学 2 所公立大学，2006 年已有 13 所公立大学，高等教育毛入学率从 0.5% 提高到 1.5% 以上，在校生总数（包括公立和私立）从 1997/1998 学年的 4.5 万攀升到 2005/2006 学年的 18 万多。大发展给原本基础薄弱的埃塞俄比亚高等教育带来了一系列问题，如男女生比例失调、地区分布不均等教育平等问题，基础设施落后、政府投入不足所带来的教育资源紧张、教育手段落后问题，管理理念、管理体制落后所导致的低效率、教育质量低下问题，教师总量不足、专业领域分布不均影响到人才培养质量和教学内容相关性问题，等等。针对这些普遍性的问题，埃塞俄比亚政府先后采取积极措施，着力推进"教育发展五年规划（2005—2010）"目标的顺利实现。

### 二、高等教育大发展所面临的师资问题

进入本世纪以来埃塞俄比亚高等教育的大发展加剧了教师短缺问题，高校师资队伍问题从来没有像今天这样严重，总量不足、培养能力不足、结构不合理等矛盾十分突出。

（一）高校扩张导致高校教师总量从过剩转向不足

由于经济社会等诸多历史原因，20世纪埃塞俄比亚的高等教育发展一直十分缓慢，在校大学生人数多年来少有增长。长期的规模稳定、传统的计划管理模式、高度的集权导致了高等教育的高成本、低效率的运行，突出表现之一是师生比过低，教师总量过剩。进入21世纪以来，埃塞俄比亚的高等教育招生年增长率都在20%以上，随着高校规模的扩大和在校生人数的迅速增加，高校教师短缺问题及师资队伍建设问题日益突出，成为埃塞俄比亚高等教育发展所面临的瓶颈，建立起一支合理有效的高校教师队伍已成为当务之急。

作为一个经济上十分贫困的国家，教育投入的有限性决定了财政经费的很大一部分用在了教师工资的发放上。要提高效能就要考虑到教师数量的合理性，生师比是衡量合理性的常用指标。有数据显示，1995年埃塞俄比亚高校师生比仅为8，2003年提高到15。不同学科之间师生比反差很大，根据2001/2002学年统计，社会科学专业的师生比为55，商贸类为18，教育学科为11，法律为15，健康科学为9，自然科学为11，机械为9，农业为12，教师总量过剩十分明显。

据2002年统计，吉马、得巴布、阿莱玛亚、莫克莱、亚的斯亚贝巴、巴赫达尔等6所公立大学的生师比分别为9、11、12、14、13和16，远低于加纳大学、开罗大学、乌干

达的马克瑞尔大学（Makarere University,）19、28、20 的生师比。

表 7 – 13　　　　2001—2002 年埃塞俄比亚部分大学与
国外大学生师比比照表　　　　　　　　单位：%

| 学　　校 | 师生之比 |
| --- | --- |
| 吉马大学（Jimma University） | 9 |
| 得巴布大学（Debub University） | 11 |
| 阿莱玛亚大学（Alemaya University） | 12 |
| 莫克莱大学（Mekele University） | 14 |
| 亚地斯亚贝巴大学（Addis Ababa University） | 13 |
| 内罗必大学（University of Nairobi） | 15 |
| 巴西尔大学（Bahir University） | 16 |
| 伊巴旦大学（University of Ibadan） | 19 |
| 马克瑞尔大学（Makerere University） | 20 |
| 卡图姆大学（University of Khartoum） | 21 |
| 开罗大学（Cairo University） | 28 |

随着高等教育的持续快速发展、在校生人数的迅速增加，高校教师总量也从过剩转向不足。仅以公立高校为例，2005/2006学年亚的斯亚贝巴大学等 12 所高校在校生人数达 14 万人（其中本科生为 12 万人，研究生为 1 万人），如果按照 20∶1 生师比计算，则需要教师约为 7000 名，而实际拥有教师为 4200 多人，缺口高达 2800 人。

高校教师缺乏成为埃塞俄比亚扩招计划实现所面临的最主要的难题和挑战，也是影响高等教育质量重要因素，成为提高高校教学质量的一大难题。

表 7 - 14　　　　　　　　　**2005/2006 学年 12 所公立**
**高校学生和教师人数统计**

| 学　校 | 全日制学生数 | 非全日制学生数 | 总计 | 教师数（含外籍教师） | 生师比（%） | |
|---|---|---|---|---|---|---|
| | | | | | 与全日制学生之比 | 与全部学生之比 |
| 亚的斯亚贝巴大学 | 26278 | 18430 | 44708 | 1179 | 22.3 | 37.9 |
| 阿巴米齐大学 | 5649 | 349 | 5998 | 192 | 29.4 | 31.2 |
| 巴赫达尔大学 | 11576 | 1360 | 12936 | 444 | 26.1 | 29.1 |
| 阿瓦萨大学 | 11230 | 6802 | 18032 | 499 | 22.5 | 36.1 |
| 国防大学学院 | 685 | — | 685 | 235 | 2.9 | 2.9 |
| 国家行政学院 | 1105 | 572 | 1677 | 158 | 7.0 | 10.6 |
| 阿达玛大学 | 5216 | — | 5216 | 232 | 22.5 | 22.5 |
| 大众传媒学院 | 254 | — | 254 | 25 | 10.2 | 10.2 |
| 吉马大学 | 11864 | 5057 | 16921 | 444 | 26.7 | 38.1 |
| 莫克莱大学 | 9552 | 3884 | 13436 | 395 | 24.2 | 34.0 |
| 贡达尔大学 | 7623 | 1835 | 9458 | 168 | 45.4 | 56.3 |
| 阿莱玛亚大学 | 8699 | 1698 | 10397 | 285 | 30.5 | 36.5 |
| 总计 | 100049 | 40426 | 140475 | 4256 | 23.5 | 33.0 |

资料来源：埃塞俄比亚教育部：《2005/2006 年教育统计年鉴》，第 114、118 页。

（二）教学与非教学人员比例失当，绝对不足与相对过剩同时存在

教师中教学与非教学人员之比，是衡量教学效率的另一个指标。在一所高校当中如果非教学岗位教师过多就势必减少教学人员的数量，致使教学人员负担过重，而非教学人员过多，导致效率低下。如果非教学人员的比率过高，太多的人被雇用来从事教辅工作，大学就难免充当了为周边地区提供就业机构的角色。

教辅人员数量的不断增加，不仅增加了埃塞俄比亚各大学

的开支，同时也影响了他们的办学效率。大学教辅人员的裁减是非洲国家所面临的一个普遍问题，在所有需要裁减的服务项目中，包括：学生的饮食服务、学生公寓管理、计算机维护、校园安全、大学交通设备维护、校园园艺管理以及其他小型设施的维护。通过这样的裁减可以大大降低大学教师的负担，减少不必要的开支，提高工作效率，同时增强大学资金利用的灵活性。

新的高等教育宣言将把财政预算和其他权力分散到各个大学以更大地增加办学的自主性和灵活性及责任感，为了实现这些终期目标需要对大学校长及其基础管理人员进行强化管理培训，此外为了掌控财政预算与财政计划有必要引进新的管理手段，所有这些都是高等教育改革获得成功的必备条件。

上述生师比偏高，部分是由于管理机构庞大、非教学人员过多、教学人员与非教学人员比例不当所致，如在亚的斯亚贝巴大学两者之比是1:2，阿莱玛亚大学为1:3，巴赫达尔大学为1:1，莫克莱大学是1:1，吉马大学是2:1，而公认的比例指标应该控制在2:1和3:1之间。如果后者比例过大，大学就难免会充当增加周边地区就业机构的角色。同时，还会由于教学人员与非教学人员比例失当而形成管理机构臃肿、人浮于事、效率低下的弊端。

表7-15    1995/1996—2001/2002 学年
非教学人员与学生之比

| 1995/1996 | 1996/1997 | 1997/1998 | 1998/1999 | 1999/2000 | 2000/2001 | 2001/2002 |
|-----------|-----------|-----------|-----------|-----------|-----------|-----------|
| 3 | 4 | 4 | 5 | 6 | 6 | 5 |

所以，相对于学生总量及非教学人员数量来说，教学人员存在着绝对不足；相对于教学人员来说，非教学人员又相对过剩，

只是前者更为突出罢了。而且，随着高校规模的进一步扩展和在校生的不断增加，上述问题将继续存在。

（三）不同高校、不同专业之间师资分布不均，短缺与过剩并存

自 20 世纪中期以来，埃塞俄比亚的高等教育基本上处于时而发展时而停滞的状态，在校生从 1970 年的 4500 人缓慢增加到 1985 年的 1.8 万人。由于高校规模小、发展慢、管理落后等原因，高校师资总量并不短缺，甚至有些过剩，高校师资队伍的建设问题也就一直未能提上议事日程。长期的停滞和管理上的集权导致师资在专业分布上的不平衡，以及不同学科之间生师比反差过大等现象。随着本世纪以来高等教育的持续扩招，师资短缺问题日益突出，生师比持续攀高，大多数高校的生师比早已超过国际公认的 20∶1 的合理水准。但低于这个水准的高校也同时存在，如国家行政学院、大众传媒学院的生师比都还维持在 10∶1 左右，而国防大学学院的生师比仅为 2.9∶1，这与贡达尔大学的 45.4∶1 形成了巨大反差。就全国而言，不同高校之间师资的短缺与过剩并存。

表 7 - 16　　2001/2002 学年高等教育专业学生分布情况

| | 社会科学 | 商业与经济 | 教育 | 法律 | 健康 | 自然科学 | 工程与技术 | 农业 | 其他 | 总计 |
|---|---|---|---|---|---|---|---|---|---|---|
| 公立学位教育 | 3164 | 1774 | 3935 | 661 | 1975 | 2445 | 4530 | 2948 | 347 | 21779 |
| 公立文凭教育 | 0 | 2556 | 3865 | 88 | 2065 | 175 | 906 | 1691 | 299 | 11645 |
| 夜校 | 976 | 10846 | 16088 | 1024 | 1779 | 768 | 4547 | 1924 | 1252 | 39204 |
| 私立高校 | 0 | 15271 | 30 | 730 | 123 | 0 | 875 | 85 | 1977 | 19091 |
| 总计 | 4140 | 30447 | 23918 | 2503 | 5942 | 3388 | 10858 | 6648 | 3875 | 91719 |
| 百分比（%） | 5 | 33 | 26 | 3 | 6 | 4 | 12 | 7 | 4 | 100 |

资料来源：埃塞俄比亚教育部：《2001/2002 年教育统计年鉴》，第 27 页。

这种短缺与过剩还反映在不同学科之间。仅以亚的斯亚贝巴

大学为例，可以明显看出：社会科学领域生师比普遍偏高、自然科学和工科类比例偏低。

表 7 - 17　　　　　　　　2005/2006 学年亚的斯亚贝巴
大学不同学科领域的生师比

| 学科领域 | 社会科学 | 经济贸易 | 自然科学 | 工程技术 | 教育 | 法律 |
|---|---|---|---|---|---|---|
| 教师数 | 59 | 51 | 163 | 154 | 115 | 23 |
| 学生数 | 1305 | 1535 | 1589 | 1857 | 4602 | 625 |
| 师生比（%） | 22.1 | 30.0 | 9.8 | 12.1 | 40.0 | 27.2 |

资料来源：埃塞俄比亚教育部：《2005/2006 年教育统计年鉴》，第 119、150 页。

（四）高职称、高学位（学历）教师比例偏低

由于扩招原因，高校教师中拥有博士学位人数的比例也从 1996 年的 28% 下降到 2003 年的 9%。这种下降趋势若不及早得到扭转，势必影响国家提高高等教育质量目标的实现。在目前所有高校中，只有亚的斯亚贝巴大学的博士学位教师比率保持在 30% 左右，而巴赫达尔和吉马大学博士学位的教师仅占 6%，私立高校更少，很多学校还是空白。根据国家教育发展规划，在未来几年里，高校教师中拥有博士、硕士学位的教师要分别提高到 30% 和 50%，具有教授、副教授职称的教师相应也要大幅度提高。显然，目前的师资队伍的整体素质离目标要求还有相当大距离，仅博士和硕士教师的缺口就在千人以上。

表 7 - 18　　　　　　　　2005/2006 学年部分高校师资
主要指标情况统计

| 学　校 | 亚的斯亚贝巴大学 | 阿巴米齐大学 | 巴赫达尔大学 | 阿瓦萨大学 | 阿达玛大学 | 吉马大学 |
|---|---|---|---|---|---|---|
| 教师总数 | 1179 | 192 | 444 | 499 | 232 | 444 |
| 博士学位教师 | 343 | 23 | 28 | 91 | 11 | 25 |

续表

| 学　校 | 亚的斯亚贝巴大学 | 阿巴米齐大学 | 巴赫达尔大学 | 阿瓦萨大学 | 阿达玛大学 | 吉马大学 |
|---|---|---|---|---|---|---|
| 所占百分比（%） | 29 | 12 | 6 | 18 | 5 | 6 |
| 硕士学位教师 | 578 | 72 | 153 | 229 | 82 | 207 |
| 所占百分比（%） | 49 | 38 | 34 | 46 | 35 | 47 |
| 教授 | 30 | 0 | 0 | 1 | 0 | 0 |
| 副教授 | 129 | 0 | 1 | 2 | 0 | 0 |

资料来源：埃塞俄比亚教育部：《2005/2006 年教育统计年鉴》，第 149—153 页。

（五）自我培养能力不足，学科发展跟不上经济社会发展需要

以亚的斯亚贝巴大学为例，2002/2003 学年，学校总共只有在读博士生 30 人，同年获得博士学位的为 4 人；有 46 个硕士学位点，在读研究生 1690 名，占埃塞俄比亚研究生培养人数的 90%。埃塞俄比亚高校教师的扩大与高校学生扩招计划的顺利实现主要依赖于亚的斯亚贝巴大学硕士和博士的培养能力。埃塞俄比亚高校教师的国内培养渠道主要在亚的斯亚贝巴大学，其他大学一时还没有规模培养高学位人才的能力。基于这种情况，埃塞俄比亚政府制定了一个宏伟的高层次人才培养目标，计划到 2005 年研究生招生人数要达到 6000 名。在 20 世纪末，亚的斯亚贝巴大学的研究生培养规模每年大约有 300 人，2001/2002 学年增加到 490 名，2002/2003 学年达到 951 名，几乎翻了一番。但是比预期计划还是少了很多，2003/2004 年度也没有完成政府所制定的 3000 名研究生招生计划。显然，仅靠亚的斯亚贝巴大学一家之力也远满足不了高校扩招所带来教师短缺压力。为了应对高校教师严重匮乏的局面，埃塞俄比亚教育部采取多种措施来缓解高校教师问题，如聘用外籍教师、吸引移居国外的人才回国任教等。

目前，在埃塞俄比亚的高校当中，具有博士培养资格的仅有亚的斯亚贝巴大学一家，拥有硕士培养能力的高校有 8 家，但 90% 以上集中在亚的斯亚贝巴大学，其他 7 所高校都是零星培养，学科门类很不齐全，多是传统专业，而且处于刚起步阶段，短期内很难形成学科优势和规模培养。计算机科学、通信技术、机械、电子、生物技术等紧缺型、新兴专业一时还缺乏培养高素质专业人才的能力，这些专业的师资只能从外部引进，这样也就相应抬高了教育成本。

表 7 – 19　　　　　2005/2006 学年埃塞俄比亚高校
博士、硕士培养情况统计

| 学　　　校 | 在校生 | | 毕业生 | |
|---|---|---|---|---|
| | 硕士 | 博士 | 硕士 | 博士 |
| 亚的斯亚贝巴大学 | 5809 | 64 | 1203 | 7 |
| 阿巴米齐大学 | 43 | — | 11 | — |
| 巴赫达尔大学 | 52 | — | — | — |
| 阿瓦萨大学 | 121 | — | 48 | — |
| 吉马大学 | 103 | — | 19 | — |
| 莫克莱大学 | 41 | — | — | — |
| 贡达尔大学 | 99 | — | 7 | — |
| 阿莱玛亚大学 | 48 | — | 93 | — |
| 总　　　计 | 6321 | 64 | 1381 | 7 |

资料来源：埃塞俄比亚教育部：《2005/2006 年教育统计年鉴》，第 114、116 页。

表 7 – 20　　　　　2005/2006 学年亚的斯亚贝巴大学
主要学科领域研究生人数统计

| 学科领域 | 一年级 | 二年级 | 三年级 | 总计 |
|---|---|---|---|---|
| 社会科学 | 85 | 271 | 25 | 381 |
| 经济贸易 | 113 | 288 | 26 | 427 |

续表

| 学科领域 | 一年级 | 二年级 | 三年级 | 总计 |
|---|---|---|---|---|
| 自然科学 | 400 | 520 | 92 | 1012 |
| 工程技术 | 334 | 145 | 47 | 526 |
| 教育 | 323 | 407 | 38 | 768 |
| 法律 | — | 94 | 17 | 111 |
| 医药 | 22 | 90 | 23 | 135 |
| 语言 | 192 | 304 | — | 496 |
| 信息 | — | 174 | — | 174 |
| 兽医 | 51 | 24 | 47 | 122 |
| 总　计 | 1520 | 2317 | 315 | 4152 |

资料来源：埃塞俄比亚教育部：《2005/2006 年教育统计年鉴》，第 126 页。

（六）教师的教学与科研能力偏低

教学和研究是大学的基本职责，也是大学教师和研究人员的主要工作任务。一般来讲，所有教学人员既要研究又要从事教学，世界上所有的大学都是如此，亚的斯亚贝巴大学当然也不例外。但当前的高等教育规模扩张所带来的压力，使许多高校已无法再追求科研上的成就，像非洲的许多大学一样，往往把财政预算优先用于维持教职员工和学生方面，只有微不足道的资源用于基础设施的维护，以及图书、仪器设备等其他用品，而这些都是一个学术机构得以维持和发展所必需的要素。

由于教师短缺所造成的教师课业负担过重，进而影响到教师的科研时间和教学准备时间，所以这些年来埃塞俄比亚高校教师队伍中很难形成强有力的学术团队，也很难推进新一轮的教学改革。同时，由于研究经费严重不足，教师很难实现预期的研究目标。有些研究项目由于经费问题而只得搁浅，有些教改项目由于缺乏启动资金而无法实施。

### 三、促进高校师资队伍建设的举措

针对上述高校师资队伍发展过程中存在的诸多问题，埃塞俄比亚政府采取了一系列积极措施，如加快研究生培养规模、加大外聘教师的数量、提高教师的待遇、加强教师的在职培训、提高管理者的能力培训等，来缓解教师不足问题。同时采取积极措施来促进高校师资队伍建设，提高师资队伍的整体素质，促进教学质量的提高。

（一）提高教师待遇，稳定教师队伍

从1996年开始，埃塞俄比亚政府就着手教师队伍的建设问题。首先从增加财政投入、提高教师工资待遇开始。政府启动了教师工资提升改革工程，把教师的工资级别分为六个档次，每两年提升一级工资。优秀教师每两到三年就可以在职称上得到晋升，工资可以每年涨一次。通过工资改革，教师的积极性得到提高，一个中学教师的工资要比其他行业同等级别人员的工资高出一等，高校教师的待遇更是高于同级别的中小学教师。埃塞俄比亚教师的工资是根据职称来定的，高校教师的月薪从讲师的150美元到全职教授的400美元不等，如果担任行政职务，还可以得到额外津贴，在当地属于较高收入群体，但许多教师还是抱怨他们的薪水太低。

各高校都根据一定的标准来招聘自己的教师。教师一旦被录用（一般任期为两年），在任期内的每一个学期末都要接受来自学生、同事和系领导的考评。被考评教师必须得到平均以上的评价成绩，才可以续聘，如果任期内的考评成绩有两个学期在平均成绩以下将会被终止聘任。

（二）国内自我培养与送出国外培养相结合

教师来源渠道不足是导致高校师资队伍"两低两高"（高职称、高学位教师偏低，专任教师人数偏低，低职称、低学位教师比例偏高，非教学人员比例偏高）问题的关键。目前，埃塞俄比亚每年毕业的硕士生都在千人以上，增长较快，硕士生毕业后除进入政府机关外，大多数都当了高校老师，有效地缓解了高校教师短缺局面。而博士毕业生数量极少，如 2003 年有 4 人，到 2006 年也只有 7 人，增长十分缓慢。

除了国内现有高校的研究生培养能力以外，埃塞俄比亚政府还采取公派留学的形式培养教师。主要是派往印度，因为印度留学生回国率较高，而且费用较低。从 1994 年起已有 550 多名学生被派往印度接受第一、第二、第三级学位的课程学习，约占国家公派留学总数的 70%。

表 7 - 21　　　　2004/2005 学年政府公派留学生人数统计

| 学习类型＼学科领域 | 农业 | 技术 | 自然科学 | 社会科学 | 医学 | 总计 |
|---|---|---|---|---|---|---|
| 短期访学 | 20 | 31 | 30 | 70 | 3 | 154 |
| 本科层次 | — | — | — | 1 | — | 1 |
| 研究生层次 | 7 | 3 | 32 | 10 | 2 | 54 |
| 总计 | 27 | 34 | 62 | 81 | 5 | 209 |

资料来源：埃塞俄比亚教育部：《2005/2006 年教育统计年鉴》，第 179 页。

同时，埃塞俄比亚政府积极争取国际援助，尤其是由对方提供奖学金的公派留学金项目。

20 世纪 90 年代以前，由于埃塞俄比亚奉行反华政策和其国内内战频繁，中国埃塞俄比亚两国之间的留学生交流规模很小。目前，我国政府每年向埃塞俄比亚提供 40 人奖学金名额，埃塞俄比亚政府向中国提供 2 个阿姆哈拉语奖学金名额。由于中国高校和研究单位对这种语言的需求量极少，我方基本没有使用这类奖学金名额。

自 1975 年接受 3 名埃塞俄比亚奖学金生以来，截至 2004 年 9 月，我国共接受 219 名埃塞俄比亚奖学金生。每年在中国境内学习的埃塞俄比亚方学员都在 120 人以上，主要学习专业有口腔医学、新闻学、结构工程、工商管理、人口学、博物馆学、计算机应用、国际法等。主要学习院校有四川大学、南京大学、河海大学、武汉理工大学、河南大学、中国人民大学、吉林大学、天津工程师范学院等。2007年，我国政府计划向埃塞俄比亚提供50名公费留学生项目，[①] 是历年来最多的一次。

（三）创新培养模式，多途径、多形式培养高学历教师

鉴于高校师资培养上的瓶颈问题，为加快培养速度、增加培养数量、提高培养能力，埃塞俄比亚政府采取多途径、多形式培养师资：

一是采取"三明治"式。该培养模式要求博士生先在国内大学完成基础课程和博士论文写作计划，然后到国外某所大学进行文献检索、数据分析和实验研究等，最后再回国完成博士论文答辩和学位授予。国际上，"三明治"式被认为是发展中国家培养高素质高校教师的最佳组合方案。

二是推行联合培养。既有国内校际之间的联合，也有国内与国外大学之间的联合培养。从发展的眼光看，大学之间的联合取代了以往松散的个人与学校之间的联系，为学校之间提供了一种稳定的相互理解、相互沟通、利益互补的关系。发达国家，如加拿大、荷兰、英国、美国等多为其大学设立专门基金以提供助学金、奖学金的形式，支持这种国际之间的联合培养。

三是发展远程教育。随着信息技术（ICT）进入埃塞俄比亚大学校园，高校教师既可以通过远程教育对研究生学习进行指导，也可以通过网络进行自主学习、自我提升。这种技术的优势不仅在于能够为高校教师从事兼职教学提供便利和空间，而且学习费用也远低于全日制学生，正越来越受到学习者的青睐。

四是建立教师发展基金。由于埃塞俄比亚高校教师紧缺，使

---

① 笔者2007年5月份在埃塞俄比亚调研期间从对方教育部获悉。

得教师培养紧迫且尽可能在短期内完成，这样就需要大量的资金。为此，国家设立教师发展基金，支持研究生培养工作，以缓解国家对高学历教师的需求。

五是实行研究生助教制。国家鼓励在读研究生在不影响学业的情况下，担任一些基础课程的教学任务。这样可以减轻高校扩招后所带来的本科教学压力。而且明确规定，这些研究生助教可以成为"三明治"博士生培养的优先候选者。

（四）邀请和聘任外籍教师，鼓励移居国外的本国学者回国任教

为了弥补合格教师的不足，埃塞俄比亚除了按计划选派教师到国外（尤其是印度）接受高级培训外，还邀请移居国外的教授回国担任高校教师，具有博士学位的教师中多半是"海归派"。2004/2005 学年政府派出培训教师达 154 人，同年聘用外籍教师的数量达到 533 人，外籍教师主要来自印度、尼日利亚和英国。海外教师约占高校教师人数的 10%，成为埃塞俄比亚高校教师队伍的有生力量。2003 年埃塞俄比亚各大学聘用了 382 名海外移民高校教师，其中包括 262 名印度尼西亚教师，49 名古巴裔，45 名尼日利亚裔教师，还有 20 名来自英国的志愿者，这些海外教师占了高校教师的 10%。

表 7-22　　　2004/2005 学年留学人员学成归国情况统计

| 学习层次＼学科领域 | 农业 | 技术 | 自然科学 | 社会科学 | 医学 | 总计 |
|---|---|---|---|---|---|---|
| 本科或学士 | 2 | 16 | 5 | 40 | 1 | 64 |
| 硕士 | 36 | 37 | 132 | 114 | 32 | 351 |
| 博士 | 26 | 8 | 35 | 22 | 23 | 114 |
| 总计 | 64 | 61 | 172 | 176 | 56 | 529 |

说明：表中数据含对方提供奖学金项目人数和自费留学人数。

资料来源：埃塞俄比亚教育部：《2005/2006 年教育统计年鉴》，第 181 页。

近几年来，中国政府亦陆续向埃塞俄比亚派遣志愿者教师，但多是基础教育、职业教育的老师，高校教师很少。2007 年，埃塞俄比亚教育部已计划向中国招聘 100 名教师，其中多为高校教师。①

（五）加强国内和国际间的学术交流和合作，提高教师的教学科研水平

埃塞俄比亚高校要留住高水平的精英，就需要为这些高素质人才提供增加知识的机会、更高的职业工资和更好的工作条件，国家也必须提供更多的激励因素，比如倡导学术自由、加强国际交流与合作、为科学研究工作提供保障等，以便把最有天分的科学家、教育家、工程师吸引回来并留住他们。

埃塞俄比亚通过主办国际学术和研究会议、导师引进计划、提供奖学金机会等革新方法方式吸引高质量的有才干的研究人员回到这个国家来。经过多年的努力，埃塞俄比亚高校在农业、机械技术、健康科学、自然科学、社会科学和教育等学科已形成自己的研究团队。研究经费多由国际上资助，主要来自瑞典、荷兰和联合国组织。为了加强国内外学术交流和合作，提高教师的科学研究水平，埃塞俄比亚政府支持国内不同高校之间进行帮扶结队和经常性的相互学习、相互交流活动；要求每年选定主题，定期与国际上的伙伴高校进行学术交流、经验交流等；每年至少派出两名专家或领导参加国际学术会议，了解国际高等教育发展动态和学术研究及教学改革形势。

（六）加快高校管理体制改革，扩大高校办学自主权

不同国家在高等教育管理上有着不同的传统。有的国家采用中央集权的方式，而有的国家则采取院校自主、民主分权的方式，例如欧洲大陆高等教育系统就是一种中央集权的管理模式。

---

① 笔者 2007 年 5 月在埃塞俄比亚调研期间从对方教育部获悉。

具体到每一所高等院校，都有它们自己的管理传统，从等级式管理到民主式管理不一而足。例如美国大学多采用了等级式的管理模式，校长和其他行政领导的权力很大，欧洲高等院校的行政领导权力则较弱。院校不同，其管理方式也不尽相同，例如，一所研究型大学的管理方式与一所初级学院或职业学院的管理方式往往是不同的。

办学自主权的扩大有利于提高高校在教师梯队建设、人才引进方面的积极性，有利于教育质量的提高。历史上，埃塞俄比亚的高等教育管理多属于中央集权制，学校运作的各个环节基本上都是由政府包管包办，校方的权力很小。随着高等教育规模的扩大，原来的管理模式已显得捉襟见肘，改革势在必行。

1994 年，埃革阵执政后，新政府就开始考虑如何扩大高等教育招生、调整和改革课程、提高高等教育机构的管理效能，提高高校办学积极性等问题。在 2003 年发布的《高等教育宣言》中，明确提出对高等教育体制进行全面的改革，强调要赋予大学更多的办学自主权、更加明确的责任和义务，给予教师更多的教学、学习和研究的空间。政府相继成立了"高等教育质量监管署"（HERQA）、"高等教育策略中心"（HESC）等执行和服务机构，目的是为了加强对高等教育教学质量的评估和监督，促进教育质量提高；制定高教改革框架，推动高等教育改革；完善教师资格及能力的认定等。

时至今日，埃塞俄比亚高等教育已在教育经费分配办法、高校后勤服务改革、学生学费的"成本分担"、教师的自主聘任等方面迈出了积极的一步。各高校一般都根据教学和学术水平来招聘教师，聘用期限一般为两年，期满是否继续留用要根据同事、学生及系领导的学年测评来决定。但在一些教师缺口较大的高校，教师的聘用条件还是比较宽松的。

## 四、小结

教师教育主要包括教师培养和教师培训两大部分。教师培养是指对教师或准教师进行的学历（学位）获取或提高教育层次，这种学历教育基本上属于高等教育的范畴。教师培养多属于教师的职前教育，但随着教师专业化发展和对教师学历层次要求的提高，职后教师的学历（学位）教育越来越受到重视。教师培训一般指教师的非学历教育，包括教师的岗前培训、职前专业教育、在职继续教育、专业技能培训等。因此，教师教育是一个国家高等教育和继续教育的重要组成部分。某个国家的教师队伍建设如何，很大程度上反映了这个国家的教师教育即教师的培养和培训质量。良好的师资队伍、适当的生师比、宽松的教室是衡量一个国家教育发展的重要指标，也是教育决策者、家长、社会和研究人员十分关注的问题。

上述埃塞俄比亚政府解决高校教师短缺的途径或办法，多是短期行为，在一定程度、一定范围内可以奏效，但对于一个经济和教育都十分落后的国家来说，要从根本上解决高校教师的短缺问题，真正建立起一支过硬的高水平的高校师资队伍，恐怕还有很长的路要走。这是因为：第一，研究生培养耗时而费用昂贵，国家不可能拿出足够的钱来进行规模培养，而且国内培养能力有限与国外培养经费过高的问题同时存在；第二，由于基础教育薄弱、国民贫困而导致生源有限，进而使扩招不可能快速实现；第三，全球劳动力市场对研究生学位层次的毕业生就业需求一直高于大中专毕业生，这样培养出来的研究生流失海外就形成了一个永久性的潜在危险。毋庸讳言，高校教师短缺仍将是埃塞俄比亚高等教育扩展和改革计划所面临的最大难题和长期挑战。

# 第八章

## 埃塞俄比亚高等教育的
## 财政经费改革

历史上，埃塞俄比亚的高等教育都是免费的，办学经费主要靠政府投入。高中毕业只要通过国家入学考试，取得全日制学习资格，成为一名在校大学生，就可以享受免学费、免食宿费、免医疗费等方面的特殊公民待遇。所以，上大学一直是众多青年的梦想。高校老师、管理人员、后勤服务人员的工资也都来自政府财政拨款，几十年未变。这种靠财政吃饭的经费体制由于缺乏必要的激励机制，导致高校内部在管理上机构臃肿、效率低下，在教学上知识老化、内容相关性差，在人才培养上不能适应社会发展和劳动力市场的需要。随着近年来高等教育规模的快速扩大，教育经费不足问题日益突出，原有的经费体制越来越不能适应高等教育发展形势，改革传统的政府单一投入的经费体制，拓宽经费来源渠道势在必行。

为解决教育经费严重不足、实现国家高等教育发展目标，2003 年开始，埃塞俄比亚政府在各公立高校中推行教育"成本分担"计划，以税收的形式在学生毕业一年后收取，简称"毕业税"。虽然计划的推行曾引起过不同的反响，实施计划的保障机制还需要完善，但毕业税制度具有简单、透明、易于被公众接受的特点，而且成本分担计划的实施促进了教育公平、增强了教育财政的后劲，其积极意义逐渐被社会所认识，它的顺利实施将使埃塞俄比亚高等教育逐步走出发展道路上经费严重不足的困境。

## 第一节　高等教育财经体制与状况

经济的落后制约了国家对教育的投入。埃塞俄比亚的高等教育规模几十年间未能获得较大发展，高等教育入学率一直很低，绝大多数青年特别是贫困家庭子女、农村青年根本无缘进入大学学习。教育不公平现象十分严重，高等教育入学竞争十分激烈，供需矛盾十分突出。自"埃革阵"执政以来，政府对高等教育的投入逐年增加，高等教育的绝对入学人数有了大幅度增长，但仍低于撒哈拉以南非洲的平均水平，① 资源供给相对不足十分突出。资源不足引起教育质量下降，专业人才匮乏，技能型人才短缺，严重制约了国家经济的可持续发展。

### 一、高校扩招导致经费短缺

2000 年，埃塞俄比亚高校毛入学率仅为 0.5%，属于世界最低国家行列，到 2001/2002 年，埃塞俄比亚每 10 万居民中大学生人口估计在 125—150 人。与之相比，同期撒哈拉以南非洲国家的高校入学率为 4%，平均每 10 万人中有 339 名大学生，而世界上与埃塞俄比亚 GDP 水平相当的国家中每 10 万居民的大学生标准为 200 人。由此可以看出，埃塞俄比亚的高等教育水平仍然相当落后，一方面是经费不足制约着高等教育规模的扩大；另一方面是大批的适龄青年无缘接受高等教育，需求与供给矛盾十分突出。

针对上述问题，埃塞俄比亚政府在 2002/2003 年出台了一项

---

① Teshome, Y. The Status and Challenges of Ethiopian Higher Education System and its Contribution to Development. *Ethiopian Journal of Higher Education*, 2004. 1 (1), pp. 1—19.

新的国家教育发展计划，即通常所说的"教育发展规划Ⅱ"。规划Ⅱ提出要在三年内将高校本科生的入学人数提高 2 倍以上，从 3.5 万人提高到 8 万人，研究生的入学人数要提高到原来的 4 倍，从 1500 人提高到 6000 人。现在看来，规划Ⅱ所制定的高等教育发展目标基本实现，整个高等教育的规模甚至超过了规划所制定的目标，但研究生培养规模并没有达到预期目标，特别是在博士生的培养上，国内大部分高校还没有这个能力。

由于积极的政策鼓励，进入 21 世纪以来，埃塞俄比亚高校的入学人数每年都在以 20% 以上的速度增加，估计未来五年仍将以较高的速度增加。这意味着必须提高高等教育内部的管理能力和领导水平，保证政府有限的经费资源得到有效利用，保证教育扩张和教育改革进程的平稳推进。

根据埃塞俄比亚 2002 年制定的"可持续发展与减贫计划"[①]，到 2005 年，埃塞俄比亚公立高等院校的年招生量，本专科生从 2002 年的 1.3 万人增加到 3 万人，研究生从当时的 900 人增加到 6000 人，整个高等教育在校生将达到 15.2 万人，实际上在 2004 年已经超过了这个数字。

在高校建设上，公立大学从原来的 2 所增加到 2005 年的 8 所，高校扩张计划使原来很低的高等教育[②]入学率有了大幅度提高。整个高等教育入学人数，包括综合性大学和非综合性大学、公立和私立高校，从 1997/1998 学年的 43843 人激增到 2002/2003 学年的 147954 人，五年里增加了 3 倍多，年增长率高达

---

① Ethiopia: *Sustainable Development and Poverty Reduction Program*, July 2002.

② 根据联合国经济合作和发展组织（OECD）1998 年报告"重新定义三级教育"中的阐述，建议统一用"tertiary"来指称"高等"教育，代之以前的"higher"。因为，人们习惯上通常把"higher"仅指称综合性大学，这样有把中学毕业后进入大学的另一通道，如技术学院、教师培训学院和远程教育课程等排除在外的危险。本书中的"高等教育"都具有"tertiary education"意义。

28%，可能是同期世界最高水平。私立高等教育机构成为入学率
增加的一股重要力量，私立高教在校生到 2003 年时已占到整个
高校在校生的 24%。

　　高等教育的大发展必然要求更多的经费投入。国家第三个
"教育发展五年规划（2005—2010 年）"中提出，五年内高等教
育适龄人口的入学率要从目前的 2% 提高到 5%，这是一项宏伟
的计划，也是埃塞俄比亚未来经济社会发展的需要。计划财政预
算分配给高等教育的经费将占到全部教育经费的 25%。五年期
间的高等教育经费总预算超过 15.2 亿美元（其中 11 亿美元用于
经常性支出，其余用于固定资产投入），这在高等教育领域将具
有划时代的意义。

　　任何发展中国家的财政经费都很难保证在招生规模扩大的
同时保持教育经费的按比例增长。这方面，埃塞俄比亚面临的
困难更大。在免费高等教育体制下，按照埃塞俄比亚最基本的
消费水平，每一个大学生每年平均消费大约是 7457 比尔，折
合 860 美元，如果学生的各种福利性补贴除外，每个学生每年
还要花费 5500 比尔左右，折合 630 多美元，这是保证学生正
常学习性支出的必要投入。该项教育投入与南部撒哈拉非洲及
其周边国家相比都要低，南部撒哈拉非洲国家为 1500 美元，
肯尼亚为 1800 美元，坦桑尼亚为 3236 美元，乌干达为 800 美
元。根据以往经验，高等教育要达到每个学生每年的消费在
1000 美元左右才可以视为合格投入的高等教育，对于埃塞俄
比亚来说显然是极其困难的。因为到了 2003 年，埃塞俄比亚
的人均国民收入也才只有 116 美元，近 40% 的人口生活在贫困
线以下。显然，在现有财政状况下，国家要继续追加对高等教
育的投入无异于画饼充饥。这样，低水平的教育投入就很难保
证有高水平的教育质量，与世界发达国家高等教育质量之间的
鸿沟就很难抹平。

## 二、高等教育的财经状况

在"埃革阵"执政期间,为了确保教育运行发展,政府对国民教育的投入已从1995/1996年度占国民生产总值的2.5%提高到2002/2003年度的4.3%,这个财政投入水平已经高于撒哈拉以南非洲国家3.9%的平均水准,教育财政支出已从1999/2000年度占政府财政预算的9.5%提高到2002/2003年度的18.8%,已大大地超过了其军费开支。但是,这种教育投入水平还远落后于大多数发展中国家的20%—25%水准,这就意味着未来埃塞俄比亚在教育方面的财政投入还有较大的增长空间。与此同时,为适应高等教育的快速发展需要,国家对高等教育的财政投入已从1999/2000年度占整个教育经费的14.9%提高到2002/2003年度的23.1%,这比世界银行2000年所规定的15%—20%的比例要高。由于高等教育经费投入占整个教育投入比例的提高,相应的政府同期对小学教育的投入从原来的55%下降到46%,而对职业技术教育和培训的投入在这一时期却较前有所增加。

表 8-1　　　　1995/1996—2002/2003 年度埃塞俄比亚
　　　　　　　教育经费支出统计表　　　　　　　单位:%

| | 1995/1996 | 1996/1997 | 1997/1998 | 1998/1999 | 1999/2000 | 2000/2001 | 2001/2002 | 2002/2003 |
|---|---|---|---|---|---|---|---|---|
| 教育经费占 GNP 比率 | 2.5 | 2.5 | 2.5 | 2.6 | 2.5 | 2.8 | 3.4 | 4.3 |
| 教育经费占政府预算比率 | 14.5 | 14.3 | 15.6 | 12.0 | 9.5 | 14.4 | 16.8 | 18.8 |
| 高教经费占教育预算比率 | 15.0 | 15.8 | N | N | 14.9 | 18.0 | 18.0 | 23.1 |

资料来源：Ethiopia PRSP；ESDP - I Appraisal Document.

（一）高等教育经费分配

2005 年之前，埃塞俄比亚的高等教育经费分配主要与招生人数挂钩，同时还考虑到办学层次，本科生、研究生的生均经费下拨金额要比专科生高出许多。据教育部 2002 年统计，亚的斯亚贝巴大学招生规模占到整个公立高校的 19%，而政府分配给亚的斯亚贝巴大学的金额比例却占到国家高等教育投入总经费的 41%，这主要是由于亚的斯亚贝巴大学本科生、研究生比例远高于其他高校所致。相比之下，得巴布大学的招生人数占当年国家总招生比例的 14%，却仅获得了国家高等教育财政拨款的 9% 份额，其他高校也都与得巴布大学的遭遇差不多。

埃塞俄比亚教育部十分清楚，随着高等教育改革进程的推进，高等教育管理的规模将进一步扩大，管理的复杂性进一步增加，单靠目前教育部本身的管理人员，依照以前的管理模式根本无法有效地执行它的监督和指导能力。因此，教育部高等教育改革计划建立的两家新的公共机构，即"高等教育策略中心"和"高等教育质量监管署"就是代表教育部来行使对高等院校的政策监督和质量评价的。在整体的教育改革框架内，教育部首先准备对以前的高等教育经费分配方案进行改革，希望通过经费分配方式的改革来增强对高校的激励机制，从而达到改革目标。

在此之前，根据埃塞俄比亚高等教育财经制度，经常性的财政预算是通过教育部而后分配到各高等教育机构的，教育部的分配依据是在各高等教育机构上一年度分配基数的基础上进行适当调整。随着高等教育的发展，这项分配体制暴露出许多问题，更缺少科学依据，带有相当的人为因素，不利于高等教育的改革发展，也不利于调动高校办学积极性和教育质量的提高。

为此，埃塞俄比亚政府在 2005 年启动了新的高等教育经费分配方案。这种新方案把当年招生数、毕业生数、学生巩固率、毕业生对口就业率、专业级差、层次级差等多项指标考虑进来，提高了公平性和科学性。新预算方案体现了三个目的：一是基于各高等教育机构的绩效进行分配，绩效包括注册学生数、毕业生数、教育质量、科学研究、社区服务、女生及少数民族学生数等多个影响因子；二是能够引导各公立高校更好地履行国家教育政策；三是旨在提高各高等教育机构的办学效率、竞争力及创新能力。预算经费的使用对象包括三个部分：全日制在校大学生的学习支出、研究生培养及研究经费、用于激励和奖金的费用。专家组为预算分配设计了一套详细的计算公式。但由于埃塞俄比亚整个教育经费的低水准性，仅靠新的分配方案并不能从根本上解决埃塞俄比亚高等教育经费不足问题。该分配方案虽然目标明确，旨在推动国家高等教育改革和扩招的顺利进行，但是在具体操作上却十分复杂，要耗费大量的人力和时间，仅仅是在数据收集和统计分析上就十分麻烦。

众所周知，不同学科专业之间在培养成本费用支出上存在着很大的差距。有些学科的费用要比另一些学科的费用高，如机械、医药、自然科学等要比教育、企业管理、社会科学的培养费用都高。这种差异的存在就需要在进行经费分配时不仅要考虑到招生规模，而且要考虑到不同学科专业之间培养成本的级差。在新的经费分配方案中就提出了学科专业之间的级差点数，这无疑使新的分配模式更为有效和科学。这种新的分配方案可以在一定程度上调整不同学科和专业之间的重复建设问题，同时也有利于高成本投入专业的发展，改变这些专业设置上的不足。

利用经济杠杆调控教育发展方向和步伐，这在世界教育发展案例中十分普遍。在高等教育实施扩招的背景下，埃塞俄比亚及时调整改革高等教育国家经费分配办法，十分必要。因为，在市场经济条件下，政府的宏观调控手段十分重要，包括对教育的调控。只有利用经费杠杆实现国家对高等教育的有效调控，才能提高各高等教育机构的办学效率、竞争力及创新能力，从而为国家培养更多的高技能人才，促进国家经济社会的可持续发展。

（二）高校经费收入渠道

目前埃塞俄比亚高校办学经费的主要来源是政府年度预算分配资金和政府以现钞或实物形式下拨的补助金。政府年度财政预算拨款仍然是埃塞俄比亚高等教育经费的主要渠道，占高校经费支出的绝大部分。但多数高校还通过提供非全日制教育或培训服务等收取一定的教育费用，如招收夜大和夏季课程班学员等，以此补贴学校日常教学和管理费用支出。除此之外，埃塞俄比亚的教育费用中还有来自国外的教育捐赠等。

2002/2003 年，公立高等教育各类在校生计 7.4 万人，分三种学习类型：3.45 万名全日制免费生，3.8 万名的非全日制夜大生和 1500 名研究生，后两种学习都需缴纳一定的学费。埃塞俄比亚的学费一般都是按学分收取，亚的斯亚贝巴大学的每个学分（每学期约为 18—20 学分）要收取 32 比尔，约合 4 美元。其他高校也是如此，如非住宿夜大学生每个学分的课程要缴纳 30—50 比尔，每个学期要负担相当于全日制 3 个学分课程的学费，即 90—150 比尔（相当于 10—17 美元）。有些学校还额外收取学生每学分 26—58 比尔的实验课程费用。埃塞俄比亚的学费也在不断增加。

高校非财政性收入的主要渠道是夜校课程和短期课程班学费收入。据说，亚的斯亚贝巴商学院的此类收入占到该学院经常性预算的 1/3，而亚的斯亚贝巴大学只占到 7%。另据估计，吉马和阿瓦萨的农学院的农产品收入占经常性收入的 1/5。现在，不断扩大的远程教育课程有可能成为大学的另外一条收入渠道。但由于档案、票据等文字记录的不充分性，管理手段的滞后性，埃塞俄比亚政府要对各高校的财政外收入进行有效监督是很困难的。埃塞俄比亚政府曾打算对各高校的额外性收入进行征税，但成效并不明显。埃塞俄比亚前政府曾主张根据大学非财政收入数额而相应减少大学的财政预算分配的做法也遭到了各高校的抵制。现政府采取诱导和鼓励的办法，支持高校创收，新的高等教育经费分配规则还提出了一些激励措施。然而，在新措施执行前，必须增强大学收入的透明度，规范大学创收的管理，预防高校腐败发生。

教育捐赠也是埃塞俄比亚教育发展的一条重要经费支助渠道。政府出台的第二个教育发展规划（ESDP－II）实施后，得到了包括世界银行在内的多边和多方捐助。2001/2002 年教育领域得到的外部捐助就高达 1540 万美元，外部捐助的数额占到教育部门预算的近 1/3。然而，21 世纪的前几年里，捐助的大部分都用在了支持贫困减灾战略上，为中小学教育发展提供了一定的资金来源。在 2001 年以前的五年里，海外对埃塞俄比亚教育领域的捐助并不多，只占到整个发展援助资金的 7%—10%，对高等教育的捐助也很低。在过去的五年里，世界银行一直是高等教育领域最大捐赠者，荷兰和英国政府只是为埃塞俄比亚高等教育策略中心和质量监管署两家机构提供技术支持，中国和意大利政府重点支持建立了两所技术学院。因此，世界银行先前提供的中学后教育专项信贷（每年约 230 万美元）将成为政府实施高等教育改革计划的主要外部资金来源。

外部捐助资金主要用于下列专门需要：建立高等教育策略中心、高等教育质量监管署和国家教学资源中心；扩大研究生培养规模；引进和使用现代信息与通信技术；发展远程高等教育；建立与国外大学之间的联系和合作等。

显然，埃塞俄比亚高等教育的发展越来越要求更多的公共财政预算，私人和国际捐赠只占很少的一部分，通过转移初等教育和中等教育资金补偿高等教育的做法似乎也不是明智之举，因为高等教育的生均支出比其他层次教育的生均支出要高得多。

（三）高校经费支出项目

在埃塞俄比亚，公立高校的所有办学经费支出几乎都由政府财政负担，这包括全日制学生的非教学性支出，如食品、住宿和健康保护等。全日制学生（约占学生总数的32%）的学习费用全部是免费的，政府用于全日制学生的学费支出占了大部分，而这一部分费用对于非全日制学生和私立高校的学生来说都是自费的。这种传统的经费承担机制在一些非洲国家尤其是那些英语为主要语言的国家正越来越遭到非议，各种形式的成本分担机制开始推行。埃塞俄比亚政府也清晰地认识到这一点，在国家新的"高等教育宣言"中明确提出，成本分担将是未来高等教育发展财政支持的一个关键部分。

在国家教育经费投入当中，相当一部分是用到了非教学投入上了。在经常性预算中，超过1/3的经费是用在了教职工的工资发放上，另有超过1/4的数额用于学生食宿支出。在1996—2004年的8年间，高等教育固定资产投资总额中，至少有45%是用在了学生宿舍、食堂的建造，这无疑制约了如书籍、图书馆、实验室、教学设备实施的投入。另外，生师比结构不合理、非教学人员比例偏高，使预算经费的很大一部分被用到了高成本、低效率的学校行政管理上而不是教学和科研事务上。

2000/2001年度，财政预算分析显示，埃塞俄比亚各高校分配经费中有40%是用在了老师的工资上，① 这种比例在1995/1996年更是高达59%。在许多非洲国家，严重的经济危机使各大学不得不把政府有限经费的大部分用于教师的工资发放上，有时甚至高达65%以上。当然，这种做法也是迫不得已之事，因为毕竟教师是教学的核心，只有确保老师才能确保学校教学的

---

① 据《2002年全国教育经费执行情况统计公告》，2002年，我国教职工人头费占教育总经费的比例为14.6%。

开展。

政府的教育财政经费不但要用于高校教学支出（教师、教材、实验室等）和管理支出，还要用于学生支出（食、宿）。大学的管理者们也认为，国家为大学生们提供食宿，不仅成为学校预算的一个巨大负担（占整个支出的15%），而且还引起严重的社会不公，因为有99.2%的人口并不能享受到这种特殊待遇，尤其教育落后地区、农村地区、贫苦家庭的青年。因此，在2003年12月，政府引入了大学生毕业税制度，学生在校期间的食宿费用不再由政府承担，而是由学生自己承担，学生不但要承担个人学习期间的全部食宿费用，而且还要承担一小部分学费（约占学费支出的15%），这些费用将在学生毕业后以"毕业税"的形式缴纳。随着毕业税制度的推行，国家还会根据具体实施情况和经验做出适当调整和进一步完善。

随着高等教育的持续扩招，现行的财政制度面临着越来越严峻的挑战，特别是公共财政的支出额度与高等教育的发展速度越来越不相适应，生均经费在持续下降，况且继续用纳税人的钱来为学生本人的学费、生活费买单越来越遭到公众的质疑。因为，仅靠纳税人的钱只能支持极少部分人接受高等教育，这与公众要求接受高等教育的呼声和经济社会发展对高层次人才的需求极不相符，高等教育的供需矛盾日益突出。许多学生由于无缘进入全日制免费公立高校学习而不得不参加公立高校举办的付费性质的夜校和夏季课程班学习，这类学生占到当年公立高校招生总数的45.9%，另有一些学生进入到私立高校学习。在所有公立和私立高校中，付费学生人数约占学生总数的54%。近年来，每年有平均多达2000名的埃塞俄比亚学生自费到印度的大学留学，这些学生不但学费自付，还要承担学习期间的食宿费、交通费等。

据估计，埃塞俄比亚每年公派和自费到国外留学人数超过2000人。到印度去留学的人数最多，其次是美国、肯尼亚、南非、巴基斯坦、法国和加拿大。

印度是埃塞俄比亚留学生首选之地。这主要是因为除了印度能够提供不同学科领域的选择余地外，留学的费用比美国和欧洲国家低得多。现在，曾经在印度留过学的人员中有许多担任重要岗位，如部长、议员、执行官等。有大约400位印度讲师或教授在埃塞俄比亚大学或学院任教，印度教师的水平和素质深受埃塞俄比亚认同。

以上情况说明，相当部分的埃塞俄比亚学生正在或将要自费接受高等教育。毫无疑问，这些自费的学生多是来自经济条件较好的家庭，贫困家庭根本无力承担其子女的学习与生活费用。争取用纳税人的钱进入公立高校学习的机会由于入学率过低、竞争激烈而使穷人家的子女丝毫没有优势可言，教育不公现象十分明显。在仅靠公共财力并不能有效提高高等教育入学率的情况下，谋求教育经费渠道的多样化，增强教育投入十分必要。正是在上述背景下，埃塞俄比亚政府引入了高等教育的"成本分担"（Cost Sharing）机制。

## 第二节　教育收益率与高等教育规模

随着全球化知识经济的发展，高等教育高收益率在许多国家都得到证实。根据联合国教育、科学及文化组织（UNESCO）与经济合作发展组织2003年联合开展的一项研究表明，进入21世纪以来高等教育投资收益率呈现稳步增长的趋势，尤其在拉丁美洲地区这种趋势十分明显。世界银行还把阿根廷、巴西、墨西哥和哥伦比亚作为这种新趋势的特例。例如在哥伦比亚，1980—2000年间，高等教育投资收益增加了一倍，达到18.1%（Blom and Hansen，2002）。并且预言，这种趋势今后将影响到非洲国家。高等教育的高收益性无疑激励着发展中国家高等教育的高需求性。

## 一、教育的个人收益与社会收益

教育"收益率"（Rate of Return）的研究始于 20 世纪 50 年代。1958 年，世界银行的教育经济学家萨卡罗波洛斯（G. Psacharopoulos）经过大量研究后得出以下结论：投资教育的收益比其他形式的投资收益要高；"教育收益率"（教育投入与产出比）随着个人受教育层次的提高而呈降低趋势；私人收益率总是大于社会收益率。萨卡罗波洛斯的这一著名论断使人们认识到了投资教育的重要性，从此各国对教育的投入有了不断的增长。

（一）教育的个人收益

现实生活当中，个人所受教育程度越高，他的收入一般也就越高，因此高收入至少可部分归因于教育投资所得，这也就是所谓的教育"个人收益"。研究者通过比较教育成本（个人及国家投入）和所获得的"收益"，便可算出教育投资的"收益率"，再通过比较不同的投资收益率，决策者就可知道增加教育投入在经济上是否合算。

在埃塞俄比亚，教育的收益率无论对于个人还是社会来说都是很大的。这在 1996 年为配合"教育发展计划 - I"的制定所进行的收入分析调查中得到进一步证实。调查结果显示，受教育层次越高，个人收入越高，从小学、中学到大学，收入几乎实现倍增。最明显的是从未受过学校教育的人群与完成小学教育人群之间的差距在城市地区明显大于农村地区，但农村地区完成中学教育人群的收入却是完成小学教育人群的 3 倍，而城市却并不如此悬殊。在城市中学和大学之间的差距还是十分明显。正如莱恩大学校长 M. 格尔思所言"掌握了专业技能和巨大学习能力的人在生命周期中能获得前所未有的经济成功。但在未来一段时期，那些没有受到良好教育的人将会发现他们面临几近绝望的状况。"

（二）教育的社会收益

传统经济学关于高等教育的社会收益理解是有局限性的。受过教育的人，除了往往能够获得高收入向社会缴纳更多的税收外，还会给社会带来许多其他的影响：受过教育的人将来会成为企业家和社会活动的倡导者，他们的活动会对他们所生活的社区的经济和社会生活产生深远的影响。他们还能营造一种环境，这种环境使经济发展成为可能，这对于一个国家来说，无疑是非常重要的。良好的管理、严格的制度以及先进的基础设施对于任何一个国家的繁荣都是必需的，而这一切缺少了受过高等教育的人将成为空谈。另外，以大学为基础的研究院带来的社会收益影响是深远的，这一点也是建立一个强有力的高等教育系统的核心所在。"一个国家，即便是一个穷国，只有凭借受过教育的人们，才可能在日益错综复杂的全球经济、文化和政治互动的体系中维护自己国家的利益。如果没有良好的高等教育，很难想象还有多少贫困国家能够有机会参与国际竞争。"①

高等教育的社会收益是政府投资高等教育的根本动力。对于埃塞俄比亚这样一个贫穷国家来讲，高等教育的社会收益突出表现在它在消除贫困上所起的重要作用。具体可从以下四个方面体现出来：

首先，高等教育通过它所培养的合格劳动力和专门人才为国家生产力提高、经济发展服务，从而提高人们的社会水平，增强国家竞争力。

其次，高等教育可以通过社会权利的再分配来降低贫困，缩小社会差别。它具备扩大就业机会、增加个人收入、提高劳动力的社会流动等功能，从而来促进社会资本和权利的再分配，使一

① 世界银行：《发展中国家的高等教育：危机与出路》，教育科学出版社2001年版，第36页。

部分人通过接受高等教育而改变社会地位。

第三，高等教育的发展还可以带动整个教育领域的发展。高等教育机构担负着为各级各类学校培养培训教师、学校领导者和部门管理者的任务，可以说高等教育的发展状况直接影响到中小学教育的发展。另外，高校教师在中小学课程开发指导、教育评估等方面发挥着重要角色。高等教育机构的研究人员还为国家教育发展、问题诊断等方面提供政策建议。

第四，高等教育对埃塞俄比亚实现千年发展目标（the Millennium Development Goals）具有重要作用。高等教育的科技研究成果可以为社区、农村、农业服务，如提高农作物产量、增加食品供应、增加农村收入等。高等教育培养的专业人才如医生、护士、教师和管理人员等又直接为新千年目标的实现而工作着。

为发挥高等教育在消除国家贫困中的重要作用，2002年，埃塞俄比亚政府出台了"可持续发展与减贫计划"（Sustainable Development and Poverty Reduction Program），计划对高等教育提出了一系列的建议和方针指导。主要如下：

1. 提高高等教育的地区供应能力，尤其是没有或缺少高等教育机构的地区；

2. 引进高等教育的成本分担机制，增强高等教育发展的经费渠道；

3. 增强高等教育的管理能力，提高管理效率，包括培养200名高等教育管理人员，改革经费管理体制；

4. 根据经济发展需要设立新的学科专业，全面增强教学技能；

5. 扩大研究生人才培养；

6. 建立高等教育监督管理体系，包括建立一个高等教育政策研究院和一个高等教育质量监管署。

另外，"可持续发展与减贫计划"还对高等教育优先发展的专业提出了总体指导意见，计划中特别提到了农业工程、农作物加工、畜牧加工、农业研究与发展等涉农专业以及健康科学、教育、经济、商业管理、市政和电力工程等学科的发展问题。

总之，政策必须遵循的一个关键原则是要给予高等教育本身充分的自主权。服从于政府权力压力或短期政治行为，都不可能创建出为长期的公共利益服务的高等教育系统。这是许多发展中国家高等教育发展历史中应该吸取的教训。

## 二、高等教育规模增长与投资收益

在过去的 10 多年里，埃塞俄比亚的高等教育入学人数年平均递增率在 15% 左右。近几年的增长速度进一步加快，2001—2005 年与 2000 年相比，5 年间入学人数净增了 160%，年平均增幅达到 20% 多。虽然埃塞俄比亚高等教育这种快速的增长方式，从长远来看是否具有合理性和可持续性、是否符合社会和经济发展的内在需求还有待实践的检验，但仅从教育本身的收益率来说，在一个受教育人口偏低的国家里，受教育年限越长，收益也就越多。这在世界银行的一项研究报告里已得到证实。在泛美开发银行撰写的《面对拉丁美洲的不平等》报告中指出，在拉丁美洲，一个接受过初等教育的工人，其个人收入比没有接受过学校教育的工人高出 50%；接受过 12 年教育的工人（上完中学）与之相比要高出 120%；接受过 17 年教育（即获得大学文凭）的工人与之相比则要高出 200%，这是私人受益率。就教育的公共收益来说也是明显的，因为接受过良好训练的劳动力有助于税收的增加、医疗条件的改善和公共机构资金的增加等，教育带来的益处是很多的。但世界银行专家同时也提醒我们，教育的发展应该是均衡的，包括各级各类教育的发展。如果国家在一定时期内对高等教育财政投入比例过高，相应地就会影响基础教育、职业教育等方面的资金投入，久而久之就会降低教育的社会收益。

根据埃塞俄比亚 EFA-FTI（Education for All-Fast Track Initiative）实施计划，整个中学阶段的毛入学率将从 2001 年的 11.6% 增长到 2015 年的 15.3%，15 年里提高 3.7 个百分点。而中学阶段的毛入学率提高并不意味着高等教育毛入学率的同步提高，一般情况下，高等教育的毛入学率要比中等教育毛入学率滞后几年。也就是说，随着中等教育毛入学率的提高、入学人数的增加，必然会影响到高等教育入学率的变化，否则，教育的均衡性就会被破坏，各级教育的规模就会出现不协调。正像改革开放初期在我国出现的千军万马过高考独木桥的现象一样，过低的入学率和过于残酷的入学竞争，会严重挫伤考生和家长的积极性，同时会影响国民接受教育的权利，进而也就会影响到国家经济和社会的发展。

任何一级教育的发展都会影响到相邻教育的发展，过或不及都是不科学的。各级教育之间的增长也不可能是同幅度的，教育级别之间的增长就像是金字塔，越到高处增长量就会越少，这也是人才选拔的一般规律，是个体之间先天和后天环境差异的必然。一般理论认为，中、高等教育之间毛入学率增长的合理比例应该保持在 2:1 左右，而对于贫穷国家则可降低至 4:1。若埃塞俄比亚的中等教育毛入学率在今后 15 年里增长 3.7 个百分点时，高等教育毛入学率的增长按 2:1 应该在 1.85 个百分点左右，若按照 4:1 则为 0.95 个百分点左右。目前埃塞俄比亚高等教育的毛入学率估计为 2.6%，那么到 2018 年（假定为四年的滞后期）则应为 4.4%（1.85 个百分点）或为 3.6%（0.95 个百分点）。加上人口的自然增长（埃塞俄比亚人口的年增长率在 2.7%）因素影响，高等教育的适龄入学人数每年也会相应增加，这样在

2003—2018 年之间，高等教育入学人数的年增长率可以以
5%—6.5% 速度增长。

### 三、高等教育的合理增长预测

20 世纪 60 年代以来，许多发展中国家都把发展教育事业作
为追赶发达国家的良药，纷纷增加教育投资，其中以高等教育发
展最快，但绝大部分国家并未得到应有的回报。1974 年联合国
教科文组织报告指出，教育的迅速发展并没有使生活水平随之提
高，倒是持有文凭的青年失业和就业不足现象严重。有人把这一
教育膨胀现象称之为世界性教育危机，表现为教育成本和开支上
涨，学生数量激增，教育质量下降，毕业生失业问题严重。到了
20 世纪 80 年代，许多国家吸取教训，普遍减少公共教育经费，
同样也影响了教育事业的发展。

在 20 世纪 90 年代末，埃塞俄比亚的 10 所公立高校①可以容
纳 4 万名全日制大学生。进入 21 世纪以来，埃塞俄比亚加强了
现有公立高校的扩建工程，计划在原有招生规模基础上，不断扩
大在校生人数，到 2005 年新增在校生人数达 6 万人，使在校生
总人数增加到 10 万人。这只是一个短期目标，这一目标已经超
额完成。

根据 2003 年世界银行的一项研究报告②，埃塞俄比亚公
立高校全日制在校生的规模 2007 年应该控制在 10 万人左右，
年平均合理增长速度应该保持在 6% 上下。实际上，进入 21

---

① 这 10 所公立高校是：Addis Ababa University, Alemaya University, Bahir Dar
University, Debub University, Jimma University, Mekelle University, Arba Minch Water
Technology Institute, Gondar College of Medical Sciences, Ambo College of Agriculture, and
Nazreth Technical College.

② Higher Education Development for Ethiopia: Pursuing the Vision, Document of
the World Bank, January 20, 2003.

世纪以来埃塞俄比亚高等教育的发展已经远远超过了报告当时的预测。

进入 21 世纪以来，埃塞俄比亚高等教育的入学人数每年都在以两位数的速度增加。有人认为，埃塞俄比亚高等教育的大发展是经济和社会的需要，也是教育实现公平的需要，然而，教育大发展所带来的问题也是明显的，诸如经费问题、质量问题、师资问题、与其他目标的冲突问题等等。为了回答埃塞俄比亚高等教育发展的可行性与现实性，以及能否减少问题和冲突，我们必须把高等教育的入学人数、教育经费投入的可能增长与国内生产总值、财政预算的可能增长进行比较分析。

## 第三节 高等教育经费改革——"成本分担"制

高等教育作为一种公共产品，必须要有充足的投资才能保证它行使自己的职责。从长远来看，投资于高等教育既会增加国民收入，又会提高高等教育质量。但是，这种投资效果要经过相当长的时间才能显现出来，往往会超过发展中国家财政的忍耐程度。因此，大多数发展中国家由于缺少持续的财政能力而限制了高等教育的发展，使高等教育陷入一个低消耗、低质量的恶性循环。

20 世纪 60 年代以来，由于高等教育个人收益率高于社会收益率实证研究的深入，以及各国教育财政状况的普遍恶化，使成本分担——受教育者通过缴纳一定的学杂费承担一定比例的教育成本，已经成为多渠道筹措高等教育经费的一个重要手段。然而采取何种成本分担方式、如何保证贫困学生受教育机会的平等问题，对世界各国大学而言，也是一种挑战。高等教育成本分担是世界通行的一种方式，但不同国家有不同的成本分担模式，根据成本分担与教学活动发生的时间关系，可把成本分担的实现形式归纳为实时收费制、预付学资制和延迟付费制三种。埃塞俄比亚高等教育所采取的属于第三种分担形式，即"毕业税"制。

## 一、成本分担制实施的背景分析

在埃塞俄比亚，财政性教育经费主要用于教师工资、教学资源、学生服务、学校发展等方面支出。2002/2003 学年各公立高校教育经费支出的平均构成如下：教职工工资 40%、学生饮食 15%、教学资料 10%、其他供给 11%、各种服务 9%、教学维修 5%、发展和奖励及其他占 10%。各高校将 15% 的经费用到学生本人的吃饭上，这还不包括为他（她）们提供的免费住宿和医疗服务，两项加起来要占到 1/4 左右。严格意义上讲，这并不是真正的教育支出，如果把这些资源用到增加教学资源的投入上（目前仅为 10%），例如：为教学和研究提供更多的支持、加快校园的信息化建设等，将会显著提高埃塞俄比亚高等教育质量保障。

越来越多的研究也表明，免学费或过低学费的高等教育体制具有以下弊端：一是由于国家负担全部高等教育费用带来的低私人成本。造成高等教育个人过度需求的存在，这种现象在私人收益较高的学科领域中更为突出；二是收入分配公平性的下降；三是高等教育较少的入学机会；四是资源利用的低效率和较高的生均成本。[①] 相反，实行高等教育收学费政策不仅可以提高高等教育入学机会和增加高等教育经费，而且还可以促进高等教育资源分配的公平性，激励高等教育的内部效率和外部效率。

埃塞俄比亚免费的高等教育和学生福利补贴政策与非洲其他国家现行的高等教育体制越来越矛盾，特别是那些前英国殖民地

---

① 史芳、张江南：《成人教育比较研究》，云南大学出版社 2005 年版，第 166 页。

国家，那里已经出现了不同形式的学生付费方式。埃塞俄比亚政府已经意识到了这一点，并在新的"高等教育宣言"中指出，有偿教育将成为未来高校教育发展财政方面的关键组成部分。大学官员承认，不仅免费提供饮食和住宿成为他们财政预算的沉重负担（占目前所有开支的15%），而且也导致了严重的社会不公，因为占人口总数的99.2%的人是较为贫困的年轻人，他们被排除在这个福利补贴之外。

1994年埃塞俄比亚政府出台了一项具有全局意义的、内容广泛的"教育和培训政策"。该政策的主要内容包括：提高教育质量和教学内容的相关性；提高教学水平和完善教学设施；关注学生，促进学习质量提高；提高教育机构的管理和领导水平；引入教育财政多样化机制；建立健全教育评估与监督、学校自治与责任分担机制等。由此，以教育和培训政策为蓝本，国家高等教育政策和策略的制定及实施都必须围绕国家发展目标和增强国家竞争力服务。

教育和培训政策声明：国家实行十年义务教育，政府全部承担小学到初中阶段（1—10年级）的教育费用，而高中（11、12年级）和第三级教育和培训（Tertiary levels of education and training）阶段的"受益人"（beneficiary）必须承担其部分教育成本。经过政府官员和专家的考察与论证，在吸收和借鉴其他国家高等教育收费制度成功经验基础上，以澳大利亚"收益人支付制度"为蓝本，结合本国实际，经过改造和完善，教育部起草了一份高等教育收费提案，提交议会审议。作为回应，在2003年6月议会通过的"高等教育宣言"（Higher Education Proclamation）中得到批准，同年9月，政府通过了一项公立高校毕业生税收制度，面向所有在校大学生推行学费分担机制，成本分担制开始在各高校中推行。为配合该项政策的实施，政府同时颁布了国家"高等教育宣言"、出台了"成本分担条例"。根据这些法规和条例，任何进入公立高校学习的学生，毕业后都有义务分担他（她）所接受的教育、培训或其他教育服务的成本，成本的支付是在其毕业后从其月薪或其他收入中以税收的形式收取，即"毕业税"（Graduate Tax）。

成本分担制实施前曾经历过长达几年的社会讨论和公众对话。讨论始于1999年，当时政府所拟订的高等教育收费议案是采取抵押贷款的形式，包括向世界银行贷款。但由于论争激烈，反对的声音过重，加之1998年开始的长达几年的"埃—厄"战争影响，1999年议案并没有产生实质性的影响，埃塞俄比亚的高等教育改革曾一度陷入僵局。这样也迫使教育当局不得不进行改革转向，并最终选择了成本分担制。埃塞俄比亚政府在如此困难和敏感的时期引入成本分担制并不仅仅出于政治和实践上的考虑，或许是时间的流逝给了教育部更多的思考，更加理性而全面的审视抵押贷款制度的适切性。事实证明，成本分担制更容易被政府和公众所接受，它类似于澳大利亚的"收益人支付制度"（Income Contingent Repayment System），也正是在吸收澳大利亚"收益人支付制度"的基础上经过些许修订后而出台的。

## 二、成本分担的基本要素分析

在埃塞俄比亚，成本分担制常被叫做"成本分担计划"。通过该项计划（scheme），公立高校的受益人和政府共同承担教育和服务所发生的成本费用。"受益人"是指在公立高校接受教育或培训的所有学生，任何一位受益人都负有在未来要支付其现在受教育或培训成本的义务。

（一）分担的主体

成本分担计划所关注的主体是高等教育受益者即学生，排除了家长的法律义务，但家长在个人自愿的基础上可以为他们的子女支付教育费。家长承担教育费通常是基于这样的理念：学生时期的子女总是具有依赖性，家长有责任送完孩子们的求学之路！埃塞俄比亚成本分担计划的主体之所以确立为学生而不是家长，主要是基于这样的前提假设：一方面学生本人才是真正而直接的个体受益者；另一方面从法律上讲，十八岁已经具备了独立的成人地位。因此，当学生进入高校时，就没有理由或法律依据认为他们还得依赖于他们的父母。退一步讲，他们的分担义务是在毕业工作后开始的，作为工作世界的一员来讲，有自己的经济收入，在经济上理所当然地应独立于其父母的。

政府和学生是两个最为重要且具有法律约束关系的主体，要共同承担高等教育的成本费用。家长仅可以自愿者的身份进入这种关系图景中。当家长自愿承担其子女的教育费用时，他们仅是在行使一种社会和道德上的义务。从情感上讲，家长们还会"从子女的教育进程、经济上的安全感和社会地位的可能攀升中感受到莫大的慰藉和满足。"[①] 因为，接受过高等教育的毕业生一般都能够谋得一个收入相对丰厚的职位和获得一种较为优越的社会地位。家长提前为其子女支付教育费用，这样就解除了子女未来的债务负担，即使他们毕业后有能力偿还。这种情况下，尽管没有法律上的强制性，但家长却变成了高等教育经费渠道中两个非政府性税收对象之一。

（二）分担的份额

在埃塞俄比亚，公立高校学生的学费和食宿费一直都是免费的，而在许多国家早已没有了"免费的午餐"，大学生的衣食住行问题早已进入社会化服务渠道，甚至不再是高校服务功能的一部分。随着埃塞俄比亚高等教育成本分担机制的引进，公立高校

---

① Johnstone, D. B. Higher Education Finance and Accessibility and Student Loans in Sub Saharan Africa. *Journal of Higher Education in Africa*, 2004. 2 (2), pp. 11—36.

的学生们将根据协议不得不承担全部的食宿费用和 15% 的学习费用。费用的多少是在每学年的开始，根据各高校和各专业发生的实际成本费用计算得来。一般情况下，每生每年的食宿费用大致在 220 美元左右，15% 的学费折合成美元每年约在 100—230 美元之间。学费的差异主要是由专业决定的，医学专业的学费最高，人文和社会科学专业的学费一般都较低。

（三）分担的原由

一般来讲，接受过高等教育者在个人收入、生活条件、社会地位等方面都会好于未受过高等教育的同龄人，他们适应社会环境的能力和获取信息的手段都要高于未受过高等教育的人群，前者所具备的这些"优越性"就是所谓的"高等教育私人投资收益率"，也就是经济学家们所说的"收益率"问题。对于一个国家来讲也是如此，人的投资对国家经济社会发展十分重要，也会带来"社会收益率"，尽管这种社会性收益可能要等到几年乃至几十年以后才能体现出来。研究证明，投资高等教育可以使国家在其他方面的投资（如物资资本和基础设施投资、人力资源投资、商品服务业投资等）更具有效力。当要求大学生本人为他们的教育分担成本时，作为另一受益方的"公共纳税人"也有义务分担这些成本。更进一步讲，并不是所有的社会群体和个人都有能力承担高等教育的全部费用，因此"成本分担"——由公众共同分担，就成了社会责任实现的基本机制。

### 三、成本分担的实现手段——"毕业税"

作为一项高等教育改革计划，毕业税类似于收入附加税，是毕业生以纳税的方式偿还其先前接受大学教育部分成本的一种税收手段。它根据已定的纳税总量和所签订的支付协议，从受益人的个人收入中以税收的形式扣除的，父母并不承担任何支付义务。学生本人要承担食宿费用的全部和学费的 15%，所分担的具体数额是在每学年的开始根据各高校所发生的实际费用和不同专业的培养成本而计算出来的。根据协议，学生可以在毕业后以纳税的形式支付也可以提前支付。毕业税的形式意味着学生在学习期间不需要支付任何费用，即使是穷人家的孩子也可以安心读完大学。

（一）"毕业税"的特征

分析起来，"毕业税"的征收具有如下特征：

1. 学费和食宿费都由政府先行承担，学生在毕业并找到工作后再以纳税的形式支付一定的费用。所有学生在入学时都有资格签订成本分担协议并负有毕业后偿还的义务。

2. 受益人一般经过一年的宽限期后便须开始偿还。偿还不受工资收入底线的限制，毕业一年后必须开始。这是因为一个大学毕业生的月薪，一般情况下都在社会低收入群体之上，完全有能力支付每月 8—12 美元的税额。

3. 毕业税的收取从 2003 年入学的公立高校新生开始，在此之前入学的学生没有"纳税"的义务，更不是针对所有公民的教育附加税。

4. 选择教师教育课程的学生，且毕业后到中学当老师的可以免除毕业税，前提是必须在中学教师的岗位上服务一定的年限。据统计，有超过 30% 的毕业生选择了教师教育课程，这在一定程度上缓解了教师紧缺的局面。当然，为免除毕业税而去当教师的学生多是来自农村的贫困生。

5. 毕业生由于所学专业不同所缴纳的毕业税数额也会不同。一般情况下，医药类专业最高，社会科学类最低，另外因师生比偏低、办学成本高等原因也会抬高毕业税。

6. 毕业税缴纳的最长年限为 15 年。纳税期限的长短是根据不同专业就业后的月薪底线来计算的。如月薪范围在 82—140 美元，三年制学生所要缴纳的毕业税总数为 870 元，四年制为 1395

元，若每月纳税8—10美元的话，那么在10—15年内便可缴完。

7. 规定毕业生每月纳税的最小数目为月收入的10%，也可以多缴，但不能超过月收入的1/3。如果毕业后有多项收入，就有望在更短的时间内完成纳税义务。

8. 根据法律，雇主有按月收取雇员毕业税并上缴到国家税务局的义务。

9. 受益人在毕业前就支付毕业税的可以享受到25%的减免优惠。这项规定有利于鼓励有能力的父母提前为其子女缴纳毕业税。

埃塞俄比亚政府之所以选择了毕业税制度而不是其他办法，主要是认为毕业税不但对政府和学生双方都有吸引力，而且易于管理和操作，特别是它的毕业后支付办法有利于贫困家庭的学生完成学业。它不同于助学贷款制度，因为贷款生总有一种负债的心理，而毕业税制度下的学生是以纳税人的身份出现的。

（二）"毕业税"的缺陷

毕业税制度并不是完美无缺的，至少还存在着下列一些不足：

1. 毕业税实施的头几年，政府无法实现毕业税收入，要等到制度实施的四五年后，才能开始征收毕业税。这样可能要10年甚至更长的时间，该项制度才能体现出它的有效性，政府的早期投入会随着毕业税纳税群体的增加而实现资金回笼。届时既有利于政府大幅度提高对高等教育投入的可能性，也存在着政府转移教育负担的嫌疑，在教育投入多元化的同时公共财政注入的相对份额可能在降低。

2. 除了小部分提前支付的资金外，这项制度的实施并没有给高校带来多大的即时实惠。因此，政府必须建立起一套信用机制和公开机制，使这种"额外"税收真正惠及各高校。

3. 由于受益人有关就业信息的失灵或缺失而导致逃税现象

发生，进而会影响到整个计划实施的吸引力和税收的损失。因此，必须及早建立起一套高效、先进的税收系统，提高政府机构追踪不断增加的高校毕业生人数的能力。

（三）"毕业税"的社会反响

据 2002/2003 学年在多所大学校园开展的毕业税辩论报道和公众在广播及报纸上开展的大讨论，许多人还是赞同推行这项计划的。但出于个人利益考虑，一部分人对毕业税实施的时间提出了质疑。另有一些人甚至悲观地认为，毕业税制度到底能够在多大程度上提高高等教育质量、入学人数和教育公平问题还值得怀疑。总之，公众和学生在毕业税问题上的观点、意见和反应是不一的，就反对的声音而言，学生要远大于公众。

1. 公众的观点。大部分公众认为，受益人必须分担教育和服务成本，并相信通过成本分担计划的实施可以提高纳税人钱的二次分配的公平性，逐步改变一小部分人享受高等教育的现状。许多人还认识到，通过推行毕业税形式的成本分担制可以抹平贫富学生之间的公然不平等性，因为所有的学生都要求毕业后缴纳一定的毕业税。许多人还认为，随着成本分担计划的实施，可以增强政府的财政实力，并最终用于促进和扩大高等教育规模，提高入学率和入学机会。同时，成本分担的实施将给高校带来更大的压力，高校必须更加关注学生，形成以学生为中心的办学理念，更加有效、更加积极地适应市场和学生的需要。高等教育成本分担计划的实施可以促进或带动其他部门和领域的发展，如基础教育、医疗卫生、经济领域、社会服务等。因此，政府应该优先发展高等教育。

反对毕业税的公众认为，教育作为一种公共产品，应该是免费的，兴办教育是政府的一项基本职责。如果政府能够痛下决心惩治腐败、提高办事效率、减少资源的滥用，那么就没有必要推行成本分担制。

2. 学生的观点。该计划遭到了许多学生的抵抗和反对。反对的学生主要是计划实施后入学的学生，他们想通过反抗来影响计划的转向。比如，许多学生质疑，计划为什么要现在开始而不是等到他们毕业后。还有的发难，计划为什么不包括过去和现在所有的受益人。许多人还担心，由于高校普遍存在的腐败、低效率、浪费以及管理上的低能，成本分担的引入有可能会不断提高大学的教育和服务成本。甚至有人要求在引入成本分担之前，必须改革大学的人事制度、管理制度，改善学校的食宿等服务状况。

另一种反对观点认为，他们现在被赋予将来支付成本的义务，但政府并无法保证他们毕业后能够找到一份理想的工作。成本分担制，作为世界银行和西方国家的一种舶来品，它实际上是一种强权政治的渗入，也是对埃塞俄比亚本国内部事务的一种干预，因此必须加以抵制，同时它的实施后果、适合国情的程度都值得怀疑。

另外，缺乏对成本分担计划的清晰了解也是招致反对意见的原因之一。一些学生认为，该计划的设计主要是针对来自贫困家庭学生本人的，因为计划并没有课以家长任何强制性义务。许多学生坦承，他们的父母根本无力承担其教育费用。

## 第四节　"成本分担"实施的前景预期

埃塞俄比亚政府在国力窘迫、无力提供更多的免费高等教育入学人数的情况下，引入了高等教育"成本分担"机制，以收取"毕业税"的形式开创了埃塞俄比亚公立高等教育收费的先河，无疑具有重要的社会价值意义。

## 一、成本分担的积极意义

毕业税的实施具有三大鲜明特点，即政治透明性、社会可接受性和经济可行性。毕业税制度已在埃塞俄比亚国内得到普遍的认同，各项执行措施也在积极推进之中。同时，毕业税的目标群体——受益的学生因为要承担缴纳毕业税的未来义务而对教育成本问题有了更为清晰的认识和对金钱价值的再认识。更为重要的是，埃塞俄比亚实施的毕业税制度，一方面由于在实施过程中不用考虑家长的经济能力而保证了不同经济背景的学生在入学上的公平性；另一方面政府鼓励有支付能力的家长提前为其子女支付教育成本而直接增强了学校的经费实力。正如世界银行所预期的那样，如果成本分担机制在埃塞俄比亚实施顺利的话，将会极大地提高高校入学人数、增加教育公平、改善资源分配率。毕业税将成为非政府性税收来源的重要渠道之一。随着成本分担计划的推进，过去那种完全免费制度下的学生将逐渐淡出。目前，公立高校付费专业学生和私立高校学生已超过学生总数的一半。

以"毕业税"形式实施的成本分担计划是一项积极的举措，但它对高等教育财政收入并不会产生立竿见影的影响，因为学生从入学到毕业再到开始偿还至少需要4年时间。也就是说，"毕业税"制度是从2003/2004学年入学的大学生开始执行，一般学制三年，加上学生毕业一年后开始纳税的规定，毕业税的真正收取应该是在2008年。如果按照"高等教育成本分担委员会"的规定，毕业生工作后收入的10%作为"毕业税"，这样大概需要15年才能还清分担的成本。毕业生中还有约35%的人数因各种原因而免除了"毕业税"，如进入中小学当老师等。那么到2008或2009年，成本分担将使公立高校的财政预算分配额减少1个百分点。

所以，短期内成本分担不会对高等教育财政预算产生过多影响，高等教育扩张所带来的财政吃紧局面一时还难以缓解。但在今后各年，成本分担所带来的影响会越来越明显。预计到2020年，"毕业税"收入将使高等教育在整个国民教育财政支出中的比例下降4—5个百分点，这就意味着高等教育占国家财政投入的份额从23%下降到18%，或者从21%下降到16%，成本分担计划将在高等教育系统中发挥着越来越重要的作用，"毕业税"收入将占到整个公立高等教育总支出的20%左右。

目前埃塞俄比亚高等教育财政改革已经进入实质阶段。以"毕业税"形式的成本分担机制在世界各国高等教育财政改革中具有创新意义，并且已得到大多数埃塞俄比亚人的认可，实施过程基本顺利。"毕业税"的顺利收取将有利于提高高等教育的入学率、更好地体现教育公平、促进社会资源的有效分配。同时，它对提高高等教育的管理效率也会产生积极影响，高等教育的管理效率提高了反过来又会进一步扩大入学机会。然而，潜在的不足也是存在的，比如该项计划实施过程的组织机构及协调问题，包括观念层面和执行层面两方面。

### 二、成本分担实施的局限性

首先，最小税率设定为10%，这在国际上已经是很高的标准了，而对于埃塞俄比亚这样一个低收入国家来说更是如此。对于一个受过大学教育的人来说，每月要缴纳10%的所得税，这必然会影响到其他方面的消费和投资。如此高额的税收对于个人来说并不是一个小数目，足可以对他或她今后的经济生活或市场活动产生负面影响。如果降低毕业税，又会对整个高等教育收入产生的贡献度下降。

其次，毕业后当教师的学生被免除毕业税，这是一条很有吸引力的规定，但也存在着风险。设定这条规定的出发点是为了稳定教师队伍，但同时却把毕业后当了老师的人员的"成本"分担到了非教师行业的毕业生身上。对教师的这种不透明的交叉补偿机制往往会产生不良后果，比如其他公务部门的雇员可能也会主张类似的权利等。相反，如果当教师也要缴纳毕业税，那么成本分担产生的收入将会占到整个高等教育经费的25%。纳税的人数多了，毕业税的标准就可以相应降低。

第三，目前对于那些家庭富裕有能力提前支付或一次性付清学生，政府所给予的5%（入学前一次性付清的学生）或3%（毕业后一年内付清的学生）的折扣优惠似乎太低，还不足以激励更多的学生愿意提前支付教育成本。因为，过低的折扣优惠使得有些人宁愿毕业后按月从工资收入中扣除还款而把现有的钱存起来生利，并把这笔钱日后用来补贴被扣除的薪水。这就意味着不会有太多的人愿意提前支付，这也是为什么成本分担的收入短期内很难对高等教育财政产生显著影响的原因之一。

第四，成本分担现有的制度对于学生毕业后自我就业问题的管理程序并不明确。根据埃塞俄比亚目前的形势来看，绝大部分学生毕业后都到了政府部门或正规的公司任职，但从长期来看，随着埃塞俄比亚市场经济体制的逐步建立和毕业生人数的逐年增加，越来越多的毕业生会加入到劳动力大军中去，成为一名自由职业者（律师、医生、会计等）或企业家（各种个人服务公司、商业中介机构等）。对这些人的毕业税征收问题不得不考虑，政府应该及早制定相关的规定和措施。

最后，必须注意的是，毕业税收取的多少与毕业人数有着直接的联系，如果学生如期毕业率偏低，那么势必影响到毕业税的数额。因此，如何提高高校教学质量，提高学生如期毕业率将是一个十分现实而必须的问题，它归根结底关系到教育本身的发展问题。据统计，目前埃塞俄比亚高校的毕业生人数仅占在校生总数的15%左右，学生毕业前的平均学习年限为4.2年，能够如期毕业的仅占同年级学生的75%，约有1/4左右的学生不能按时毕业，这样势必影响一定时间里分担成本的总人数。

有学者认为，澳大利亚式的毕业税计划并不会对埃塞俄比亚的非政府财政税收体系产生重大影响。因为学生分担的份额（食宿费全部及学费的15%）在整个高等教育投入中并不占多少比例，学生食宿的成本一直很低，而且还有下降的可能，相对于扩招所带来的政府对高等教育投入增长的速度来讲，毕业税的脚步显然比较迟缓，实施的成效如何仍然笼罩着面纱。

### 三、成本分担制带来的新挑战

成本分担机制的引入也给埃塞俄比亚高等教育发展带来了新的挑战。如教育经费渠道多元化的管理问题，教育资源的合理分配和政策运用问题，人才的开发和组织分配问题，专业和课程的整合等。如何提高高校管理成效，包括划拨经费的使用效率、降低教育成本的措施（如改变教学与行政人员的比例、提高人文和社会科学专业的生师比等）等都具有实际意义。为实现上述目标，保证毕业税制度的顺利实施，必须足够重视相关的政策和措施的建立与和完善。它们应该包括：

1. 及早废除高校学生食宿津贴制度和后勤管理体制。埃塞俄比亚高校学生食宿等后勤服务一把抓的管理模式已经严重影响了国家教育质量的提高，政府应该尽快制定政策，允许社会资源进入高校的后期服务，以便把更多的经费投入到办学条件的改善上。同时建立高校后勤服务体系，引入私人和地方资本，形成高校后勤服务的高效竞争局面。

2. 合理计算各专业和学校的办学成本。对于开办不力或生源不足的专业，应该根据专业情况，要么关停并转，要么由政府单列支助。各学校也要合理制定年度预算。

3. 税收机制需要加强。高校和税务当局的信息管理系统必须及时更新，双方应该协调一致，实现责任明确、利益共享。为每一位应纳税公民提供税收身份卡，可能有利于减少欠税或逃税问题。

4. 为防止毕业税拖欠，在学校与学生签订成本分担协议时就要求学生提供合格的担保人。在关乎因出国所带来的拖欠问题上，通过对出国期间纳税人护照的合理控制十分必要，虽然这可能会涉嫌人权问题。

5. 必须加强对公众和大学生有关成本分担制实施意义的教育，加强对外出学习学生的法律义务和社会责任意识的教育，注重对各种不同观点的研究，谋取政府与民众、政府与权利人之间的理解和合作。

6. 政府需要建立一套可信度较高的财政转移制度，通过它可以及时地把收取的毕业税转移到高校。这些"额外的"经费应该主要用于提高教学质量，如书本、教学仪器与设备等的添置上。这有助于增强公众和高校的相互信任，有助于提高学生的责任感。

还有学者认为，由于埃塞俄比亚缺乏一套行之有效的税收机制，而且短时间内也很难建立起来，因此断言埃塞俄比亚所实施的成本分担计划不会对高等教育成本产生太大影响。

事实上，并不像所断言的那样，埃塞俄比亚目前已建立了一套有效的税收运行机制，只不过这套机制比较薄弱，需要进一步加强和改进罢了。如果偿还率保持很高，随着偿还人数的逐年增加，毕业税的总量将不再是一个小数目。预计到 2020 年，毕业税的贡献率将会使国家对高等教育投入的比率占教育总投入的百分比与目前相比下降四五个百分点，毕业税的收入将占到整个高等教育运行经费的 20%。

可以预见，一旦埃塞俄比亚的高等教育成本分担机制能够在社会中扎根并造福于社会大众，那么埃塞俄比亚的高等教育质量、教育公平、教育成效就能充分地显现出来。

# 第九章

# 埃塞俄比亚高等教育
# 公平问题研究

随着埃塞俄比亚高等教育在校生数量和招生规模的快速发展，高等教育的公平问题越来越引起人们的关注。有关数据显示，像许多发展中国家一样，埃塞俄比亚的高等教育也同样存在公平与平等问题。根据 1999 年埃塞俄比亚家庭收入及消费支出统计显示，71%的大学生来自全国 20%的最高收入家庭，家庭收入与受教育程度之间的关系十分明显。同时，教育不平等还表现在不同地区、不同性别、不同种族之间。发达地区与不发达地区的教育水平差异非常显著，进入高等教育的学生大多来自高收入家庭和富裕地区或城镇。地区经济发展的不均衡对教育发展的影响是深远而巨大的，长此以往将导致连锁反应——越穷越落后，进而还会影响到国家的政治稳定和政策实施。女性入学比例随着教育年限的增加而显著降低，女性教育公平问题十分突出，在公立高校中，女生的比例只占 20%，女教师仅占 7%。埃塞俄比亚政府已经开始关注这些教育问题，新大学的成立、地区分布的合理化、针对弱势群体入学的特殊政策、教育经费的改革等就是明显的信号。

本章着重从入学机会平等、性别平等的分析入手，揭示埃塞俄比亚高等教育发展所面临的公平问题。

## 第一节　入学机会差别——
## 社会公平的挑战

贫困国家一般都把发展高等教育视为国家为了提高生活标准

和减少贫困所作的努力。这些国家的人们大都存在着这样的观点，即高等教育能够促进社会民主，能够增强人权。基于这样的观念主要是对传统教育的一种反叛。传统教育体制下，在教育观上把教育当作阶级压制的工具，统治者通过垄断教育权，通过对受教育者的压制来实现他们的教育目标。值得注意的是，这些被压制的群体，不但在教育责任感、教育资源分配方面，而且在教育体系构成、学校组织、课程内容、教学方法等方面很少有发言权，久之或麻木不仁，或服服帖帖。随着社会的进步，关于教育的公平争论问题也日趋明朗化，同时也随着基于"选择"和"竞争"之上的自由市场规则一起变得比以往更加严肃起来，成为知识社会发展的内在诉求。每一次对教育公平问题的探讨无疑都会对教育新需求的提出具有推动作用。

### 一、埃塞俄比亚教育公平缺失状况

在埃塞俄比亚，不同社会群体之间接受高等教育机会的不平等现象已成为一个严重的社会问题。当我们根据人口规模对不同性别、不同地区、不同种族、城乡居民、城市中心与郊区之间进行比较，发现对比项之间在高等教育入学人数和毕业生人数上存在着巨大差异。男性、城市居民和中心地的人群在高等教育入学机会、在校生比例、毕业生比率上常常处于优势地位，比其他人群要高得多。

近几年来，埃塞俄比亚的各级各类教育虽然得到了较快的发展，但与世界上许多国家相比，埃塞俄比亚还是属于教育最不发达国家之一。2002/2003 学年，学前教育入学人数虽有所增加，但也只占适龄儿童人数的 2% 左右，大部分儿童并没有接受过学前教育，与发达国家形成了鲜明的对比。全国小学毛入学率为 64.4%，但女孩的毛入学率却为 53.8%，平均低 10 个百分点，而阿法尔地区和索马里地区分别为 13.8% 和 15.1%，大批女童都没有接受过最基本的教育。几个较好的地区，如亚的斯亚贝巴、冈伯拉和海拉尔地区小学毛入学率分别达到135.4%、124.6%和105.7%（百分比大于100意味着有一些超过该年龄段人口的加入），这些地区也是经济条件较好的地区。全国中学（9—10年级）阶段毛入学率为19.3%，其中女孩为14.3%，男孩为24.0%，阿法尔和索马里两地区分别是5.1%和3.3%，而亚的斯亚贝巴、海拉尔和迪尔达瓦三地区的毛入学率分别是78.1%、56.1%和50.3%。可见，一国之内不但不同地区之间、城乡之间中小学入学情况差距十分大，而且随着教育程度的提高，女性受教育者的比例明显减少，教育不公现象十分明显，参见表9-1。

**表9-1　　　　2003/2004学年城乡中小学入学情况比较**

| 教育层次 | 城市地区 | | | | 农村地区 | | | |
|---|---|---|---|---|---|---|---|---|
| | 男生 | 女生 | 男生比例（%） | 女生比例（%） | 男生 | 女生 | 男生比例（%） | 女生比例（%） |
| 小学（1—8年级） | 1598038 | 1365869 | 53.9 | 46.1 | 3880083 | 2698648 | 59.0 | 41.0 |
| 初中（9—10年级） | 422575 | 233138 | 64.4 | 35.6 | 21204 | 9059 | 70.1 | 29.9 |
| 高中（11—12年级） | 68714 | 25258 | 73.1 | 26.9 | 475 | 213 | 69.0 | 31.0 |

资料来源：埃塞俄比亚教育部：《2003/2004年教育统计年鉴》，第33页。

根据教育部2003年统计数据显示，亚的斯亚贝巴、迪尔达瓦和海拉尔三个地区的入学率以及女孩入学比例都明显高于全国其他地区，地区之间在入学率、升入高一级学校的比例、学生性别比等方面存在着巨大差距。从长远看，地区之间教育发展差距的拉大显然对于民主国家的进步是一个严重的威胁。因为一个统一的民主国家的发展离不开机会的平等，尤其是对于那些处境不利人群的受教育机会提供上。对此，埃塞俄比亚已制定了一系列政策和行动计划，旨在促进教育入学机会在地区和性别之间的平等。缩小这个差距是一个巨大的挑战。

2002/2003 学年，埃塞俄比亚高等教育适龄人群入学率约在1%，高等教育在校生总数中，女生人数仅占 25.2%，同年女生毕业人数仅占全部毕业生人数的 16.3%。高等教育入学机会得到与否，显然对于个人生活环境的改善、社会事务的参与上有很大的关联性。

2004 年，埃塞俄比亚总人口已达到 7100 万，其中 80% 以上生活在农村。人均国民生产总值仅为 110 美元，而同期撒哈拉以南非洲国家为人均 480 美元。根据 2002 年 MOFED 进行的社会福利跟踪调查显示，埃塞俄比亚还有 44% 的人口生活在贫困线以下，连最基本的生活需求都不能满足，每人每天收入不足 1 美元。

埃塞俄比亚是一个多民族的传统国家，全国大约有 80 个不同种族，其中奥罗姆族（Orama）、阿姆哈拉族（Amhara）、提革里族（Tigraway）和索马里族（Somale）分别占人口总数的32.2%、30.1%、6.2% 和 6.0%，累计为 74.4%。在 11 个地区（包括亚的斯亚贝巴和迪尔达瓦）当中，奥罗米亚、阿姆哈拉、南方各民族州、提革里、索马里和亚的斯亚贝巴 6 个地区的人口分别占总人口的 35.3%、25.5%、19.8%、5.8%、5.8% 和4.0%，累计达 96.2%。各州人口规模与高等教育入学人数情况参见表 9 - 2。

表 9 - 2　　　　2003 年各地区人口情况与参加全日制高考情况比较

| 序号 | 地区 | 人口（千） | 考生数 | 人口百分比（%） | 考生百分比（%） | 同比指数 |
|---|---|---|---|---|---|---|
| 1 | 奥罗米亚 | 24395 | 8255 | 35.3 | 29.1 | 0.82 |
| 2 | 阿姆哈拉 | 17669 | 5938 | 25.5 | 20.9 | 0.82 |
| 3 | 南方各民族州 | 13686 | 2150 | 19.8 | 7.6 | 0.38 |

续表

| 序号 | 地区 | 人口（千） | 考生数 | 人口百分比（%） | 考生百分比（%） | 同比指数 |
|---|---|---|---|---|---|---|
| 4 | 提革里 | 4006 | 4731 | 5.8 | 16.7 | 2.87 |
| 5 | 索马里 | 4002 | 66 | 5.8 | 0.2 | 0.40 |
| 6 | 亚的斯亚贝巴 | 2725 | 6399 | 3.9 | 22.5 | 5.72 |
| 7 | 阿法尔 | 1301 | 55 | 1.9 | 0.2 | 0.10 |
| 8 | 本·噶木兹 | 580 | 342 | 0.8 | 1.2 | 1.43 |
| 9 | 迪尔达瓦 | 357 | 150 | 0.5 | 0.5 | 1.02 |
| 10 | 冈伯拉 | 228 | 155 | 0.3 | 0.5 | 1.61 |
| 11 | 海拉尔 | 178 | 178 | 0.3 | 0.6 | 2.42 |
| 总　计 | | 69127 | 28419 | 99.9 | 100 | |

资料来源：埃塞俄比亚教育部：《2003 年教育统计年鉴》，第 103 页；《2004 年国家统计摘要》，第 77 页。

2003 年埃塞俄比亚高等教育毛入学率约为 1%，而撒哈拉以南非洲国家平均为 4%。显然，埃塞俄比亚高等教育入学率是世界最低国家之一。尽管政府在教育上的支出有所增加（过去五年大约年平均支出占国家财政总预算的 16%），对平衡地区之间的差距也做出了一些努力，并且私立教育也在不断发展，但小学、中学和大学的入学率都还很低，地区之间（特别是不同种族之间）、性别之间的差距还是很大，并没有显著改观。

## 二、高等教育入学机会平等问题

在社会经济发展过程中，高等教育起着不可替代的作用，它在国家人力资源开发、降低贫困、提高管理效率、增加生产力等方面都发挥着积极作用。一个受过良好教育并且具备熟练技能的阶层，对现代社会的经济和社会发展是不可缺少的，而不仅仅是其本身从中受益。

高等教育的一个很重要的作用是它能够创造一个精英社会。精英阶层的人往往都是从接受过良好教育的人群中挑选出来的，因此有人认为，公共投入用于高等教育，从社会意义上讲是不公平的。持这种观点的人们认为，大学毕业生构成未来社会的精英阶层，这些人大多来自富裕家庭，不应得到公共津贴，公共津贴更应该关照社会弱势群体。因为弱势群体——在一个特定的社会中由于地缘关系及种族、性别、语言和宗教等原因而处于不利地位的人们，他们很难在高等教育系统中为自己争得一席之地，也就很难进入社会的精英阶层。由于他们通常接受的是不完全的初等和中等教育，这使得他们更难以接受更高层次的教育。

高等教育系统需要在精英与平等的双重价值之间进行协调。单一的精英选拔式教育模式只会强化对弱势群体的歧视，这种政策鼓励从社会上选拔最富创造性和能动性的人才，让他们接受更高一级的教育。但是，这种以先前成绩为基础的高等教育人才选拔方式只会使这些被选入者有着坐享其成的优越感，难以持续发挥学习潜力。如果以降低高等教育赖以存在的"优秀"标准为代价，实施高等教育的平等计划，那么高等教育的"优秀"性将难以为继。

解决以上问题的理想方法似乎只能是宽进严出了，这也是许多发达国家所实施的教育政策。但对于教育资源紧缺的发展中国家来说，"宽进严出"显然还不大现实，因此只能依靠有限的教育倾斜政策来体现对弱势群体的关照。

目前，埃塞俄比亚政府正极力发展高等教育，并希望从实践上缩小高等教育在地区差距、性别差距等方面的不平等，从政策层面上向不利地区和不利群体倾斜。

1995 年的《埃塞俄比亚联邦民主共和国宪法》第 35 条第 3 款和第 41 条第 3 款分别规定如下：

"为了消除埃塞俄比亚历史遗留下来的对妇女的不平等待遇和歧视，必须采取积极行动措施。这些措施要能够保证妇女在政治、社会和经济生活中享有和男子同等的参与权，为此要为妇女提供特别的保障。"

"每一位埃塞俄比亚国民都平等享有接受公共社会服务的权利。政府有义务不断增加对公共卫生、教育及其他社会服务资源的投入及分配。"

1994年的"教育和培训政策"第3条第7款第7项规定：

"要给予妇女和缺少教育机会的学生特别的关注，为她（他）们提供教育上的援助。"

2003年的"高等教育宣言"第33条第1款也明确指出：

"在高等教育入学考试和招生上，对于那些来自'发展中'地区的读完高中教育的属于本地居民的妇女和残疾学生应降低录取标准。他（她）们在高校学习期间，要给予特殊的照顾。特殊学生身份的确定由教育部统一执行。"

第6款第3条规定，"高等教育应该在高等教育机构的分布上体现公平性。"

从以上的相关政策文件中我们可以清晰地看出，教育公平问题在这个国家已经得到了充分的重视，但是在实践操作和具体数字体现上还存在着很大的问题和不足，与政策目标差距还很大。尽管政府对高等教育的投入在过去几年里一直处于增长状态，但远远满足不了高等教育发展实际的需要，在高等教育毛入学率上与非洲国家的平均水平相比还有较大差距。

在过去几年，埃塞俄比亚高等教育规模扩大很快，一些原先的学院经过了改扩建，有的还升格成了大学，10多所新建的大学相继开始招生，年招生能力和在校生总数显著增加。2003年高等教育入学考试28419名学生中女生占26.7%，但阿法尔和索马里地区的总共只有55人和66人，同比指数（考试人数百分比与人口百分比之比）0.10和0.40。而亚的斯亚贝巴、提革里和海拉尔三地区的同比指数都在2.40以上。

2001年情况也大体相当。在94508名考生当中，女生占37.9%，亚的斯亚贝巴、海拉尔和迪尔达瓦三个地区的考生比例最高，而索马里和阿法尔仍上最低，处于弱势地区。具体参见表9－3。

表 9－3　　　　　2001 年各地区人口情况与参加
全日制高考情况比较

| 序号 | 地区 | 人口（千） | 考生数 | 人口百分比（%） | 考生百分比（%） | 同比指数 |
|---|---|---|---|---|---|---|
| 1 | 奥罗米亚 | 23023 | 27817 | 35.2 | 29.4 | 0.84 |
| 2 | 阿姆哈拉 | 16748 | 17131 | 25.6 | 18.1 | 0.71 |
| 3 | 南方各民族州 | 12903 | 14349 | 19.8 | 15.2 | 0.77 |
| 4 | 提革里 | 3797 | 5713 | 5.8 | 6.0 | 1.04 |
| 5 | 索马里 | 3797 | 373 | 5.8 | 0.4 | 0.07 |
| 6 | 亚的斯亚贝巴 | 2570 | 24717 | 3.9 | 26.2 | 6.65 |
| 7 | 阿法尔 | 1243 | 636 | 1.9 | 0.7 | 0.35 |
| 8 | 冈伯拉 | 216 | 599 | 0.3 | 0.6 | 1.91 |
| 9 | 本·噶木兹 | 551 | 764 | 0.8 | 0.8 | 0.96 |
| 10 | 海拉尔 | 166 | 1129 | 0.3 | 1.2 | 4.76 |
| 11 | 迪尔达瓦 | 330 | 1280 | 0.5 | 1.4 | 2.65 |
| | 总计 | 65344 | 94508 | 99.9 | 100 | |

资料来源：埃塞俄比亚教育部：《2002 年教育统计年鉴》，第 22—23 页；《2004 年国家统计摘要》，第 75 页。

除了考察参加考试的人数或 12 年级毕业生人数外，我们还可以通过各地考试通过率或者通过的人数来说明地区间的不平等。在 2001 年符合录取分数的 57133 名考生中，女生比例占 29.1%，奥罗米亚、阿姆哈拉、亚的斯亚贝巴和南方各民族州四个地区的录取比例分别占到 34.3%、21.3%、16.8% 和 14.6%，而同比指数最低的地区是索马里、阿法尔和南方各民族州，录取比例都在个位数，这也可以看出该地区中小学教育基础的薄弱和教育质量的低下。

为了促进地区之间平衡、增强民族认同感，埃塞俄比亚政府允许 11 个地区的任何学生到任何一所高校读书，不受地域限制。这就意味着一些学生要远离家乡到别处去学习，因此政府也就决定保留为全日制在校大学生提供食宿条件，等到学生毕业时以毕业税的方式偿还。虽然政府为促进地区间的平衡出台了一系列积极措施，但许多数据表明，地区之间在入学率方面还是存在较大差距。

　　埃塞俄比亚政府还先后于 2000 年和 2004 年在首都以外地区新建了 4 所大学，目的就是要提高其他地区高等教育入学人数。政府还计划在未来几年里在全国各地陆续新建 13 所大学，保证每个地区至少有 1 所大学。2005 年，政府又出台了弱势群体入学的新经费资助政策，提高不利人群的高等教育入学人数。政府也反对提前收取大学生培养费用的建议，而实行毕业后收取毕业税的退后做法，以保证欠发展地区和处境不利家庭学生的入学和学业的完成。这也是政府促进教育公平的有力措施和明智选择。

### 三、问题与结论

　　既然教育与个人或社会群体未来经济和社会地位的发展以及生活水平的提高有着直接的关系，那么教育机会的平等就显得格外重要。世界银行 2004 年的报告中指出了埃塞俄比亚的高等教育状况是，"地区间的不平衡对落后地区的发展及领导水平的提高会产生长期影响，并最终影响到他们充分参与国家政治生活和社会决策能力。如果这些不平等问题不能够引起足够的重视，进而会影响到国家的长治久安。"通常情况下，排外情绪、边缘化趋势和不公平待遇严重威胁到国家团结、和平与民主的发展。

　　为了减少和消除教育上尤其是高等教育的不平等影响，世界上一些国家如美国、加拿大、南非、坦桑尼亚、印度、马来西亚、中国等都已采取了积极应对措施，包括招生上的配额制、差别对待、最高百分比保证等，在培养过程的预备补习制度、设置独立学院等。但所有这些措施或计划都遭到了挑战和质疑，因为一些人认为这实际上也是一种不公平对待和歧视的表现。许多人强调，对于过去教育不公平的纠正需要现代社会公正的广泛建立，没有现代社会公正的广泛建立，教育公平是不可能真正实现的。笔者相信，无论是过程公平还是结果公平程度的提高都离不开对过去和现在不公平的纠正上。在埃塞俄比亚这样一个人口构成十分复杂的国家，在教育入学和教育过程当中采取一些必要的措施，如对特殊人群学生身份的"确认行动"（affirmative action）等，以保证"运动场域内的公平化和平衡"也是十分必要的。

　　毫无疑问，像在非洲其他国家一样，埃塞俄比亚在尽力纠正性别和地区不平等方面也存在着具体或细小的反抗、或直接或间接的工作疏忽、缺乏高度的重视等现象。据有关资料显示，2003年非洲的突尼斯、莱索托、毛里求斯高校学生中女生人数已接近50%，在摩洛哥、突尼斯和南非，女教师的比例分别占到教师总数的24%、33%和36%，而埃塞俄比亚高等教育机构中女教师的比例只有7%。[1]

　　在埃塞俄比亚，这种不公平或不平衡并不是由于一个社会群体对另一个社会群体的压迫所致，而主要是因为历史、文化、经济和政治的原因所致。部分还由于缺乏民主的政府管理、国内的冲突和经济上的贫穷落后也加剧了地区间的不平等。在埃塞俄比亚历史上，政治干预高等教育的现象十分严重，使许多高校成了政治派系斗争的牺牲品，如在学生选拔、教员任命和晋升、课程设计和其他类似的决定都要依据政治利益而定，而不是依照教育规律和法律依据。此外，由于学生担任了相对积极的政治角色，国家领导人无疑会把大学看做是危险的、容易引发政治动荡的地方。政府害怕学生，因为他们知道在特定的情况下，年轻人会推

---

① Damtew Teferra and P. G. Altbach（Eds.），（2003）. *African Higher Education: An International Reference Handbook*. Bloomington: Indiana University Press.

翻现有的政治。因此，政府期望大学能够抑制学生的政治行动，这进一步又破坏了大学的民主和平等思想。

进入 21 世纪以来，受教育全球化影响，埃塞俄比亚政府已采取了一些积极措施来增加女孩和"发展中"地区学生的入学人数。当然，这些措施的成效如何，对国家高层次人力资源开发的贡献多大，乃至是否会失败，都还没有科学的评估。少有的几个研究报告多是对目前形势持批评的态度，下面就是有关报告中所提到的关于埃塞俄比亚高等教育所采取的"确认行动"中所存在的问题、误解和传言：

1. "确认行动"所确定的学生数量（女生和来自"发展中"地区的学生）过少（不到当年录取学生总数的 10%）；

2. 被"确认"的学生，尤其是女生的成绩偏低，在她（他）们进入高校以后，常常被认为是"次等生"，贴上了"低能"的标签；

3. 由于弱者的身份背景和没有得到有效的文化补习，大量被"确认"的学生由于成绩上的原因有被校方开除的危险（约占 30%）；

4. 高等教育机构本身（管理者、院系主任、老师）并没有很好地认可这种"确认"的必要性，也没有向这些学生提供必要的学习和物资上的支持；

5. 高等教育的质量将由于这些被"确认"的学生（20% 是女生）而受到负面影响；

6. "确认行动"是一种变相的歧视，这种把特权给予特定人群的做法本身就是不平等的，也是不合法的，甚至是违宪的；

7. 一些社会群体，包括妇女，由于缺少知识、能力或辛勤的工作，也就没有资格接受高等教育；

8. 在大多数校园，对"确认"学生尤其是女生的个别辅导服务以及支持系统还很不够，整个校园的学习环境并不支持这种服务。

当然，上述意见仅代表那些并不了解甚至不支持"确认行动"人们的观点。"确认行动"主要目的应该是为了埃塞俄比亚社会的更好发展，使所有社会群体在大多数领域和方面享有他们应该享有的平等权利。"确认行动"体现了一种公平机制，只有当这个国家内的所有个人和群体在起点和过程中所享有的权利基本相同时，这个机制才有废除的必要。

总之，为了减少性别和地区间在高等教育机会上的不平等，同时也为了实现社会长久的公平和平等，有研究人员认为政府应该采取下列行动和对策：

1. 政府的教育预算应该增加到发展中国家的平均水平；

2. 除了全日制教育之外，应该拓宽入学路径，增加办学形式，提高落后地区学生的入学率；

3. 应该加强公众和学术界对"确认行动"的目的、目标和操作过程的理解和宣传。用于确认行动的数量和标准必须导向更多的入学、更好的支持和保持。同样，其他支持系统如补习计划、建立地区学院等也需要研究、讨论和实施；

4. 需要建立起有利于女生和来自"发展中"地区学生学习的教育环境，如必要的物质、学习、社会和咨询服务等；

5. 必须高度重视许多大学校园广为存在的各种各样性别歧视行为。除了增强权力和责任意识外，还必须建立各种监督机制。违犯者必须受到处罚，并向公众暴露；

6. 必须对"确认行动"成绩与不足进行研究和讨论，并把结果公示于众。

有限的资料表明，埃塞俄比亚高等教育体制在入学上仍然存在着不公平问题，大部分的高校学生来自占小部分的最高收入家庭，收入差距和受教育程度差距在地区之间的表现也十分明显，高校学生常常是来自高收入家庭，特别是来自繁荣地区的城市家庭。地区间入学的不公平不但长期影响着地区经济的发展，而且还影响着地区公民参与国家政治生活和社会决策。如果这些不公平得不到及时的解决，那么政治上不稳定的因素将长期存在。

## 第二节　高等教育的性别平等问题

由于受历史、文化及宗教信仰的影响，埃塞俄比亚妇女接受高等教育的比例一直很低。在公立高校里，全日制女生只占17%（目前提高到20%多），半工半读的女生占24%。2001/2002学年，公立高校里参加学士学位课程学习的全日制和夜大女生占在校生总数的16%，参加文凭课程学习的女生占同层次在校生总数的32%。值得注意的是，私立高校中女生比例占44%（目前达到59%），原因是大多数的私立院校都位于亚的斯亚贝巴市区，该地区的女生可以吃住在家里，能够减少父母的担忧、减轻父母的经济负担。更为令人担忧的情况是，公立院校中，女研究生的人数只占到7%，女教师人数也仅占7%，这也是女性入学过低造成的连锁反应，更说明了妇女地位的低下和经济上的不能独立。相比较而言，撒哈拉以南非洲国家接受学士学位课程学习的女生占35%，女大学教师的比例约是20%。

### 一、高等教育发展与性别平等问题

从1950年埃塞俄比亚第一所高等学校亚的斯亚贝巴大学学院的创建到20世纪80年代，埃塞俄比亚的高等教育一直处于一个缓慢发展的状态，80年代更是被学者们形容为非洲高等教育"丢失的年代"，埃塞俄比亚也不例外。根据史料显示，在20世纪50年代早期，亚的斯亚贝巴大学学院的在校生人数一直都在1000人以下，教职工不到50人，大多数是外国人。到了20世纪60年代，随着几个地方初级学院（junior college）的开办，高等教育规模得到扩大。这几个地方初级学院是建立在阿莱玛亚、安布和吉马的三所农业和机械学院，贡得尔公共健康学院和巴赫达尔多科技学院。还有后来成立的建筑技术学院、工程学院、科特比教师教育学院、圣三一神学院等，这些学院都在首都亚的斯亚贝巴。如果 20 世纪 80 年代埃塞俄比亚高等教育值得一提的话，那就是阿莱玛亚农学院升格为大学。亚的斯亚贝巴大学开始招收本科段大学生是在 1978 年，即获得学士学位培养和授予权，到了 1982/1983 学年，在校本科生是 246 人，女生仅有 15 人。从那以后，本科专业课程不断增加，包括工程、自然科学、农业、社会科学、医学等多个学科领域。当时所显示的形势是，客观上要求亚的斯亚贝巴大学扩大它的培养范围，提高它的培养层次，主要是本科毕业生的培养和研究生的培养，以为新建立起来的大学和学院培养师资需要。

尽管公认埃塞俄比亚的高等教育在 20 世纪末期得到成功发展，但它并没有逃脱精英教育的培养模式，因此也遭到了来自不同方面、不同声音的批判。在面对扑面而来的全球化和知识经济时代的到来，由于政府在入学、公平性、相关性、效率和应对社会需求等方面所表现的无力，来自社会各界的质疑声音也越来越大，这样迫使政府不得不对高等教育进行改革。随着 1994 年"教育和培训政策"的付诸实施，教育部又出台了一个标题为"高等教育体制改革"的文献，该文献勾勒了国家高等教育改革纲要。像非洲其他国家情形一样，埃塞俄比亚高等教育改革的目标也是在保证教育公平、入学机会平等、责任心、教学相关性的基础上，满足人民的对高等教育的需求。改革还希望为减少贫困和可持续发展带来动力。

与此相联系，为了鼓励高等教育入学、扩大高等教育规模，国家通过把现有学院升格为大学、在不同地区建立一些新的大学等做法来扩大和提高国家办学能力。国家希望以此来提高高等教育的入学机会，促进性别平等，消除不同地区、不同群体之间发展上的差距。目前，埃塞俄比亚已有 9 所公立大学，每所公立大学的全日制在校生规模都在 8000—10000 人之间，另有 13 所大学将陆续建成。为了缓解教育经费紧张局面，公立高校从 2003年起开始推行"成本分担"制，要求大学生在毕业后并开始工作的一定期限内以缴纳"毕业税"的形式对他们在大学期间的教育成本进行分担。

除了公立高校外，私立高校在进入 21 世纪以来发展迅速，2003 年私立高校的在校生人数已占到所有高校在校生总数的24%。私立高校主要招收文凭层次（相当于专科）的学生，开设本科或学位层次的课程有限。

在军事独裁政府被推翻以后，埃塞俄比亚政府在政策层面上就开始关注性别不平等问题。在随后政府颁布的所有重要政策性文献中，几乎都明确提到了性别平等问题。例如，1995 年颁布的《埃塞俄比亚联邦民主共和国宪法》第 35 条第 3 款、1994 年出台的"教育和培训政策"第 3 条第 7 款第 7 项、2003 年的"高等教育宣言"第 33 条第 1 款等都提出了性别平等问题。但直到 20 世纪 90 年代末，埃塞俄比亚高等教育的女生比例也才只有 15% 左右，为此，政府采取了一些措施来提高女性入学比例，如降低女生的入学分数等。这虽在一定程度上提高了女性的入学比例，但结果并不十分明显，反而女生的辍学率却由此而升高。更应该引起关注的是，大部分女生学的专业都是社会科学和教育学科，而且专科层次的女生居多。1999 年，864 位在校研究生中，女性只有 62 人，仅占 7.2%，工程、农业、医药等理工类学科女生最少，甚至没有女生。

总之，在充分肯定埃塞俄比亚高等教育全面发展的同时，高等教育的性别平等问题并没有得到很好的解决。虽然女性在校生的比例有所提高，但女生的中途辍学、退学比例也是最高的，这样在一定程度上抵消了妇女接受高等教育的比例。高等教育体制内部性别比例失当，说明这个国家里相当一部分优秀女性被剥夺了或者说失去了接受高等教育的机会。

## 二、案例：得巴布大学的女生问题研究

得巴布（Debub）大学（现在叫哈瓦萨大学，Hawassa University）成立于 2000 年 4 月，位于埃塞俄比亚南部的得巴布州内。它是在合并原阿瓦萨农学院（Awassa College of Agriculture，ACA）、温都噶纳林学院（Wondo Genet College of Forestry，WGCF）、迪拉教师教育与健康科学学院（Dilla College of Teachers Education and Health Sciences，DCTEHS）的基础上成立的。得巴布大学的主体部分是阿瓦萨农学院和另外 3 个系（分别是自然科学系、技术系和社会科学系）。2006 年迪拉教师教育与健康科学学院独立出来，升格为一所大学。目前，得巴布大学有三所二级学院、11 个系，共 46 个专业。根据笔者在埃塞俄比亚期间收集到的资料和埃塞俄比亚学者有关这方面的研究显示，得巴布大学的女生比例、女生学业成绩、女生心理问题等具有一定的代表性，因此研究得巴布大学的女生问题很大程度上可以窥见埃塞俄比亚高校在校女大学生的生活和学习问题。

（一）研究方法

在 2000/2001—2004/2005 学年间，得巴布大学共招收了大学本科学生 27209 人，女生仅占 19.2%，同期女生毕业生人数仅占男女毕业生总数的 11.7%。在 2003/2004 学年，女生由于学习成绩等原因而辍学、退学的高达 35.1%。根据埃塞俄比亚学者的定性研究显示，影响妇女教育平等的因素很多，包括社会与心理因素、学术原因、得到的学习指导和咨询服务不足、健康和经济问题等。

埃塞俄比亚学者的研究主要采取数据收集和访谈法。基本数

据收集主要来自得巴布大学的学生注册处提供的数据资料；访谈来自于对 20 位享受"确认行动计划"（affirmative action program）女生的谈话和问卷。

接受访谈的 20 位女大学生，平均年龄为 21.2 岁，分别来自三个不同的学科领域，其中 6 人来自农学院、8 人来自教师教育学院、6 人来自社会科学学院。在这 20 人当中，12 人是二年级学生，另 8 人为三年级学生。此次访谈没有涉及一年级和最后一个年级的学生，因为主要考虑到一年级新生初来乍到，对环境还不熟悉，而最后一个年级的学生面临毕业，多已不在各自的校园里。

访谈要求参加者选定女大学生在她们的学校学习过程中所遇到困难的原因。根据回答，调查者选出了三个比较集中的问题：1. 影响个人之间相互关系的"社会—心理"因素，这包括同班女同学之间、同寝室之间、异性同学之间、与老师之间的关系以及其他影响学业成功动机的因素等；2. 学术上的支持、指导和咨询；3. 经济和健康问题，如经费问题、意外怀孕等。

（二）数据结果分析

1. 入学：从 2000 年得巴布大学的成立到 2005 年，女生占这所学校的学生比例有了一定的提高，总人数也从 400 多增加到 1700 多，但离理想目标还有很大的差距，实现男女平等入学、男女生比例大体相当的道路还很长。

表 9 – 4　　　　2000/2001—2004/2005 学年得巴布
大学全日制本科在校生统计

| 学年 | 女生 | 男生 | 总数 | 男生百分比（%） | 女生百分比（%） |
|------|------|------|------|----------------|----------------|
| 2000/2001 | 439 | 2313 | 2752 | 84.1 | 15.9 |
| 2001/2002 | 707 | 3101 | 3808 | 81.4 | 18.6 |
| 2002/2003 | 848 | 4210 | 5058 | 83.2 | 16.8 |

| 学年 | 女生 | 男生 | 总数 | 男生百分比（%） | 女生百分比（%） |
|---|---|---|---|---|---|
| 2003/2004 | 1461 | 5565 | 7026 | 79.2 | 20.8 |
| 2004/2005 | 1781 | 6784 | 8565 | 79.2 | 20.8 |
| 总数 | 5236 | 21973 | 27209 | 80.8 | 19.2 |

资料来源：得巴布大学学生注册处，2005 年 6 月。

从表 9 - 4 中可以看出，男生在校生规模一直在持续稳定增长，无论是增长的相对数还是绝对数都高于女生的增长，无外乎有人批评说高等教育规模的扩大实际上进一步加大了业已存在的性别平等问题。五年间，女生的总人数只占到学校招生总数的 19.2%，这无疑预示着妇女在就业和专业化方面仍将处于边缘化的地位。

2. 退学：近年来，埃塞俄比亚高校的平均辍学率在 10%—15% 之间，辍学人群主要集中在大学一年级，这可能主要是因为一部分学生不能适应离开家后的大学校园生活。虽然妇女的入学人数有了明显增加，但有关调查数据显示，女大学生被开除或退学的比例仍然相当的高。从表 9 - 5 中可以看出，2003/2004 学年，农学院共有 274 名女生，占当年学院在校生总数的 23.6%，但到第一学期末就有 84 名女生被退学，占女生总数的 30.7%。到了学年末，整个农学院被退学的女生人数超过女生总人数的 1/3，而男生的退学人数只占男生总数的 6.2%，女生退学人数比例占到男女生退学总人数的 51.7%。

表 9 - 5　　　　2003/2004 学年全日制本科生
入学和退学情况统计

| 学院（系） | 入学人数 | | | 退学人数 | | | |
|---|---|---|---|---|---|---|---|
| | 男生 | 女生 | 女生百分比（%） | 男生 | 百分比（%） | 女生 | 百分比（%） |
| 农学 | 889 | 274 | 23.6 | 92 | 10.3 | 84 | 30.7 |
| 工程 | 418 | 98 | 19.0 | 9 | 2.2 | 19 | 19.4 |

续表

| 学院（系） | 入学人数 | | | 退学人数 | | | |
|---|---|---|---|---|---|---|---|
| | 男生 | 女生 | 女生百分比（%） | 男生 | 百分比（%） | 女生 | 百分比（%） |
| 自然科学 | 692 | 136 | 16.4 | 45 | 6.5 | 51 | 37.5 |
| 社会科学 | 803 | 320 | 28.5 | 46 | 5.7 | 47 | 14.7 |
| 卫生科学 | 332 | 114 | 25.6 | 4 | 1.2 | 8 | 7.0 |
| 总　计 | 3134 | 942 | 23.5 | 196 | 6.3 | 209 | 22.3 |

资料来源：表中数据根据得巴布大学学生注册处提供计算后得出，2005 年 6 月。

从表 9 - 5 中可以看出，无论是自然科学系、工程系、农学院、教师教育学院，还是社会科学系，女生的退学人数都占总退学人数的大部分，甚至超过男生的退学人数，虽然女生在招生人数上远远不如男生。

根据总体统计，得巴布大学 2003/2004 学年有全日制本科女生 1723 人，到了学年末时已有 465 人退学，占总人数的 35.1%。也就是说，每 10 个女生中至少有 2 个女生中途退学。

表 9 - 6　　　　**2004/2005 学年在校女生与退学女生情况统计**

| 学院（系） | 女生人数 | 占学生总数百分比（%） | 退学女生人数 | 占女生人数百分比（%） |
|---|---|---|---|---|
| 农业 | 276 | 23.6 | 95 | 34.4 |
| 工程 | 95 | 19.0 | 54 | 56.8 |
| 林业 | 54 | 16.0 | 22 | 40.7 |
| 健康科学 | 125 | 25.0 | 19 | 15.2 |
| 自然科学 | 133 | 16.0 | 44 | 37.5 |
| 社会科学 | 312 | 27.0 | 55 | 17.6 |
| 教师教育 | 328 | 17.0 | 176 | 53.7 |
| 总　计 | 1323 | 18.2 | 465 | 35.1 |

资料来源：得巴布大学学生注册处，2005 年 6 月。

从表 9 - 6 中可以看出，有一些学科似乎对女生没有吸引力。

如工程学和教师教育学科退学人数都在半数以上，而女生在社会科学、健康科学领域的退学人数显然要好得多。

在 2004/2005 学年，全校 1323 名本科女生中，有 465 人退学，占到女生总数的 35.1%，女生退学多是由于学业成绩原因，还有的是因为经济原因、健康原因和家庭原因等而退学。

3. 学业成功：像入学变化一样，在过去五年（2001—2005年）内，女生的学业成功率（毕业人数所占比例）并没有发生很大的变化或提高。从 2000/2001 学年的 41 人毕业到 2004/2005 学年 157 人毕业，虽然绝对数字有了很大的提高，但所占男女毕业生总数的比例并没有明显提高，五年里只提高了 1 个百分点，而且中间年份还出现下滑现象，参见表 9 - 7。

表 9 - 7　　　　　　2000/2001—2004/2005 年间男女
本科生按时毕业情况统计

| 学　年 | 女　生 | 男　生 | 总　计 | 女生百分比（%） |
|---|---|---|---|---|
| 2000/2001 | 41 | 295 | 336 | 12.2 |
| 2001/2002 | 43 | 420 | 463 | 9.3 |
| 2002/2003 | 54 | 564 | 618 | 8.7 |
| 2003/2004 | 108 | 729 | 837 | 12.9 |
| 2004/2005 | 157 | 1028 | 1185 | 13.2 |
| 总　计 | 403 | 3036 | 3439 | 11.72 |

资料来源：得巴布大学学生注册处，2005 年 6 月。

到了 2004/2005 学年，一些新的学科或学院有了首届毕业生，但女毕业生所占比例并没有发生变化。从表 9 - 8 中女毕业生在不同学科的分布情况，可以看出女生在一些专业上边缘化倾向。

| 表 9 - 8 | | 2004/2005 学年女毕业生 | | |
|---|---|---|---|---|
| | | 学科分布情况统计 | | |
| 学院（系） | 总　计 | 女 | 男 | 女毕业生比例（％） |
| 农业 | 183 | 32 | 151 | 17.5 |
| 工程 | 46 | 8 | 38 | 17.4 |
| 林业 | 76 | 8 | 68 | 10.5 |
| 健康科学 | 46 | 10 | 36 | 21.7 |
| 自然科学 | 252 | 35 | 217 | 13.9 |
| 社会科学 | 295 | 48 | 247 | 16.3 |
| 教师教育 | 335 | 26 | 309 | 10.7 |
| 总　计 | 1233 | 167 | 1066 | 13.2 |

资料来源：得巴布大学学生注册处，2005 年 6 月。

（三）访谈结果分析

作者通过与在校女大学生座谈，了解到影响女大学生退学的主要原因有三个：一是受"社会—心理"因素影响，即受到多重个人关系和不同的动机影响；二是受学业支持、指导和咨询上的影响；三是由于经济和健康原因所致。下面根据访谈所收集到的信息，进行逐条分析。

1. "社会—心理"因素。几乎所有被访谈的女生都谈到了下列问题：

（1）侮辱、性骚扰，有时来自男生的身体性攻击；

（2）男生或其他人提出与她们进行性交的要求，作为对某种支持的交换或回报条件；

（3）害怕接近她们的教师去寻求学术上的支持、指导和服务；

（4）一些来自农村的女生与来自城市的寝室同伴在相处上有困难；

（5）处于恋爱中的女生，其恋爱对象往往并不鼓励她们用心学习，完成学业；

（6）普遍认为，那些受"确认行动"照顾而招进来的本科女生，不大可能完成学业。

值得一提的是，一些被采访的女生本人也对完成学业缺乏自信心："我们明白自己是降分后被大学录取的，所以我们感觉很难完成学业。"似乎是一定程度的降分录取产生了深刻的消极影响，这种影响是以被录取者自尊的丧失为代价的。而且它还会进一步加深学习者的焦虑程度和学习过程、学习环境的受阻，特别是在具有竞争意义的环境中，如各种考试等，因为社会的比较标准是遵循某种惯例或规则而不是例外。

另一个影响女生学业成绩的变量是人与人之间的关系。尤其是校园里与异性之间的关系，似乎成为女生学业成功的一种障碍，因为在埃塞俄比亚的社会里，男人和女人的关系传统上被定位为性伙伴的角色关系。农学院一位三年级的女生道出了学院交有男朋友的一年级女生学业上可能受到的不良影响。"有男朋友的女生学业上往往处于不利地位，因为她们不能有计划安排学习日程。……在与男朋友交往的过程中，时间和地点往往都是由男的安排——男生们总是在完成自己的学习任务后来到女生宿舍邀请她们出来，女生们由于害怕损害这种关系而又不好拒绝男生们的邀请。这样，哪怕刚刚开始的学习也只好停下，要么寄希望于日后的匆匆应付而已。"

上述回答揭示出埃塞俄比亚社会仍然存在男女之间的权力关系：在约见恋爱伙伴时，男人总是约会时间和地点的决定者。在研究者所访谈的女生当中，大多数女生（75%）也认同这种权力方式，尽管她们承认对学习有影响。在很大程度上，女孩子们为了别人而牺牲自己的舒适和安全，是由于她们在发展上的差距所致，这种发展往往有利于男人而不利于女人。另一方面，传统的性别角色定位鼓励了男性的这种支配地位，进而影响到大学校园里的男生们。

2. 学业、指导和咨询支持。这些也是影响女生退学的主要原因之一，突出表现如下：

缺少合适的学习资料（如免费印刷品、参考书、课本等），即使有，她们也很难得到属于自己的一份；

由于全国各地的中学没有一个统一的学习指导标准，可能导致以前在中学里所学到的知识和经验不足以为进入大学作好铺垫；

在个别辅导制形式下，她们并不能经常性得到必要的学习上的指导，尤其是在她们当前所学课程的辅导方面；

大学里缺乏指导和咨询服务；

认为老师并不看重她们，在她们所遇到的问题上并没有表现出同情和支持；

认为"女生工作处"并没有发挥它应有的组织功能，在对待女生所遇到的问题上作为很小；

中学之间的教师在职称和水平上差别很大，在有一些中学不合格的物理教师、数学教师、历史教师等仍然存在，这也影响到后来在大学的学习。

由于众多的社会和文化樊篱，包括女性有孩子后会落后于男性同行的不利因素，需要采取特别措施来帮助妇女获得学业上的成功。在谈到中学阶段的教育质量问题时，一位曾经去年被退学今年又重新入学的来自西戈贾姆（West Gojjam）农村地区的一年级女生说："我们没有合格的教师，不可能像来自亚的斯亚贝巴及其他主要城市里的学生们那样运气。因此，在同样的竞争条件下，我们缺少必要的准备。"

显然，中学阶段的教育质量尤其是大学预备阶段的质量如何会直接影响到大学学习。由于大学学生分别来自不同地区，有城市、有农村，加上不同的个人差异和不同的学习基础，导致了大学校园里不同个体之间巨大的学业差距，学业失败者不可避免，而那些来自落后地区或农村地区的女生更是处于学业失败的前沿。因此，如何把由于环境差距所带来的个人差距降低到最小可能是最现实的问题。

3. 经济和健康障碍。经济原因是导致女生退学的主要障碍之一，如无力购买学习资料、书籍、拷贝图像资料等；健康问题对女生的侵害也很大，如有的女生反映由于怀孕或生病等原因而不得不中断学业。

（四）问题讨论

本研究是基于对得巴布大学案例研究的基础上，论证了政府在把性别问题纳入政策关照的主要问题之一后的实际影响和效果。研究表明，虽然埃塞俄比亚政府制定并实施了有关性别平等方面的政策框架，但这些年来女性接受高等教育的情况并不理想，这从得巴布大学的有关数据中可见一斑。而且，女大学生的退学辍学人数居高不下，女生退学的主要原因是由于学业成绩不合格，在 2004/2005 学年，得巴布大学的 1323 名本科女生中，有 465 人退学，占到女生总数的 35.1%。女生退学的大量存在，使得原本不高的女生比例到了毕业时进一步下降。

总而言之，从 1994 年埃塞俄比亚新的教育和培训政策出台，已历经十余年，在这十多年间，埃塞俄比亚的高等教育一直处于积极发展状态，进入 21 世纪以来，埃塞俄比亚的高等教育更是处于高速发展状态，高等教育的规模迅速扩大，高等教育毛入学率也从原来的不足 1% 提高到 2.5% 左右。女生的在校生比例有了一定提高，但远没有达到预期的目标。另据埃塞俄比亚教育部2003 年公布的教育统计年鉴数据显示，女生在高等教育中比例呈现下降的趋势，与所预计的趋势相悖。而且有关研究表明，在2000 年之前，女毕业生占整个毕业生总数的 14% 以上，女生的退学率很低，而目前的情况是在校生比例有所提高，但退学率却居高不下，女毕业生的比例较以前相比不升反降。这里就引出了这样的问题："为什么高等教育规模化发展的同时却导致了女生辍学的居高不下？"尽管女生辍学的背后真正原因有待进一步考察，但我们可以肯定地指出，政府所实施的旨在支持女生接受高等教育的"确认行动"计划，由于多重原因和问题而没有发挥它应有的作用。虽然有学者提出女生辍学主要原因是受到社会心理因素、人与人之间的关系、学业上的指导与服务、经济和健康原因等方面的影响，但这只是个案研究，有一定程度的一面之词。女生辍学的背后应该有更深层的社会问题，如历史传统、文化习俗、教育体制等一些宏观和微妙的因素在作怪。

建立在对得巴布大学的调查研究之上，通过对上述研究结果的分析和思考，笔者认为，为了有效提高女性接受高等教育的比例，实现真正意义上的性别平等，埃塞俄比亚政府在实施"确认行动"计划过程中应该加强以下方面的工作：

1. 加强"确认行动"宣传过程的心理正面影响力，争取学校和老师的积极响应。

教育部所实施的"确认行动"计划是通过降分录取一部分女生到高校接受高等教育，结果却导致了这些被"确认"女生在学业上差距的存在，更由于对学业的畏惧以及心理上的压力而导致辍学现象的过多发生。她们在大学校园这个具有竞争环境下，与那些合格成绩录取的学生相比，感觉自己处于一种竞争的劣势，尤其是在期末或期中考试时，她们的焦虑情绪和心理压力更为明显。

虽然"确认行动"所录取的女生跟其他非洲国家如乌干达同类相比人数并不多，降低的分数也有限，但是人们却在心理上给她们贴上了"次等"的标签。根据研究人员后续对得巴布大学 134 名一年级女生的研究显示，那些被传统思想认为在学术造诣上不如男生的女生们的学业成绩比她们的男同伴更好，而那些被贴上"次等"标签的女生们的学业成绩却不尽如人意，竟有高达35.1%的学员学业通不过。这不能不说明存在一定程度的心理定式、外界条件、社会观念等干扰因素。学校对这些学生的指导和咨询服务不到位，对这些女生的心理起到了很大的消极作用。

从另一方面讲，在一些学术界人士包括院长、主任和教师眼里，认为接收一些成绩较低的学生入学，给业已存在的高等教育质量问题敲响了警钟。有关人士先前对亚的斯亚贝巴大学"确认行动"的研究表明，学校为女生所提供的个别辅导制及其他支持机制并不健全，整个学习环境并不利于女生的学习。这些情况在得巴布大学也同样存在。

2. 转变传统观念，发挥职能部门的作用，改善高等教育的社会环境。

年轻的女性们进入大学以后才发现，她们所处的社会环境完全不同于早先在父母的呵护和管教下成长起来的社会环境，等待她们的是广泛存在的来自男性的性骚扰和性别歧视。例如，有些女生被迫与她们的男性同学、店员，甚至是道德败坏的老师发生两性关系。同样也没有明确、详尽和有效的大学戒规来保护受到侵害的女性。结果女生们晚上待在图书馆、实验室，甚至是教室里学习或准备学习报告都感到不安全，而寝室又太拥挤不适宜个人安静的学习。事实上，在所有的大学校园里都设有"女生工作处"，实际上女生工作处并不能真正为女生撑腰，顶多也只能听听女生的抱怨而已。在保障性别平等的斗争中，应充分发挥"女生工作处"的功能和作用，例如在学习支持、专门指导和服务方面可以发挥积极作用。

同样重要的还有持久存在的性别差异的社会化影响。很显然，高等教育并不具备完全的免疫能力，特别是对来自传统和文化的陈规陋习上如男性对于女性所拥有的权威等，更是显得"软弱无力"。在大学校园里，传统观念里那些在生活的方方面面充当性角色牺牲品的女性们，在经过挫折后也普遍有种心灰意冷的感觉。这些女性既包括在学术上遭到男性不友好挑衅的竞争型女生，更不用说那些需要在学术上进行补救、在社会和心理上需要支持才能成功的女性们。如果"确认行动"要取得成效，就首先应该在大学校园里掀起一场轰轰烈烈地针对陈规陋习的改造运动。作为大学里多数派的男性就应该承担起解决问题的责任，因为他们本身就是问题的一部分。因此，针对发生在大学校园里女生所受到的性骚扰和性暴力，除了要制定出一套详尽地规章制度外，应该给予女生更多社会的和学术的关照。

在教育机会平等概念上，通常是根据不同性别、不同经济与社会背景、不同地域位置或不同种族的人群在受教育程度、参加教育人数和入学机会等方面进行衡量的。一定社会群体的成员总是比其他社会群体成员在受教育机会上要多，而现代民主社会总是要求个人和社会群体的人们在教育、就业和其他社会福利方面享受平等的机会，但平等与不平等总是相对立而存在，而我们要奋斗是如何缩小各种不平等之间的鸿沟，使事物总是趋向平等的一方。重视教育上的不平等往往意味着国家需要加强对各级教育的干预，尽管干预的手段不尽相同，而且干预的效果也往往受到现实条件的限制。

尽管埃塞俄比亚政府在过去几年里，在推动教育平等方面做了大量的工作，取得了可观的进步，但是在所有级别的教育中，女性仍然占少数，在教育平等问题中，性别差异问题最大。因此，埃塞俄比亚政府应当急切地采取措施来提高女性的入学比率。国际发展组织已经认识到初等和中等教育阶段女童教育的巨大社会收益，现在也应该认识到高等教育阶段女性教育的价值。

# 第十章

# 保障高等教育质量，
# 迎接世纪挑战

进入本世纪以来，埃塞俄比亚的高等教育实现了大发展，而且有进一步加快发展的趋势。埃塞俄比亚高等教育大发展所带来的质量问题也日益凸显出来，尽管埃塞俄比亚政府已经注意到教育质量问题，并且也采取了一系列措施来规范高等教育的发展，但规模与质量的矛盾并没有得到有效缓解，相反一系列潜在的问题将会严重影响到埃塞俄比亚高等教育的健康发展。当今社会"国家的贫富比人类历史上任何一个时期都更要取决于高等教育质量"（莱恩大学校长 M．格尔思）。在教育全球化趋势日益加强的背景下，如何面对世界教育发展的挑战，同时也为了抓住高等教育全球化发展所带来的机遇，将是埃塞俄比亚政府不得不面对的现实。

## 第一节　现代化背景下的埃塞俄比亚
## 高等教育

现代化是一个多层面的进程，它涉及人类思想和行为所有领域里的变革，包括高等教育。现代化既可能是一个"陷阱"，也可以作为一种"跳板"，它对发展中国家的冲击是巨大而深刻的。现代化所包括的层面很多，如"城市化、工业化、世俗化、民主化、普及教育和新闻参与等。作为现代化进程的主要层面，它们的出现绝非是任意而互不相关的。"① 在世界现代化进程中，像非洲许多国家一样，埃塞俄比亚的高等教育发展之路并不平坦，甚至可以说是一波三折。

## 一、非洲国家高等教育发展所面临的共有问题

非洲许多国家的高等教育所面临的教育经费不足、效率低下、显失公平、质量下滑、人才外流、艾滋病威胁等这些问题在埃塞俄比亚高等教育发展过程中也都不同程度的存在。由于过度地依赖国外，长期以来形成了消极被动、效率低下、发展缓慢的局面，单位培养成本居高不下。据统计，20 世纪 80 年代，在加纳、肯尼亚、尼日利亚等国家，一个大学生一年的教育成本花费相当于 88 个小学生一年的教育成本花费。在塞拉里昂、马拉维、坦桑尼亚，高等教育与小学教育生均花费之比为 283:1，② 是拉丁美洲的 7—9 倍。

正是因为效率低下、培养成本高，再加上国家教育基础薄弱、经济不发达、政治不民主等原因，尽管非洲国家为扩大高等教育规模做出了极大的努力，但非洲大陆的高等教育仍然落后于世界大多数地区或国家，特别是撒哈拉以南非洲国家的高等教育更是落后。据记载，1962 年撒哈拉以南非洲所有国家大概只有 42 所大学，其中埃塞俄比亚仅有 1 所，1990 年整个非洲大陆的大学增加到大约 150 所，到 21 世纪初增加到 400 多所，埃塞俄比亚拥有 9 所。据估计，这些大学的在校生人数目前达到 400 万—500 万。到目前为止，非洲大陆的高等教育适龄入学率（18—22 岁人群）仍然为世界最低，大约为 5%，而且国家之间

---

① ［美］塞缪尔·P. 亨廷顿:《变化社会中的政治秩序》，生活·读书·新知三联书店 1989 年版，第 30 页。

② Todaro，1985.

的发展差距很大，如埃及的高等教育毛入学率达到了22%，而坦桑尼亚为0.3%，埃塞俄比亚不到2%。事实上，非洲只有埃及、尼日利亚、南非等为数不多的几个国家的高等教育有了较好发展，这些国家的高等教育入学人数几乎占了整个非洲的2/3。非洲国家领导人也清楚地认识到，建设高水平的大学在国家建设中具有十分重要的作用。因此，早在1962年的非洲国家会议上就讨论了国家独立后的高等教育的发展问题。

发展中国家高等教育发展的直接瓶颈之一是经费问题。经费渠道的多元化改革将是许多发展中国家面临的主要问题和挑战之一，尤其是撒哈拉以南非洲国家。国际货币基金组织和世界银行曾经公布了世界上41个重债穷国，其中33个国家属于撒哈拉以南非洲国家，埃塞俄比亚也位列其中。

撒哈拉以南非洲国家的高等教育不仅面临着培养成本的压力、经费的严重不足，而且还有来自入学率、教育公平、教育质量、人才外流、艾滋病等许多方面的威胁。

上述一些非洲国家高等教育所面临的问题，早在20世纪80年代，世界银行就发起并组织过题为"撒哈拉以南非洲的教育：政策调整、振兴和发展"（Education in Sub-Saharan Africa：Policy for Adjustment, Revitalization, and Expansion）的政策研究。研究文献认为，由于培养质量、培养成本、经费支持模式等方面的落后和低下，高等教育对非洲发展的贡献率正在受到威胁和质疑。[①]

世界银行的政策研究要求各国应加强教育质量和提高效率，提高毕业生培养的针对性，增加学生和家长在教育成本上的分担比例等措施来改变高等教育的形象。近年来还要求各大学要积极发展创新思路，提高学校管理效能。2003年9月23—25日，世

---

① Africa Region Human Development Working Paper Series — No. 66, 2004.

界银行在加纳首都阿克拉召开了主题为"促进撒哈拉以南非洲高等教育发展"国际会议,旨在培养非洲大学自我适应、自我发展能力。除了一些国际性会议的推动外,非洲大学的出版物也开展过专题讨论。通过讨论,就撒哈拉以南非洲国家高等教育的问题、现状和改革基本达成如下共识:

1. 高等教育是一项高花费的冒险投资;

2. 非洲高等教育适龄人群入学率(18—22 岁)大约为 5%,与发达国家相比仍然十分低下;

3. 高等教育管理效率低下,非教学人员比例过大;

4. 高等教育机构中的女性比例过低;

5. 政府应该改革经费资助渠道,高等教育的一切支出再也不能由政府大包大揽;

6. 高等教育机构再也不能把自己封闭在象牙塔内,应该积极适应现实经济世界发展的需要,迎接全球化的挑战;

7. 知识已经成为经济发展的主要资源。通过科学研究和知识传授,非洲大学必须在知识的生产过程中扮演主导作用;

8. 大学需要通过开发有效的成本管理系统来使用有限的资源;

9. 人才外流问题、艾滋病影响问题必须引起高度的重视;

10. 低质量的高等教育已经对中小学教育产生了消极影响,如高等教育机构为中小学培养的低质量的教师等。

通过对这些挑战和问题的认识,撒哈拉以南非洲国家已经或正在制定相关的高等教育改革措施和教育振兴行动计划,以使高等教育更好地适应目前和未来社会发展的需要。我们从前面章节对埃塞俄比亚高等教育相关背景知识的介绍中,可以感觉到上述共识对埃塞俄比亚高等教育改革与发展的触动力量。

世界银行等国际组织认为,发展中国家的经济增长很大程度上依赖于对各级教育的投资及人才的培养。而且世界银行宣称,高等教育在发展过程中处于重要位置，大学又处于其核心地位。只有高质量的教育才能提供高质量的人力资源。发达国家对此已做出了快速反应，它们把教育作为一项政策性战略重点，在大多数发达国家中，接受高等教育的青年比例有了显著的增长。与此同时，发展中国家也越来越意识到知识对于社会和经济发展中的重要作用。在过去的十几年中，发展中国家的高等教育规模迅速扩大，高等院校的办学形式也越来越多，一些国家高等教育的改革措施，如经费制度改革、培养目标调整、教师待遇提高、教学设施投入、学校管理体制改革、教师教学质量评价、课程改革等方面已取得积极成效。

在这样的一个大背景下，埃塞俄比亚政府对高等教育也进行了一系列的改革和政策的制定，以适应国家教育发展的需要和来自世界的挑战。埃塞俄比亚高等教育的发展与非洲高等教育乃至世界教育发展总趋势的趋同性可见一斑，这也就是所谓的全球化影响使然。

## 二、现代化背景中的埃塞俄比亚高等教育改革

考察埃塞俄比亚高等教育发展的历史可以看出，早在殖民统治开始之前，埃塞俄比亚就有了高等教育。然而，成为正规教育体系一部分的高等教育机构的出现则是在殖民统治结束以后，即20世纪50年代，即1950年亚的斯亚贝巴大学学院的建立为标志。亚的斯亚贝巴大学及其后来陆续建立起来的几所高校在埃塞俄比亚高等教育的起步与发展阶段做出过积极贡献。但随着教育全球化和全球教育改革步伐的加快，埃塞俄比亚高等教育愈发落后于世界高等教育发展步伐，与世界高等教育之间的差距越来越大。正是认识到这一点，埃塞俄比亚一直在努力使它的高等教育更加适应国家发展的需要，在20世纪60年代末已经出现过高等教育的改革要求，到70—80年代受到 Derg 政府压制，到了20

世纪 90 年代，埃塞俄比亚发现本国的高等教育体制积弊很深，管理上故步自封，知识导向上保守落后，学院教师中缺乏富有经验和成就的博士人才，教育质量不断下滑，研究能力薄弱，与国际上高等教育机构的学术交往稀少。

从 1974 年塞拉西君主政权被推翻，到 1991 年军事政权统治的结束，期间埃塞俄比亚高等教育经历了"被压制"和"被忽视"两个阶段，结果导致了埃塞俄比亚高等教育的落后和质量的低下。正如埃塞俄比亚分管高等教育的教育部副部长 Dr. Teshome Yizengaw 博士所认为的那样，"高等教育机构所具有的落后的观念和过时的定位使埃塞俄比亚丧失了摆脱贫困和发展的机遇"①。

1994 年民选政府的成立，埃塞俄比亚高等教育改革被正式提到议事日程上来。新政府埃革阵执政后就开始考虑如何扩大高等教育招生、调整和改革课程、提高高等教育机构的管理效能等。继 1995 年发布了第一个新的国家教育发展政策，强调了各阶段教育的入学率、教育相关性、教育质量和教育公平等问题之后，埃塞俄比亚政府在 1996 年的 Debre Zeit 国家会议上，决定从其他国家引进相关的课程和培养方案，选派教师到国外（尤其是印度）接受高级培训，邀请移居国外的教授回国担任高校教师，以弥补合格教师的不足。

从 1994 年开始，在教育部指导下，各高校先后组织成立了校理事会、评议会（针对大学）、学术委员会、系委员会。以教育部为最高权力机关，形成了高校管理的层级体系。改革虽然也遇到了很大的阻力，但是在政府的推动下，最终取得了积极进

---

① Teshome Yizengaw, "Transformations in Higher Education: Experiences with Reform and Expansion in Ethiopian Higher Educaiton System." 2003. (conference keynote address available at www. worldbank. org/afr/teia. )

展，高等教育规模逐年扩大。

作为一个发展中国家，在深刻认识到不足后，埃塞俄比亚政府为了提高它的人力资源素质、克服不发展的弊病，加大了高等教育改革的力度，加快了高等教育改革的步伐，试图以发展高等教育来拉动国家经济增长的速度和降低贫困程度。

直到 2000 年，埃塞俄比亚还只有 2 所大学，随后政府又在不同地区原有学院的基础上新建了 4 所大学。近年来，通过新建、扩建和改建，埃塞俄比亚的高等教育机构有了较大发展，高等教育入学人数有了大幅增加，妇女、少数民族等边缘群体接受高等教育的机会增加。大学总数增加到 9 所，另有 13 所大学或学院在新建之中。

2002 年夏季以来，教育部极力推进高校改革进程。埃塞俄比亚教育部多次征求相关权利人的意见和对策，计划对 6 所公立大学和 5 所学院进行一系列试点改革，然而结果却不尽如人意。教育部曾一年两次邀请各公立高校的领导到亚的斯亚贝巴来商讨改革议程。有些高校领导很重视，但有些高校却不以为然。同时政府也进行了大量的针对性调查，但回应并不积极。2003 年 6 月国家议会通过了新的高等教育法（即"高等教育宣言"），这是一个重要的进程。教育部随即组织了几次大学校长会议并要求各高校在如何推行改革中提交进程报告。11 所高校中的大多数按时提交了进程报告，但却遭到了来自亚的斯亚贝巴大学的抵触，教育部随之撤换了其校长等人。

埃塞俄比亚高等教育改革初期遇到的阻力很大，改革进程十分艰难。就在 2001 年春，亚的斯亚贝巴大学生们在要求成立属于自己的学生协会遭到拒绝后，举行了声势浩大的罢课，政府派驻警察入驻校园，与学生形成了对峙局面。4 月，当亚的斯亚贝巴大学的学生们拒绝结束罢课，并要求警察撤出学校时，校园便遭到了安全部队的入侵，学生遭到了袭击。一场骚乱随即在整个城市蔓延，结果导致 41 名青年被士兵和警察杀害。经过多年的压制和骚乱之后的埃塞俄比亚高等教育机构表现出了特有的顺从和冷漠。政府对抗议学生所采取的镇压手段更加深了人们的这种意识：不同意见即会招来武力干涉。

一位曾密切关注埃塞俄比亚发展的西方教育专家说过，"埃塞俄比亚教育部的思路是对的，但是他们缺乏足够的能力来控制这场改革，因此只得采取协商的途径，通过与相关权利人的磋商，把教育部的改革意见传达下去，然后要求照此执行罢了。"

在埃塞俄比亚，高等教育是免费的，国家财政对高等教育经费投入的多少，会直接影响到高等教育入学人数的多少，1998年，埃塞俄比亚的高等教育的入学率仅约为 0.5%。很显然，随着高校入学人数的急剧增加，政府对高等教育的投入显得力不从心。这样，国家计划引进类似于西方国家高等教育经费体制所实施的如学生贷学金、奖学金制度和边工作边学习办法来重新分配高等教育资源，实现教育成本的分担机制。

像世界上许多其他国家一样，埃塞俄比亚政府在考虑向学生及家长收取一定的费用，以减轻办学成本负担和弥补办学经费的不足。这项被称之为"成本分担"（Cost Sharing）的改革制度被埃塞俄比亚政府看作是解救其高等教育于困境之中，并实现其可持续发展的奠基工程。然而，高等教育收费制度在非洲始终是一个敏感问题，经常会引起学生反抗，甚至导致政治事件发生。

埃塞俄比亚在汲取非洲国家教训和世界成功经验的基础上，开始了高等教育"成本分担"制改革。在教育部副部长 Dr. Teshome 的主持下，埃塞俄比亚政府出台了一个大学毕业生税收计划。规定要求学生在毕业并找到一份工作后须偿还一部分受教育费用。该计划实际上在一些发达国家早已推行，比较成功的案例如澳大利亚的高等教育捐献计划（Australia's Higher Education Contribution Scheme）。但是在一个缺少税收机制或者社会保障体

系的穷国能否推行下去，许多观察家持怀疑态度。Dr. Teshome
承认，跟踪那些在非正式部门工作的毕业生的工资收入是很困难
的，但是，毕业生若在政府服务部门谋到职位或者雇佣于大型企
业，责成雇主定期上报他们的收入是有可能的。

由于埃塞俄比亚高等教育基础薄弱，高等教育的发展速度虽
然很快，仍远远满足不了公民要求接受高等教育的要求，适龄人
口的入学率仍然处于世界最低行列。加之国家财力有限，政府根
本拿不出足够的钱来办教育，为此，国家鼓励私立高等教育的建
立和发展，到 2000 年已有大约 37 所私立高校先后建立起来，开
创了国家历史上私人办高等教育的先河，缓解了高等教育的供需
矛盾和市场人才需求矛盾。

虽然埃塞俄比亚高等教育在学校建设、招生规模、私立教育
上有了大发展，但这种发展是在短期内的一种量的扩张，在质量
上却缺乏必要的条件，如教育观念、教学手段落后，专业与课程
设置滞后等。为此，埃塞俄比亚政府积极引进信息技术，发展现
代远程教育，实现资源共享，促进教育手段、学习方式的现
代化。

为适应国家发展的需要，埃塞俄比亚对高等教育进行了大范
围改革。改革的主要目标是：促进学生个性的全面发展，教育要
赋予学生宽容心、民主、和平、对人权的尊重等价值观念；培养
学生的敬业精神，增强他们的创新和实践观念，促进国家经济发
展；通过远程教育和规范入学标准，实施异地入学制度，实现高
等教育的无障碍化；通过加强高校与企业、政府组织和私营部门
的广泛联系来促进科学研究、提高课程内容的相关性、增强高校
的社区服务功能。

高等教育管理体制改革是国家高度重视的领域。改革的焦点
是从高等教育管理上的中央集权化向分权化转变，就是高等教育
机构在被给予了更多的管理自主权的同时赋予更多的社会责任。

为了监督教育质量，教育部建立了一套质量监管体系，并对课程质量进行监督，确保国家和国际课程的标准性。

为了保证高等教育质量和教育内容的相关性，国家特别重视教学人员的学术基础、研究能力和教学经验。因此，在国内和国际间逐步建立起了一套教师的教学方法培训、岗前进修学习、相互之间的交流制度。在新教师招募上也要考虑专业能力、性别和地区分布等因素。

进入 21 世纪以来，埃塞俄比亚高等教育改革的目标是全方位的，包括整个高等教育系统、各高等教育机构和各学科专业。政府想通过扩大高等教育规模来促进社会和经济的发展的努力在不同的政策条款里得到了体现。

2003 年 6 月，新的"高等教育宣言"（Higher Education Proclamation）在国家议会获得通过，在高等教育宣言中明确了国家高等教育发展的总体目标，提出了实现目标的一系列新的途径和方法。如给出了国家高等教育课程与教学方法改革的基本方向，强调高校课程必须与国家发展形势相符合，课程结构和内容上倡导学术和思想自由、注重实践教学、鼓励问题解决。改革教师为中心的传统教学方法为实践导向、以学生为中心、共同参与的教学指导方法。宣言还对科学研究、教师聘任等做出了积极规定。从而奠定了高等教育改革的基本方向和步伐。

宣言授予各大学更多的自主办学的权利，包括经费分配方案改革、自主选举校领导、后勤及服务改革等，同时鼓励各高校制定学校发展规划、发展信息和通信技术、实施教职工工资收入分配多样化等，以适应快速扩大的高等教育规模。

在学科专业建设上，为适应国家经济发展战略需要和劳动力市场需求，为更好地满足公民参与社会事务的需要，一些新的专业学科被建立起来。研究生层次的招生规模也快速扩大，以满足社会对学术性人才的需求，同时为培养高校教师服务。为了提高教学质量，国家和地方两个层面上都建立了系列的教育教学资源中心，来鼓励教育教学改革和创新，支持经验缺乏的教师。ICT技术的引进拓宽了与世界的联系，提高了工作的时效性，加快了学习的进程。

毫无疑问，上述改革措施和决策对于一个十分贫穷的国家来说尤其难能可贵，埃塞俄比亚政府也清晰地认识到，21 世纪的发展和竞争直接的是经济实力即国家生产力的竞争，但归根结底是教育和人才的竞争。由于过去多年的政局不稳和经济的停滞，埃塞俄比亚要想在一定的时间内赶上世界发展的步伐可谓是任重而道远。

1998 年 10 月 5—9 日在巴黎召开的主题为"面向 21 世纪高等教育展望与行动计划"的世界高等教育大会上①，时任埃塞俄比亚教育部长的 Genet Zewdie 女士在发言中指出：埃塞俄比亚具有悠久的历史文化传统和丰厚的文化遗产，两千年前就发明了自己的文字。多少年来，她的传统学校一直在哺育并丰富着民族文化、音乐和艺术。虽然，现代学校体制的进入深刻地改变了这种本土的教育体制，但是，由于多重原因，时至今日，埃塞俄比亚的整个教育体系并没有取得翻天覆地的变化和进步。

也有专家认为，目前埃塞俄比亚政府的高等教育改革不宜继续出台新政策、新项目，当务之急是应该进行相关改革配套措施的制定，如制定有效的实施策略和行动方案；保证高等教育预算经费畅通和教育经费的可持续性；增强国家在实施这些政策过程中的能力；鼓励私立高等教育的专业发展；提高劳动力市场与高校人才培养模式的内在联系等。专家预测，在未来几年里，下列问题将仍然是埃塞俄比亚高等教育改革发展中面临的急需解决的实际问题：艾滋病、教育经费、教育扩张与入学路径、教育质量、教育管理、信息和通信技术发展问题等。

---

① ED–99/HEP/WCHE/Vol. V–MS–59.

## 第二节　埃塞俄比亚高等教育扩张
### ·及其所带来的质量挑战

进入 21 世纪以来，人们目睹了埃塞俄比亚高等教育大发展的良好势头。政府确立了以农业发展为基础的经济发展战略，把发展教育尤其是发展高等教育作为人力资本培养和开发的重要手段，以全面提高劳动力水平来推动国家经济的发展。尽管埃塞俄比亚高等教育规模扩大受到了包括学生、家长乃至国际社会的欢迎，但目前也面临着一些危机，应该引起高度的关注。

### 一、高等教育规模扩大与质量问题思考

埃塞俄比亚政府通过改革高等教育管理体制、调动各方办学积极性、加大高等教育投入、提高教育内容的适切性等手段来扩大人才培养渠道，加快高层次人才培养步伐。通过提升和新建，埃塞俄比亚公立大学的数量已从 2000 年的 2 所增加到 2005 年的 9 所，另有 13 所新建大学或学院将相继投入招生。各类高校的招生人数也较五年前有了成倍增长。私立高校已发展到 60 多所，再加上成人高等教育如函授、夜大、远程、夏季课程班等，为越来越多的未能考入公立高校的青年提供了就学通道。在 2002/2003 学年，各类学生中，公立全日制住校生占 38%，而非住校的夜大学生和私立高校学生分别占到 41% 和 24%。年均增长率高达 28%，成为同期世界高等教育增长最快的国家。

规模和速度的扩张是否超过了现有高校的培养能力。以年均增加 20% 多这样的速度似乎没有哪一个国家能够承受如此扩张所带来的质量保证。对于埃塞俄比亚这样一个财力贫乏的国家来说，把有限的资源投入到拉长和扩大了的高等教育领域，显然有点杯水车薪，如教师、书籍、教室、实验设施的短缺十分严重，

教育质量的滑坡在所难免。

教育体系的扩张应该有一个过程，而这个过程需要认真的准备和策划。教育的快速发展可以克服一时的供需矛盾，但却并不能克服由于基础设施不足所带来的对学习效果和质量的负面影响。正确的做法应该是在扩大学生数量的同时，更应该提高教育的有效性和教育之间的公平和平等。

毫无疑问，学生们能够进入高等教育机构学习总是欢欣鼓舞的，但同时也带来了疑问，诸如他们若进行了教育消费能否得到等值的教育等，这在私立高校可能表现得更为突出。目前的发展趋势显示，埃塞俄比亚的高等教育质量可能正在下滑，联合国教科文组织在2003年的报告中也证实了这一说法。"在许多院校，学生面临着艰苦的学习条件。教室拥挤不堪，图书馆资料匮乏，实验室设施不全，居住条件令人难以专心学习。至于学生服务，几乎没有一所院校合乎标准。大部分大学所面临的财政紧缩使得学校条件更加糟糕。"[1] 联合国报告强调，尽管撒哈拉以南非洲国家的高等教育入学人数有了大幅度提高，但同时也面临着一些挑战，如教育资源瓶颈问题所带来的教育质量下滑、教育研究滞后等。

虽然政府实施高等教育扩张计划的目的是为了公众的利益，但扩张所带来的质量滑坡问题可能会引起公众过多的质疑和怨愤。政府的这种良好愿望有可能会成为一种负担或债务，学生一旦有被欺骗的感觉，尤其是在私立高校里的学生，那么反过来就会影响到公众对政府的信任度。

高等教育的快速扩张要以劳动力市场需求为导向。近年来，政府行政管理部门、企事业单位的就业基本饱和，毕业生可能的

---

[1] 世界银行、联合国教科文组织：《发展中国家的高等教育：危机与出路》，教育科学出版社2001年版，第19页。

选择就是私营部门。那么，私营部门所能提供的就业岗位是否能够满足不断增长的来自公立和私立高校毕业生的就业压力还很成问题，毕业生所具备的知识、技能和态度能否有市场竞争力也还是未知数。这一切都对教育质量问题提出了严峻挑战。

除了扩张所产生的问题外，其他方面的变化也同时会影响到质量问题。如过去所实施的一年级新生培养计划是在高校里进行的，而现在是以预科生的身份下放到了高中学校培养。这样，大学学制也相应减少，如学士培养从原来的 4 年缩短为 3 年，专科（文凭和证书层次）从 3 年减少到 2 年甚至 1 年，学生考入高校后不再进行 1 年的基础补习教育，而是直接划分到各专业进行培养。这样的变化是否会因为相关权利人的变化或教育环境的变化而影响到教育质量问题应该引起政府的关注。

虽然教育质量的危机目前普遍存在于世界各国，但是人们对危机的成因有不同的解释，而且对这种危机所表示的担忧，也往往因人而异。政治家和企业家关注的是：在教育滑坡的情况下，他们的国家如何在经济上获得竞争力；教师和教育行政人员关注的是诸如课堂管理、学生纪律和课程逻辑性此类的教育内部问题与教育经费不足的问题；而学生家长担忧的是：在日趋复杂、不断变化的职业世界中，他们孩子的个人机会与前途。

对教育质量危机的担忧，也往往因地而异。在美国，人们主要担心的是学校课程选择上的过度自由，因为课堂上过多的文化和个人需求使学生在基础知识和技能上准备不足。在日本，人们担心的是年轻人适应未来世界的能力。因为正在走向世界的日本要求年轻人在观念、语言与生活方式等方面有所准备，以适应未来的新角色。但是，人们担心这种着眼于未来世界的学校课程能否继续保留日本文化传统中的基本要素。在发展中国家，人们主要担忧的是教育经费不足，因为许多国家维持学校教育的能力正在下降。在中欧、东欧和前苏联，人们担忧的是共同目标的丧失，因为计划经济的放弃与意识形态的开放使国家的目标开始变得模糊不清。

作为专业教育工作者，有义务回答政治家、企业家和学生家长提出的一系列日趋强烈的质疑——"我们的学校事实上到底有多好？""年轻人被培训得有多好？""学校被管理得有多好？""与其他地方相比，我们这儿的学校有多好？"等等。

## 二、高等教育现代化的价值思考

知识是社会财富的源泉，而教育的重要价值体现在它是知识产生、积累、传播和使用的基本手段和重要策略。在任何一个国家里，不同的教育机构都担负着不同类型、不同层次的人力资本开发战略任务。教育还担负着探求真理以及研究、解释和预测社会现象和自然现象的任务，教育还是创造物质财富、提高商品服务的途径之一。社会从教育得来的好处可以说是不计其数，而高等教育更是功不可没。联合国教科文组织认为，高等教育至少可以促成以下几个方面的发展：

一是社会收入的增长。高等教育越来越成为决定一个国家的经济在世界经济中的地位的重要因素。它可以提高劳动生产率、提高企业的竞争力、提高人民生活质量、增进社会流动、加强公民社会建设等。所以，高等教育对于国家的发展具有起决定作用的价值意义。经济增长有助于消除贫困和提高人们的生活水平，高等教育对于增长的贡献就意味着提高社会各个阶层人们的生活水平。

二是培养睿智的领导者。高等教育可以给领导者以信心、灵活性、广博的知识基础和技能技巧，有效地处理21世纪的经济和政治问题的能力。

三是扩大人们的选择机会。发展的一个很重要的目的是要扩大人们选择的机会。相应地，高等教育系统给人们提供了接受高质量教育的机会，是发展的重要成就之一，它还加速了社会流动，帮助高禀赋者实现其发展潜力。

四是不断增长的相关技能。高等教育对于培训科学家、工程师和其他各类专业人才以发明、应用和操作现代技术是绝对必要的。它可以鼓励科学家发现和解决当地的问题，为环境保护、疾病防治、工业扩展和基础设施建设做出自己的贡献。

当然，这些益处并不会自动产生的，它与高等教育环境和高等院校的性质有关，也与高等教育系统赖以存在的社会、政治和经济环境有关。即使一个高等教育系统运转良好，并有一个很好的环境，也不足以构成经济和社会发展的充分条件。但对于大多数国家来说，如果要实现社会各方面的健康发展，形成良好的高等教育环境是必要的。诚然，对于许多发展中国家来说，尤其是那些人均国民收入很低的国家来说，在不远的将来，高等教育的发展还不可能成为国家发展中最重要的问题，但是高等教育对于发展来说却是越来越重要的。这应该是世人已达成的共识。

联合国教科文组织的专家们还认为，近几十年来，在国际发展的许多方面，高等教育的发展相对地被忽视了。致使"高等教育处于一种危险的境地。除去少数的例外，高等教育为政府和捐赠者所忽视。结果是，高等教育质量低下并且不断恶化，入学率仍然有限。高等院校（和整个系统）被政治化，规范混乱，有时产生腐败。"[①] 现在，"高等教育的作用必须要得到广泛的认可，以使它进入国际发展的主流议事日程。推动经济发展的信息革命需要受过教育的、有文化的劳动力；推动发展的新思想也是来自那些拥有第三级学位的人们。"[②]

20世纪世界科学技术的巨大成就，在很大程度上归功于高

---

① 世界银行、联合国教科文组织：《发展中国家的高等教育：危机与出路》，教育科学出版社 2001 年版，第 13 页。

② 同上书，第 79—80 页。

等教育的发展和它所培养的人才。可以预见，21 世纪世界知识、技能和财富的增加更离不开高等教育，如果认识不到高等教育的重要价值，或者由于教育投资不当而导致在人力资本开发过程中的不力乃至失败，那么就不能够产生有效的知识、技能和财富，就不能有效地提高人民生活水平和生存环境。

埃塞俄比亚就是一个很好的例证。20 世纪 70 年代以来，由于缺乏足够的人力资本开发能力和手段而导致经济、社会和政治问题不断，"相互猜忌，不合作成为这个国家政治气候的晴雨表。它使得人们对团结和达成一致性意见不抱奢望……"① 在高等教育发展问题上，高等教育机构本身常常抱怨缺少教育资源，缺少恰当的政策和机制，社会则抱怨政府和高等教育机构不作为。埃塞俄比亚多元化的历史、文化、政治、经济和环境因素更是影响到教育类型和教育质量的发展。

从心理层面上讲，由于人们对待教育的价值观念、态度和期望的不同，而导致教育的现代化转变尤其艰难。持传统观念的人期待自然和社会的连续性，他们甚至不相信教育有改变和控制社会的能力。相反，持现代观念的人则承认变化的可能并且也相信变化的可能性，有一种能适应所处环境变化的"转换性人格"。虽然在过去的五十多年里，高等教育在埃塞俄比亚国家人力资本开发方面做出了一定的贡献，但由于观念的落后、规模的狭小，远没有发挥它应有的作用。这也许是揭示这个国家的教育极端落后、人民极端贫困的极好诠释。

### 三、高等教育发展所面临的挑战

埃塞俄比亚教育发展史上具有里程碑意义的是 1994 年《教

---

① 塞缪尔·P. 亨廷顿：《变化社会中的政治秩序》，生活·读书·新知三联书店 1989 年版，第 27 页。

育和培训政策》的颁布。以此为蓝本，埃塞俄比亚政府先后制定了三个教育发展规划，即 ESDP - I（1997/1998—2001/2002年）、ESDP - II（2002/2003—2004/2005 年）和 ESDP - III（2005/2006—2010/2011 年），产生了积极影响，埃塞俄比亚的各级教育得到了空前发展。在快速扩张的背景下要确保高等教育的成功是一种挑战。埃塞俄比亚目前的处境更是如此，面对高校培养能力有限、教育资源稀缺、而高等教育的发展规模目标又十分宏伟的情况下，困难可能会更多，挑战会更加严峻。

埃塞俄比亚政府所制定的千年发展八大目标（1990—2015年）是：消除饥饿和贫困；普及小学教育；促进性别平等；降低婴幼儿死亡率；提高母亲健康；控制艾滋病、疟疾等传染病的传播；保证环境的可持续发展；发展全球伙伴关系。时至今日，千年发展目标中所涉及的问题依然普遍存在，要想脱掉贫穷落后的帽子仍然前途路漫漫。

（一）艾滋病的潜在威胁

目前，艾滋病患者存在于埃塞俄比亚的所有地区。据 2003年联合国艾滋病预防中心估计，这个国家艾滋病的感染率估计高达 10.8%。这个比例远远高于 5.0% 的国际警戒线，因为一旦被感染人数超过 5.0%，那么进一步被感染的人群就很难被控制，感染的几率和数量会进一步加快和扩大化。由于高等教育社团的年龄结构特点，即过密的身体接触，有了更多的摆脱成人和社会监管的自由，以及网络化的性行为倾向，特别容易受到艾滋病毒和艾滋病的危害（这个群体是正处于性行为的高峰期，因此极易受到艾滋病毒的感染危险）。这种危害性大大缩减了家庭和政府对高校学生的资金投入，实际上艾滋病已经构成了非洲人才外流的一个新的不可逆转的一个因素。

埃塞俄比亚政府和大学双方最为关注的问题之一就包括艾滋病问题。因为，艾滋病的蔓延严重影响和制约了国家在教育上的投入，艾滋病正成为这个国家对教育进行大量投资的潜在危险。当它影响到教师，他就会削减教育服务，当影响到学生和家庭经济来源，它就会削弱对教育的需求。为了改变这种情况，减轻艾滋病的影响，埃塞俄比亚政府认识到控制艾滋病的最可行措施是教育，在新设立的课程中增添了艾滋病教育内容，学校成立了预防艾滋病俱乐部，实训基地也成立了防止艾滋病俱乐部。所有职前和在职教师的培训项目，均将艾滋病的预防措施纳入培训内容。此外，教育部还采取了在大中学生中全面开展对艾滋病的调查；开展关于艾滋病对教育的影响和艾滋病教育的问题研究；把防治艾滋病教育与各科目教学结合起来，扩大预防艾滋病的宣传；编制预防艾滋病教育的教材，分发给学校师生；在大中等学校播放关于艾滋病的影视节目。为了对抗艾滋病威胁，埃塞俄比亚的一些大学还建立信息数据库管理（旷课、健康中心咨询、医药费用开支、学生辍学等方面的信息），对艾滋病人和与艾滋病人一起生活的人进行教育、生活鼓励和权利保障教育。

但直到目前，国家对大学校园艾滋病的现状调查知之甚少，唯一的参考点是新近由吉马大学所做的一项研究调查所提供的数据。据这项研究估算，大学校园里艾滋病携带者占 12.2%。然而，埃塞俄比亚教育系统对艾滋病毒感染者和艾滋病患者的研究显示，对高校相关方面的研究要急需进行。这项研究估计全国大约有 1 万名的学校教师感染了病毒，由于艾滋病，学校教师缩减了 22%。面对艾滋病毒和艾滋病的威胁，要达到教育政策制定的目标，教师的聘用每年要以 16% 的速度增长。

艾滋病对大学校园的影响是显而易见的。首先之一就是学校要培养更多的大学毕业生以抵消中学教师因感染艾滋病而造成的数量不足，以及在其他领域里大学生的数量不足。为此，教育部和大学官方需要制定一个综合性的策略，以阻止新的艾滋病毒和艾滋病的传播，需要开设新的大学课程以使学生和教师不仅在知识技巧并且在价值观方面能够更好地保护他们自己。

　　埃塞俄比亚人民的健康需求与其教育之间在竞争着有限的公共资源，这也就直接影响到了教育成果。埃塞俄比亚人的平均寿命仅为 44 岁。艾滋病携带者和艾滋病患者在埃塞俄比亚极为普遍，仅在 2000 年城市地区就占 13.7%，而这些地区是大部分大学的所在地。据估计，超过 260 万的艾滋病患者目前就生活在这些地区。艾滋病对这个国家未来教育的发展是一个特别的挑战。

　　（二）人才流失问题

　　人才流失是发展中普遍存在的问题。人才流失无疑严重削弱了埃塞俄比亚高等教育的质量和科学研究的发展后劲。由于经济上的贫困和萧条以及阶段性的政治压制，促成了埃塞俄比亚许多知识分子出国去寻求发展机会。据有关数据显示，到国外留学人员中大约有 50% 的人在完成学业后没有回到国内。在 1980—1991 年间，埃塞俄比亚到国外留学人数达 22700 人，而回来的只有 5777 人，仅占留学总人数的 39%。在亚的斯亚贝巴大学，仅物理系就有 20 位教师到美国去攻读博士学位，结果一个人也没有返回。类似的情况也发生在其他学科专业，结果导致学校不得不时常雇用研究生来上课。

　　据估计，20 世纪 90 年代，埃塞俄比亚大约有一半的知识分子流失到国外。1993 年 4 月，政府解雇了 40 位亚的斯亚贝巴大学的教授，这一事件加剧了知识分子出国定居的倾向。在这种背景下，埃塞俄比亚的能力培训战略就成了一把双刃剑。一方面大量受过良好教育的埃塞俄比亚人继续离开国土去寻求高薪工作；另一方面，政府需要采取措施，不仅要把注意力集中在拓展大学毕业生的培养上，同时更应该注意如何更好地更有效地留住和使用他们。

　　从目前来说，如何创造良好的宽松环境，提高知识分子的地位和待遇，将是埃塞俄比亚政府不得不面对的现实。正如有研究人员所提醒的那样：埃塞俄比亚的"能力建设工程是一柄双刃剑，因为大批受过良好教育的埃塞俄比亚人在持续不断的离开国土到国外寻求更高待遇、更有吸引力的工作。政府不仅要关注扩大了的供给一方，而且要关注需求一方，更应该要采取有效措施，阻止人才外流。"①

（三）教育经费严重不足

经济基础的薄弱导致了教育投入的严重不足。笔者在埃塞俄比亚调研期间，所走访的所有高校和中小学校，校舍陈旧、设施落后、教材短缺、教室拥挤等现象比比皆是，与国内教育形成了鲜明的对比。无论是生均占有教育资源，还是生均财政经费投入方面，埃塞俄比亚的教育都是最少的，远低于撒哈拉以南非洲国家，更不用说发达国家的教育投入了。尽管埃塞俄比亚的教育财政投入占 GDP 的比例高于世界上许多国家，达 4% 以上，但由于经济总量的不足，绝对数和人均数目都是极小的。

虽然，公立高校在 2003/2004 年引进了教育经费的"成本分担"制，但该项政策是一项循序渐进的做法，它对公共教育经费的分担效果也是有限的，并不能立竿见影。这是因为：首先，成本的分担是在学生毕业一年后开始，所以在校生的所有费用还必须由国家先买单。其次，成本分担的期限为十到十五年，所以它对公共教育经费的补助作用是需要多年以后才会渐趋明显。据专家估计，要到 2020 年，"毕业税"收入才将使高等教育在整个国民教育财政支出中的比例下降四五个百分点。第三，成本分担的份额为学费的 15% 和学生的食宿费用全部，这低于世界上许多国家标准，包括中国，所以对国家教育财力的贡献是有限的。按照目前教育成本计算，"毕业税"收入将占到整个公立高等教育总支出的 20% 左右。第四，成本的分担是在学生毕业并

---

① Saint, W. 2003. Higher Education in Ethiopia: The Vision and its Challenges.

就业以后，如何跟踪学生的就业收入，如何要求毕业后失业学员，如何收取到国外学习或工作人员的教育成本问题将是一大难题。

进入21世纪以来，埃塞俄比亚的高等教育年招生规模每年都在以20%以上的速度递增，显然公共财政对高等教育的投入很难保持与教育规模同步增加，所以生均的教育成本在下降，发生教育质量危机很难避免。

（四）贫困的影响

贫困是一切问题产生的根源，这话可能有点言过其实，但对于埃塞俄比亚的高等教育来说也不为过。首先，贫困人口过多，使许多家庭无力或无望培养自己的子女上大学。据世界银行公布的数字，埃塞俄比亚至今还有约40%的人口生活在最低贫困线以下，以每天不足1美元的收入水平维持着生计。当人们整天为生计而奔忙时，是无心考虑更高的需求层次的。其次，贫困也导致了地区之间、城乡之间教育资源分配的不均，乃至巨大悬殊。对于教育资源贫乏的农村地区的青年来说，要与城市青年去竞争有限的公立高校入学资格显然处于弱势，而进入私立高校又负担不起高额的费用，所以最后只得放弃上大学的机会。笔者在埃塞俄比亚期间就遇到过几位类似的青年，他们不得不在工厂或餐馆里打工，对于农村地区的青年来说，可能连打工的机会也没有。第三，埃塞俄比亚现有人口7000多万，80%为农村人口，平均家庭规模为5人，以自给自足农业为主，工厂工人仅仅占了8%，在政府机关工作和从事其他职业的占12%。这样的人口分布对大学毕业生的就业前景是极为有限的，这在一定程度上制约了教育发展的社会动力。即使政府在不断扩大教育规模，但这种扩张是以牺牲质量为代价的，而且几年以后这些被扩招的毕业生的就业前景如何也着实堪忧。

（五）教育不公问题

近年来，埃塞俄比亚的高等教育虽然得到快速发展，但由于基础太弱，高等教育的毛入学率仍然处于世界落后水平。大量农村或偏远地区的青年并不能接受很好的教育，另外绝大多数残疾青年更是无缘进入大学学习，女性入学比例偏低问题仍然存在，高等教育的公平问题十分严重。国家虽然也采取了一些积极政策，如新建和扩建大学、鼓励私立高校发展来增加入学机会，推行教育"成本分担"来解决高等教育发展过程的经费瓶颈问题，实施"确认行动"计划来提高女大学生比例等等。但措施的运行和成效都需要时间的考验，问题的解决还会受到社会诸多因素的影响。埃塞俄比亚高等教育发展前途是光明的，但道路无疑是曲折的。

"全纳教育"（Inclusive education）作为教育体制本身的一种发展目标，它主张教育要对所有人开放，而不考虑贫穷、性别、宗教、语言、学习困难和障碍等因素。根据 2004 年 ILO，UNESCO 和 WHO 联合发布的"CBR Joint Policy"宗旨，教育部门要为所有人提供质量合格的教育。显然，"全纳教育"对于埃塞俄比亚来说还是一种前景。

虽然埃塞俄比亚宪法规定公民有平等接受公共教育的机会，而且公共教育机构要为那些需要帮助的残疾人提供支持，这些都清楚地写在 1995 年的宪法上。1994 年的教育和培训政策也明确地提出，要为残疾人提供学习机会，适应其能力发展和需要。但事实上，残疾人的学习以及其他社会帮助问题的有效解决还有很长的路要走。贫困导致残疾的增加，残疾又反过来导致贫困的加剧。在发展中国家，大部分残疾人由于缺少卫生和医疗保障，疾病得不到康复，也就无缘接受教育、培训和就业等，绝大多数参加人都生活在贫困状态，处于无业的境地。

在埃塞俄比亚，关于残疾人的调查和了解是不全面的，乃至有偏差。根据 1995 年第一次对残疾人的调查显示，残疾人数量占到总人口的 2.95%，其中有 41.2% 的残疾人生活不能自理，有 30.4 的残疾人有视觉障碍，14.9% 的人有听觉障碍，6.5% 的人有智力障碍，2.4% 的人有语言障碍，2.4% 的人有行动障碍，2.0% 的人患有多重障碍。

为残疾学生创造一个适宜的学习环境：2005 年在亚的斯亚贝巴举行的 1999—2009 年非洲残疾人十年会议上，一篇由世界银行残联顾问豪迈恩（Hermann）提交的以贫穷和人权为主题的论文中特别指出，"除非残疾人被纳入发展的视野，否则到 2015 年减少一半的贫困人口目标不可能实现"。2005 年的 "埃塞俄比亚可持续发展与减贫策略"（The Sustainable Development and Poverty Reduction Strategy of Ethiopia）也指出，教育是减少贫困的重要领域，高等教育机构要为残疾人提供更多的学习机会和支持。

有资料表明，有 70% 的高校学生来自占小部分的最高收入家庭。收入差距和受教育程度差距在地区之间的表现也十分明显，特别是来自繁荣地区的城市家庭。地区间入学的不公平不但长期影响着地区经济的发展，而且还影响着地区公民参与国家政治生活和社会决策。如果这些不公平得不到及时的解决，那么政治上不稳定的因素将长期存在。

埃塞俄比亚政府先后于 2000 年和 2004 年在首都以外地区新建了 4 所大学，目的就是要提高其他地区高等教育入学人数。政府还计划在未来几年里在全国各地陆续新建 13 所大学，保证每个地区至少有 1 所大学。2005 年，政府又出台了弱势群体入学的新经费资助政策，提高不利人群的高等教育入学人数。政府也反对提前收取大学生培养费用的建议，而实行毕业后收取毕业税的做法，以保证欠发达地区和处境不利家庭学生的入学和学业的完成。这也是政府促进教育公平的有力措施和明智选择。

（六）高辍学率问题

埃塞俄比亚各级学校的辍学率都很高，平均在 10% 以上。辍学原因很多，但主要有三点：一是经济问题。学生家庭无力承担上学所带来的附加费用；二是学业成绩问题。由于一部分学生来自欠发达地区，进入大学以后，课业成绩跟不上，只好退学或降级；三是性别差异。由于在埃塞俄比亚女性还受到一定的社会歧视，女生上大学所带来的压力更大，面临的问题也更多，所以女性辍学率远高于男性。

表 10-1

## 2002/2003 学年公立高校各年级学生如期完成学业情况统计

| 在校生 \ 学年 | 1998—1999 | 1999—2000 | 2000—2001 | 2001—2002 | 2002—2003 |
|---|---|---|---|---|---|
| 一年级 | 7199 | 5854 | 6644 | 9423 | 13409 |
| 二年级 | 5499 | 6205 | 5424 | 4362 | 10312 |
| 三年级 | 3686 | 4746 | 5889 | 3484 | 5745 |
| 四年级 | 2680 | 3598 | 4254 | 3596 | 4955 |
| 五年级 | 893 | 862 | 1109 | 1291 | 1628 |
| 总计 | 19957 | 21265 | 23320 | 22156 | 36049 |
| 年增长率（%） | — | 7 | 10 | -5 | 63 |
| 晋级率 | | | | | |
| 一到二年级 | — | 0.86 | 0.93 | 0.66 | 1.09 |
| 二到三年级 | — | 0.86 | 0.95 | 0.64 | 1.32 |
| 三到四年级 | — | 0.98 | 0.90 | 0.61 | 1.42 |
| 四到五年级 | — | 0.32 | 0.31 | 0.30 | 0.45 |

资料来源：表中具体数字均来自埃塞俄比亚教育部 1999—2003 年五年的教育统计年鉴。

有关研究报告显示，近年来高校学生的辍学率在升高，而大部分的辍学时间都发生在一年级。辍学的原因主要是学业成绩的不合格，这不能不说明与预科制的实施有一定的关系。关于有预科背景的学生进入高校后的学习成绩问题已经引起高校一些教育管理研究者的关注。

埃塞俄比亚高校学生由于经济、身体、家庭等原因而休学、复学现象经常发生，加上严格的课程考核体系所带来的学生退学或辍学，导致了年级之间学生的巩固率一直较低，不同于中国高校的严进宽出方式。但过多的休学、复学和降级也带了教学安排上的困难和管理上的负担，同时也反映出基础教育的不扎实和中学与大学之间课程衔接上的缺陷。

（七）教育信息化挑战

当今世界，信息技术的发展已经巨大地改变了人们生活的方方面面，随着计算机数量的不断增加，对计算机和网络技术的应用也被越来越多的人所接受。互联网和信息技术强化了教学研究能力和优异教育资源的共享问题，同时也为数字图书馆和其他信息来源提供了便利的路径，这意味着高等教育模式正发生着巨大变革。

信息技术对传统教育模式的影响是全方位的，应用前景也是激动人心的。例如信息技术支持下的远程教育模式已经能够把经过改革的课程与互联网技术和电视、印刷、书写及面对面的交流等传统的教育媒体结合起来。但是远程教育必须与更广泛的高等教育系统融为一体，并且要有合适的认证系统和质量评定标准，同时要与外部世界建立联系，实现资源的有效共享。因此，怎样充分实现信息技术条件下远程教育的巨大潜力，需要作深入的研究。

尽管通信技术和计算机的发展使远程教育的实施在技术上的障碍越来越小，但是因为远程教育要求在基础设施方面有昂贵的投入，所以在许多国家，实施远程教育在经济上的可行性仍然是一个问题。例如在埃塞俄比亚，电话和电脑仍然是一种奢侈品，长途话费和上网资费都很高昂，而远程教育要求人们承担电话和互联网的费用。

在埃塞俄比亚，由于高校发展的历史限制，导致其在信息技术利用方面比较落后。比如在远程教育方面，对非洲22个国家的远程教育问卷调查显示，埃塞俄比亚排在倒数第一位。笔者在亚的斯亚贝巴大学调研期间，亲眼目睹了这个国家最著名的大学的图书馆借阅制度的原始和教室里多媒体设施的空白。埃塞俄比亚政府应当采取怎样的措施来填补信息技术所带来的高等教育技术和手段现代化方面的鸿沟，将是教育部门所面临的一个紧迫性问题。

当然，埃塞俄比亚高等教育发展所面临的挑战远不止这些，其他还如种族纷争、天灾、管理、师资问题等等。笔者在此略加陈述，只是想起到抛砖引玉之功效，以引起关注者的进一步探讨。

## 第三节　全球化视角下应对挑战的策略

在全球化、信息化背景下，埃塞俄比亚政府为了应对所面临的机遇和挑战，为了有效实施高等教育扩张计划，希望通过加强高等教育机构的培养能力、提高高校的领导和管理水平、改革高等教育体制等一系列发展政策和策略来促进高等教育的变革与发展。埃塞俄比亚政府希望在实现国家高等教育能力建设工程的目标基础上，进而实现社会政治、经济问题的良好解决。为配合能力建设目标的实现，国家还实施了一些行动计划，如增加高等教育入学人数、提高教育和培训内容的针对性、促进办学效率的提高等。这些目标和计划对于现有的机制和环境无疑都是一种考验，是否能够为目标的实现提供一个适宜的政策环境和为高等教育扩张创造新机会都是十分必要的。一切都是为了发展，而发展是以质量为保证的，高等教育的发展亦是如此，它关系到国家发展的智力支持问题。没有高质量的高等教育，就不可能培养出合格的专家、学者和技术人才，更不可能为经济社会发展提供强有力的人力资源保障。笔者拟从全球化的视角分析埃塞俄比亚高等教育发展所面对棘手问题的应对策略。

## 一、以加快信息化应对教育全球化影响

教育信息化推动了全球教育的发展，信息化也使教育的全球化趋势越来越明显。在新的世纪，埃塞俄比亚的高等教育应该及时应对教育全球化扩张所带来的高等教育发展新特征、新趋势和新挑战。但事实是，埃塞俄比亚各高校的信息化水平非常低，图书馆大都还是原始的借阅系统，卡片式的查阅方式，进出口处还采取搜身的方法。教学楼里很少见到多媒体设施，传统手段的卫星电视转播系统也很不健全。信息化的鸿沟十分明显。

### （一）知识和信息的增长

知识和信息是教育的原材料。在文化或者科技发展的背后，人们发现了在知识经济时代知识和信息的倍增。在发达国家，这些被看成是增强经济活力和竞争力基本要素。而作为知识传播和创新主阵地的高等学校应该建立起有效机制来帮助学生们搞清楚周围的信息，应该教会学生们如何利用和开发他们周围丰富的信息群的价值。要做到这一点，面临两种挑战：一是如何保证把不断增长的知识融合到大学的课程里；二是如何筛选、综合各专业的新发现，使更多的人成为信息受益者。在埃塞俄比亚首都亚的斯亚贝巴，我们可以感觉到知识和信息增长所带来的影响：政府办公系统的信息化、市民使用手机的增多、国家博物馆里电子屏幕里的图片展示等，但还远未达到普及的程度。至于埃塞俄比亚

最古老的大学——亚的斯亚贝巴大学里的信息化程度远未及我们
地方上的一所重点中学。而我们所了解到的最多的回答是：缺少
购买设备的资金和专门的技术人才。仅仅依赖于国际社会的援助
往往是杯水车薪，信息水平和质量的提高最终还是靠国家实力的
增强。这一点埃塞俄比亚显然还有很长的路要走。

（二）科学技术的快速发展

在我们生活的周围，科技的变化正在加速，并显著地影响着
经济和人民的生活。我们的劳动市场上伴随着科技催生的经济变
化，正目睹着大批失业所带来的不良社会后果。这里有三点需要
提及：一是高等教育应在正规的学校教育与企业的岗位培训之间
建立有机联系；二是高等教育要在消除因知识隔阂或障碍而产生
的功能性新文盲上做出努力；三是由于高失业的持续存在，教育
在充当人力资源开发角色上将贯穿于人的一生。这些影响在埃塞
俄比亚的表现虽然还不是十分强烈，但是在一些市场经济领域已
经能够明显地感觉到。如企业要求工人既懂计算机，又具有交流
和沟通能力，还要具备在专科学院或大学才能获得的职业技能
等。雇主们挑选大学毕业生的条件越来越苛刻：既要有批判性思
维，又要有解决问题的能力，以适应不断变化的经济环境。专业
性工作岗位要求至少是中学后教育的比例也越来越高。

（三）国家之间的相互依存

在谋求国家利益和世界政治经济新秩序的基础上，**世界各国
都在积极构建各自的伙伴关系。消除市场壁垒成为必须，这有利
于新信息技术的传播。金融市场的全球化引起了国家之间的经济
和文化的相互依存性。典型的例子就是欧盟领导下的欧洲统一市
场的建立以及非洲联盟国家的力量的加强。不同意识形态之间的
冲突及冷战的结束导致国家在市场和思想上的对外开放。在埃塞
俄比亚首都和一些大城市里，不同文化之间的融合与发展十分明
显。在上述背景下，埃塞俄比亚高等教育也应该增强实力，建立

起国内外的相互关系网络。

学校和大学人口在世界范围内的巨大增长、正规教育机构以外的针对成人和青年的职业培训人数的爆炸式增长，使得教育决策多元化时代的到来成为必须，也使得拓宽与新的利益群体的合作成为必然。只有多元下的合作，才能保证在教育供给、教育合作方面达成一致，如在青年与成人教育方面、正式和非正式教育之间、教育部与其他部门之间、公共机构与私人机构之间等的共识与合作。

**二、教育政策变量的重新选择**

面对不断加快的变化和发展，教育需要承担一种新的，或许是一种广泛的责任。尤其是高等教育应该制定出自己的一揽子计划，以迎接来自生活世界的无数需求，并替代一直以来的各自为政的局面。只有做到了这一步，人们才可能对埃塞俄比亚高等教育的发展计划和教育政策变量方面做出重新的调整和选择。

（一）学习化社会与扩大学习机会

随着全球市场经济秩序的重新洗牌和经济利益竞争的加剧，以及科技发展所带来的科技新秩序的建立，现代社会必然成为学习化的社会。学习化社会需要具备民主意识、见多识广、有洞察能力的公民。但是在发展中国家，学习还只是个人为了取得经济地位独立的手段，也就是把学习看成是个人或家庭生活质量提高和生活环境改善的关键途径，远没有把学习视为一种文化活动或人们对生活的一种追求，没有把学习看成是人生的一个过程。

通过学习促进生活提高应该成为埃塞俄比亚高等教育的一个基本箴言。因为，高等教育第一学历不再是一劳永逸的就业通行证，往往会需要更多的继续教育职业资格证书。虽然在社会科学和人文科学领域表现的不是十分明显，但是在技术领域，技术上革新可以说是日新月异，为了适应技术的快速变化，国家必须建立终生学习的教育体系。高等教育是培养技术性人才的主阵地，为胜任这一角色，高等教育需要为成人世界提供更多的学习路径和学习资源。

（二）教育质量与教学内容的相关性

不同时期对教育质量都会有不同程度的关注和争论的焦点。在20世纪80年代，人们十分关注教育质量问题，突出表现是教育争论的广泛性加强。到了20世纪90年代中期，教育质量问题似乎并没有引起人们太大的关注，但进入21世纪，人们对教育质量的关注似乎超过了历史上以往任何时期。究其原因，也许是与所讨论的问题有关。在这些问题中，至少有三个问题十分重要，即课程、教学质量和教学法效果、工作方式，它们是通向并保证21世纪埃塞俄比亚高等教育质量和相关性的桥梁。

高校课程的主要问题是在不加重课程负担的前提下，优先考虑对新的社会事务做出回应，还是要对教育的基础问题如计算机能力等做出选择。笔者认为，在众多的选择中，埃塞俄比亚的高等教育应优先提供以下领域的课程内容：妇女教育、公民教育、保护教育、ICT教育、职业教育、农业经济和工业教育、和平教育、水资源教育和AIDS教育等。因为以上课程内容与埃塞俄比亚社会的发展具有直接的相关性。

（三）新技术与课堂教学的重新组织

随着对新技术学习的增加和掌握新技术人数的增多，个性化学习、自我学习的机会成为可能和必须。这反过来又影响到课程表现形式，尤其是课堂教学形式和教师工作方式上的变化。对个性化、实践性学习（或者叫"做中学"、"认知学习"）的要求可以通过以下两种途径来解决：一是增加有关教学音响软件的适用率，使其能够适应不断变化的硬件设施；二是提供该学科领域训练有素、责任心强的教师，合格的教师总是高质量教育的关键要素。

除了教学软件的开发运用和合格教师的培养之外，对传统教学结构和课堂教学组织的重新思考十分必要。课堂教学应进行重新组织，在新的课堂教学组织中，教师和学生都会发现教与学比从前更加多样化、更加有趣。持续的研究和开发应该列入埃塞俄比亚高等教育的体制中去，并且要时时关注高等教育的课程、教学和学习组织是否应对了社会的需求。

### 三、建立一种质量保障的长效机制

通过对埃塞俄比亚高等教育形势和相关教育文献的分析显示，埃塞俄比亚高等教育需要制定一个质量保障的长效机制。只有建立这样的保障机制，在未来几十年内，教育质量才能得以保持和监督。在制定该项机制过程中，下列核心问题应该充分考虑。

（一）教育质量鉴定

教育质量鉴定是指由某个协会或中介组织对办学机构能否满足具体规定的教育质量标准所做出认定。教育鉴定对教育发展有许多促进作用，如促进办学机构改进教学计划、帮助有前途的学生选择质量好的学校从而促进学生在校际之间的迁移、为专业建设提供参照性标准（如法学、医学等）、为具体学校的教育质量提供公共监督。

在美国，教育质量的监督都是授权给有资质的社会中介机构，鉴定对象包括小学、中学、学院和大学。这些中介机构先建立起基本的鉴定标准，然后才制定出鉴定程序，并对鉴定对象进行鉴定。教育监控多依靠各州政府。每一个州都有自己的法律条款和教育发展目标，但是各州通常都会给予学校和学院相当的独立办学权和自治权。为了保持教育标准的一贯性，美国教育部认为私人鉴定机构在开发鉴定标准、鉴定教育质量方面可以值得信赖。

其他大多数国家主要依靠政府机构来对学校教育进行质量鉴

定。如在印度，有350多所大学，1.5万所学院，1.01亿在校大学生，可以想象出对这些学校进行质量鉴定是多么地重要。在1994年，印度政府建立起了一个专门的鉴定组织——国家评估和鉴定委员会（NAAC，National Assessment and Accreditation Council）。而在加拿大，私人教育协会与省政府权力部门一起定期对各类学校进行质量评估。

通过对国外进行教育评估和鉴定的比较，我们可以看出埃塞俄比亚在教育质量管理方面至少有以下几个方面需要改进：首先，应该建立起对所有高等教育机构的评价机制，而不仅仅是针对私立高校的教育评价问题；其次，鉴定政策应该是开放的，鉴定机构可以是社会所有部门，包括私人部门和国际社会；第三，教育鉴定应该及早进行。

（二）大学之间合作的新模式

关于埃塞俄比亚高等教育质量问题不单单是依靠质量鉴定所能解决的问题。例如全国不同高校之间的合作问题对于国家能力建设不无益处。

世界上许多地方的大学和学院，常常通过资源共享来应对在校生人数不断增加的压力，而且这种趋势越来越明显。中国的大学城、高校园区的出现也往往具有这方面的考虑。几乎所有领域、所有形式的培训现在都在向大学迈进。事实上，大学培训已变成了商业贸易的一种形式。这种"把贸易带入大学"的思想被一些人称之为"大学化"（universitisation）。大学化给那些资源有限的大学和学院带来了沉重的压力，特别是像埃塞俄比亚这样的贫穷国家更为明显。因此，大学之间的合作势在必行。大学化还带来了"一体化"（massification），大学或学院的合并曾成为一种时尚，合并的目标之一是能够更好地实现各自的社会需要。显然，埃塞俄比亚的大学和学院在提升为社会服务的质量上还有很长的路要走。

## 四、课堂教学改革：一个埃塞俄比亚高等教育缺少的要素

人才的培养多是在课堂中进行的，课堂教学改革一直是教育改革的主题内容。在埃塞俄比亚，由于传统教育思想影响深远，课堂教学改革步履艰难，少有的课堂教学改革实验也多是由外国学者所推动。一方面，埃塞俄比亚的课堂教学改革缺少内部积极力量；另一方面，国家教育投入的严重不足、合格教学环境的贫乏，导致世界先进的课堂教学模式很难在埃塞俄比亚扎根和推广。课堂教学改革成为埃塞俄比亚高等教育发展所稀缺的要素。

美国学者希尔伯曼（Silberman）[①] 在 1996 年曾称赞心理学家皮亚杰（Piaget）等在儿童早期及初级教育中引入他称之为"行动学习"（active learning）的教育方法。长期以来，学者们都明白教育年轻人的最好方法是通过具体的行动本位（activity-based）的体验式学习法。希尔伯曼认为，行动本位的体验式学习法也同样适用于高等教育。

新的"教育和培训政策"宣称要对埃塞俄比亚的教育进行调整，而长期以来埃塞俄比亚教育的失败之处恰恰就是在"问题解决"和"行动本位"的教学方法上推广不力所致。希尔伯曼认为，现实世界实施行动本位教育主要原因有两个：一个是当今生活世界的快速变化；另一个是不同性别、不同种族、不同信仰学生之间的差距在进一步拉大。他相信，行动学习的引入，有助于教育家和教师通过对学习者的尊重和为学习者创造身临其境的学习过程而更有利于发挥个体差异和多元智力的体现。

"行动学习"也叫"任务本位"的学习，它可以提高学习者的兴趣，从而可以延长学习者的注意空间。因为学习者本人就是"行动"或者叫"任务"的实干家，比传统的"一言堂"大学教室要好得多，在那里有大约 40% 的讲授时间是没有吸引力的。

---

① Silberman, M.（1996）. *Active Learning*：101 *Strategies to Teach any Subject*. USA.

在传统的课堂里，大部分教师平均 1 分钟要说 100—200 个单词，学生很不喜欢听，对他们所讲的内容有许多不理解。而且，学生的不同学习方式也不能得到很好的体现。有些学生属于视觉学习者，他们喜欢照着别人的样子去做；有些学生属于听觉学习者，他们擅长通过自己的听觉能力来学习；还有些学生属于动觉学习者，在学习活动中喜欢自我体验；虽有极小部分学生不属于上述任何一种类型的学习者，但他们中的大部分（希尔伯曼 1996 年所做的实验中测出 30 人中有 22 人）却喜欢一种集视觉、听觉和动觉为一体的混合学习法。无论是视觉、听觉还是动觉，他们都属于行动学习的典型特征。

也许在证实"行动学习"的实用性上，比上面对其的解说更为重要，因为"行动学习"可能成为学习的社会文化特征。布鲁纳（Bruner）和马斯洛（Maslow）在 20 世纪 60 年代就提出了教育领域的一个重要概念，叫做"合作学习法"（collaborative learning methods）。

马斯洛认为，人的需要是多层次的，但安全需要是人类的第一需要。实现安全需要的重要方式之一是加入群体，只有加入群体才能获得安全感。这样就产生了合作感，合作感使合作学习成为必要。

布鲁纳也相信，人们为了实现工作目标，总是渴望与别人一起工作，这就是他所称之为的"互惠"（reciprocity）行为。布鲁纳相信，通过这种互惠行为，个体的人学会了社会化，从而可以促进他们的学习。布鲁纳的这种观点最终导致这样的事实：是任务本位的方法论产生了人们的兴趣集合点（the venue of entertaining），如合作（collaboration）以及促进学习的互惠行为。

## 五、建立自己的高等教育分析框架

高等教育分析框架应与教育质量问题联系在一起，处理好质量与规模、质量与效益的关系。国情不同、时间不同，教育分析的参考量也不尽相同。埃塞俄比亚的高等教育既有第三世界国家高等教育所存在的共性问题，又有它自己的个性即特殊性问题。例如，若国家的政治体制上缺少稳定性，这种政治上的不稳定总是会严重影响到国家的教育体制和教育需求；国家财力总是会制约高等教育规模与人口增长的同步发展；地方知识和传统的边缘化总是伴随着强势教育或文化的入侵等。在埃塞俄比亚，教育家经常批评英语被用作教育的中介，教师和学生之间并没有达到要求的程度，他们总是感觉没有用本族语来得自然；还有的批评在国家优先发展战略与现存教育体制及现存的研究计划之间错位等。教育分析只有建立在科学、合理的框架基础上，科学地去考虑各种教育及其相关的变量，教育分析才可能是科学和可能的。

　　从教育的层面讲，现代化涉及人类对自身环境所具有的知识的巨大扩展，并通过日益提高的文化水准、大众媒介及教育等手段将这种知识在全社会广泛传播。从人口统计学角度来看，现代化意味着生活方式的改变、健康水平和平均寿命的明显提高、职业性和地域性流动的增长，以及个人升降沉浮速度的加快和城市人口的迅猛增长。从历史角度来看，"它们是如此地密切相联，以致人们不得不怀疑，它们是否算得上彼此独立的因素，换言之，它们所以携手并进且如此有规律，就是因为它们不能单独实现。"

# 参 考 文 献

**英文参考文献：**

1. Ministry of Education. (2005). *Education Sector Development Program* (*ESDP*) Ⅲ (2005/06—2010/11). Ministry of Education, Addis Ababa.

2. Transitional Government of Ethiopia. (1994). *Education and Training Policy*. EEP86, Addis Ababa. April 1994.

3. World Bank. (2003). Higher Education Development for Ethiopia: Pursuing the Vision. *World Bank Sector Study*, The World Bank.

4. Johnstone, D. B. and Abebayehu Aemero. (2001). *The Applicability for Developing Countries of Income Contingent Loans or Graduate Taxes, with Special Consideration of an Australian HECS - Type Income Contingent Loan Program for Ethopia.*

5. Ministry of Education. *Education Statistics Annual Abstract* (2005 - 06). Addis Ababa, Ethiopia. 2007.

6. Ministry of Education. *Education Statistics Annual Abstract* (2004 - 05). Addis Ababa, Ethiopia. 2006.

7. HERQA. *Education Quality Improvement Programme — A Report on the Joint : HERQA — ADRC Workshop*. Addis Ababa, Ethiopia. 2005.

8. Ministry of Education. *Education Statistics Annual Abstract* (2002 - 03). Addis Ababa, Ethiopia. 2004.

9. Ministry of Education. *Education Statistics Annual Abstract* (2001 - 02). Addis Ababa, Ethiopia. 2003.

10. Ministry of Education. *Education Statistics Annual Abstract* (2000 – 01). Addis Ababa, Ethiopia. 2002.

11. IES. *Journal of Ethiopian Studies* (Bi-annual; vol. I, 1963 – ). Addis Ababa.

12. IES. *Proceedings of the Third International Conference of Ethiopian Studies*, Vol. I , 1969, Vol. II & III 1970. Addis Ababa.

13. IES. *Proceedings of the Eighth International Conference of Ethiopian Studies*. Vol. I & Vol. II, 1988. Addis Ababa.

14. IES. *Proceedings of the Eleventh International Conference of Ethiopian Studies*. Vol. I & Vol. II, 1991. Addis Ababa.

15. IES. *Proceedings of the First University Seminar on Gender Issues in Ethiopia*, 1991. Addis Ababa.

16. IES. *Proceedings of the first national conference of Ethiopian studies.*

17. IES. *Proceedings of the XIV$^{th}$ international conference of Ethiopian studies* Vol. I & II& III.

18. IES. *A Social History of Ethiopia*, 1990.

19. IER. *The Ethiopian Journal of Higher Education.* Dec 2004.

20. IER. *The Ethiopian Journal of Higher Education.* June 2005.

21. IER. *The Ethiopian Journal of Higher Education.* Dec 2005.

22. IER. *The Ethiopian Journal of Higher Education.* June 2006.

23. IER. *The Ethiopian Journal of Higher Education.* Dec 2006.

24. IER. *Flambeau.* June 2005, Vol. 12, No. 2, Addis Ababa.

25. IER. *The Ethiopian Journal of Education.* Dec. 2004, Vol. XXIV, No. 2.

26. IER. *The Ethiopian Journal of Education.* Dec. 2000, Vol. XX, No. 2.

27. *Inauguration of Gondar University and 50ᵗʰ Anniversary.* Information Bulletin, 2004.

28. Hawassa University. *Revised TESO B. Ed Curriculum — Faculty of Education*, Awassa. Feb. 2007.

29. AAU. *Student Handbook — College of Education.* Dec. 2006.

30. HERQA. *Strategic plan*: 2006 (1998EC) —2009/10 (2002EC). HERQA Publication Series -004, May 2006.

31. MoE. *Establishment and Implementation of Cooperative Training System.* Addis Ababa: APRIL2006.

32. MoE. *Teacher Demand Projections and Cost Estimation.* Annual Review Meeting. Addis Ababa: 2004.

33. Aklilu Habte. *Higher Education in Ethiopia in the 70's and Beyond.* AAU.

34. Touching Ethiopia Javier Gozalbez & Dulce Cebrian.

35. Summary of the proceedings of the national conference held in the school of graduate studies Addis Ababa University.

36. *Private higher education in Ethiopia*: *Challenges and prospects.*

37. Revised TESO B. Ed Curriculum: faculty of education of Hawassa University.

38. Presentations from the HERQA national conference advancing higher education in Ethiopia: quality assurance accreditation of postgraduate programs.

39. Education sector development program III.

40. The World Bank. 2006 *The Little Data Book on Africa.*

**网络参考文献:**

http: //www. ethioworld. com/Science&Technology/nationalbodies. htm

http: //www. ugondar. edu. et/curriculum. html

http：//www. aau. edu. et/research/ies/jes. htm

http：//siteresources. worldbank. org/INTAFRREGTOPTEIA/ Resources/Ethiopia_ Higher_ Education_ ESW. pdf

http：//www1. worldbank. org/education/efafti/ethiopia. asp

http：//www. unevoc. unesco. org/

http：//www. cies. org/NCS/2005_ 2006/ncs_ tyizengaw. htm

http：//www. ajol. info/browse-journals. php？z = z&order = g

http：//www. aau. edu. et/academics/index. php

http：//www. ethioworld. com/Science&Technology/thefeature/ universityplight. htm

http：//www. ethpress. gov. et/Herald/article. asp？categoryid = 44& categoryName = Economy + %26 + Development

http：//www. higher. edu. et/

http：//www. bc. edu/bc_ org/avp/soe/cihe/inhea/profiles/Ethiopia. htm

http：//www. worldlearning. org/wlid/index. html

https：//www. cia. gov/library/publications/the-world-factbook/

http：//ungei. org/gap/gap. php

http：//www. bc. edu/bc_ org/avp/soe/cihe/inhea/index. htm

http：//www2. bc. edu/ ~ teferra/Academic-Freedom. html

http：//www. aheadonline. org/educ. htm

http：//www. canadian-universities. net/Universities/index. html

**中文参考书目：**

1. ［美］查尔斯·霍墨·哈斯金斯：《大学的兴起》，上海世纪 出版集团 2007 年版。

2. 世界银行、联合国教科文组织：《发展中国家的高等教育：危 机与出路》，教育科学出版社 2001 年版。

3. ［德］雅斯贝尔斯：《大学之理念》，上海世纪出版集团 2007 年版。

4. ［美］塞缪尔·P. 亨廷顿：《变化社会中的政治秩序》，生活·读书·新知三联书店 1989 年版。

# 后　记

　　2007 年 5 月初，怀着忐忑的心情，第一次踏上非洲这块神奇的黑土地，来到被联合国宣布为世界最不发达国家之一的埃塞俄比亚——一块"烤脸的地方"，开始了为期 20 余天的埃塞俄比亚高等教育考察。5 月的埃塞俄比亚天气是一年中最好的时节，处于旱季已过、雨季未到的俗称"小雨季"期，蓝蓝的天空时常会飘来几片乌云，偶尔会有阵雨落下。虽然中午的太阳会"烤脸"，但背阴处却还凉爽，早晚穿皮夹克、着西装的还大有人在，"热非洲"的感觉并不十分明显。

　　我们一行两人，坐着时常会熄火的日本产小汽车，往返在学校、图书馆、研究院所、书店等与"中国城"（中国人开的旅馆名称，笔者的落脚处）之间，经常是满载而归——收集到的有关教育资料等。晚饭后，天气好的话我们会到附近的街上散散步，到店里买些水果等。还时常会迎面碰上一两个衣衫褴褛、口里喊着"China，Money"的乞丐——老的、少的、年轻的都有。有时坐车外出的路上，当车子刚刚在路口停下来，就会有手伸到车窗前来讨钱——俨然在这些人的眼里我们成了"富翁"。

　　20 余天的时间很快就结束了，回来后就开始了"爬格子"工作。在背回来的林林总总的书籍和复印资料中，本人不得不逐页、逐本地"勘验"并搜集有关信息。大半个暑假，不得不放弃了外出开会、学习和纳凉的机会，"躲进小楼成一统"，无论他"夏日炎炎似火烧"……

　　现在，这本凝聚着无限心情和劳作的《埃塞俄比亚高等教育研究》终于脱稿了。欣慰之余，笔者特别要感谢国家留学基金委、中国教育部、浙江师范大学外事处的领导们，他们为我们前往埃塞俄比亚考察提供了资金资助及相关手续的办理工作；感谢外语学院的王建国副教授，王教授在前期资料收集方面做过积极努力，并陪同我在埃塞俄比亚度过了忙碌而艰辛的三周；感谢中国驻埃塞俄比亚大使馆文化处的松雁群参赞和冯军随员等，他们为我们外出调研提供了很多方便，进行了多方联系，松雁群参赞还提供了关于埃塞俄比亚的最新基本国情介绍资料；中国教育部派驻埃塞俄比亚教育部的联络员邓俊民先生也给了我们许多帮助，并随同我们一起考察了哈瓦萨大学等地。此外，埃塞俄比亚教育部外事司司长 Deshalin 先生、亚的斯亚贝巴大学的外联部主任 Mesfin Bosale 先生、哈瓦萨大学副校长等埃塞俄比亚人士对我们的到来十分热情，提供了力所能及的帮助和积极支持，在此一并表示感谢！最后要衷心感谢我的家人，是他们的理解和支持使我顺利地渡过了一个个难关，并最终完成书稿的写作。

　　由于能力不逮，加之手头资料的欠缺，书中肯定有诸多不尽或不当之处，敬请专家、学者批评指正。

笔者

2008 年 1 月初

于浙江金华